JN057854

イギリス・ロマン派と英国旅行文化

ENGLISH ROMANTICS AND BRITISH TRAVEL CULTURE

安藤　潔

ANDO Kiyoshi

関東学院大学出版会

はしがき

　20年ほど前、2003年の秋に初めての単著『イギリス・ロマン派とフランス革命』を自費出版した。それは私が若いころから50歳ころまで続けていた英文学研究の内、ブレイク、ワーズワス、コールリッジを1790年代の英国におけるフランス革命論争の中に位置づけることを目指したもので、学位論文の公刊の意図もあった。

　その後同書で扱い残した研究も数本の論文にまとめたが、転任した関東学院大学文学部の同僚が活発に自らの研究に関わる現地調査をしているのに影響を受け、私も2009年に19年ぶりの英国湖水地方を再訪した。この旅では1990年の夏に訪問できなかったコッカーマスのワーズワス生誕地やコールリッジが住んだケジックのグリータ・ホール、ワーズワスの母方祖父母のクックスン宅があったペンリスや、ダフォディルズの詩で有名なアルズウォーターなども訪問した。その後ワーズワスの評伝的研究を続け、『イギリス・ロマン派とフランス革命』でも触れた『リリカル・バラッズ』初版が創作された場所のウェスト・カントリーも現地調査が必要と思い、続けて翌2010年に英国を訪問した。本書では第5章と第6章がこれらの地区に該当し、さらに第7章で『リリカル・バラッズ』出版直後の彼らのドイツ旅行も扱った。

　英国の現地調査をするに際し、それぞれの地域の情報として国内で出版されている旅行ガイドブックにもあたった。しかしそのほとんどは貧弱に感じられ、その一方英米で出版されている旅行ガイドブックを集めて読むと非常に情報が豊かで、内容も充実していると認められた。こうして現代の英米圏で出ている英国案内のガイドブックを大学の授業でも使ってみたが、私の学生たちにとっては、現代のガイドブックでも英語が難しいことは、18、19世紀の文学作品を読むこととほとんど変わらないとわかった。

　一方自分の研究としては、ワーズワス兄妹やコールリッジたちを18、19世紀に発展する英国の旅行文化の中でとらえるのも面白いと考えるようになった。まず、英国の旅行文化を学問的にとらえることに関して考察したが、それが本書の「序章」である。

1990年に初めて湖水地方を訪問した時、この地あってこそのワーズワスという認識を得た。また彼の少年時代に、すでに湖水地方は観光地化しつつあり、彼自身当時出まわっていたガイドブックや紀行文を読んでいたと知った。妹のドロシーは彼らの1803年のスコットランド旅行記を書いているが、私は2014年にこの旅行記に関わる現地調査の旅をし、数年前にこれに関する本『スコットランド、一八〇三年──ワーズワス兄妹とコールリッジの旅』を出版した。この1803年の旅の最後の部分でワーズワスが出会ったスコットが、スコットランドの自分の故郷に根付いた仕事をしているのに刺激され、ワーズワス自身10年足らずして湖水地方の案内書を書くこととなる。これらの経緯を第1章から第3章で扱った。

　第4章ではワーズワスの名詩の舞台でもある、ワイ川の川下りを描いたギルピンの旅行記を扱った。18世紀の英国旅行文化ではこのギルピンの存在が大きく、他にも重要文献はあるが、今回はこの一章だけの提示である。5、6、7章についてはすでに述べた。

　最後の第8章は、二十代のころから長らく憧れていたジョン・キーツに関する私の初めての論文として、彼の1818年のスコットランド旅行を考察した。『スコットランド、一八〇三年』の第2章で扱ったコールリッジのスコットランド旅行と同じく、文人自身が書いていない旅行記を書簡などから構成したものであり、旅行文化構築の一端といえよう。第8章に関しては、ドロシー・ワーズワスの1803年の旅行記を読めば、その15年後に、イギリス・ロマン派の六大詩人のひとりのキーツがいかなる旅をしたかは興味深い。

　なお、同じく多くの旅をしたイギリス・ロマン派の大詩人シェリーやバイロンについて論じるところにはまだ至っていない。

　各章の冒頭部には1ページ前後の概要を付している。この概要と本文には重複がみられることをお断りしておく。また英国の地名や人名は綴りと異なる難しい発音をすることが多い。特に地名はケルト語はじめ外国語の綴りや発音が異なる場合や、英語式に替えた表記や発音が存在する場合もある。カタカナ書きにする場合英語式発音にするか、日本国内でよく採用されている現地語発音を優先するかで迷うことは多かった。この面での混乱があるかもしれないが、基本は英語発音をできるだけ転写できるような表記をした。場

合によっては両者に加えて時代的な原語表記も加えている。したがって一部日本国内の一般的表記と異なる場合がある。例えばワーズワスは学界での最近の傾向では後半を長音にしない。一方関東の研究者はコウルリッジと表記することが多いが、関西ではコールリッジが多く、本書では後者を採用している。わが国ではエディンバラはエジンバラ、グラスゴウはグラスゴーと表記しがちであるが、本書ではそれぞれ前者の、英語の原音に近い表記を採ったことをお断りしておく。固有名詞に限らず、英語がカタカナ書きになると強勢の位置が出鱈目になり、二重母音が長母音になったり、母音が落ちたりなどして元の英語の意味をなさなくなることがよくある。省略語ともども妙なカタカナ語の氾濫には遺憾な状況がある。

目　　次

第4章　18世紀のワイ川下り

エディンバラ、カールトン・ヒルからフォース湾を望む。2017年撮影

序章　英国旅行文化論の試み

I　「旅」を学問的に研究すること

　「旅」は古今東西人間の最大の娯楽の一つで、どの国でも昔から色々な名
目で旅行が楽しまれてきた。この「旅」とは何かまず考えたい。娯楽以外に
も商用や用事の旅もあり、究極的には A 地点から B 地点への移動だけでも
旅ということになる。日本語の表現は「旅」、「旅行」くらいしかないが、英
語では travel、trip、journey、tour、excursion 等々多彩な単語があり、そ
れぞれ意味が異なる。手近な英和辞典にもこれらのニュアンスの違いは説明
してあり、"travel" は「旅行」という、最も広い意味で使われる中期フラ
ンス語起源の言葉で、遠くの国への苦労も伴う長期間の旅を意味する一方、
単なる「移動」の意味で用いられることもある。"trip" は古英語（Old En-
glish）に起源のある単語で、比較的気楽な「旅」の意味で使われるという。
"journey" は古期フランス語に起源があり、一日の旅程または仕事の意味が
ある一方、長い苦労の旅で、出発点には戻らないこともあるという。"tour"
はラテン語起源で、近代以降計画的に周遊する訪問観光旅行をも意味するよ
うになった。同じくラテン語起源の "excursion" は比較的短い「行楽」の
意味で用いられるようだ。

　近年学問が多様化し、「旅行」を人文社会科学の分野で学術的に研究する
動きが出てきたようだ。文化人類学、社会学、歴史学、地理学、文学等の諸
分野で「旅行」が研究のキーワードになり始めている。このほか観光産業の
振興、発展に伴い、観光学、ツーリズム・ホスピタリティ論の研究が行わ
れ、国内でも海外でも観光学部や観光学科を設置する大学がある。「観光」
や「もてなし」、「ホスピタリティー」という言葉でウェブ検索をすると関連
業界、教育施設から学会まで見つかる。

　国内の観光関係学会としては、老舗の大手として「日本観光学会」があ
る。昭和35年（1960年）発足で、「観光及び観光事業に関する学術の進歩・

普及を目的として設立」されたというが、人文学系というよりは経営学や商学との関係が強いといえよう。設立の背景には1964年の第1回東京オリンピックがあったらしい。他にも「観光」を冠した学会は数団体あり、業界や関係官公庁などとともに観光産業の振興を図っているらしい。大学等の観光関係の学部学科も目的は関連業界の振興と人材育成が主で、業界出身の教員もいるようだが、「旅行」の本質に迫る研究や教育についてはやや疑問である。「観光学」関係の教育研究は、交通や宿泊はじめ、旅行サービス業を実用的に考えることを主体においているようで、英語英米文化研究とはあまり馴染まないようだ。

　一方「旅行文化論」という言葉でインターネット検索しても学会等は出てこない。観光学関連の出版物や、比較文化論関係がヒットするだけで、旅行文化論自体は学問分野として自立していないようだ。ただ一つ、JTBに昭和の時代から「旅行文化講演会」なる企画があるらしい。これは各界著名人による一般人を対象とした「旅」に関連する無料の講演会で、すでに30年を超える歴史があるという。かつて財団法人の公社であったJTBの公的な一面のようだが、これも学術的なものではなく、企業の社会貢献活動のようである。企業活動ながら彼らの「旅の前に旅を研究し、旅の後にも旅を研究する」という姿勢は旅行文化研究にとって見習うべきものであろう。漫然と旅行に出かけても物見遊山と飲食、ショッピングに終始し、後にはモノとその経験、結果だけしか残らない。一方、予め訪問先の歴史や文化をよく学んでおけば、より興味深く面白い旅行ができるといえる。かなり勉強して行っても、帰国後に改めて訪問地のことを調べると見落としに気付き、また旅行中の疑問点などが解決することもある。こうして興味は深まり、さらに勉強をするきっかけとなり、再訪問の願望も湧いてくる。

Ⅱ　英国旅行文化とは何か

　ここからは英語と英米文化研究の立場から英国を中心に「旅行文化」を考えてみたい。

　言語としての英語発生の国である英国は、元来白人（コケージャン）の5民族から成り立

っている。有史以前からブリテン島に住んでいたケルト人も祖先はヨーロッパ中部から移動してきた民族のようである。紀元1世紀の半ばにブリテン島の大部分を属領としたローマ人もイタリア半島の民族であった。ローマ人が撤退した後、5世紀半ばころに英語の起源となるゲルマン系アングロ・サクソン人が、民族大移動の西端で大陸からブリテン島に入ってくる。同じくゲルマン系のヴァイキング（デーン人）はもう少し遅れて8世紀にスカンジナビアから侵入し、イングランドを広く占領してアングロ・サクソン人と覇権を争う。この両民族が統合されかかったころ、最終的にフランスからノルマン人のウィリアム征服王が1066年にイングランドを制圧する。この王朝が現英国王室の直接の始祖になるが、以上のように英国を構成する白人の民族はすべて他地域から移動してきたといえよう。

　ノルマン以降の王朝はブリテン島とフランスにまたがる王国だったが、中世の「百年戦争」で徐々に大陸の領土を失い、その後はイングランド内部で王族間の覇権争いの「ばら戦争」に終始する。この中世のヨーロッパにおいても、戦争や十字軍また聖地巡礼等で英国から他地域への移動は頻繁にあり、他地域から英国へ、さらに英国内を旅する人もかなりあったものと思われる。

　ばら戦争は1485年のボスワースの戦いで、ランカスター派ヘンリー・チューダがヨーク家の国王リチャード三世を滅ぼして終わる。こうしてヘンリー七世が即位し、チューダ王朝とともに16世紀から英国近代が始まる。大陸ではすでにこの頃までに宗教改革とルネサンスという、近代化の二大事象が展開されていた。近代の特徴のもう一つにヨーロッパから外への進出が挙げられる。イタリア人のコロンブスがイザベラ女王の援助でアメリカに到達したのが1492年、その5年後にユダヤ系イタリア人ジョン・カボットがヘンリー七世の援助でカナダの南東部に到達し、大航海時代が始まりヨーロッパ人はヨーロッパから外への旅を始める。さらに18世紀まで下ると英国が進出した地域から白人以外の人々が英国に入ってくる。こうして19世紀に英国はすでに多民族国家となり、国内外の移動が増えていった。

　従って英国の旅行文化というと、時代的には古代から現代まで、空間的には全世界に広がる膨大な分野が対象だが、大航海時代以降に限定する意見も

ある。しかし近代的な旅行の意識が現れるのはさらに18世紀以降である。18世紀にこだわるのには他にも理由がある。

　英国は17世紀に二度の革命があり、一時王政が停止され共和制を採った時期もあり動乱の時代だった。18世紀以降はジャコバイツの反乱があったとはいえ安定し、象徴的に上流階級のグランド・ツアーが定着する。これは趣旨として教育の一環あるいは通過儀礼的に、若者たちが当時の先進国フランスやイタリアを家庭教師のお供付きで長期旅行をしたものである。文人たちもヨーロッパ旅行をして旅行記を発表し、多くの人々に旅をするきっかけを与えた。こうして18世紀末には旅が一般化し、広く中産階級にまで広がっていったようである。後に大成するロマン派詩人のワーズワスも1790年、フランス革命開始の翌年、大学卒業前の夏休みに、フランスからアルプスに至る、ほとんど徒歩の質素な旅行をしている。このように財力に乏しい人々も、それまでのプロテスタント的な価値観を脱し、景色の美しさを求める国内外の旅行に出かけるようになる。この過程でエドマンド・バークの「崇高論」や、ウィリアム・ギルピンの「ピクチャレスク・ビューティ論」及びそれらを具現する旅行体験記がある種の旅行ブームを引き起こしたとみられる。18世紀末に至るとフランス革命から英仏間の戦争が長く続いた時期、フランスへの旅行を避ける傾向から、国内旅行の一層の振興が見られた。

　19世紀に入り1815年にナポレオン戦争も終わり、英国人が再び広くヨーロッパ旅行に出かける。目的は様々で、スイス・アルプスの登山にも英国人が殺到し、イタリアもなお人気の目的地だった。ドイツ人やフランス人が書いた書物にも英国人旅行者がよく出てくる。1813年生まれのリヒャルト・ワーグナーは後に楽劇で有名になるが、若いころは小説も書いており、そんな中に「ベートーヴェン詣で」という短編がある。ドイツの地方に住む架空の主人公が晩年のベートーヴェンに会いたくて旅に出るという話で、英国人の旅行者が彼と競って楽聖に会おうとする様子がユーモラスに描かれている。当時色々な目的でヨーロッパ大陸を旅する英国人が多かったことを彷彿させる。詩人のバイロンやシェリーも後半生をイタリア等で過ごし漂泊の生活を送り、ワーズワスやコールリッジも頻繁に国内旅行をした他、何度か大陸にも出かけた。

　英国国内の旅はこの18世紀から特に盛んになり、文人や画家、さらには文芸評論や絵画評論の先がけをした人々が旅行記や案内書を出版した。旅行の流儀や、英国内の美しい風景を紹介した彼らの出版物がさらに旅行者を増やし、1830年代から40年代には鉄道も敷設が進み、労働者階級にまで旅が身近になった。

　19世紀の終わりには英国でヴォランティア団体としてナショナル・トラストが開設され、歴史的建造物や自然の景観が保存されるようになると、これらが国内旅行の目的地になった。20世紀の半ば以降、国立公園の指定も始まり、産業革命で荒れた英国の田園は、18世紀までの優美な姿を取り戻していった。英国では旅行ブームは続き、地方の自然美を求めることも国内旅行の目的の一つになっていった。

Ⅲ　トラヴェル・ライティング（Travel Writing）研究へ

　以上のような英国の旅行文化を考えるために、どのような素材を研究すべきだろうか。ここで思いつくのが、最近の英米で隆盛のトラヴェル・ライティング研究である。トラヴェル・ライティングとは広義に解釈すれば、旅行に関わる著作の全てを意味し、今日に至って書店で最も広いスペースを占める分野の一つともいえる。これを文学ジャンルに限っても、最も栄えて人気がある。英米でも日本国内でも毎年膨大な種類の旅行ガイドブックや旅行記が出版されている。ユネスコの世界遺産選定が始まってからは、指定地を始め世界の多くの観光地がテレビ放送やDVD動画等で紹介されている。こういった映像メディアも研究の素材になる。

　20世紀の後半に入り世界にグローバリゼイションが展開され、学問研究も「ポストコロニアリズム」という、アジア・アフリカや中南米等が次々と独立していった時代の価値観で世界情勢を考える流儀が展開されている。こうして1980年代から90年代にかけて、トラヴェル・ライティング研究の分野が確立してきたようである。英国のノッティンガム・トレント大学（Nottingham Trent University）にトラヴェル・ライティング研究センター（Centre for the Study of Travel Writings）が2002年に設立され、『トラヴェル・ライ

ティング研究』(*Studies in Travel Writing*) という学術雑誌も出版している。学部学科としてはまだ未整備のようだが、専門教授もいて、学位も取得できるようだ。また、この大学の研究者を含む著者による数冊の入門解説書が現在入手できる。[1]

　トラヴェル・ライティングの扱う時代・地域の設定も上記旅行文化と同様である。古代エジプトの第十二王朝に書かれた難破船の水夫の孤島滞在物語から、古代ギリシャの『オデッセイア』、さらに旧約聖書の「出エジプト記」やカインの放浪、および古代ローマの『アエネーイス』なども示唆し、現代の著作とのインターテクチュアリティ[2] を指摘する向きもあるが、大航海時代以降に絞る意見もある。英国はエリザベス朝時代が海外発展の時代で、北米植民地の基礎を作り、カリブ海一帯を探検したサー・ウォルター・ローリー (Raleigh, 1554?-1618) のギアナ (Guiana) 探検とその記録 (1596年) は有名である。

　後に英国ロマン派の S.T. コールリッジが書いた『老水夫行』('The Rhyme of the Ancient Mariner') は幻想詩ながら、大西洋から南氷洋、さらには太平洋にまで出ていく航海・漂流物語である。これをトラヴェル・ライティングと呼ぶのは無理だろうが、マゼランやヴァスコ・ダ・ガマ、あるいはジェームズ・クックらの海洋探検と航海記に影響を受けていることは明らかである。「クブラ・カーン」('Kubla Khan') も1816年初版の前書きにあるサミュエル・パーチャスの『パーチャスの巡礼』(1613) の他に、14世紀のマルコ・ポーロ、『東方見聞録』以来の諸旅行記の影響を間接的にせよ受けている。従って大航海時代の記録はトラヴェル・ライティングとして重要だが、英米文化としては18世紀半ば以降が重要といえよう。

　英語で「Travel Writing」と称するなら英語圏に限定できるが、一方で19世紀の大英帝国繁栄の実情から全世界が対象になりうる。必要に応じては、英語国の作家が英語圏以外の場所、あるいは新たに進出して植民地とする地を描いた著作を対象とするべきかもしれない。しかし英語英米文化研究の立場から、トラヴェル・ライティングに関しても英米圏とその関連地域と限定できそうである。

　次にトラヴェル・ライティングの著作としての定義だ。現在英米圏でも膨

大に出ている旅行ガイドブックの類を研究対象にするか否かは難しい問題である。これは現代の流行小説やポピュラー音楽、娯楽映画などをアカデミックな研究対象として取り上げるか否かの問題とも似ている。英国各地の旅行ガイドブックは日本語でも出ているが、英米圏の一般的なものと比較すると質量とも大きな開きがある。英語話者が英語国民向けに書いた英語圏旅行案内は多くが国際出版となっているが、それぞれの対象国の歴史・文学、考古学や人類学の学問的成果を踏まえており、かなり質が高い。日本人向けの海外旅行のガイドブックもこれらを研究して、もっと開発されるべきだが、トラヴェル・ライティング研究はこのような面でも貢献できそうである。従って現在英米圏で出ている代表的な英国旅行案内書も英国旅行文化研究の材料に入れ得ると思われる。

　英語圏のトラヴェル・ライティング研究は旅を楽しむ消費者の立場からの勉強も意図しているかと思われるが、主な目的はトラヴェル・ジャーナリストの育成のようである。旅行文化が早くから発達した英語圏では、古典的なトラヴェルブックの他に現代でも質の高いガイドブックが改訂を重ねて出続けている。比較して日本語で出版されている国内の英語圏ガイドブックや旅行記を見ると、その質の低さに幻滅する。あえて参考文献には挙げない大手出版社が版を重ねている旅行記が、写真を主体とした表面的な美しさだけを追ったものや、経験や知識も浅い「もの書き」と称する著者に旅をさせてその浅薄な体験談を書かせたにすぎないと目に留まる。わが国にはほとんど見られない、著作主題に深い知識と教養を備えたトラヴェル・ジャーナリストの出現が期待される。

Ⅳ　18世紀のトラヴェル・ライティング

　これに対して、英国には18世紀半ば以降20世紀から現代に至る旅行ブームを形成した画期的な書物が何冊もあり、トラヴェル・ライティングの古典として欠くことのできない重要文献と言える。その一方で18世紀が散文の隆盛期であり、小説とジャーナリズムが勃興した時代であることは英文学史上の常識である。わが国では子供向けに書き直され、児童書ととらえられがちな

7

『ロビンソン・クルーソー』（*Robinson Crusoe*, 1719）と『ガリバー旅行記』（*Gulliver's Travels*, 1726）もこの英国小説草創期の有名小説〈ノヴェル〉である。ダニエル・デフォーによる前者は難破と孤島での孤立生活、そしてそこからの最終的脱出を描いているが、基本的にフィクションで主人公の行動にディセンター的価値観を体現している。デフォーと好対照をなすジョナサン・スィフトが書いた後者もトラヴェル・ライティングを装っているが、政治的・道徳的風刺を含むユーモア小説というのが現代的認識である。デフォーのもう一つの有名作『モル・フランダース』（*Moll Flanders*, 1722）やヘンリー・フィールディング、ローレンス・スターンらの小説草創期から、現代に至り英文学史上代表的な多くの小説が「旅」の構成をとっている。これらをどこまでトラヴェル・ライティングの著作ととるべきか、判断が難しいところである。

　一方、デフォーの『グレイト・ブリテン島全土の旅』（1724〜6）やフィールディングの『リスボン航行記』（1755）、スモレットの『フランスとイタリア旅行』（1766）と、小説仕立てながらこれに反応したスターンの『センチメンタル・ジャーニー』（1768）のように、有名作家が書いた旅行記も数多く存在する。バイロンの『ハロルド貴公子の巡礼』（1812〜18）は詩ながら、その一部が最後の重要なグランド・ツアー物語だという意見もある。

　この一方で、英文学史ではほとんど示唆されないが、18世紀後半には特に絵画と旅に関わる「ピクチャレスク・ビューティ」の観念をウィリアム・ギルピン（Gilpin、1724-1804）が提唱し、ピクチャレスク旅行の実践をして旅行記を出版すると大いに売れ、英国国内旅行のブームを引き起こしたようである。1782年から彼の没後の1809年までに発表された旅行記は、ウェールズや湖水地方、スコットランド、イングランド全土からワイト島に至るブリテン島のほとんどを網羅している。この中ではウェールズとイングランドの境を流れるワイ川河畔の美を称えた『ワイ川、及び南ウェールズ観察紀行』（*Observations on the River Wye, and several parts of South Wales, etc.*, 1782）[3] がピクチャレスク旅行実践書の第一弾で、『カンバーランド・ウェストモーランドの山と湖観察紀行』（1786）が湖水地方人気の火付け役の一つである。他にスコットランドの旅を記録した『スコットランド、ハイランド地方観察紀行』（1789）さらに『三つのエッセイ他』（1792）がピクチャレスク旅行の

実践・理論書、そして絵画論として、彼のこの分野の代表的著作と言えるようだ。これらを、デフォーやジョンソン博士（Samuel Johnson, 1709-84）の著作と比較すると、この世紀内での旅行文化思潮の変化がうかがわれる。また、アイルランドについても重要なトラヴェル・ライティングがあるが、統合と独立に関わる政治的問題が絡み、難しいこともある。

　次に18世紀から19世紀初頭の女性トラヴェル・ライターを挙げよう。夏目漱石が『三四郎』の中で言及したように、17世紀にアフラ・ベーン（Aphra Behn, 1640-89）という女流作家がいたが、18世紀の初めには外交官の夫に同行したモンタギュー夫人（Lady Montagu, 1689-1762）がトルコ滞在記を書いている。しかし女性が本格的に著作を始めるのは18世紀末のことである。後に『女性の権利の擁護』（1792）を書いて現代の女性解放の祖と仰がれるメアリ・ウルストンクラフト（Wollstonecraft, 1759-97）は社会思想家だが、彼女にもトラヴェル・ライティングと言える『北欧滞在記』（1796）がある。また、ゴシック・ノヴェルで有名な女流作家アン・ラドクリフ（Radcliff, 1764-1823）には『オランダ、ドイツ西部国境の旅——湖水地方観察記1794年』（1795）があり、フランス革命期の大陸旅行記として貴重なだけでなく、先駆的な湖水地方旅行記でもある。詩人ワーズワスも湖水地方案内を出版しているが、彼の妹ドロシーは出版したわけではないが、彼女の日誌も重要で、その多くが兄と共に旅した記録である。『1803年のスコットランド旅日誌』（1874年出版）はギルピンの影響を受けた重要なピクチャレスク旅行記録である。[4] 出版は旅の70年後、彼女自身の没後20年ほど後だが、18世紀後半から19世紀はじめに書かれた数百もあるというスコットランド紀行文としては、四半世紀前に書かれたサミュエル・ジョンソンの『スコットランド西部諸島の旅』（1775）と好対照をなす名作である。彼の伝記でも有名な盟友ジェームズ・ボズウェル（Boswell, 1740-95）は同じ旅を『ヘブリデス諸島の旅日記』（1785）に記している。

　ジェームズ・クックの３回にわたる太平洋を含む世界周航とそのジャーナル（航海記）も18世紀のトラヴェル・ライティング研究史上重要だが、英国旅行文化という観点からは少し膨大すぎるテーマかと思われる。19世紀英国の世界展開や帝国主義、植民地政策への発展から見ると、このクックの業績

も重要な研究テーマであろう。

V　19世紀以降のトラヴェル・ライティング

　19世紀には交通網の発達と出版技術の革新が続き、旅行文化は大いに変貌する。特に目に留まるのは、英国から外国へのパッケージツアーと、旅行ガイドブックの隆盛である。アメリカは独立したが、英国はカナダとカリブ海に植民地を持ち、そしてオーストラリアとニュージーランドにも進出していく。インドのような先住民を制圧する形での植民地経営も展開され、西アフリカも新たな市場となり、英国は正にワールド・パワーとなっていく。このような中で未知の領域を扱ったトラヴェル・ライティングが多くなっていく。

　この時期の探検記としては、リヴィングストン（D. Livingstone, 1813-73）の『南アフリカにおける宣教の旅と探検』（1857）が有名である。また第三次探検で行方不明になった彼を捜索したスタンリー卿との出会いの逸話も興味深いものがある。後に『種の起源』（1859）により進化論を提唱するチャールズ・ダーウィン（Darwin, 1809-82）は1831年にケンブリッジを卒業し英国海軍の測量船ビーグル号に便乗し、ガラパゴス諸島を含む南米を探検し、ニュージーランドからオーストラリア、インド洋、喜望峰を回り、ブラジルから西アフリカを経て英国に戻る。この5年近くにわたる航海を、彼は『ビーグル号航海記』（1839）にまとめる。これは後の動物学、地質学、さらに進化論に発展する源泉で、彼の祖父エラズマスの博物学の時代から新たな時代への発展を象徴するトラヴェル・ライティングと自然科学観察との混淆である。

　なおチャールズ・ダーウィンの友人に「最初の女性社会学者」と知られるハリエット・マーティノー（Martineau, 1802-76）がいる。彼女はマルサスの『人口論』信奉者でその理論を実践する活動もし、1845年から湖水地方アンブルサイドに住み、『英国湖水地方完全案内』（1855）を出版した他、エジプトや中東、またアイルランドの旅行記も残している。ほかに西アフリカ旅行記を1897年に出版したメアリ・キングズリー（Kingsley, 1862-1900）も19世紀

末の女流トラヴェル・ライターとして挙げるべき人物である。1850年代に西洋に対して鎖国を解いた日本への西洋人訪問者の記録にも興味深いものがある。『イザベラ・バードの日本紀行』（1880）は当の日本ではやや知名度に欠けるが、有名なのは小泉八雲として日本に帰化したラフカディオ・ハーンの『日本の面影』（1894）で、現代でも読み継がれている。

　他にも19世紀以降現代に至りトラヴェル・ライティングとして指摘すべき書物は沢山あるが、個々の作品について述べるのは終え、最後に研究方法を考えてみよう。

Ⅵ　21世紀の英国旅行文化論の方法

　現在英米で流通する原書の旅行ガイドブックを単に読むだけでは研究とはいえない。前提として英国の歴史、文化・文学史の概要を把握して教養として身につけているのは当然である。その上で特定テーマに向かうべきだが、ここで研究方法を考えてみたい。

　有名文人の旅行記または旅行経験を文学的、伝記的に研究する、あるいは文学作品に用いられている旅行仕立ての部分を検討し実際の現地旅行と比較し、その構成上の意味を検分する。文学作品に現れる場所を確認し、地理的事情を把握することにより作品解釈のヒントを得る。これらはむしろ文学研究の一部かもしれない。

　15世紀以降の英国の旅行文化を形成したトラヴェル・ライティングを研究し、当時からその後への影響と、現代の旅行との異同を比較研究する。また、我が国に知られていない特定観光地を地理的、歴史的に研究して紹介する。以上のような研究方法が考えられる。

　文学研究の立場からは、文人たちの紀行文を読むのも楽しいが、彼らの書簡やノートブック類から、彼らの旅行がどんなものであったか、旅行記めいたものを組み立てるのも面白い。本書の最終章はこれを実践し、ジョン・キーツの書簡集から彼の1818年の、英国北部からスコットランドへの旅行記を組み立ててみた。同時に観光地の現状と比較もしている。

最後に21世紀の旅行文化の楽しみ方を考えよう。先ずテレビ放送、DVD
などの映像を見て楽しむのは現実の旅ができなくても可能である。古典的に
は紀行文、随筆、旅行記を読んで想像上の旅を楽しむことがあった。最近で
は旅行記を読みながら、インターネット地図やウェブサイトで地名や位置関
係を確認しつつ仮想旅行を楽しむことができる。グーグル・マップのストリ
ートヴュー機能を用いれば仮想の徒歩旅行、ドライヴ旅行に似た状況を楽し
める。一部仮想登山でさえ可能である。また英国の観光地はほとんど公式
HP を持っているのでネットサーフィンにより情報には事欠かない。ただし
ネイティヴ並みの英語を読む必要はあるといえよう。
　このようにして、英文学と並んで英国旅行文化を楽しみたい。

註
1　トラヴェル・ライティングの入門書としては下記参考文献参照。
2　インターテクスチュアリティ（intertextuality）：間テキスト性と訳し、あるテキスト
　　の創造・解釈に関し基本的な重要性をもつ別のテキストとの相互関連を考察すること。
3　拙著「ウィリアム・ギルピン著『ワイ川、及び南ウェールズ観察紀行』研究」（『関東
　　学院大学文学部紀要』第129号、2013年）およびこの論文をもとにした本書第4章参照、
　　なお以下の書名の訳とも18世紀の長いタイトルを略称。
4　拙著『スコットランド、一八〇三年——ワーズワス兄妹とコールリッジの旅』春風社、
　　2017年.

文献案内
１．トラヴェル・ライティング概説書

Blanton, Casey. *Travel Writing: The Self and the World*. New York and London: Rout-
　　ledge, 1995. (Genres in Context).
Bohls, Elizabeth A. and I. Duncan (eds). *Travel Writing: 1700– 1830*. Oxford: Oxford U.
　　P., 2005.
Hume, Peter and Tim Youngs (eds). *The Cambridge Companion to Travel Writing* 2002
　　Cambridge U.P., 2006.
Thompson, Carl. *Travel Writing*. Abington, UK &c: Routledge, 2011. (The New Critical
　　Idiom).
Youngs, Tim. *The Cambridge Introduction to Travel Writing*. Cambridge (UK): Cam-
　　bridge U.P., 2013.

2．現代の英国旅行ガイドブック

Lonely Planet Great Britain. Else, David. and Oliver Berry, F. Davenport , M. Di
Duca , B. Dixon (Lonely Planet, 2013　毎年改訂): Lonely Planet 社はこの他に
"Japan" を含み全世界をカバーする数多くの優れた旅行案内書を発行している。

Eyewitness Travel Great Britain. (Dk Eyewitness Travel Guides). Leapman, Mi-
chael. etc. (NY: DK Pub., 1995-2013)
美しい写真に埋め尽くされた旅行ガイドブック。

Time Out London. (Time Out Guides) (London: Time Out Guides, 2010-13)
以上膨大な数がある中から目に留まった3種のみ提示した。

3．地図類

Ordnance Survey Travel Map; Ordnance Survey Explorer Map.
AZ Visitor's Map; AZ Road Map.
これらの他にも様々な地図が用途別、スケール別に出ていてインターネット経由でも入手
できる。

ハンプトン・コート宮殿：ロンドン南西部、リッチモンド
ヨーク大司教トマス・ウルジーからヘンリー八世に進呈された。
現在「枢機卿ウルジー」の名は最寄りバス停に残されている。
（Hampton Court Green Cardinal Wolsey）

第1章　英国湖水地方の旅行文化
ワーズワスに至る18世紀の旅行記・ガイドブック

　英国湖水地方はイングランド北西部の山や湖に恵まれた、英国随一の観光地で、18世紀の後半から現代まで人気が続いている。ロマン派の詩人ワーズワスは現在の国立公園の北西外れの町で1770年に生まれ、湖水地方の奥地ともいえる場所で中等教育を受けた後、この地域外に出る。しかし彼は1799年暮れにこの地に戻り、さらにコールリッジやサウジーなども定住し、英国湖水地方には自然美の上に文学史跡として文化的な魅力まで加えられた。特にワーズワスの作品の多くがこの地域を舞台としており、固有名詞もさることながら、詩の多くが実在の場面を見たうえでより良く解釈できることは現地を訪問した多くの研究者が経験している。

　後には美術史家のジョン・ラスキンや、絵本作家ビアトリックス・ポターも住み、湖水地方の人気に彩を添えているが、この地域の観光は18世紀以来の文化的事象であり、ワーズワスの詩やピーター・ラビット以上に湖水地方の旅行記や旅行案内の書物が果たした役割は旅行文化の発展という観点からも見逃せないものがある。

コッカーマスのワーズワス生家（以下の写真は論者撮影）
家の前はイギリス特有のラウンドアバウト

　一方20世紀後半の負の側面としては、湖水地方の西側沿岸部、嘗てのウィンズケール（Windscale）、現在のセラフィールド（Sellafield）の、事故も起こしたことがある原発施設がある。この方面のことは専門の研究家にお任せすることとし、本書では扱わないこととする。

　この章では、ワーズワス自らが請われて1810年に匿名で湖水地方案内を書

く前後までの、代表的な英国湖水地方の旅行記やガイドブックの検証を行う。

Ⅰ　英国湖水地方と文人たち

　英国湖水地方で出会った現地のハイカーが次のようなことを語っていた。

ワーズワス生家裏を流れるダーウェント川
上流にダーウェント・ウォーターの湖がある。

　「よく晴れた秋の朝、谷には霧がかかり、山の上では霜がおりる時期に山歩きをするほど素晴らしいことはないね。私は早朝に出発するのが好きで、甘い菓子類を持って行くけど、山歩きの褒美には、ケジックにグッド・テイストという店が、ホークスヘッドにはハニーポットという店が、グラスミアにはサラ・ネルソンのジンジャー・ブレッドの店があるんだ。登山ならスキドウやラングデイル・パイクス、そしてもちろんヘルヴェリンの山々もあるね。でもバターミアあたりの高原も素晴らしく、よく行くよ。山歩きの後は、小さい宿でビールを一杯やるのが最高だね。私はナショナル・トラストの会員だから山のふもとの駐車場では何時間とめても料金はいらないしね。」

　湖水地方は1951年の立法で他の数箇所と共に英国初の国立公園に指定されたが、その遥か前から英国随一の観光地として多くの旅行客や休日滞在者、あるいは引退後の定住者を集めてきた。この地の観光化は18世紀以降の英国の旅行文化の発展と共にあり、また18世紀末から始まる英国ロマン主義の、筆頭の担い手であったウィリアム・ワーズワスがこの地を本拠としたこともあり、19世紀に一層の人気を集めることとなった。本章はこの英国湖水地方の観光地としての発展と湖水派、湖畔派とも称されるイギリス・ロマン派詩人たちとの関係を、彼らが読んだガイドブックや旅行記などと共に検証することを目指したものである。

　ワーズワスは湖水地方の北西外れ、コッカーマス（Cockermouth）で生まれるが、両親が若くして亡くなり、幼くして親のいる家庭というものを失う。彼は少年時代から青年期初期までは、湖水地方のほぼ中心に位置する寒村ホークスヘッド（Hawkshead）のグラマー・スクールに学び、下宿生活をするが、ケンブリッジ大学入学から二十代の終りまでは湖水地方の外で暮らすこととなる。しかしその間にも彼は時に応じて親類縁者を頼り湖水地方に戻り、そのすばらしさを痛感していたようである。29歳になっていた1799年の暮れに、彼は湖水地方のほぼ中央部にあたるグラスミア（Grasmere）に定住し始め、その後数度家を替えるものの、終生この湖水地方の中心地を生活の本拠地とした。

　コールリッジはもともと湖水地方に縁がなかったが、ワーズワスが1799年に旅に誘って以来この地に魅せられる。そしてワーズワスがグラスミアに定住して後、間もなく比較的近くのケジック（Keswick）にあったグリータ・ホール（Greta Hall）という館に家族と住むようにな

ホークスヘッドのグラマー・スクール
ワーズワス兄弟が学んだ当時の名門校

る。ロバート・サウジーと彼はブリストル時代からの縁があり、互いの妻がフリッカー家の姉妹で、コールリッジと義兄弟になるが、彼とその家族もこの家に住むようになる。しかしコールリッジ自身は、湖水地方の雨が多く湿った気候が身体に合わず、また妻との仲もあまりうまくいかず、またアヘン製剤の中毒がひどくなり、定住は三年ほどで終わる。結局家族を湖水地方に残したままサウジーに任せ、最後はロンドンに住むこととなる。

　ワーズワスの80年にわたる生涯の間にも湖水地方は観光地として大きな発展を遂げるのだが、ここで先ず当時の湖水地方がいかなる状況にあり、どのように観光の目的地になっていったかをみておきたい。

　チョーサーの『カンタベリー物語』の枠組みはロンドンから聖地カンタベリーへの巡礼旅行者が語る物語集であるが、語り手として登場する人物たち

の旅には、わが国の「お伊勢参り」を連想させるものがある。古来どんな名目にせよ旅を楽しむ風習は洋の東西を問わずあったといえよう。その後17世紀に二度の革命があったイングランドでも、18世紀の初めまでには上・中流階級で旅が一般的に楽しまれていたようで、旅行記がかなりみられるようになる。大陸へのグランド・ツアーは上流階級の若者に必要な通過儀礼のようになっていたが、英国の国内旅行も中産階級にまで普及していたようである。

グラスミア、タウン・エンドのダヴ・コテージ
ワーズワスが1799年から9年間住んだ。

しかし18世紀前半には英国湖水地方に関しての旅行記は少なく、代表的な作家によるものは『ロビンソン・クルーソー』で有名なダニエル・デフォーの『グレイト・ブリテン全島旅行記』（*A Tour Thro the Whole Island of Great Britain*, 1726）[1] くらいである。その第3巻、第三書簡の中でデフォーはこの地区のことを述べているが、主なルートは湖水地方の南東入り口に当たるケンダル（Kendal）から、中央部は避けて、東部のアップルビー（Appleby）から北東外れのペンリス（Penrith）に至るものである。さらにカーライル（Carlisle）に行く前に海岸の方の言及があり、コッカーマスとホワイトヘイヴン（Whitehaven）、ダーウェント川（Derwent River）やワーキングトン（Workington）など、後のワーズワスのゆかりの地についても触れているが、湖水地方の本質に踏み込んだ記述はしていない。ただ「（この地方の丘は高くて手ごわそうなだけでなく、）そこに一種の、人を歓待しない恐怖感があった」（"they had a kind of an unhospitable[sic] Terror in them": McVeagh,vol.3, 136）と、また同じページでウェストモーランド（Westmorland）をイングランド、ウェールズ全土で最も未開で不毛な恐ろしい地とも述べている。現在はカンブリア州にあたる当時の湖水地方は、アンブルサイド（Ambleside）の町の北を境にカンバーランド（Cumberland）とウェストモーランドに分かれた行政区分になっていたようだが、この山がちな地域は

デフォーには異様に見えたのであろう。

19世紀にはスイス・アルプスに英国人が押しかけるが、デフォーの時代にはまだ趣味としての登山や山歩きは始まっていなかったし、崇高美やピクチャレスクな美を求める風潮もまだ到来していなかったのである。当時の英国では、おそらくプロテスタント的価値観から、物見遊山的な観光旅行を良しとせず、

ライダル・マウントのワーズワス邸：1813年から1850年に亡くなるまで住んだ。

歴史や故事来歴、土地の産業や通商と関係のある旅をすべきとの考え方が一般的であったようである。このため産業や商取引のあった、あるいは歴史的な遺跡や遺物のあったケンダルやペンリス、ケジック、コッカーマス、ホワイトヘイヴンといった町を訪問する旅人はかなり古くからいたようだが、湖水地方の中心部、グラスミアからライダル、アンブルサイドの方面を訪れる人はまだ少なく、ましてやホークスヘッド、コニストン、バターミアまで行く人はさらに少なかった。

　湖水地方の中心部を縦断し、その美しさを英語の文章で最初に愛でた文人は「田舎の教会墓地にて詠める哀歌」で有名な詩人のトマス・グレイである。彼はワーズワスの生まれる前年、1769年にこの地方を訪問し、日誌（Journal）[2] に記し、ウォートン宛手紙でグラスミアのたたずまいをつぎのように賞賛している。「そのちょっと先に、これまで絵画が模倣を試みてきた中でも、最も甘美な景色が開けている。」"Just beyond it opens one of the sweetest landscapes, that art ever attempted to imitate." (Letter 511A: Toynbee, III, 1098; Gosse, I, 265) そして彼はグラスミアを「パラダイス」とまで呼んでいる：「この、小さいが疑いないパラダイス」"this little unsuspected paradise" (Letter 511A: Toynbee, III, 1099; Gosse, I, 266)。

　グレイの書簡日誌はその後彼の詩集に含まれ、また後のトマス・ウェスト

によるガイドブック[3]の第2版以降にも記載され、この後に広く読まれることとなる。

　グレイはワーズワスの生まれた翌年、ワーズワスの妹ドロシーが生まれた年と同じ1771年に亡くなるが、この後湖水地方には多くの観光客が押しかけるようになり、ワーズワスの若い頃にすでに観光地として賑わっていたようである。18世紀後半に湖水地方の人気が高まった主な理由は、自然とその景色に対する認識の変化である。それまでは地域の産業などの国力、地域的重要性、過去の歴史とつながった故事来歴が旅行の理由であった。しかし18世紀半ば以降、景色の荘厳さ、絵のような美しさを愛でる気風が広まり、湖水地方は正にそのような思潮に相応しい地域であった。グレイのグラスミア賛美は正にその象徴ともいえる。

コニストン・ウォーター東湖畔、ジョン・ラスキンの Brantwood ブラントウッド邸

II　18世紀の湖水地方旅行記（1）ブラウン、ハチンスン、ギルピン

　グレイに先立ち、18世紀半ばに湖水地方の紹介をした人物にジョン・ブラウン（John Brown, 1715-66）がいる。彼はカンバーランド、ウィグトン（Wigton）の牧師館育ちで、後のワーズワスと同じケンブリッジのセント・ジョンズ・コレッジを卒業後、聖職に就いてカーライルの大聖堂に係わっていた。カーライルでは、後に有力な湖水地方案内を書くウィリアム・ギルピンの父親と知己を得て、その息子ウィリアムの家庭教師を務めた。このジョン・ブラウンがこの後長らく関係を持ったウィリアム・ギルピンに湖水地方に関わる影響を与えたといえるようである。その様子は二人の往復書簡に見られるという。

　ギルピンの父親はジョン・バーナード・ギルピン大佐（Captain John Ber-

nard Gilpin）という軍人で、絵画の趣味を持っていたので、長男のウィリア
ムがこの父親と家庭教師のブラウンの影響を強く受けたことは察しがつく。
ウィリアム・ギルピンは1740年にオックスフォード大学に入学するが、その
後もブラウンとの文通は続いた。これらのオリジナル書簡はオックスフォー
ドのボードレイアン（Bodleian）図書館に収蔵されており、ドナルド・D・
エディ（Donald D. Eddy）が論文「ケジックのコロンブス」（"The Columbus
of Keswick"）の中で数多く引用している。[4] ブラウンの手紙は生前出版され
なかったが、その一部は没後1767年に匿名で出された書物の中に入れられた
という。手紙の内容からはエドマンド・バークの『崇高と美の観念の起原』
（Edmund Burke, *A Philosophical Enquiry into the Origin of Our Ideas of the
Sublime and Beautiful*, 1757）との関連が見受けられる。また後のロマン派に
つながる所もあり、移ろいゆく自然美を「ロマンティック」と述べている
し、湖水地方の自然美を描いた詩もあるという。エディによると、この後ブ
ラウンの著書は1772年までに5冊ほどの版に分かれてニューカースル（New-
castle）やホワイトヘイヴン（Whitehaven）などで出版されたが、現在はカ
ーライル公共図書館（Carlisle Public Library）に数冊残っているだけのよう
である。

　こうしてブラウンから影響を受けたギルピンが、ワーズワスにも影響を与
える湖水地方の観察記録を著す。これがギルピンの湖水地方案内（William
Gilpin, *Observations, Relative Chiefly to Picturesque Beauty, Made in the Year
1772, on Several Parts of Eng-
land; Particularly the Mountains
and Lakes of Cumberland and
Westmorland*, 1786）である。こ
の書物は「ピクチャレスクな
美」の概念を湖水地方に適用し
た最初の名著といえる。

　ギルピンの出版に先立ち、[5]
グレイやブラウンの書簡や社交

コニストン・ウォーター東岸より

ペンリス、ビーコン・ヒルにある
ビーコン・タワー Beacon Tower

界等での談話などに影響を受け
て、湖水地方への旅行者が増え
るが、そのような中で湖水地方
への旅行記録も出始める。この
時期の旅行者の特徴を示す代表
的な出版物にハチンスン（Wil-
liam Hutchinson, 1732-1814） の
旅 行 記（*An Excursion to the
Lakes, in Westmoreland and
Cumberland, August 1773,*

(1774))[6] がある。ハチンスンは一般的には地方史の著作で知られているが、
本業は法律家でダラムを本拠としていたようである。当時の有産階級の例に
漏れず、彼も本業以外に詩や劇も創作し、さらに地方の歴史研究を手広く行
っていた。従って彼の旅行記録も歴史や先史時代の遺物に興味が向けられて
いる。ピクチャレスクの伝統が根付く前の旅行者として、彼は旅の目的を歴
史的記念物の記録においている。こうして彼の記録には、ヨークシャから先
ず湖水地方東部の縁を旅し、アップルビーから13世紀以来の古城のあるブル
ーム（Brougham）を経て東北部のペンリスに至る様子が書かれている。ペ
ンリスには14世紀以来のペンリス城の廃墟やビーコン・タワー（写真参照）
があるほか、郊外に古代遺跡 "(King) Arthur's Round Table", Mayburgh
(Maybrough) のヘンジ（環状遺跡）, "(Long) Meg and Her Daughters" があ
り、これらに言及がある (83-6)。ストーン・サークルといえば、ケジック西
郊外のカースルリッグ・ストーン・サークル（Castlerigg Stone Circle）があ
り、これにもハチンスンは興味を示しているようだが名称の言及はない。こ
のケジックについて述べた先のページにはブラウンの手紙も脚注で引用され
ている (108-113)。彼はこの後アルズウォーターからダーウェント湖に向か
うが、当時観光のために湖上の遊覧船から大砲が発射され、フレンチ・ホル
ンが奏でられたと記されている。

　ハチンスンはダーウェント湖畔を辿り、その描写にも見られるブラウンの
影響を彼自身明記し、その書簡とジョン・ドルトンの詩を引用している。ブ

ラウンが示唆した月夜の散歩に倣い、ハチンスンは夜間の湖上航行を実行したようで、夜の湖上から見た素晴らしい景色の描写をしている。この後彼はスキドゥ登山をして、グラスミア、ライダル経由でウィンダミア湖に至る。

　この途中に出会った娘の純朴な美しさを称え、ハチンスンは次のように述べている。

　　Neither did these images pass in the imagination only, for in this sequestered vale we met with a female native full of youth, innocence, and beauty; --simplicity adorned her looks with modesty, and hid her down-cast eye; virgin apprehension covered her with blushes . . . . (165)

　　このようなイメージが想像の中だけに消えていくこともなかった。というのは、この人里離れた谷で私たちは、土地の若さにあふれた純真で美しい女性に会ったからだ。素朴さが彼女の表情を慎み深さで飾り、彼女の伏し目がちな眼を隠していた。処女の気遣いが紅潮で彼女を覆っていた。(以下の引用とも論者訳)

ハチンスンにはこのような、土地の住民とのいろいろな出会いもあった。

　彼はウィンダミアでもボウネスから湖上遊覧を行い、このウィンダミア湖とアルズウォーター、ダーウェントの三湖を比較しているが、この優劣を見定めることが当時の旅行者の楽しみの一つであったようである。し

ペンリスのワーズワスの祖父母クックスン宅跡
建物は19世紀後半再建、柱にプラークがある。

かし当時はまだ、ホークスヘッド、エスウェイト湖や、さらに西のコニストンにまで足を伸ばす旅人は少なかったようである。ハチンスンはウィンダミア遊覧の後、ケンダルに至り、湖水地方を去る。

III　18世紀の湖水地方旅行記（2）ウェスト、バドワース、ハウスマン

ハチンスンが『湖水地方逍遥』（*An Excursion to the Lakes*）を出版した4年後にウェスト（Thomas West, c. 1720-1779）が『湖水地方案内』（*A Guide to the Lakes*, 1st Edition, London: Richardson and Urquwart; Kendal: Pennington, 1778)[7] を出した。この湖水地方案内はグレイと後述するギルピンの著書と共に、この時期に最も読まれて影響力があった書物である。著者ウェストはスコットランド生まれでヨーロッパ大陸に滞在した後1761年に英国に帰り、ファーネスに住んだ。彼の場合もハチンスンに似て、地区の歴史や故事来歴に関心があり、その面を重視した著書を書いている。該当書の新しい点は標題に "Guide" の一言を入れたことにあり、人気の出版となった。ウェスト自身は第2版を見ることなく1779年に亡くなるが、この書物自体は半世紀近くにわたって10回以上改版が続いた。

グレンリディングより「ラッパスイセン」で有名なアルズウォーターを望む。

ワーズワスはホークスヘッドのグラマー・スクール時代に湖水地方の中心でウェストのこの書物に接し、ケンブリッジに進んでから『宵の散歩』（*An Evening Walk*）創作にあたり、かなりの部分を借用したという。ワーズワスが読んだのはウィリアム・コウキン（Cockin, 1736-1801）が編集した第3版で、[8] ウェストの原著に比べると第2版以降の改訂版には100ページ余りの「補遺」（"ADDENDA"）があり、初版の1.5倍に増えている。その内容は以下の10項目である。

1. Dr. Brown's description of the vale and lake of Keswick（18世紀前半～中頃）

2. Extract from Dr. Dalton's Descriptive poem（1755）

3. Mr. Gray's Journal of his northern tour (1769)

4. Mr. Cumberland's Ode to the Sun (1776)

5. A Description of Dunald-Mill-Hole by Mr. A. W. (1760)

6. Description of natural curiosities in the edge of Yorkshire (1779)

7. Extract from a tour to the Caves in the West-Riding of Yorkshire

8. Further account of Furness Fells, &c

9. Specimens of Cumberland dialect

10. Some remarks on the provincial words, &c. of the North

以上の項目からわかるように「アデンダ」の多くはブラウン、ドルトン、グレイ以来の湖水地方に関する著作のアンソロジーであり、これらが少年ワーズワスに如何ばかりの影響を与えたか察せられる。

　本文も新しい材料を用いているが、注目すべきはコウキンの改訂版から口絵にグラスミアの銅版画が、そして本文に先立ち一葉の地図が挿入されたことである。ウェストがこの案内で念頭に置いたのはピクチャレスク派の旅行者たちで、アルプスと比較しながら情報を提供する。その最たるは各地での眺望点の示唆であり、一方奥地の住民の勤勉にして純真な様子を、人間本来のあるべき姿と次のように讃えている点も注目される。

About Rosthwaite, in the centre of the dale, fields wave with crops, and meadows are enameled with flowery grass; the little delightful EDEN is marked with every degree of industry by the laborious inhabitants, who partake nothing of the ferocity of the country they live in; for they are hospitable, civil, and communicative, and readily and cheerfully give assistance to strangers who visit their realms. On missing the tract I was directed to observe, I have been surprised by the dalelander, from the top of a rock, waving me back and offering me a safe conduct through all the difficult parts, who blushed at the offer of a reward. Such is the power of virtue on the minds of those that are least acquainted with society. (103)

ロスウェイトあたりのこの谷の真ん中では、畑が作物で波立っていて、草地は花をつけた草で、釉（うわぐすり）をかけたような彩りに輝いていた。小さな喜ばしいエデンでは労働に勤しむ住民のあらゆる度合いの勤勉さが特徴となっていて、彼らには住んでいる地方の荒々しさの気味は全くない。というのは、彼らは客扱いがよく、礼儀正しく、話し好きで、自分たちの地域に来る知らない人に進んで喜んで助けの手を伸べる用意があるからだ。私が辿るように教えられた道に迷ったとき、谷間の住民が岩の上から手を振って戻るように伝え、困難な部分全ての安全な身の処し方を伝えてくれたのに驚いたが、御礼の報酬を差し出したら顔を赤らめた。このような美徳の力が、社会に最も慣れていない人々の心にあるのだ。

　ウェストの本書はピクチャレスク派の湖水地方旅行案内で、その作法とピクチャレスク的観点から眺望のすばらしい地点を示している点に特長がある。この目的のためにウェストは先人の著作を充分に検討し、特にグレイやハチンスンに対して同意したり異論を唱えたりしている。その最大の特徴は、読者を自ら感動した景観へと導く工夫をしている点にある。これが長い間多くの人々に読まれた理由であろう。

　また、ウェストの本文の最後には、ワディントン（Waddington）、ドナルド（Donald）なる人物らが1770年に測量したと見られる、この地周辺の山の高さが記録され、スコットランドやスイス・アルプスなどの山々の高さと比較されている。そしてブリテン島南部で最高峰がスノウドンだが、それも万年雪の高さに達していないことを指摘している。おそらく湖水地方の山がさほど高くないことを示すためであろう。最後にスノウドン、ヘルヴェリン、スキドウの頂上でも羊が草を食み、不毛な印象があるのは岩や絶壁が草の生育を阻むところだけであると述べている。これはデフォーら18世紀前半の旅行者たちが湖水地方に抱いた不毛な印象を払拭するためであったかもしれない。この後には、ランカスタから湖水地方各地を巡る道路距離をマイル表示している。

　なお、論者は小田氏編集の1778年初版リプリントの他に Woodstock Facsimile の1784年第3版と1796年第6版の原書を私有しているが、第3版と第6版の間には口絵の入れ替え、前口上の追加の他には本文中にマイナーな訂正追加が加えられているだけのようで、大きな違いはないようである。口絵は第3版のグラスミアの風景から、第5版以降ロイヤル・アカデミシアンであったジョゼフ・ファリントン（Jo-

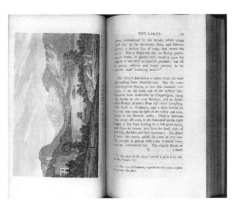

West の *A Guide to the Lakes* 第6版（1796年）
グラスミア挿絵：論者蔵原書より

seph Farington, 1747-1824）の描いたロードア（Lowdore）の風景をバーニー（Byrne）なる銅版画師が彫版したものに入れ替えられている（添付画像参照）。第3版口絵のグラスミア風景は第6版で81ページ向かいに移されている。原書の図はリプリントより遥かに明瞭で欄外下部の文字もはっきり読み取れ、左から"J. Feary delin." 中央に"GRASMERE"、その下に"Published as the Art-directs June 1, 1780, by W. Pennington, Kendal"、右端には"Engraved by J. Caldwall." と刻まれている。（添付画像参照）この他第6版で加えられた挿絵は13ページのランカスタ城ゲイト・タワーの絵だけである。

　ウェストの『湖水地方案内』はピクチャレスク流の風景観光に大きな影響を与え、その流儀に沿って湖水地方を旅する人がどっと増えた。その結果1780年代の湖水地方旅行はパターン化され、ガイドブックの指示するままに従う、主体性のない旅人が増えた。その様はジェームズ・プランプトゥリ（James Plumptre）の『レイカーズ——コミック・オペラ』（*The Lakers: a Comic Opera*, 1798）はじめ、かなりの数の出版物で風刺されている。

　このような状況を打開しようとした出版がジョゼフ・バドワース（Joseph Budworth, 1756-1815）の *A Fortnight's Ramble to the Lakes in Westmoreland, Lancashire and Cumberland*（1792）[9] といえる。表題に「二週間の徒

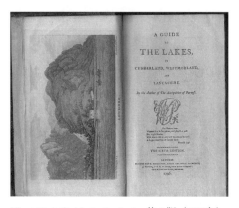

West の *A Guide to the Lakes* 第6版（1796年）
タイトルページ　論者蔵原書より

歩旅行」とあるように、この旅行記は、これまでには余り推奨されなかった徒歩と山登りを特徴としている。1780年代まで、徒歩は貧民の移動手段で、中・上流階級は馬車や馬を使うものとされていたが、1790年代に入り歩いて旅する人が増えてきた。さらに彼は、それまで眺めるだけのものであった山に登り、疲労や困難を越えて登攀を楽しむという、現代の湖水地方旅行者が楽しむヒル・ウォーキングを実行した。それを新たに記録したのがバドワースの旅行記の特徴である。

　バドワースの旅行記のもう一つの特徴は、湖水地方の住民との出会いと交流を多数描いていることである。すでに引用したように、ハチンスンがグラスミアからウィンダミアに向かっていたときに会った乙女の純朴な美しさを称え、ウェストはロスウェイトで会った地元民の美徳にあふれる様を称えたが、バドワースの場合は地元民との交流をユーモアとペーソスをこめて詳しく語りつくしている。中でもバターミア（Buttermere）のメアリとの出会いの記述は彼女を有名にし、後にワーズワスとコールリッジも1799年の旅で彼女と会うこととなる。コールリッジがその三年後に『モーニング・ポスト』（*Morning Post*）に記事を書いて彼女の結婚相手が詐欺師であったと暴くきっかけになったことは有名だが、彼女が働いていたフィッシュ・インは現存する。少し長くなるが、彼女のことを描いた "Sally of Buttermere" の項を引用してみよう。

　　Her mother and she were spinning woolen yarn in the back kitchen; on our going into it, the girl flew away as swift as a mountain sheep, and it was not until our return from Scale Force, that we could say we first saw her; she brought in part of our dinner, and seemed to be about fifteen. Her hair was thick and long, of a dark brown, and though unadorned with ringlets, did not seem to want them; her face was a fine contour, with full eyes, and lips as red as vermilion; her cheeks had more of the lily than the rose; and although she had never been out of the village, (and, I hope, will have no ambition to wish it) she had a manner about her which seemed better calculated to set off dress, than dress her. She was a very Lavinia*,

"Seeming when unadorn'd, adorn'd most."

When we first saw her at her distaff, after she had got the better of her first fears, she looked an angel, and I doubt not but she is the reigning lily of the valley.

Ye travelers of the Lakes, if you visit this obscure place, such you will find the fair SALLY OF BUTTERMERE. (202-4)

　彼女は母親と後ろのキッチンで羊毛の糸紡ぎをしていた。私たちがそこに入ろうとすると、少女は山の羊のようにすばやく逃げ出した。それで私たちがスケール・フォースの滝から戻ってきた時にようやく彼女に初めて会うことができた。彼女はディナーの一部を運

カークストン峠：ウィンダミアからアルズウォーター方面の A592 途中

んできたが、十五歳くらいに見えた。その髪は豊かで長く、暗い茶色で、巻き毛の飾りはなかったが、不足には見えなかった。顔は申し分ない輪郭で、ぱっちりした眼と辰砂のように赤い唇をもっていた。頬は薔薇というよりむしろ百合のそれだった。そして彼女は村から出たことは一度もなかったにもかかわらず、（また、願わくは、それを望むような野心を抱かないことを）彼女には衣装を着せるというより、衣装

につりあうよう意図されているような作法が仕込まれていた。彼女は
まさにラヴィニア*だった。

　「飾り気がない時に最も飾られているように見える。」

　彼女が糸巻き棒に取り掛かっているのを我々が初めて見たとき、彼
女は最初の恐れに打ち勝っていたので、その姿は天使のようで、私は
疑いなく彼女がこの谷の冠たる百合に他ならないと思う。

　湖水地方の旅行者の皆さん、皆さんがこの辺鄙な場所を訪問するな
らば、この麗しのバターミアのサリーに会えるだろう。

　（*Lavinia：ヴェルギリウスの『アエネーイス』で、アエネーアスの二人
目の妻。論者註。）

　バドワースはウェストが湖水地方案内で提唱したピクチャレスクな旅がそ
の後形式化していったことを緩和し、自由な徒歩旅行、山歩き、登山を提唱
した。バドワースの本書はガイドブックとしては不十分な点も少なくない
が、当時の感傷小説と同等並みに、旅行記としての読み物の面白さを充分兼
ね備えているといえるようだ。またトマス・ウェストやジョゼフ・バドワー
スがこのように書物の中で湖水地方の住民を讃えたことが、ワーズワスに影
響を与えて、『リリカル・バラッズ』の基本的な方針、田舎の庶民の日常言
語を用いて、田舎の庶民の題材を用い詩作するという理念を考え付いたとい
えるかもしれない。

　ともあれ、ウェストの同時代に流行していたピクチャレスク流案内と、こ
れに対抗する自由な山歩き、登山を提唱するバドワースの旅行記は、当時の
この種の書物が多様であったことを示しているが、さらに "Topography"
（地誌学）的な面を含んだ湖水地方案内も1800年に出版された。ジョン・ハ
ウスマン（John Hausman, 1764-1802）の *A Topographical Description of
Cumberland, Westmoreland, Lancashire*（1800）[10] である。ハウスマンはカー
ライル近郊の生まれで、地区の歴史に興味があり、同傾向のハチンスンが
中心となった『カンバーランド史』や、他の雑誌にも旅行記を寄稿してい
た。上掲書の出版前に、すでに湖水地方の解説と案内を出版していたが、こ

れに地誌的な叙述を組み込んで同年10月に出版した本書はウェストの案内書に迫る売り上げを見たという。

ハウスマンの本書は最初に、湖水地方の住民が美徳にあふれており、人間がもともと持つ特質を持ち合わせている点を強調している。これはワーズワスの『リリカル・バラッズ』及び同1800年版序文の精神に通ずるものがあるが、出版時期を勘案するとワーズワスに影響があったというよりは、このような考え方が当時の時代思潮であったと

Aira Force エアラの滝：アルズウォーターから少し登った所にある：ワーズワスとコールリッジが1799年の旅で立ち寄る。

取るほうがいいだろう。次いで前半部分では、表題にあるカンバーランド、ウェストモーランド、ランカシャ、ヨークシャの順に各地の地誌的な叙述が行われ、農業の土地所有体制や地代、農民の生活一般も描いており、ワーズワスの詩に描かれた湖水地方の農民とその生活を知る上で有益でもある。

後半部が湖水地方の旅行案内となるが、起点はリーズの町、そこからケンダルまでの旅程も記されているが、湖水地方に入るとケンダルから東端のホーズウォーター（Haweswater）を経てペンリスに至り、アルズウォーターを遠望してケジックに至り、ダーウェント東岸からワスト・ウォーター（Wast Water）のルートを示している。次いでバセンスウェイト（Bassenthwaite）湖からニューランズ（Newlands）経由バターミアに抜け、クラモック・ウォーター（Crummock Water）からエナーデイル・ウォーター（Ennerdale Water）へ、ここからコッカー川沿いにロートン（Lorton）に出てからケジックに戻るというルートが紹介される。この後はケジックを離れ、グラスミア、ライダルからアンブルサイドを経てウィンダミアが詳細に描かれている。ここからエスウェイト湖を経てコニストンまで紹介され、アルバーストン、ファーネスを経てランカスタに出る。以上の経路はこれまでの書物よりかなり拡大されたものである。本書には折り込みの地図や銅版の

ケジック、グリータ・ホール入り口
コールリッジ、サウジーとその家族が住んだ。
現在はグループ・アコモデーション（宿泊施設）。

風景画が13点綴じ込まれている。

　ハウスマンの *A Topographical Description* 最後の部分では、湖水地方東部ルーン（Lune）川沿いの地域からイードゥン（Eden）川一帯がカーライルに至るまで、さらに西部の海岸ホワイトヘイヴン、ダドン川一帯からランカスタに戻るルートが紹介され、最後はランカスタからリバプール、マンチェスターに至っている。

　ハウスマンは、ウェストの景色の表現を受け継ぎ、ピクチャレスク派の特徴に加えて正確さを心がけているがバドワースほどの個性はない。しかし旅行案内としては客観性と信頼性が充分で、先人からの引用も到る所で用いている。前半の特徴は自然景観だけにこだわらず、地誌と民生も手がけた点にある。後半は従来書の旅行案内を継承しているが、18世紀最後の年の出版となる本書はそれまでの案内書にあった場所に加え、湖水地方の最深部の秘境や、周辺部で見落とされがちな箇所も扱っている。また従来の出版より地図や版画の挿絵が増えた点も注目される。

　ハウスマンの *A Topographical Description* から10年経てワーズワスが匿名で湖水地方案内を出版するが、これについては、著作に至る経緯も含めて次章で扱うこととする。

註
1　下記参考文献1726年の項参照。135〜149.
2　下記参考文献1769年の項参照。Gosse: 1074 (entry 505)-1110 (511A); Duncan Wu, *Wordsworth's reading 1770-1799* (Cambridge: Cambridge U. P., 1993) にワーズワスが

1787年ころホークスヘッドで本書を読んだ推定がある。

3　下記参考文献1784, 96年の項参照。

4　John Brown の日誌の現在入手できる出版はなく、Bodleian Library, Oxford 所蔵の現物と、ブラウン逝去後数年間に出されたものの残存数部しかないようだが、幸い下記参考文献「1741〜」の項に記した Donald D. Eddy の論文があり、ここに MS からかなり引用されている。

ダヴ・コテージ裏庭の高台よりタウン・エンド一帯

5　下記参考文献1795年の項に入れた Ann Radcliffe (1764-1823) の旅行記 *A Journey made in the Summer of 1794* の一部に湖水地方に係わるものがある。

6　下記参考文献1774年の項参照。以下引用英文には該当書からの引用ページ数を添付する。Duncan Wu, *Wordsworth's reading* にワーズワスが本書を1796年に読んだ推定がある。

7　下記参考文献1778年の項参照。なお1784年の第3版、1796年の第6版も参照している。

8　下記参考文献1784年の項参照。Woodstock Facsimile の Jonathan Wordsworth による解説中にこの事実の言及がある。他に Duncan Wu, *Wordsworth's reading*　146〜7ページで、ワーズワスが1787年と1789〜90、1796年にウェストの本書を、63〜66ページでギルピンの1786、1789の両エディションを1780年代に読んだことを推定している。

9　下記参考文献1792年の項参照。

10　下記参考文献1800年の項参照。

参考・関連文献

（1）18世紀以降 英国湖水地方 旅行記・ガイドブックの原書またはそのリプリント（年代順）

1726　Daniel Defoe. *A Tour Thro the Whole Island of Great Britain*, vol. III "Writings on Travel, Discovery and History by Daniel Defoe", volume 3, ed. John McVeaga. (London: Pickering & Chatto, 2001)

1741〜　'John Brown: "The Columbus of Keswick." By Donald D. Eddy in *Modern Philology*. Vol. 73, No. 4, Part 2, May 1976. なお、1741年は William Gilpin への最初の書簡が存在する年。

1769　Thomas Gray. *Correspondence of Thomas Gray*, vol. III, ed. Paget Toynbee et al., (Oxford: Clarendon Pr.,1935/ rpt 1971), 1074 (entry 505)-1110 (511A).

　　　Thomas Gray. "Journal in the Lakes." Vol. 1 of 4. *The Works of Thomas Gray in Prose and Verse*. Ed. Edmund Gosse. Macmillan, 1884; AMS, 1968.

1774   William Hutchinson. *An Excursion to the Lakes, in Westmoreland and Cumberland, August 1773.* First Edition, 1774. 193 pp. Reprinted in "Lake District Tours: A Collection of Travel Writings and Guide Books in the Romantic Era" Vol. 1- 1, ed. by Tomoya Oda. Kyoto: Eureka Press 2008.

1778   Thomas West. *A Guide to the Lakes: Dedicated to the Lovers of Landscape Studies, and to All Who Have Visited or Intend to Visit the Lakes in Cumberland, Westmorland, and Lancashire.* 1st Edition, 1778. 204 pp. Reprinted in "Lake District Tours: A Collection of Travel Writings and Guide Books in the Romantic Era" Vol. 1-2, ed. by Tomoya Oda. Kyoto: Eureka Press 2008.

1784   Thomas West, *A Guide to the Lakes.* 3rd edition ed. by William Cockin, 1784. Woodstock reprint ed. by Jonathan Wordsworth. Oxford: Woodstock, 1989.

1786   William Gilpin. *Observations, Relative Chiefly to Picturesque Beauty, Made in the Year 1772, on Several Parts of England; Particularly the Mountains and Lakes of Cumberland and Westmorland* (1786).

1792   Joseph Budworth. *A Fortnight's Ramble to the Lakes in Westmoreland, Lancashire and Cumberland.* 1st edition, 1792. xxvii, 267 pp. Reprinted in "Lake District Tours: A Collection of Travel Writings and Guide Books in the Romantic Era" Vol. 2, ed. by Tomoya Oda. Kyoto: Eureka Press 2008.

1795   Ann Radcliffe. *A Journey made in the Summer of 1794 . . . to which are added, Observations during a Tour to the Lakes.* Dublin: Porter et al, 1795.

1796   Thomas West, *A Guide to the Lakes, in Cumberland, Westmorland, and Lancashire.* The Sixth edition. London: Richardson, 1796.（原書論者私有）

1798   James Plumptre. *The Lakers: a Comic Opera in Three Acts.* London: W. Clerke, 1798. Woodstock reprint ed. by Jonathan Wordsworth. Oxford: Woodstock, 1990.

1800   John Hausman. *A Topographical Description of Cumberland, Westmoreland, Lancashire.* 1st edition, 1800. xii, 536 pp. Reprinted in "Lake District Tours: A Collection of Travel Writings and Guide Books in the Romantic Era" Vol. 3, ed. by Tomoya Oda. Kyoto: Eureka Press 2008.

1810   Joseph Wilkinson and William Wordsworth. *Select Views in Cumberland, Westmoreland and Lancashire.* 1st edition, 1810. xxxiv, 46 pp. plus 48 plates. Reprinted in "Lake District Tours: A Collection of Travel Writings and Guide Books in the Romantic Era" Vol. 6-1, ed. by Tomoya Oda. Kyoto: Eureka Press 2008.

1819   Willian Green. *The Tourist's New Guide, containing a description of the lakes, mountains, and scenery, in Cumberland, Westmoreland, and Lancashire,...being the result of observations made during a residence of eighteen years in Ambleside and Keswick.* 1st edition, 1819. xi,vii, 463 pp. / x, 507 pp. Reprinted in "Lake District Tours: A Collection of Travel Writings and Guide Books in the Romantic Era" Vol. 4 & 5, ed. by Tomoya Oda. Kyoto: Eureka Press 2008.

1820   William Wordsworth. *The River Duddon, A Series of Sonnets: Vaudracour & Julia and Other Poems. To which is annexed, A Topographical Description of the Country of the Lakes, in the North of England.* London: Longman, 1820.（1810年に匿名で刊行した散文を自分の詩集に入れたもの。）

1822　William Wordsworth. *A Description of the Scenery of the Lakes in The North of England. Third Edition, (now first published separately) with Additions, and Illustrative Remarks upon the Scenery of the Alps.* London: Longman, 1822. Woodstock reprint ed. by Jonathan Wordsworth. Oxford: Woodstock, 1991.（ワーズワス最初の単独でのガイドブック出版、1823年第4版を、さらに1835年第5版を加筆修正で出版。）

1825　Jonathan Otley. *A Concise Description of the English Lakes, the mountains in their vicinity, and the roads by which they may be visited; with remarks on the mineralogy and geology of the district.* 2nd edition, 1825. 141 pp. Reprinted in "Lake District Tours: A Collection of Travel Writings and Guide Books in the Romantic Era" Vol. 6-2, ed. by Tomoya Oda. Kyoto: Eureka Press 2008.

1830　Edward Baines. *A Companion to the Lakes of Cumberland, Westmoreland and Lancashire; in a descriptive account of a family tour, and an excursion on horseback...with a new, copious, and correct itinerary.* 2nd edition, 1830. vii, 312 pp. Reprinted in "Lake District Tours: A Collection of Travel Writings and Guide Books in the Romantic Era" Vol. 6-3, ed. by Tomoya Oda. Kyoto: Eureka Press 2008.

1835　William Wordsworth. *A Guide Through the Distirict of the Lakes in The North of England, with A Description of the Scenery, etc. For the Use of Tourists and Residents. Fifth edition, with considerable additions.* Kendal: Hudson and Nicholson; London: Longman, 1835.（ワーズワスの最終テキスト。）Reprint ed. by Ernest de Selincourt. *Wordsworth's Guide to the Lakes The Fifth Edition (1835).* Oxford &c: Oxford Univ. Pr.,1906/1970/1977.

1855　Harriet Martineau. *A Complete Guide to the English Lakes.* Windermere: John Garnett; London: Whittaker, 2nd ed. 1855.（原書論者私有）著者マーティノウは最初の女性社会学者と知られる。1845年以降アンブルサイドに住んだ。

1861　John Philips. *Black's Picturesque Guide to the English Lakes including an Essay on the Geology of the District.* Edinburgh: Adam & Charles Black, 1861.（原書論者私有）フィリップスは地質学者で、その方面の記述が特徴。

1894　H. D. Rawnsley. *Literary Associations of the English Lakes.* Vol. I: *Cumberland, Keswick and Southey's Country.* Vol. II: *Westmorland, Windermere and the Haunts of Wordsworth.* Glasgow: James MacLehose, 1894.（原書論者私有）著者ローンズリーはカーライルの名誉キャノン（主教座聖堂参事会員）

1902　H. D. Rawnsley. *A Rambler's Note-Book at the English Lakes.* Glasgow: James MacLehose, 1902.（原書論者私有）

1949　Walter T. Mc.Intire. *Lakeland and the Borders of Long Ago.* Carlisle: Charles Thurnam, 1949.（原書論者私有）

1984　David McCraken. *Wordsworth and the Lake District: a Guide to the Poems and Their Places.* Oxford &c: Oxford U. P., 1984.

グラスミア、セント・オズワルド教会墓地、ワーズワス一家の墓所：中央が詩人夫妻、右に娘ドーラ、さらに娘の夫、左は海難事故で若くして亡くなった弟ジョン、その左にはドロシー、左端は息子夫婦の墓石が並んでいる。

1993　Grevel Lindop. *A Literary Guide to the Lake District*. London: Chatto & Windus, 1993.

（2）その他関連書物

Berry, Oliver. *The Lake District*. London, Oakland, CA., Victoria, Australia: Lonely Planet, 2009. 現代の代表的な湖水地方旅行ガイドブックで2009年の現地調査では最も役立った。

Wu, Duncan. *Wordsworth's reading 1770-1799*. Cambridge: Cambridge U. P., 1993. Do. *Wordsworth's reading 1800-1815*. Do. 1995.

小田友弥. 『復刻選集：英国湖水地方への旅』. 京都：ユーリカ・プレス、2008. "Lake District Tours: A Collection of Travel Writings and Guide Books in the Romantic Era" に付加された和文解説書。

山田豊. 『ワーズワスと英国湖水地方──『隠士』三部作の舞台を訪ねて』. 東京：北星堂書店、2003年　英米圏を含めても、本書ほどワーズワスと湖水地方の関係を詳細に研究した書物は見当たらない。ワーズワスの詩の深くも広範な知識・見識を、繰り返し何度も実地踏査した具体的見聞と結び付けており、ヘルヴェリンなどの登攀も経験した著者のこの書物はまさに名著の名に値する。

他に国内で湖水地方紹介の関連書物が数多く出てはいるが、学術的なもの以外には言及に値するものは見当たらないのでここには記さない。

第2章　ワーズワスの「湖水地方案内」

　第1章では、デフォーに始まる湖水地方の旅行記やガイドブックの変遷を18世紀の終わりまで概観していった。

　本章では19世紀に入ってワーズワスが書いた「湖水地方案内」を詳しく検討する。「Ⅰ『湖水地方案内』初版著述前後のワーズワスの事情」では、1807年頃から1810年に至る、ワーズワスの伝記的事実と湖水地方案内著作までの経緯を概説する。Ⅱの部分では1810年初版から1835年の第5版に至るワーズワスの湖水地方案内の著作と改訂の経緯を概観する。Ⅲの「ワーズワスの湖水地方案内初版」の項から初版の特徴を詳細に検討し、ⅣからⅧに至り、初版の前半すぎまでに至る、湖水地方の山々の美、谷と湖、小川と森、住民、コテージ、道、橋、教会、庭園、邸宅に渡るワーズワスの論述の詳細を追って検分していく。最後の「Ⅸ　湖水地方の共和国」の部分は前半部の山場を扱っており、一つの結論ともいうべき部分であり、本章ではここをこの論文の帰結点とする。

　ワーズワスの湖水地方案内は単なる旅行ガイドブック、解説書ではなく、詩人の深い感性と豊かな文学的表現に溢れたもので、彼以前の類書には見られない優れた文学作品とも見なしうる。また、湖水地方が「羊飼いと農業者の共和国」であるという結論に到達する前半部には、フランス革命時代を経験して、その精神を文学的に体現した『リリカル・バラッズ』を著したワーズワスが、生まれ故郷の湖水地方に帰郷し、この地区を心から慈しんで生活した、その価値観が表明されている。

　なお、ワーズワスの『湖水地方案内』初版後半は次の第3章で扱う。内容的にエコロジカルなワーズワスの特徴が現れているので、彼を黎明期のエコロジストと捉えている。

現代の英国湖水地方（カンブリア）国立公園は網掛けの部分

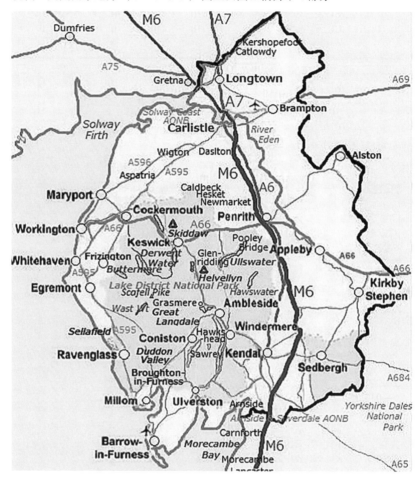

　ワーズワスの生家コッカーマスは国立公園西北外れ、祖父母クックスン宅は東北外れの
ペンリスにあった。コールリッジ・サウジー一家が住んだケジックは公園内北部、ワーズ
ワスのグラマースクールのあったホークスヘッドやウィンダミア、アンブルサイド、グラ
スミアは中央南寄りに当たる。
　原子力施設のあるセラフィールド（ウィンズケール）は西南寄りの海岸近くにある。

Ⅰ　「湖水地方案内」初版著述前後のワーズワスの事情

　ワーズワスが1807年4月28日にロングマン（Longman：現代まで続く出版
社）から出した『二巻詩集』（*Poems, in Two Volumes*）は彼の出世作『リリ
カル・バラッズ：抒情民謡集』（*Lyrical Ballads*）に次ぐ詩集で、1802年頃か
ら1807年に至る、彼の傑作が多く書かれた時期の中小の詩を収めたものであ
る。しかしながら、書評誌の反応は捗捗（はかばか）しくなくて、彼の名声もまださほど
ではなく、定まった収入もあまりなく窮乏状態は続いていた。『リリカル・
バラッズ』以降の詩作の蒐集として1000部出版したこの『二巻詩集』からワ
ーズワスが得た収入は、6年の集大成に見合わない100ギニーにすぎなかっ
たという。[1]

　彼はアッパー・ミドルの生まれで、二十代のはじめから詩人として生きる
ことを考えていた。当時、彼らジェントルマン階級の一般的な考え方では、
収入を得るなら、地主として小作料をとるか、仕事をして給料を得るなら聖
職か公職、あるいは法律家などの専門職とされていた。ビジネスの仕事は一
段低いもので、大学教育を受けた人が一般的に就くものではなく、東インド
会社に勤めたチャールズ・ラムのように、グラマー・スクールやパブリッ
ク・スクール等、中等教育を受けた後、あるいはそのような教育もないま
ま、主に経済的事情で雇用されたり、また自ら事業を始めたりするものであ
った。従ってワーズワスは大学卒業以来定職に就いたことはなく、生活の資
金としては、よく知られたレイズリー・カルバート（Raisley Calvert）の遺
贈始め友人からの好意による寄贈がほとんどであった。この他、ラウザー卿
の負債（Lowther debt）として周知の、親の遺産に当たるものが長年の係争
の末ようやく1803年に支払われていた。しかしながらそれぞれの額はありふ
れていて、生活の窮乏は長く続き、彼の生活が本当に安定するのは1812年に
徴税に関わる公職、印紙販売官を引き受けてからである。

　まだ生活が安定しない1807年頃のワーズワスは、徐々に大きくなっていく
家族や、同居人同然のコールリッジたちを養い、[2] 来訪者たちをもてなすた
めにより多くの収入が必要で、また大きな家に転居する必要もあった。ワー
ズワスは1803年のスコットランド旅行から帰ってから、コールリッジを通じ

てサー・ジョージ・ボーモント（Sir George Beaumont）夫妻と知り合い、不動産の権利書を寄贈されている。[3] この後長く続くボーモント卿夫妻との付き合いの始まりである。彼は1806年から7年の冬をこのボーモント夫妻に招かれ、家族全員を引きつれレスターシャーのコロートン（Coleorton）ですごし、住まいの不便に対処しようとした。またこの1807年3月に湖水地方パターデイル（Patterdale）の地所を購入しているが、[4] 資金と時間がなく、そこに家を建てることはなく、1807年7月にはグラスミアに戻る。21歳のトーマス・ド・クインシー（Thomas De Quincy）がタウン・エンドの最後の頃の訪問者となったのはこの頃である。[5] 彼はワーズワス一家が転居した後に、このダヴ・コテージと呼ばれることになる家の住人となる。ワーズワスが当初「目障り（eyesore）」と言っていたアラン・バンク（Allan Bank）は、建設が進むとその庭の設計が完全に彼自身に任された。さらにこの邸宅が完成すると、彼の一家に賃貸の提示があった。ワーズワスはこれに応じて借家暮らしを続けることとなり、1808年の5月から1ヵ月ほどかかり6月5日になってようやくグラスミア湖の反対側になるアラン・バンクへの引越しを終える。この邸宅は広かったが、吹きさらしの中にあり、煙突の排煙が悪く住みにくかった。煙突を中心に改修が繰り返されたがうまく行かず、一家は3年後の1811年6月にはグラスミアの牧師館（parsonage）に移る。この頃までに妻メアリの相続もあり、彼の世帯の生活は次第に安定していくが、それ以前、またその後も断続的に家族や同居人を養う資金に不足していた。

アラン・バンク：ワーズワス一家が1808〜11年の間住んだ。

当時ワーズワスは湖水詩人として知られるようになり、上流階級の社交界にも交わるようになっていた。『二巻詩集』出版後1807年の8月頃から、彼はこの地の代表的文人として地区の貴族階級のパーティーなどに招かれている。彼はそのような場でピクチャレスク・ビューティーや、風景庭園に関して自らの

考え方を臆することなく論じ、貴族階級の人々に、彼が著作以上に優れた人物と感じさせたようである。[6]

　しかしながら、彼の財政状態はなおも不安定なままであった。一方、アラン・バンクに住んだ前半の時期は散文の時代でもあり、それで収入を得ようとしたとも見られる。彼は若い時からずっと社会の動きに関心があり、1808年8月の、ナポレオン軍のポルトガルにおける敗退とそれに伴う「シントラ協定」（"Convention of Cintra"）には多くの人々と同様に憤慨を感じたようである。このため、出版に至らなかった「ランダフ主教への手紙」（1793年）以来の政治パンフレットを書くことになるのだが、彼のいつもの慎重な遅筆のため完成が遅れた。出版は翌1809年の5月の終わりで、問題の論争はすでに沈静化し社会の関心は薄れており、売れ行きは失望的結果となった。この著作に関しては別に研究する必要があるが、ワーズワス自身はこの出版が決して無意味ではなかったと考えていた。しかし出版の費用負担だけが後に残ったようである。[7]

　一方この頃コールリッジも新しい出版の企画を立てていた。二十代の『番人』（*The Watchman*）以来の定期刊行物『朋友』（*The Friend*）で、セアラ・ハチンスンの支えがあって、1809年の6月1日に第1号が出て、この後10ヵ月間全部で26号が出版される。ワーズワスはこれに「マセティーズへの答え」（'Reply to Mathetes'）と、「墓碑銘論」（'Essays upon Epitaphs'）の二つの大きな寄稿をしている。

　以上を考慮に入れても、ワーズワスの湖水地方案内の初版はアラン・バンク時代の最大の散文著作の一つである。その経緯は、ジョゼフ・ウィルキンスン師（Rev. Joseph Wilkinson）というアマチュアの画家が、湖水地方を描いた自分の風景画の版画集のために名文家の序文を依頼したことに始まる。彼は1804年まで湖水地方の小さい教区の牧師をして、スキドー山の南のふもとのオーマスウェイト（Ormathwaite）という、ケジックの北にあたる村に暮らしていた。画集出版を企てた当時、彼は牧師職からすでに引退して転居し、ノーフォークに住んでいた。彼は湖水地方にいた頃からコールリッジとサウジーの友人で、その忠実な自然描写で両詩人に敬われていて、コールリッジの娘セアラの名付け親でもあった。[8] このような事情でウィルキンソン

は当初自分の湖水地方の版画集のために、コールリッジに文章を依頼してい
たが、彼は当時『朋友』に忙しく、代わりにワーズワスを紹介したのであ
る。ワーズワスはすでに1807年8月に、旅行者のための湖水地方のガイドブ
ックを用意していることを知人に表明している。しかしその一年余り後の
1808年10月に、また別の人に宛てた手紙で、彼はその著述を「克服できない
沈滞に襲われ、先に進めることができなかった。('an insuperable dullness
came over me, and I could make no progress[9])」と述べている。このような
事情にも拘らず、上記のように彼は散文を書いて家計の困難を乗り切ろうと
していた。従って彼が本格的に湖水地方に関する散文を書き始めたのは1809
年にウィルキンソンのこの依頼があってからのようである。

II　ワーズワスの「湖水地方案内」の5つのヴァージョン

　こうしてワーズワスは最初の湖水地方案内を書き、その文章は無記名でウ
ィルキンソンの版画集の序文として1810年の初めに出版された。これが『カ
ンバーランド、ウェストモーランド、ランカシャの景色選』(*Select Views in
Cumberland, Westmoreland, and Lancashire*：以下用に応じ *Select Views* または
初版、1810年版と略称)[10] で、初版のファクシミリでは、この序の部分がワー
ズワスの著作とは分からない。しかしながらワーズワスが書いたことは周り
の状況から明白で、無記名書の著者帰属（attribution）の問題はない。彼が
この仕事を引き受けたのは専ら経済的事情によるもので、コールリッジとサ
ウジーとは異なり、ワーズワス自身はウィルキンソンの絵をあまり好んでは
いなかった。また湖水地方在住の友人でもある、1809年に版画集を出した画
家、アンブルサイドのウィリアム・グリーン（William Green）への悪影響も
心配もしていた。その後グリーンの版画集の売れ行きがウィルキンソンの出
版に影響されることはないとわかった。そこで湖水地方を愛するワーズワス
は、当時進行中のこの地方の自然破壊や観光化に抗議する機会にもなると思
い、この散文を書く意味を強く感じた。この後彼の筆は比較的順調に進んだ
ようである。

　冒頭の献呈の辞から始まる部分を読むと、どこからがワーズワスの著述か

分かりにくい。iiページ以降は後の版にも改訂のうえ転載されており、彼の著述に間違いないようである。最初の34ページ（i〜xxxiv）は「序」（Introduction）で、この後第Ⅰ項（Section I）が35〜36ページ、第Ⅱ項（Section II）が37〜46ページの構成である。「序」に対して第Ⅰ項、第Ⅱ項のページ数は少ないが、活字が順を追って小さくなり、行間も狭まっているが文字数としてはなお、ややアンバランスを否めない。後の版では、より妥当な区分に改められるが、内容に関しては、初版前半部を中心にこの先の部分で検討することにする。

　この1810年の初版の後、ワーズワスはすぐに自らの出版としての湖水地方案内を構成し直そうとしたようで、未完の原稿が残っている。しかし彼はこの出版を1811〜2年頃にあきらめたとみられる。その理由には、子供を失った後の絶望感や、ロンズデール卿から印紙販売官に就任するまで、毎年100ポンドの年金の寄贈の申し出があったこと、本来の詩の創作に没頭し、『隠者』（The Recluse）を目指し、当面『逍遥』（The Excursion）が意識の対象となったことなどが挙げられる。しかしながらこの先四半世紀にわたりワーズワスは湖水地方案内の散文を自分の著作として延べ4度出版する。この合計5回の出版は全て最初の出版を受け継いだ改訂とされているが、内容はかなり追加や削除・訂正が加えられ、彼の詩の場合と同様改版ごとにかなり様相が変わっている。

グラスミアの牧師館：ワーズワス一家が1811〜13年の間住んだ。ここで二人の子供を失う。

　湖水地方案内の第2版は初版から10年経た、1820年出版の詩集の最後に付録的に収められた。『ダッドン川、ソネット連作集：ヴォードラクールとジュリア、その他の詩：これらに加えて、イングランド北部、湖水の地方の地誌学的叙述』（The River Duddon, a series of sonnets: Vaudracour and Julia: and other poems. To which is annexed, a topographical description of the country of the lakes, in the north of England：以下第2版または1820年版と略

称する）で、著者をワーズワスと明記した最初の湖水地方案内の出版である。題名が「地誌学的叙述」（'*a topographical description*'）とある点に特徴が推し量られる。第1部（Section First）の最初1ページあたりの部分からは1810年初版のⅱページとほぼ同じ文章が始まるが、その後の部分は引用の詩も含め、かなりの入れ替えがある。この第2版は数点の有名な書評誌で賞賛されたので、ワーズワスはさらに追加訂正の上単独版を出版する決意をしたようである。

　こうして2年後、1822年に出版された第3版の『イングランド北部、湖水地方の景色の叙述』（*A Description of the Scenery of the Lakes in the North of England*）がワーズワスの一連の書物としての初めての単独版である。この出版以降が非常に大きな人気を博することとなり、ワーズワスは生前、詩集よりむしろこの湖水地方案内で広く知られることとなる。第3版の翌年、1823年出版の第4版は前年の売れ行きを見ての増刷の意味が強い直接的な改訂出版といえよう。しかしこの改訂時にも数箇所の大きな追加が行われた。他の版の改訂にも、今日的な改訂以上の書き換えが施されている。

　最後に、1835年に出版された第5版、『イングランド北部、湖水地方の案内』（*A Guide through the District of the Lakes in the North of England*：以下第5版または1835年版と略称する）が最も良く読まれたエディションだが、タイトルとは裏腹に、本書に至って案内書の性格が薄れ社会的・文化的認識が深まり、単なる遊興の読み物ではなく、いわば「心の案内書」としての性格が強まり、かねてからの詩人ワーズワスの評価の上昇と共に敬われた書物となっていったようである。

　この売れ行きに、ケンダルの出版者はさらに拡大版の出版をワーズワスに提案したが、彼はもはやこの仕事には関心が失せ、出版者に次の版の作成を任せた。しかし彼はなおもその準

ライダル・マウント：ワーズワスが1813年から亡くなる1850年まで住んだ。現在は直系の子孫が管理・運営している。

備段階で校正に目を通したり、知り合いに部分的著述をするよう紹介したりしたようで、その中にはド・クインシーやコールリッジの長男ハートリーも意図されていたという。この結果が1842年出版の『湖水地方完全案内、旅行者向け詳細案内を含み、ワーズワス氏のこの地方の風景描写等々、及びプロフェッサー・セジック師による地質学に関する三書簡を付加』（*A Complete Guide to The Lakes, Comprising Minute Directions for the Tourist, With Mr. Wordsworth's Descriptions of the Scenery of the Country, &c. And Three Letters on the Geology of the Lake District, by the Rev. Professor Sedgwick*）である。この書物はケンダルの出版者自身が編集したので一般に「ハドソンのガイド」と呼ばれているという。セジックの地質学に関する論文の寄稿もワーズワスが間を取り持った結果である。この出版からもワーズワスは報酬を得たようであるが、この本にはワーズワスの新たな筆が入っているとはいえないので、この出版は番外としたほうがいいようである。

　なお、出版時期を考慮すれば、第2版以降はライダル・マウントに在住するようになって後、印紙販売官の公職を得て後の出版であり、第5版に至っては、あと2年でヴィクトリア女王の即位があり、文化史的にもロマン主義時代がほぼ終わりかけていた頃となる。ワーズワスの評価が頂点に達するのはこの30年代からヴィクトリア朝に入って以降といえる。皮肉なことに、ワーズワスが印紙販売官の公職から安定した生活の保証を得た後に、彼が出す出版物もよく売れるようになり、そこからの収入も望めるようになった。第5版は最近小田友弥氏により邦訳が出た。従って以下本章では、主に1810年の初版前半の内容を検討していきたい。

Ⅲ　ワーズワスの湖水地方案内初版

　『カンバーランド、ウェストモーランド、ランカシャの景色選』（*Select Views in Cumberland, Westmoreland, and Lancashire*）の冒頭はトマス・ウォレス（Thomas Wallace）への語りかけになっている。ワーズワスはこの人物とは関係がないようで、この文章も彼のものではなく、ウィルキンソンのもののようである。おそらく、後の版でも用いられている次のページからがワ

ーズワスが書いた部分だろうと思われる。推測するに、版組みの関係で彼の文章はⅱページの文の途中から始まることとなったと思われる。この「序」の部分では、ⅰからⅱページに移りつつ、著述は湖水地方の山々、スコーフェルのパイク（The Pikes of Scawfell：現在はスコーフェル・パイク：Scafell Pike と綴る：978m ありイングランド最高峰）と呼ばれる連峰の荒々しくも優しげな表情に言及している。グレイト・ゲイヴル（Great Gavel：現在は Great Gable と綴る：898m）とスコーフェルの中間点が湖水地方の地理的中心で、この高地を中心に少なくとも九箇所の谷が車輪のハブのように周辺に広がっている。この内彼が最初に指摘するのは南東に伸びるラングデイル（Langdale）の谷とワイナンダーミア（Winander-mere）の湖である。後者は現在ではウィンダミア（Windermere）という名に落ち着いているが、当時はまだ名称そのものや、表記法が一定しておらず、Winander mere と切って記されることも多く、後の版でもこの表記は残っている。1818年に湖水地方を旅行したキーツも、弟たちへの手紙に Winander の表記を使っている。しかし混乱を避けるためこの先は「ウィンダミア」に統一する。なお、キーツのこれらの書簡も忘れてはならない19世紀初頭の重要な湖水地方旅行記と指摘しておく。（第8章で扱う。）ラングデイルの地区はラングデイル・パイクス、リトル・ラングデイル、グレイト・ラングデイル、ペイヴィー・アーク（Langdale Pikes, Little Langdale, Great Langdale, Pavey Ark）およびハリスン・スティックル（Harrison Stickle）の山々を擁する湖水地方の中心部で、

ワストウォータオから見たスコーフェル・パイク（中央）

現在でもアンブルサイドの町を拠点に観光の要所である。ウィンダミアは湖水地方最大の湖で、その谷は海の方まで、さらに近隣のランカシャにある、湖水地方から見ると外延部（rim）のモアコム（Morecomb(e)）湾の砂浜まで延びているとしている。次にコニストン（Coniston）の谷が指摘されるが、これは海

につながっているのは同様だが、上記の車輪上の軸部分にはつながっておらず一本はずれたリムのようだとしている。コニストン・ウォーターは湖水地方第三番目の大きさの湖で、ワーズワスが幼い頃から親しんだ他、後にその西岸にジョン・ラスキンがブラントウッド（Brantwood）邸を構えたことでも有名である。

　次に西への広がりが検討されダッドン（Duddon）の谷が指摘される。この谷には湖はなく、水量の豊富な川が、山々や岩場、野原をうねって海に至りダッドンの砂岸に及んでいる。第2版の冒頭にこの川を主題にしたソネットの連作が配置されている。第四の谷はエスクデイル（Eskdale）でダッドンの谷と似た性格だが、麗しい特徴があり、先で詳細を記すとしている。次に第五の谷としてほぼ真西にワスデイル（Wastdale、現在はWasdale）の深い谷が伸びており、小奇麗な教会と数軒の住まいが点在し、牧草地や麦畑が石壁で区切られた肥沃な平原と、その先の急峻な山々の高台と険しく切れ込んだ荒涼たるワスデイル湖があり、その先にはアイリッシュ海が見える。この次にはエナーデイル（Ennerdale）とバターミア（Buttermere）の谷とそれぞれの湖が、そして最後にボロウデイル（Borrowdale）の谷があり、そこから唯一ケジックの谷が連なり真北に伸びていて、これがウィンダミアの谷とは逆方向となる。このように湖水地方の谷はホイール状に広がっているが、半分ほどしかなく、そのイメージは不完全としか言いようがない。この欠点を補うのが東方に広がるウィズバーン（Wytheburn）、アルズウォーター（Ullswater）、ホーズウォーター（Hawswater）の谷、及びグラスミアとライダルの谷だが、これらのどの谷もグレイト・ゲイヴルとスコーフェルの間の中心点に昇りつくものではない。従って中心点は3〜4マイル東に寄り、ヘルヴェリン（Helvellyn, 950m）の麓にすればウィズバーンやセント・ジョンの谷を見

バターミアの谷：クラモック・ウォーター方向

下ろすことができ、またそれはケジック谷の枝分かれで、アルズウォーターは真東になる。そして目には見えないが南東のそれほど遠くないところに、ホーズウォーターの谷と湖がある。そして最後にグラスミアとライダルの曲りくねった谷と湖があり、アンブルサイドを経てウィンダミアに戻り、東方にも不規則ながら車輪の形が完成する。

　以上湖水地方の地形的概観を示した後、注意すべき点として、旅行者が主に訪問できるのはコニストン、ウィンダミアの谷、アンブルサイドとケジックの間、ケジックの谷そのものとバターミア、アルズウォーターなど、比較的アクセスの容易な地であり、変化に富んだ風景が一般的好奇心に答える点で最も推奨できるとしている。それでもなお、これら以外の奥地の谷もそれぞれ独自の美しさがあり、それぞれ素晴らしいと述べている。

　この「序」の部分では可能な限り一般的指摘に限定すると断りつつ、最初は周辺部から中心部に向かって、海から平原を通ってグレイト・ゲイヴルとスコーフェルに至る、それぞれの谷を囲い込み、分け隔てる尾根、隆起部、丘や岩場から荘厳な山々に至り考察が加えられる。次いでこれらの岩場、丘、山々が互いの間から聳え立つ様子や、山々が中心点に向かって房状をなしている様子、さらにはいくつかの谷を見慣れた人にも、太陽に対していろいろな場所から、光と影の織り成す対象の多様性ゆえに、あらゆる可能な美、荘厳さ、華麗さの装飾が目にできることを指摘する。例えばウィンダミ

ケジックとダーウェントウォーター：左端にコールリッジ一家が住んだグリータ・ホールが見える。

アの谷では視線を南に向ければ柔和で麗しい景色が見られる。雄大な景色を求めるなら北の方、ウィンダミアと反対の真北にケジックの谷がある。このため夏に太陽が遥か北西方向に沈む頃、ウィンダミアの湖岸あるいは湖上からは最も高い山々の峰の間への日没を見ることができる。そんな時山々は雲や、日光自体の強い輝きにより半分か

48

ら全体が隠れることもあり、湖の表面に多彩な色の美しさとなって、あらゆる段階の光彩が反映している。同じ頃にケジックの谷では、太陽が風景の中ではもっと慎ましい地域に沈んでいき、辺りにヴェールをかけるように、栄光を讃えるかのように光輝を広く降らせ、薔薇色、真紅、紫、黄金色の光を南と南東部の雄大な地域に投げかけ、山々の突出部や窪地が、厳かな陰を織り成し、澄んだ空気を通じてはっきり見える。もちろんこの二つの対照的な谷間には、真昼時にも目立った違いが見られる。南方に広がるおぼろげに曇った薄靄（うすもや）は、北方の澄んだ大気、決然とした陰と対照的に、真昼時に同時に存在している。その間の様々な谷においても同じような多様性に与（あずか）ることができる。

　以上この序の冒頭部分ですでに、ワーズワスは湖水地方の景観を、単なる眺めとしてだけでなく、太陽の位置とともに刻々と変わる光の角度や、地区毎の大気の様子も関わる景観の変化にも細やかな観察眼を持って見つめている。この散文にも詩人ならではの繊細な感受性が見られ、居住者ならではの広範にも深い観察の目が向けられていることが読み取れる。これらは彼が日常的に単独で、あるいは家族や友人と湖水地方を歩き回り、その折々に風景を賞味して語り合った結果の表現とも察せられる。

　若き日にスイス・アルプスへの徒歩旅行を敢行し、フランスにも長期滞在し、グラスミアに落ち着くまでにイングランド各地に住み、ドイツにも滞在しウェールズやスコットランドにも旅した彼であるが、湖水地方ほど狭くまとまった範囲で、これほど光と陰が風景の壮大で柔和な表情に多彩な影響を与える地は他に知らないと述べている。これは複合的な環境事情によるもので、ワーズワスはここに読者の注意を差し向ける。すでに示唆した湖水地方の中心点のグレイト・ゲイヴルとスコーフェルの高地から周囲八箇所の、それぞれの主要な谷に至るのに、羊飼いなら1時間もかからない。そのほかの谷もホーズウォーターを除いて距離は僅かである。それと同時に、これらの房をなすような谷間がそれぞれはっきりとして異なった特徴を持っている。そのいくつかの例では、互いに対照をなすように作られたかのような感もあり、同時に姉妹が競い合うかのように心地よい相違と類似の統一がある。このように興味深い点が集中している点では、特に徒歩旅行者にとっては、ス

49

ラングデイル・パイクス、前景はライダル・チャーチ

コットランドやウェールズのような魅力的な地域にも決定的にこの地域が勝っている。スコットランドやウェールズには、個々にはどこにも勝る数種類の風景があるのは確かだ。しかしスコットランドには特に荒涼として印象では劣る地区が間断なく広がり、有名な景色の場所に到着しても、その喜びがその景色自体によるものか、そこまでに通ってきた不毛で荒涼たる景色との対照ゆえか、わからなくなってしまうと彼は述べている。

Ⅳ　湖水地方の山々の美

　ここからワーズワスは山の外観について本体の銅版画に言及しつつ語ると述べている。山々の外見は果てしなくも多様で、流れるようでもあり、また大胆な威厳も示し、不意な程切り立ってもいて、また一方で柔和にも優雅である。この地方の山々は巨大さや雄大さではブリテン島のほかの地域の山に比べたら劣る。高さでいえば湖水地方の外にスノウドン（Snowdon：ウェールズにありイングランドも含めて最高峰：1085m）やベン・ネヴィス（Ben Nevis：スコットランド中西部の山で1343m、ブリテン島全土で最高峰）がある。しかし山々が織り成す組み合わせでは、競い合うかのように聳える様、荒れ狂う海のように尾根を持ち上げる様、またその表面の美しさ、色合いと多様性では、湖水地方のこれらに勝る場所は他にはないと断定している。

　湖水地方の山々の表面は湿潤な気候のおかげで豊かな緑のターフ（芝）で覆われている所が多く、牧草に供されている所もある。また、岩がちな峰も多く、豪雨により山腹から奔出する急流が土壌を露出させている場所もある。雨や急流が切り立った峡谷を形成していることもあり、角張った合流点では侵食の地形が形成されている。山々は鉱物学者が専門用語でシスト（片

岩）と呼ぶ岩でできており、平地に近付くほど石灰岩が多くなる。しかし片岩が岩場の主体であり、山の色は青みがかっているか、または岩を覆う地衣類による白灰色である。この青と灰色に、よく赤い色合いが混ざっているが、これは岩の中に介在する鉄分と浸み込んだ土壌に由来する。鉄がこれらの岩の主な要素であるために、岩が崩れるときに基本的な成分が砕けて、山々の急峻で切り立った所に、鳩の首を思わせる複合色の混合が見られる。ここで山の色を鳩の首の部分に例えているのは、コールリッジ流のイマジネーション論では良い比喩ではないが、ユニークな表現である。

　夏の暑さが近付くと草木の緑の色合いが褪せてくるが、至る所に繁茂する羊歯類（シダ）の出現により緑の色彩は回復する。他の何よりもこの羊歯植物により山々の色合いが季節ごとに決まる。10月の最初の週までに、草木や羊歯類が保っていた豊かな緑色

スキドウ、アルロック・パイクおよびドッド

は普通消えていき、明るい黄色やオレンジ色、ブラウン色の輝かしくも多彩な色が、秋の森と調和を成す。山々の麓の輝かしい黄色とレモン色は、植物が気候に一層曝されて、落葉が進んでいる山の頂上に向かって、オレンジ色から暗い朽葉色へと徐々に溶け合っている。これらの山々の山腹にはヒースやハリエニシダは普通見られないが、一部地域では繁茂が見られる。また、付け加えるにこれらの山々は表面が峰に向かって距離により和らげられ、最も繊細な大気の色を同化するに充分な高さがある。このようにワーズワスは実体験を踏まえて地形と気候が織り成す夏から秋にかけての通常の、あるいは思いがけない風景についても見識をこめて説明している。何れにしても、このあたりにも彼のめざましい観察力と描写力が見られる。

　次に彼は冬の山の景色が他の季節よりも興味深い美しさを示すことに言及している。これは一つには山々の形態によるもので、季節の影響とはいえないが、もう一つは少なからず、夏の色合いよりも冬に存在する多様性によるものである。この多彩な調和は素晴らしく、秋の美しさ以上である。山腹に

リグから見たスピーキング・クラッグとホーズ
ウォーター

ある下生えの雑木林は枯葉を残
しており、樺は銀色の幹や暗赤
色の枝を目立たせて立ってい
る。夏の群葉が隠していた落葉
樹の間から、ヒイラギの緑の葉
や緋色の実が前面に見えるよう
になり、また蔦が木々の幹や枝
の上に、また木の生えた岩場に
見えるようになる。夏の草や羊
歯の一様な緑に取って替わり山
肌には多くの豊かな色合いが互いに戯れている。ワーズワスはこのように晩
秋から冬の山肌の植生の美を語った後、雪景色の美しさを語る。白い霜や雪
の織り成す多彩さを描写するには万巻が必要なので、ここでは絵画には表現
できない、雪が生み出す色合いの例を示してその代表例としている。これは
友人（当然ながらコールリッジ）のメモ帳からの抜粋で、その正確さは自分が
目撃証人だと言っている。それは山々の上を吹き流れて行く雪の美しさ、そ
して完全な色調である。山の頂上から下方に、粉状の雪と草により豊かなオ
リーヴ色が作られ、そのオリーヴ色は少し温かみのある茶色になり、こうし
て調和よく組み合わされ白と共に気付かないほどのグラデーションが形成さ
れる。吹き流れる雪が単調さを防ぎ、グラスミアの谷全体がイーズデイル
（Easedale）のテラスから見ると多彩で、秋の華麗さにも勝る。遠くにはラ
フリッグ・フェル高原（Loughrigg Fell）が見え、湖の水域の壁を成し、こ
こは頂上から下方にかけて輝かしくオレンジ・オリーヴ色で、湖は輝くオリ
ーヴ・グリーン色を呈していて、イーズデイルの雪を頂いた山の頂上や高い
斜面とほぼ同じ色合いである。そして最後に教会と傍のモミの木が景観の中
心にある。このモミの木は巨木で湖の左側（ラフリッグ方面を見ている）のブ
ラザーズ・ウッド（Brother's Wood）の何本かのモミの木に視線を戻される。
教会とモミの木の隣には9の丘が見分けられ、その内6つの丘の木の生えた
山肌が我々の方を向いており、その全ては樫の雑木林で輝かしくも赤い木の
葉と雪の粉がついた枝が見え、これらの丘は正に頂上から下の方まで見え

る。しかし何れも完全にずっと
下の方まで見えるわけではな
い。これらの丘が互いに多彩な
位置にあり全体の眺めは様々な
雪の粉がかかり、一部は草に豊
かな茶色の色合いを与え、また
周りを光らせるほどの強い白一
色でもあり、またはるか遠くの
左手に完全な剥き出しの雪のな
い荒涼たる頂上と対照を成し

ラフリッグからみたグラスミア湖とグラスミア
村

て、控え目な様子で調和を取っている。場所や色、木の生え方、森の位置、
等々の多様性が統一において数だけでなく、感覚の活動が複雑に結びつき、
完全な統一の満足と安らぎの感覚を呼び起こしている。

Ⅴ　湖水地方の谷と湖、小川と森

　次にワーズワスは湖水地方の谷について述べる。彼はすでに車輪のスポー
クをイメージしたが、先ずそのスポーク、谷がそれぞれ曲がりくねってい
て、それも突然変化し複雑に入り組んでいることを指摘する。彼は谷の形状
が全体的に、湖が配置されたのと同じ経緯で形成されたと見ている。湖水地
方の谷はウェールズとは異なり、底の部分が寺院の床のように、あるいは湖
の表面のように平らで広々としており、坂の部分もなだらかである。谷は湾
曲が多いので、平坦地は旅人にとって連続に開けてくるように見え、また時
には丘の部分が互いに接近しており川の幅まで狭まっている所もあるし、丘
が並行して湾曲している所も、また片側の山が向かい側の丘に大胆に接近し
ている所もある。谷の平坦な場所から岩場や丘が島のように突き出ている所
があり、住民の住まいの位置取りの選択に制限となっている。ラングデイル
の高原地帯のように地面の傾斜が緩やかな場所では水がうまく流れないの
で、住居は洪水を避けるために谷の中央部ではなく、両側の山腹あたりに位
置していることもある。しかしグラスミアやスィースウェイト（Seathwaite）、

エスクデイル（Eskdale）のように岩場や丘が谷の中の平地部分に散在している所では、単一のコテージやその一群が大抵の場合、岩場や丘の脇に位置し、その美しさは際立っている。これは谷の住民達が乾燥と緊急時の避難を考えて住居の位置を決めた結果である。

　ワーズワスは次に湖水地方の湖について簡単に述べている。ワーズワスの考えでは、ダーウェントや、より小さい湖のように、湖は川と似ていないこと、つまり任意の場所から湖の全体が見えることが重要で、幅と長さの釣り合いが景観に影響を与えるというのである。湖岸が深い湾でいかに多様であっても、川に似ていては、湖独特の穏やかで静かな雰囲気が得られない。流れの影響を受けないで、雲や光、その他あらゆる空の様子や辺りの風景が湖面に映る様、大気の変化や、微風のゆれを写しだす所が湖の美の魅力だというのである。

　ウィンダミア、アルズウォーター、ホーズウォーターなどのような大きい湖では、高い所から全体像を眺めると、湖という特殊な形態ではなくて、巨大な川を連想するが、大抵は曲がりくねっているので湾曲の向こうは見えず、眺望は限られるので妥当な感覚を取り戻すことはできる。こうして一つの湖でも連続的に、多くの湖が持つ基本的な特徴を捉えることができる。大きな湖がこのような利点を持つ一方、この地方の特徴として、最大の湖も左程大きくはなく、また一つの谷に湖が一つだけしかないのではなく、連続して中小の湖があるということも指摘できる。ウェールズの谷は湖ができるような地形ではないが、スイスやスコットランド、そして北イングランドのこの地域は谷に湖を従えた地形になっている。しかしスイスやスコットランドの湖は大きすぎる場合が多い。要するに、ワーズワスの意見では、大きすぎる湖は風景を単調にし、湖の光景の美を味わうことから気を逸らされるが、湖水地方の中小の湖であれば風景美の喜びを湖岸か

ウィンダミア：ベル・アイルから北を望む

ら、また湖上からもより深く味わうことができるというのである。互いの岸辺が見えることが必要で、アメリカやアジアの湖のように対岸が見えないと、海から壮大さと力強さを引いたような感覚になってしまい、空虚感を味わう。

　これらの湖には数知れない小川や急流が流れ込み、また泉が介在して水を供給しているから、正に湖は生きていて、火山湖や平坦地の水たまりとは異なる。湖水は澄んで透明で、陰を投げかけ、まわりに横たわる山々の反映がなければ、乗っているボートが空気の中を漂っているか、あるいは空気と湖水が同じものとの錯覚さえ感じる。

　湖岸に関してはこの地方の湖は果てしなく多彩である。人の手が加わることを阻む山々が突然湖水にまで連なっている。また他の湖岸では、なだらかな芝の坂や豊かな森が形成されており、湖と山の間の縁には平らで肥沃な野原が広がっている。多くの場所ではそのような野原は青いバラス石の枠で縁取りしてある。またあちこちで、湖の境には葦や蒲の群生があり、睡蓮の大きな花びらの球体が微風に揺れている。一方波の上では白い花が波立っている。湖上の島は、ワーズワスの意見では数もそれほどでなく、美しいこともない。湖島といえば後にイエイツがアイルランドのギル湖（Lough Gill）に浮ぶ島を歌った「イニスフリーの湖島」'The Lake Isle of Innisfree' を連想する。ワーズワスはスコットランドの湖島には城跡や砦、修道院跡などの遺跡があるが、湖水地方のそれには谷の多彩さや遺跡の珍しさもないとしている。しかしウィンダミアの群れを成す湖島、ライダル湖の一対の対照的な島、グラスミアの孤立した緑の島は忘れてはならないとしている。また、歌に歌われた湖岸の岩についても言及している。

　次にワーズワスは湖に次いで、省いてはならない同種の見ものとしてターン（Tarns：山

グラスミア、ラフリッグ・ターン

中の小さい湖）について述べている。これは谷間にもあるが、山々の上に多く見られる。谷間のターンは大抵谷の底面部が喜ばしくない形成の仕方をした部分、つまり小川の水が完全に逃げないで、また広い地域に分散しない場所にできる。従ってターンはしばしば沼地の区画に取り囲まれていて見掛けはよくない。ただし常にそうではなく、耕作が行われ、ターンの湖岸がはっきりしている場合は、小さいことや小さな谷間や、奥まった円形の場所にあることだけが湖との違いである。このような小型の湖の中ではグラスミアから南、現代ではA593寄り、B5343を挟んでエター・ウォーター（Etter Water）の東になるラフリッグ・ターン（Loughrigg Tarn）が最も美しい例であるとしている。その湖岸には緑の草地や岩場、岩がちな森、僅かな葦と睡蓮の群れ、その外には砂利、石の層がある。この湖からは小さな小川が遅くもなく早くもなく流れ出ているが、あまりに細く短いので目に留まらないほどである。その静かな水面（みなも）には数軒のコテージが映っている。遠くにはラングデイルの峰が見え、この小さいが静かで肥沃な地域の北の境界を成す、低い耕された土地の畔を見下ろしている。山中のターンは時間が充分にある探究心旺盛な旅行者だけに薦められる。到達するのは困難だが、幾つかは姿が恒常的に非常に壮大である。一方最も卑小なことも興味深く思わせる折々の思いがけないこともある。ターンが山歩きをする人々にとって魅力的なのは、景色が多様なだけではなく、旅人の心の中に意識の中心点を形成するということで、それなりの意味がある。輪郭が多様で、大胆にもヒースの衣を纏った岬になってもいる。またこのようなターンはほとんどが切り立った絶壁の麓に位置しているので、湖水は黒っぽくくすんでいて、縁に沿って多量の岩が散らばっている。このような山のターンの傍ではこの上ない孤独感が募り、厳かな印象を感じる。ただし荒涼として禁断の地であるだけに、紛れもなく償うものがあり、訪問者も少なく邪魔も少ない。水鳥が群がり、孤独な釣り人を見かけることもある。しかし湖面を吹き抜ける微風にせよ、荘厳な断崖の真只中に沈んでいく夕日の素晴らしい光であるにせよ、このような場所で起きるあらゆる自然の変化に想像力がかきたてられる。

　ここでワーズワスは5年ほど前に創作し、1807年の詩集に発表した「忠誠」（'Fidelity'）という詩から第4スタンザを引用している。すでにⅷで「一

人の少年がいた」（'There was a Boy'）からの引用もあり、この初版では無記
名あるいは覆面著述の散文がワーズワスのものと示すかのようでもある。

> There sometimes doth a leaping fish
> Send through the tarn a lonely chear;
> The crags repeat the raven's croak
> In symphony austere:
> Thither the rainbow comes, the cloud,
> And mists that spread the flying shroud,
> And sunbeams, and the sounding blast, ———
> そこでは時々、跳ね上がる魚が
> ターンを通って孤独な歓声を上げる。
> そして岩々は大鳥の鳴き声を反響する
> 厳かなシンフォニーとなって。
> こちらに虹は現れ、雲や
> 霧が空を飛ぶ帳を広げ
> 太陽光や音を立てる疾風が湧く———

この部分は 7 年後にコールリッジも『文学的評伝』（*Biographia Literaria*）の
中でワーズワスが意識的に書こうとして書いた実例として引用している。コ
ールリッジがおそらくここでのワーズワス自身の引用を知っての判断であっ
たと思われる。

　ここからワーズワスは川について語っている。湖水地方は西方が海と接し
ており、標高の高い所からは内陸と同時に海の光景も見えるが、スコットラ
ンドやウェールズに一般的に見られる大規模の河口は、湖水地方には存在し
ない。従って湖水は全て真水で、川自体も短いために荘厳さを帯びるほど水
量が増すこともない。山々や湖水地方の中を流れている間は、それらは川
（rivers）というよりは大き目の小川（brooks）である。川の水は完全に透明
で多くの場所ではかなりの深さまで河床の岩や青い砂礫が透けて見え、それ
らが川の水自体に絶妙な濃青色を与えている。このことが特に、ダーウェン

ト（Derwetnt）とダッドンの川に著しく、この両者は自信を持って比較でき、それぞれの美しさは極上で多彩であり、どこの国の同等の長さの川にも匹敵するものはない。奔流や更に小規模の小川は、滝や流れの分岐点（water-break）とともに無数にあり、ここで述べる必要はない。このような細流の中でも最小の流れも、目に留まろうと山腹のまたは谷の最も奥まった所にあろうと、古代の住民達はその近くに住居や避難所を建てて落ち着く気になった。このため今に至りコテージが奥まった地、隔絶の地にあり、感受性の強い人の目に愛されている。

　次にワーズワスは森の木の種類について述べている。主な木はオーク（カシ：oak）、トネリコ（ash）、カンバ（birch）で、稀ながらちらほらとニレ（elm）の種類も見られ、下生えにはハシバミ（hazel）や白黒のイバラ（thorn）、そしてセイヨウヒイラギ（holly）が見られる。湿った場所にはハンノキ（alder）とヤナギ（willow）が、岩場にはイチイ（yew）が繁茂している。かつてはこの地区全体が山の非常に高い所まで森で覆われていて、土着植物のヨーロッパアカマツ（Scotch fir）が（今日のスコットランド北部のように）豊富に繁茂していたと思われる。しかしその古い自生植物はもはやなく、数百年前に消滅したようである。この国にかつてあった全体的な森の外貌の痕跡は美しく残っていて、囲い込み地や森の木としてまだ残存する土着の低木林や急速に消えつつあるがヒイラギが囲い込まれた場所や山々の囲い込まれていない場所に散らばって存在する。同様に野原と低木林が美しく交錯して見られる。最初の耕作者が鋤を入れて以来、土壌はより肥沃で乾燥し、石がより少なくなった。このため森には芝土が混じり意匠を凝らした手でも作りえなかったような優雅さと原野の状態が出来上がった。このほかの木々、ブナ（beech）、カラマツ（larch）、ニレ（elm）、シナノキ（lime）等々は過去50

ウィンラター・フォレストから見たグリズデイル・パイク

年程で導入され、ヨーロッパアカマツの植林にいたっては利点がほとんどなく、この地方の外見にとって損害になっている。セイヨウカジカエデ（syca-more）は、200年足らず以前にドイツから移入されたが、コテージの住民には好まれ、ヨーロッパアカマツも住まいの遮蔽に使われてきたが、風や水によりその種が運ばれて野原の中にも時々見られるようになってきた。

　しかしながら、最も欠乏が感じられるのは材木に使う木々である。湖の近くにはいずこにも巨木は見当たらない。実際細心の注意を払わないと、短い期間に伐採の代価を払い戻す樫の木一本見られなくなるだろう。ライダルの近隣もこれまでの荒廃にも拘らず、いまだ高貴な気品があるので、これが長く続くことを希望する理由は充分ある。ラウザーの森（the woods of Lowther）にも巨木のたくわえがあり、土着の森の気品と野性の全てを備えている。

　自然が見せる、より小さな植物の飾りとしては、丘や森に繁茂するセイヨウネズ（juniper）、コケモモ（bilberry）、エニシダ（broom）を、湿った場所にはオランダのギンバイカ（Dutch myrtle）を、そして野原や牧草地には果てしなく多彩な輝かしい花々を数え上げなければならない。これらはこの地方の農業に充分注意をしないと間もなく消滅するだろう。また、地衣類やコケ類も、その豊富さ、多彩さにおいてこの国のどこよりも湖水地方が優れていることを言わずにはおけない。ワーズワスが有名な詩、「茨」（"The Thorn"）において林間の地衣類やコケ類の美しさを描いていることを思い出される。

　以上、ワーズワスは自然により湖水地方が他の地方と識別される特徴を述べてきた。ここからは湖水地方の特長が、一般的に、どんな様子で人間の手に負っているかを描写する。この主題で注目すべきことは、古代と当代の住民、その職業、生活の状況、土地財産の分配、土地の保有を描写することで容易に、かつ明瞭に顕著になるであろうと述べている。つまり、歴史的、文化的に湖水地方の住民を検討するということである。

VI　湖水地方の住民

　ワーズワスは以下湖水地方の太古以来の住民について語る。住民が如何に湖水地方の景観を形成してきたかが論点となる。最初の住民が湖水地方に入ったころ、この地には森が広がっていた。モミの木、カシ、トネリコ、カンバの森が高原を取り囲み、丘に群生し、何世紀にもわたり静寂の谷間に陰を投げかけていた。捕食鳥獣が弱い種の上に君臨し、獣の帝国では何万もの争いが自然の釣り合いを保ってきた。以上この部分はウェストからの引用である。[11] ケルト族の土着原住民がこの地に最初に植民した頃はそのような状況で、彼らは狼、猪、野牛、赤鹿、リーという絶滅して久しい巨大な鹿の種とともに共生することとなった。一方近付きがたい岩山はハヤブサ、オオガラス、タカなどに支配されていた。その後にローマ人が侵入してきても、内奥部はローマ風の文化が及ぶにはあまりに辺鄙であった。彼ら征服者達はブリトン人にファーネスやカンバーランドの平地で土地改良をすることを奨励したが、鉱山から利益を得ること以外にはほとんど山や丘とは係わらなかったようである。

　ローマ人がグレイト・ブリテン島から撤退した後、サクソン人やデーン人の侵入者達が立ち入りやすくて肥沃な地域を獲得した後も、これらの山々の堅牢さが一部の征服されざるブリトン人にとっての防御となったことはよく知られている。アンブルサイドやダンマレット（Dunmallet）にはローマ人の砦や野営地跡が数箇所あり、（おそらく鉱山から鉱石を平穏に運搬するための保障として建てられた）また、ドルイド教の信者に帰される粗製石のサークルが二、三箇所ありこれらが古代の征服に係る唯一の目に留まる遺跡である。そして、ブリトン人の興した村や町を引き継いだサクソン人とデーン人は、開けた土地だけに留まっていたという。

　こうしてワーズワスは次に封建的なノルマン人の時代にまで降って論じていく。湖水地方の

ケジック近郊にあるカースルリッグ・ストーン・サークル

狭い谷や山の脇は森が密集しており、ブリテン島の他の部分との通信の埒外にあり、また敵対する王国スコットランドと境を間近にしていたので、権力者の関心はほとんど引かなかったと想像できる。特にこの地方の開けた地区には、当時の軍事的常識の、いかなる突然の攻撃も撃退すべく、城や防衛の建物を建てるための場所が得られた。さらに引きこもった場所は（当時ワーズワス自身が住んでいたグラスミア地域を示唆してもいる）権利を持っていた貴族や領主にさえ忘れられていた。従ってこれらの地は無法者、盗賊団の隠れ家となり、また羊飼いや森の住民にかかわる、定住する人々に部分的には与えられた。このため湖水地方の湖や内奥の村の周りには古代の壮麗な建築や城、修道院の大建築などの装飾はなく、周辺地区にファーネス・アビ（Furness Abbey）、コールダー・アビ（Calder Abbey）、ラナーコスト・プライオリ（Lanercost Priory）（以上ともに修道院）、フレミング家のもともとの住居、グリーストン城（Gleaston Castle：廃墟）、さらにはクリフォード家（Cliffords）やデイカー家（Dacres）の数多くの邸宅が指摘される。山々の南側では、特にファーネス・フェル（Farness Fells）という名で知られた地区も、国境からはより遠く、社会状況が必然的にもっと安定しているが、少なからずこの地区のほかの部分と同じく、敵対する王国が近隣にあることで形成された。

ここからワーズワスは土地が借地人に配分される過程を、修道院長（Abbots）たちの経済について概観することから始める。同様の計画が他の領主達にも採用されたのは間違いなく、その結果が今日の実質的な地方の表情に影響を与え、湖水地方が他の地域よりも、美しさと興味深さでこれほどまでの優越を

ラナーコスト・プライオリ教会：湖水地方の外、北東方面、カーライルの東にある。

示す結果となったというのである。このために彼はウェストから引用する。

「ファーネスの大修道院長たちが隷農（villains）を解放して慣習賃借保有者（cusomary tenants）の位階にまで引き上げたとき、彼らが領主のために

耕していた土地は全自由保有権（whole tenements）に分割された。借地の各々には、慣習的な年地代の他に、スコットランドとの国境地帯あるいはその他の国王のために軍務に完全武装で就く義務が課されていた。この全自由保有権はさらに4つの平等な区分に分けられ、隷農の1人ずつがこれを与えられ、4人一組の借地人が兵士としての、またその他の応分の負担をした。区分は明瞭には識別できず、土地は混ざり合ったままであった。それぞれの借地人は農耕地と牧草地に分け分を持ち、荒地全ての他に牧草地の共有地もあった。これら準自由保有権（sub-tenements）は多くの家族を支えるのに充分と判断され、これ以上の細分は認められていなかった。これら土地の区分と再区分は算定上好都合であった。土地はこのように分配され、必要に応じてより手間がかけられるようになった。農業が盛んになり、より多くの人が生産を支えるようになった。またファーネスの地が属する、王国の前線では攻撃と防御が恒常的に行われ、スコットランドからの侵入を反撃するため海岸を守るのに、また敵対する隣国に報復するため、より多くの手が必要であった。上記の土地の分配により住民の数が増加し、彼らは召集されるまで自宅にいて、土地が混交されていて数人の借地人が農耕で協力していたので四番目の男がいなくても土地の耕作には不利益はなく、残る3人で遂行できた。

　ロー・ファーネス（Low Farness）の隷農たちがこのように土地に対して配分され農業に従事したのに対して、ハイ・ファーネス（High Farness）の隷農たちは家畜や家禽の世話を課され、茂みをさまよう狼から守ること、そして冬にはヒイラギやトネリコの柔らかい芽を食べさせるように世話することを課されていた。この習慣はハイ・ファーネスで最近まで続いていて、この目的で他の木々が伐採された時もヒイ

ハード・ノット・ローマン・フォートからスコーフェルズを臨む。

ラギは注意深く保存され、共有地のかなりの範囲がヒイラギの森のように見えた。羊飼いの呼び声に群羊はヒイラギの繁みを取り囲み、彼の手による刈り込みで新芽を食べ、さらに求めて啼くのであった。ファーネスの大修道院長たちはこのような田園の配下を解放し、それぞれの家の細かい区分（quil-lets）を取り囲むことを許し、彼らはそのために侵入地代（encroachment rent）を払った。

　こうしてワーズワスはかつて隷農（villains）と呼ばれた人々が解放後に湖水地方の奥地に住み着くようになった経緯を語る。人口が多いことが防衛の目的にいかに望ましくとも、耕作された平原と同じように、耕されたことのない谷や山の際に人と同じくらいの数の割り当てをすることは不可能であった。解放された羊飼いや森の住民は自らの居住場所を選び、芝土や山の石で建築し、領主の許可を得て、ロビンソン・クルーソーのように戸口のそばに一つか二つ、そばにおいて守る動物を飼うために小農場（croft）を作った。他の人々もこれに倣い、同じ権利を利用した。こうして住民は谷の一層奥まった地方に浸潤して行った。これに伴い教会も建築されていく。ボウネスやグラスミア、ケンダルの外れのような地に、分院のような礼拝堂（chapels）が作られるようになり、定住民が増加すると、この地方一帯のあらゆる谷に散在する結果になり、より小さな礼拝堂（edifice）の親教会になった。借地人により形成された囲い込みは長い間家屋敷だけに限られていて、谷間の耕作地や牧草地は共有地の畑として共同で所有されていた。幾つかの部分は石や繁み、木々により印がつけられ、おそらくベルギー語に起源を発する分配を意味する言葉で、今日までデイルズ（Dales：谷間）と呼ばれる習慣が残った。しかし谷がこのように共有地のままであった一方、山の脇では囲い込みが起こった。なぜならその地区では土地の混交はなく、比較的価値が低かったからである。だからこのために住まいに隣接の土地に充当されることに反対は小さかった。こうして山の傍らにある家々の一様な外見は頂上の方の家まで同じようで、石壁作りで常にフェンスが作ってある。これらの塀のラインは、当時まだ残存していた森に隠れていたので、建設の当初風景を損なうことはほとんどなかった。塀のラインは岩場により中断され、またその方向を多様にした。野原や下のほうの土地では、土壌がまだ充分灌漑ができてい

バロウ・イン・ファーネス：ファーネス・アビ
英国にはティンタン・アビなど、宗教改革以降
このような廃墟になった修道院が多い。

なかったので頑丈な基礎を作ることができず、土地の価値が上がり、共有地の畑で土地が混交していることからの不都合のため、それぞれの住民は自分の土地を囲い込むようになり、ハンノキ、ヤナギ、その他の木々でフェンスを作ることを余儀なくされた。原生林が消えたところではこのような木々が森のような外見で谷をしばしば豊かに見せている。一方で所有地が複雑に交錯しているためフェンスも優美にも複雑になった。大土地所有が一般的で農業に大資本を投入しているところではありえない。森のような外見は、冬の接近に家畜に餌となる目的で、フェンスや壁に沿って並んで植えられたトネリコの並木によって高められている。枝は刈り取られ、牧草地に撒かれると、家畜が葉だけを食べ、枝は生垣の修理や焚き木に使われた。

　以上、ワーズワスはデイルズマン（dalesmen：谷間の住民）と呼ばれる人々が家屋や屋敷続きの小さな畑、山の囲い込み地を所有していく様子を見てきたが、灌漑排水の完備なしには囲い込みの労に値しない湿地帯を除いて、最終的に谷全体が分割されたとしている。ただしこのような最終的分割もスチュアート王朝の二王国合併による国境地帯の平和が成立するまでは一般化しなかった。当時はまだ、土地をそのように小分割する要因は終わっていなかったが、一方で生産品の価値が上昇するに従い全体的な土地改良が始まった。二王国の合併以来、封建制度的な土地所有体制の人口は急速に減少していった。17世紀にはこういった住民がずっと多かったことは、ワーズワス当時に至る負担金支払い制度にも明らかである。その数は当時の保有者の4倍ほどであった。

　ここでワーズワスは18世紀後半に書かれたウェストモーランドとカンバーランドの地方史から引用する。「ヘンリー七世時代の人サー・ランセロット・スレルケルドがよく語ったものだが、彼は貴族としての邸宅を三軒所有

し、そのうち一軒は娯楽のためにウェストモーランドのクロスビー（Cros-by）にあり、庭園つきで鹿を沢山飼っていた。もう一つは利益を得るためと、避寒に用いた冬の居住地、ペンリス近郊のヤンウィズ（Yanwith）にあった。三つ目はケジックの谷の端、スレルケルド（Threlkeld）にあり、戦時には彼とともに参戦する借地人が沢山いた。」この地名、およびこの語り主の姓はワーズワスの遠縁にあり、幼い頃のドロシーを養育した叔母（母のいとこ）のそれであるが、関連については不明である。

　このサー・ランセロット・スレルケルドが語った「戦時には彼とともに参戦する借地人」は、スコットランドとイングランドの王国合併の後にこの家臣の身分が不要になり急速に減少した。様々な借地保有権が一人の所有者に統合され、家畜小屋あるいは未開人の檻、あるいはスコットランドのハイランド地方のあばら家同然だった土着民の家々は崩壊し、多くは消滅した。この一方で丈夫で快適な建造物が供給されるようになり、その多くは彼の当時まで谷間の一帯に散在し、多くの谷ではこのような建物だけになっていたという。

　17世紀以来ワーズワスの著作当時より60年ほど前まで、つまり18世紀の半ばまではこのような建物が建てられ、社会状況はゆっくり徐々にではあるが改善の方向に向かい、重大な変化はなかった。谷間では家族が消費するパンを自家生産するに充分なだけの小麦を収穫するだけであった。数箇所の借地保有権が統合されることはあったが、それぞれの住民の所有地はまだ小さく、同じ畑に異なった作物が混交して栽培された。木々が纏わり付いた小さい岩や耕作者が農地に改善する暇も資金もない湿地が耕作の妨げとなっていた。この地方の嵐が多く湿った気候のために彼らは高地の所有地にあたりからの石を集めて、羊が避難できる場所として離れ小屋をあちこちに作り、嵐の時にはそこで餌を与えた。どの家族も自ら飼育する羊から羊毛を紡ぎ、機織り職人が村のあちこちにいて布を織り、衣服を作った。そのほかの必需品は羊毛生産により賄われた。彼らは羊毛を梳き、家庭内の大型糸紡ぎで紡織し、自らの腕で、あるいは毎週谷や山を越えて運搬を担う荷馬に託して、取引に都合のいい町まで運んだ。彼らの生活圏には礼拝堂があり、安息日以外は衣服も作法も自分たちと同じ司祭が一人いて、彼らの中ではこの人が一

ホールズ・フェル高原の麓からスレルケルドの
村を臨む

人特別な人物であった。そのほ
かの全てにおいて人も持ち物も
完全に平等で、彼らが自ら所有
し耕す事業主としての羊飼いと
農耕者のコミュニティーを形成
していた。

　次にワーズワスは森の減退に
ついて述べる。湖水地方の土地
を中小規模で所有する羊飼いや
農民のコミュニティーが形成さ
れる過程にも、森は減退していった。冬の家畜の餌として植林が行われ、未
開時代の農業の一部となった。エリザベス朝にはこの森の減退が痛感され、
「ファーネス高地の鋼鉄製作所は、鉱山に使うために森林を大量に消耗し、
家畜に甚大な損害を与えるので閉鎖されるように」との請願が女王に出され
た。この同じ理由が約100年後に、非難されたのと全く逆の影響を生み出し
た。17世紀の終わり、溶鉱炉の大規模な再建があり、囲い込み地の中の急勾
配で石の多い場所で、原生林の名残が多い場所を密な森に戻すことが人々の
関心になり、牛や羊を締め出すと急速に種子が飛散、発芽し自然に深い森に
戻った。ワーズワスはここまでで既に森や草地、牧草地や農耕地が、その
様々な生産とともに、野原の中に複雑に混交している理由を述べてきた。こ
れで彼は読者に、湖水地方全域で森の囲い込みと耕作地の囲い込みが、同じ
荒野の法則で、混ざり合っていることに注意を向けている。

VII　湖水地方のコテージ、道、橋

　以上ワーズワスはこの山がちな地方の内奥部の表情に、自然の力と進展と
相俟って人間の手がいかに加わり貢献したか、歴史的な詳細を見てきた。彼
はここから先、同じように住民が自然に働きかけ、調和しつつ住居や家畜の
棲家、道や橋、教会などの建造物を作ってきた活動を概観する。先ず谷全
体、丘の脇に、また岩場の上にも散在するコテージについて彼は述べる。こ

れに際して彼は未発表の『隠者』（*Recluse*）から湖水地方のコテージの佇まいを描写した次の4行を引用している。

> Clustered like stars some few, but single most
> And lurking dimly in their shy retreats,
> Or glancing on each other cheerful looks,
> Like separated stars with clouds between.
> 星星のように何軒かが群がっていることもあるが、殆どは単独で
> はにかむような奥地にぼんやりと隠れ、
> あるいは互いの楽しげな表情を垣間見るかのように、
> その様は雲を間にした、離れた星星のように。
> （"On Nature's Invitation Do I Come" ll.40-43. Comp. c. 1800, pub. 1851,
> part of *The Recluse*）

この引用からは、湖水地方のコテージの佇まいに対するワーズワスの慈しみに満ちた思いが伝わってくる。住宅や隣接の離れ屋はたいていの場合この地区原産の岩の色をしているが、しばしば住宅には粗塗りの水性白色石灰系の塗料が用いられていて納屋や牛小屋と区別できるが、住民はあまり頻繁に塗りなおしをすることはなく、その色は気候の影響を受けて数年で地味な雑色系になっていく。このような外観は現代までほぼ同じといえよう。こういった家々は同じ職業の父から子へと住み続けられるが、環境の変化の必要に迫られれば、引き継いだ所有者である住民の好みに従って増築などが加えられるが、自然の一部という印象は保たれ、建てられたというよりは成

ナーブ・コテージ、ライダル村：トーマス・ド・クインシーが滞在してマーガレット・シンプソンに求婚、後に結婚した。一時期ハートリ・コールリッジもここに住んだ。

67

長したという印象がある。建物は地区の岩から成長したようでフォーマルな印象はなく、人の手を感じさせない自然さと美しさを保っている。壁や何層かの屋根の突出部とくぼみの間には日光と陰の大胆にも調和の取れた効果が見られる。住民が谷間を吹き抜ける強い風の対策で、建築材料が豊富だった時代に、このような住居に堅固な玄関をつけたこと、またそのような風除けがなくとも、大抵の家に二枚の大きなスレート石が敷居の上に、張り出すように取り付けてあるのが好ましい環境となっている。また注意深い旅人なら煙突の美しさだけでも目を引かれるだろう。時には屋根と同じくらいの高さの低い煙突で、その上にスレート石が4本の細い柱で支えてあり、風で煙が吹き降りるのを防いでいる。また別の煙突は屋根の上に1〜2フィート佇立^{ちょりつ}した四角形をしており、さらにそのうえに背の高い円筒が伸びているものもあり、コテージの煙突では最も美しい形をしている。円筒形の煙突とそこから昇る煙の調和が美しい。これらの住居は荒い切り出し石でできており、屋根にもスレート石が葺かれているが、古いものは現代風の滑らかな石切り加工ができていないので屋根や外壁には地衣類や苔、羊歯、草花がまとわりつき、一層自然と一体化している。その色と形には、またこのような自然と一体化した住まいに慎ましい心の住民達が何世代も住んできたことには心動かされるものがある。またこのようなコテージにはつりあいの取れた狭いハーブ類の畑がついた庭がある。そこには程よい大きさの花畑と果物畑、蜜蜂の箱が置かれ、オオカエデの木やモミの木の木陰、小川か水路の水音があり、全体で渾然一体とした雰囲気を作り出している。こうしてこの地方の山のコテージがそれ自体非常に美しく作られ、また自然の手により豊かに装われているという全体的な印象を得るであろう。以上コテージへの言及には、ワーズワスのこれらの建物とその住民への深い慈しみが感じられる。

次にワーズワスは道について語る。この40年前、つまり1770年頃までは谷の間をつなぐ馬車道はなかった。大荷物は馬の背に乗せ運ばれた。しかし人口は村に集中せず分散していたので、谷間では細い道や歩道が農地や家の間を結んでいた。これらの道には石の塀が設置してありトネリコ、ハシバミ、野バラ、羊歯などの縁取りがある。石の塀自体が古くなると、コケや羊歯、野イチゴ、ゼラニウム、地衣類が覆い、塀が土の土手に接していると、チャ

センシダが一面に生えている。自然愛好者なら、旅人にも住民にとってもこれら数多くの小道や通路は奥地に入る手段で、隠された秘宝の風景に接することも可能である。

　ワーズワスの時代には馬車のための道が整備されていったが、20世紀には自動車道も整備され、現代では車さえあれば移動が非常に便利になっている。湖水地方の外縁東部には南北にモーターウェイM6がカーライル、ペンリス、ランカスターへ、北部にはこれも高速道路並みのA66がペンリスからケジック、コッカーマスへと走っている。域内では南北にA591がケンダルからウィンダミア、アンブルサイド、グラスミアからケジックに抜け、さらにこの支線ともいえる道路が四方に延びていて、狭い道は多いがどこに行くにもさほどの不都合はない。

　ワーズワスは次に橋について簡単に述べている。それぞれの所有地が小さいために、小川や急流を渡る数多くの橋が作られたが、危険性や便宜性を無視して大胆にも優雅な作りで、また素朴にして果てしなく多様な一方、建築の原理にかなうかのように優雅でもある。これらの橋は英国の先達たちの技術と感性の記念碑ともいえるが、急速に消滅しつつある。ここでワーズワスは「しかし充分な例が残っていて本物の趣味を持っている人に満足を与えている。」と付け加えたが、これは1810年のことであった。1835年版ではその後の多くの橋の破壊を嘆き脚注を加えることとなった。橋だけでなく、他の古い趣のある建物も四半世紀の間にだいぶ消滅したが、近年またジェントリー階級が古い様式で建築物の再建をしていることを喜ばしい期待としている。[12] 小さい橋のような控えめなものの美については、橋のスパンの間の長さとアーチのせり上がりの調和や、欄干の軽さ、その湾曲がアーチに忠実に従っている優美さに注目するよう指摘しているが、残念なことに21世紀の現代では余り

エナーデイル・コールド・フェル：モンクス・ブリッジ

お目にかかれない。

VIII　湖水地方の教会、庭園、邸宅

バターミア：セント・ジェームズ教会

次にワーズワスは教会（churches）、礼拝堂（chapels）について語る。1810年当時は、それぞれの教会には小さい学校が付属しており、先祖代々地区の精神的中心地であり、住宅など以上に賞賛すべき建物が多かった。この付属の学校については1822年第3版以降脚注をつけて当時ボロウデイル以外は廃止されてきたと述べて、教区記録が詳しくないことを惜しんでいる。教会の形体としては、調和のとれた長方形で相応の玄関と尖塔乃至は鐘楼を持ち、外見が心地よいだけでなく、住民の控えめな美徳と慎ましい生活の素朴な作法の基礎にある、敬虔と崇拝の気持ちが感じられる。ここでワーズワスは特にバターミアのチャペルについて言及している。「バターミアのチャペルの光景に感動しない人は鈍感としか言いようがない」（‘A man must be very unsensible who would not be touched at the sight of the chapel of Buttermere’）この言葉は現代のウェブサイトにも引用されている。ワーズワスが讃えたことが誇りとなり、その後200年保存される後ろ盾ともなったのであろう。彼はこの小教会をカンタベリー、ヨーク、ウェストミンスターなどの大聖堂と比較し、それらにも劣らぬ心の満足をこの慎ましい場所で得られるとしている。湖水地方の教会の建物が、ここかしこに散在する岩石ほどの大きさでしかないというのは、いささか大袈裟であろうか。

次にワーズワスは谷間の開けた地に目を向け、その昔からの地方在住貴族・大地主の所有していた庭園や、堂々とした建築の邸宅について述べるとしているが、その叙述は驚くほど少ない。しかも1835年版になると幾分かの

書き換えが加えられている。初
版から1822年版まではダーウェ
ント・ウォーターのラトクリフ
（Ratcliff）家、ゴーベリー・パー
ク（Gowbray-park）、ライダル
の荘厳な森の指摘があるが、後
の版では削除されている。代わ
って1835年版では平坦地の邸宅
などはスコットランドとの国境

ライダル・ホール、アンブルサイド：フレミン
グ家の邸宅　16世紀の建築。

地帯の侵入に備えた防御施設に始まったとしている。当然ワーズワスも親し
かったフレミング家のライダル・ホールなどは16世紀以来の歴史的な建物で
あったはずだが、xiv ページでの示唆の他、ここでは抽象的なことを除いて
何も指摘がない。その代わりに、彼は谷より開けた地に田園的なコテージ
と、より豊かなエステーツマン（estatesman）の古いホールの邸宅の間に中
間階級の人々の家々が散在すると述べている。このエステーツマンは後にス
テイツマン（statesman）と呼ばれる、北イングランドで小地主の意味で使
われる言葉だが、ワーズワスは1835年版に至りこれに代わり「ナイト、もし
くはエスクワイア」（"the knight or esquire"）という言葉を使っている。そ
して1822年版までにはなかった10行ほどを挿入し、彼らの家が正面に小さく
優美な庭を配し、そこにイチイ、ツゲ、ヒイラギなどの奇妙な刈り込みの
木々が据えられていることに言及している。1830年代に入っての上流階級の
庭園に流行した園芸への皮肉であろう。

IX　湖水地方の共和国

　この次のパラグラフは、初版ではまだ序の三分の二ほどの部分だが、後の
区分では第2部を締めくくる所で、湖水地方を概説した結論ともいえる重要
な事が述べられているといえよう。まず、以上の論述は過去40年ほど前ま
で、つまりワーズワスが生まれた1770年頃までに何世紀にもわたって続いて
きたこの地方の表情を忠実に述べたものとしているが、次の部分が注目され

る。この部分は25年間の5つの
ヴァージョンにわたって殆ど変
更されていない。

ラングテイル・パイクス、山の麓にはたいてい
小さなホテルがある。

    Towards the head of
these Dales was found **a
perfect Republic of Shepherds and Agriculturalists**, among whom
the plough of each man was confined to the maintenance of his own
family, or to the occasional accommodation of his neighbour. Two
or three cows furnished each family with milk and cheese. The
Chapel was the only edifice that presided over these dwellings, the
supreme head of this pure Commonwealth; the members of which
existed in the midst of a powerful empire, like an ideal society or an
organized community whose constitution had been imposed and
regulated by the mountains which protected it. **Neither Knight nor
Squire nor high-born Nobleman was here**; but many of these hum-
ble sons of the hills had a consciousness that the land, which they
walked over and tilled, had for more than five hundred years been
possessed by men of their name and blood---and venerable was the
transition when a curious traveller, descending from the heart of
the mountains, had come to some ancient manorial residence in the
more open part of the vales, which, with the rights attached to its
proprietor, connected almost visionary **mountain Republic** which he
had been contemplating with the substantial frame of society as
existing in the laws and constitution of a mighty empire. <1810:
xxi/5-21; 1820: 271-2; 1822: 63-65; Selincourt 1835: 67-68; 太字強調は論
者 >

    これらの谷間の上部地方には、**羊飼いと農耕者の完全な共和国**が見
られた。彼らの間でそれぞれの人の鋤は自らの家族を維持すること、
あるいは時に隣人の扶助に限られていた。二ないし三頭の雌牛がそれ

ぞれの家庭にミルクとチーズを供じていた。チャペルがこれらの住まいを統括する唯一の大建築で、この純粋な共和国の最高の長であった。この成員は強力な帝国のまっ只中にあり、その組織が、防御でもある山々に課され、規制される理想的な社会あるいは構成された共同体のようであった。**騎士も郷士も、高貴な生まれの貴族もここにはいなかった。**これら丘の慎ましい息子たちの多くには、自分たちが歩き、耕す土地が五百年以上にも渡って自分と同じ姓と血を持った人々に所有されてきたという意識があった——好奇心の強い旅行者が、山々の懐から下ってきて、谷間のより開けた地のどこかの古い荘園風の住居にやって来て、それが持ち主に付加された権利によって、強力な帝国の法と制度に存在するがごとき社会の実質的構造を自ら思い巡らしていたような、ほとんど想像上の**山の共和国**と結びついているところに来合わせると、その変遷は森厳なるものであった。

ここまでワーズワスが説明してきたように、中世の封建制度から近代に隷農解放が実現し、彼らが自ら耕す地を所有していく過程がこの湖水地方の景観を部分的にせよ形成してきたともいえる。以上ワーズワスの意識では、彼にとって正に湖水地方で生きることが、フランス革命の経験を経て到達した『リリカル・バラッズ』の精神を、1799年にグラスミアに定住して以降、彼が亡くなるまで、自らの生活の場の日常として実現することでもあったといえるかもしれない。

註
1 Juliet Barker, *Wordsworth: A Life*. (Harmondworth, UK: Viking/ Penguin, 2000)
2 Juliet Barker, *Wordsworth: A Life*, the abridged edition, (Harmondworth, UK: Penguin, 2001), 256. 以下本書は 'Barker (2001)' と略称する。
3 Barker (2001), 224.
4 Barker (2001), 257.
5 Stephen Hebron, *William Wordsworth*, (London: British Library, 1999), 79.
6 Barker (2001), 259.

7 Hebron (1999), 82-83.

8 *The Prose Works of William Wordsworth.* Ed. Owen. W. J. B., and Jane Worthington Smyther. 3 vols. London: Oxford University Press, 1974,Vol. 2, 124.

9 *M. Y.* i. 271-2, cited by Owen Smyther, *Prose Works* (1974), Vol. 2,123.

10 以下初版のテキストは "Lake District Tours: A Collection of Travel Writings and Guide Books in the Romantic Era" Vol. 6, ed. by Tomoya Oda, (Kyoto: Eureka Press 2008) 所収の Joseph Wilkinson and William Wordsworth, *Select Views in Cumberland, Westmoreland and Lancashire*, (1810) による。引証は本文中に〈ページ／行数〉を記す。

11 Thomas West, *The Antiquities of Furness:* Illustrated with Engravings, New Edition with add. by William Close, (1774; George Ashburner, 1805): PDF ed. を入手したがワーズワスの引用は初版からのようで、xiii3-8；xiv16-xv9の引用箇所とも確認できない。

12 Ernest de Selincourt (ed.), *Wordsworth's Guide to the Lakes The Fifth Edition (1835)*, (Oxford &c: Oxford Univ. Pr.,1906/1970/1977), 65. Owen Smyther, *Prose Works* (1974), Vol. 2, 204.

ワーズワスの湖水地方案内 （出版年代順）

1810 Joseph Wilkinson and William Wordsworth. *Select Views in Cumberland, Westmoreland and Lancashire.*

   Reprinted in "Lake District Tours: A Collection of Travel Writings and Guide Books in the Romantic Era" Vol. 6-1 ed. by Tomoya Oda. Kyoto: Eureka Press 2008.

1820 *The River Duddon, A Series of Sonnets: Vaudracour & Julia and Other Poems. To which is annexed, A Topographical Description of the Country of the Lakes, in the North of England.* London: Longman, 1820. PDF 版原書入手。

1822 *A Description of the Scenery of the Lakes in The North of England. Third Edition, (now first published separately) with Additions, and Illustrative Remarks upon the Scenery of the Alps.* London: Longman.

   Woodstock reprint ed. by Jonathan Wordsworth. Oxford: Woodstock, 1991.

1823 *A Description of the Scenery of the Lakes in The North of England. Fourth Edition, with Additions, and Illustrative Remarks upon the Scenery of the Alps.* London: Longman, 1823.

1835 *A Guide Through the Distirict of the Lakes in The North of England, with A Description of the Scenery, etc. For the Use of Tourists and Residents. Fifth edition, with considerable additions.* Kendal: Hudson and Nicholson; London: Longman.

   Reprint ed. by Ernest de Selincourt. *Wordsworth's Guide to the Lakes The Fifth Edition (1835).* Oxford &c: Oxford Univ. Pr.,1906/1970/1977.

   The Prose Works of William Wordsworth. W. J. B. Owen and Jane Worthington Smyther. (eds.) 3 vols. London: Oxford University Press, 1974, Vol. 2.

   小田友弥（訳）『湖水地方案内』東京：法政大学出版局、2010. 叢書ウニベルシタス 938.

吉田正憲、『ワーズワスの湖水案内』東京：近代文芸社、1995.

1842　*A Complete Guide to The Lakes, Comprising Minute Directions for the Tourist, With Mr. Wordsworth's Descriptions of the Scenery of the Country, &c. And Three Letters on the Geology of the Lake District, by the Rev. Professor Sedgwick.* Kendal: Thomas B. Hudson/ London: Longman &c. PDF 版原書入手。

　　　Reprinted: 1843, 1853 (4th ed.), 1859 (5th ed.), 1864 (6th ed.).

＊ワーズワスの伝記・評論関係は第 5 章、「ワーズワスとコールリッジの邂逅」の引用・参考文献、190〜191ページ参照。

ウィンダミア湖東岸から見た湖と対岸、およびその彼方のラングデイル・パイクスを望む。

第3章　エコロジストとしてのワーズワス：「湖水地方案内」後半

　前章、「ワーズワスの湖水地方案内」では、同案内初版（1810年刊行）著述前後のワーズワスの事情から始めて、1835年に至る5ヴァージョンの著作と改訂の経緯を概観し、初版前半の特徴を探り、湖水地方の自然美と人間、社会についての地誌的、歴史的内容を検討した。結論としてワーズワスの湖水地方案内は、単なる旅行案内書ではなく、文学的な価値もあり、この地が羊飼いと農業者の共和国であるという前半の山場には、彼がフランス革命の時代を経験した後、1799年以降湖水地方で再び生活した、その価値観が表明されているとした。

　以上に続き、この章では同初版の後半を扱い、ワーズワスが本書を著述した時期に見られた、湖水地方の様相の変化と、その改善についての提言、さらに「案内書」の特徴を強めた、訪問にふさわしい時期の検討から、訪問すべき経路、訪問すべき場所の案内等の著述を検討する。そこには黎明期エコロジスト（環境保全運動家）としての詩人の意見が遺憾無く表明されている。

　同書には地誌学のほか、園芸、林業、植生等に関する専門的な知識が多く見られ、著者ワーズワスの知識の深さ、見識の高さを感じさせる。また、具体的案内の部分は地図と首っ引きで読めばそれだけでも楽しい。現地で各々の場所を確認できればそれに越したことはないが、最近ではインターネット上で各地の画像を確認することも容易になった。原文は文体、情報ともさすがに古く、難解ではあるが、このワーズワスの案内を読めば、彼の詩ともども湖水地方をより良く理解でき、より楽しむことができると言えよう。

　さらに一言付け加えるなら、この書にはワーズワスの1803年のスコットランド旅行の影響がみられる。特に第一節の（2）と（3）にみられる、建物と風景の釣り合いの提言に関しては、今日なおスコットランドや湖水地方の魅力となっている美しい光景の結果となった、あるべき指針が示されたといってよかろう。ただし20世紀から21世紀を生きる我々への課題としては、原

発施設や送電線、観光ツーリズムの過剰による環境破壊と景観への悪影響は今後対処してしかるべき問題である。

I　湖水地方の様相の変化とその改善の提言

（1）19世紀初頭の新しい定住者たち──湖水地方の美観変質

　ワーズワスは彼の湖水地方案内初版に当たる、*Select Views in Cumberland, Westmoreland, and Lancashire*（以下用に応じ彼の湖水地方案内の「初版」または「1810年版」と略称）の前半部分で、彼が生まれた1770年頃までの湖水地方の自然と住民、社会について、地誌的、歴史的な考察を行った。そして、この地方には美しい自然が存在するのみならず、それと調和した人間の営みがあり、ひとつの理想郷、「湖水地方の共和国」とも呼ぶべき独特の地区が形成されていることを強調して論じ、以上が過去40年前までの湖水地方の一般的外見であったとした。

　しかしその当時、彼の生まれた頃から1810年頃までに、装飾造園（Ornamental Gardening）または風景造園（Landscape Gardening）と呼ばれる風習が英国中で流行していた。これはフランス風の幾何学式庭園とは一線を画した、自然に重きをおく英国造園の考え方で、ピクチャレスクな風景愛好の流行にもつながり、湖水地方の人気の遠因でもあった。こういった風潮と共感して、あるいは幾分反発して、自然の景色の選り抜きの場所への興趣が勃興した。それまでの旅行者たちは観察の目を町、製作所、鉱山、遺跡、廃墟などに向けていたが、さりげない自然の姿の荘厳さや、秀でた美、秘境を求めてブリテン島全土をさまよい歩き始めた。こうしてワーズワスはドクター・ブラウンについて言及する。[1] 現代に至る湖水地方の旅行文化史で必ず名が出るブラウンは、ケジック谷を中心に、この地への力強くも熱愛的な手紙を友人に書き、それを後に出版した。ワーズワスは次いで詩人のグレイに言及する。[2] グレイは病気の重くなる中この地方を旅し、その報告は友人の間で回覧された。彼はそのケジック谷の孤独で憂鬱な巡礼の後まもなく亡くなった。従って彼のこの旅の日誌記録（Journal）は、天才詩人の辞世の言葉でもあり、哀愁的な興味を掻き立てるもので、これも湖水地方の旅行文化史の初

期に外すことのできない重要文献である。それは一般的に健康が思わしくない人が、精神が落ち込んでいる時に、最も美しく荘厳な自然の風景によって如何に気分を明るくされるかという様子を、著者の精神力により情感的に記録したものといえる。ワーズワスは、グラスミアの谷が次のように楽しげに特筆されている、グレイの日誌の最後の部分を引用している。

"Not a single red tile, no gentleman's flaring house or garden walls, break in upon the repose of this little unsuspected paradise; but all is peace, rusticity, and happy poverty, in its neatest and most becoming attire."

「たった一つの赤いタイルも、いかなる紳士のけばけばしい家も庭の壁も、この小さな知られざる楽園の静かな佇まいに押し入ることはない。全てが平和で素朴、幸いな貧困にあり、どこよりも整っており、最もふさわしい衣装を纏っている。」(1810年初版、xxii)

ワーズワスによれば、グレイがグラスミアについて述べていることは等しく湖水地方全ての谷に当てはまる。グレイは幸いにも、それ以降の湖水地方の変化を経験しなかったので、その言葉はありのままの気持ちを素直に表現したものである。グラスミアや同類の山の僻地は古代から他地域の侵入や進出から守られていたのだが、グレイが見た、冒瀆から清められた場面が、その後変容したことをワーズワスは嘆いている。

実はその後グレイのような賛美者が増え、湖水地方はワーズワスの著述当時すでに観光地として有名になっていたが、これが彼の嘆息するところとなった。1810年までに装飾的風景庭園や景観ハンティングのマニアが広く押し寄せ、訪問者が国中からこの地方に群がるようになった。多くの人々がこの地に魅せられ、訪問者から定住者にさえなっており、その結果多くの侵害が間もなく続いた。

こうしてワーズワスは湖水地方の観光化と、外来者の定住の結果生じた問題を述べていく。この美しい地方は多くの様々な例において、趣味の悪い、気まぐれな革新の気運に害されているというのである。英国中で湖水地方ほ

ど、人がよく訪れる場所で、見当違いの人為的行為により、尊ぶべき素朴な自然が汚されているところはなく、不釣合いなものが導入され、幸いにも長い時代保存されてきた姿や色彩の、幸福な釣り合いが害されてきた所はないと彼は指摘する。[3]

　こうして彼は1810年当時の嘆かわしい状況と改善策を提言する。彼が指摘する問題の原因は、人の心の秩序、均整、工夫の認識から得、そこに感ずる喜びの気持ちにある。これは古典主義的な発想と通じるのではなかろうか。彼によれば、「心は形式的なことと、どぎつい対照に襲われる…」これは18世紀後半の古典主義と、その一方のゴシック趣味に関わることとも言える。

　ワーズワスはこのような悪趣味、気まぐれと取られる革新的なことを試みる人々に訴えかける。焦りを抑えて、注意深く辺りを見回し、観察して見つめれば、徐々に自分たちの内部に、ある感覚が育ってきて、それにより、その地方が惜しみない自然に恵まれていて、変化に満ちた外観が多様であり、繊細にも美しいことに気付くであろう。この一方で新しい喜びの習慣が心の中に形成されて、繊細な濃淡を認識できるようになり、これにより自然の移ろい、個々を形成する輪郭が一瞬に消え去り、より魅力的な外形となって新しいものに更新される様子を味わうことができるようになるだろう。この具体例として、彼はアルズウォーターの北側に当たる岸辺の、いくつかの部分に区分されたダンマレットを指摘する。彼は述べる、そこは以前モミの木の並木道と、それぞれの並木道を通っての急な丘をまっすぐ垂直に下ってくる小径によって区切られていた。誰がこの風変わりな外見を楽しく感じたと思い出すだろう。これと対照的に、自然に生えた木が繁茂した、同じ丘のイメージが作り出す喜びについて彼は論じる。それぞれの木が同属の中で最適の位置を占めて生え、同じ状況がその場所をとるように強いた、あるいは仕向けた形態をとっていることを考えれば自明である。外形や色彩が、なんとも果てしない融合や互いの戯れ合いをなし、注意深く同時に活動的な心に働きかけることだろう。また、それと比較して、子供や、恐らく農夫、あるいは自然のイメジャリーに慣れていない市民なら喜ぶかもしれない、あの嘗ての外見が、なんと無味乾燥で生命感に欠けると感じることであろうかと。

（2）建物の外観

　ワーズワスはここからさらに、この地方に流布する美観の損傷、田園の光景の悪趣味の主な源に言及し、これが人間の本質に根ざしたことではないと論ずる。悪趣味が見られるもう一つの点として、彼は主に建物に注目する。建物の佇まいはこの地方で褒め称えられてきたことだが、新しい家は全て推奨か譴責かどちらかの対象となり、また評価され、自然な心が束縛され歪みが生じてきた。これゆえに全ての奇形や無様さが、束縛や見せ掛けの幾段階かの結果生じた。他の地域であれば分別ある隣人と同じような控えめな家を建てたであろう人々が、道を外れるのである。特に新しい定住者に見うけられる、節制のない眺望への切望のために、建物がいかなる建築家によるものでも、ほとんどの例で景色に対して装飾的になることが不可避であった。こうして剥き出しの丘の頂上に、古い家々の心地よさと隠遁に反する、目立つ家が建て始められた。このような指摘には暗に当時彼自身が住んでいたアラン・バンクのことも含まれていると思われる。

　ワーズワスは家を装飾することや、人目を引く試みに反対はしない。むしろ色々な挑戦に喝采し、その上でどんな様式が最も目的にかなうか見せたいと述べる。ここで原則は単純で、土地に関しては自然の精神で、可能な所だけに作業を加えればよい。森の植樹、伐採は良い効果が現われる場合にだけ遂行すべきで、建物も同じである。古さが自然の共有パートナー、あるいは自然と姉妹のように様式化されるべきである。ワーズワスはここまでで、すでにこの地方の古い大邸宅の様式の美しさについて、またそれらが有する、自然の外見と調和がとれた幸いな様式について語ってきた。彼はなぜこれらが模範として捉えられないのか、また現代の内的利便性のために、なぜそれらの外的優雅さと威厳が損なわれるのかと問いかける。

　彼は続いて論じる。もし眺望への切望が、家の安逸さ、住まいとしての安全・利便性に譲歩するなら、ある程度までは建築の様式や状況の選択に影響もありうるだろう。こうして古い様式を嫌悪する気持ちが不幸にも寒く嵐の多い北国に移植する欲求と伴って存在するなら、気候がもっと穏やかな地方から採られた模範により形成されたヴィラの優雅さを挙げようと、彼はスペンサーの一句を引用する。それにより、自然美を損なうことなく、そのよう

81

な建築計画が実現できる様式を示そうとする。引用は『フェアリー・クイーン（妖精の女王)』からである。以下拙訳を示す。

> その遠い森の中に彼らは彼を導いた、
> そこには心地よき林間の空き地に彼らの邸宅があり、
> 周りには山々が取り囲んでいた。
> そして巨大な森が谷間を翳らせ、
> それは堂々たる劇場のようになり、
> 広々とした平原に広がっていた。
> そして中央には小さな川が軽石の間で、
> 戯れていた。それらは訴えているようだった、
> 優しいつぶやき声で、流れが妨げられていると。

> 小さな川の横には優雅な場所があり、
> ギンバイカと緑の月桂樹が植えられ、
> その中では鳥たちが多くの麗しい歌を歌い、
> 神を高く賞賛する歌を歌い、自らの甘美な恋の苦しみを歌っていた、
> あたかもそこが地上の楽園であるかのように。
> その閉ざされた陰の中にあずまやがあった、
> 麗しいパヴィリオンが、ほとんど目に付かないように。
> その内部は最も豊かに飾られ、
> 最高の王もここに住めば喜ぶほどであった。
>
> （『妖精の女王』第3巻、キャント5、39-40節)

ワーズワスはここまで、壮大で美しい地域に適した建物や邸宅の建造を論じてきた。そしてその主張として「あからさまでなく、目立ちすぎでもなく、引き籠もっているべきこと」を強調した。この理由は明白であるとして彼は説明する。山がちな地方は他よりも、風や雪、奔流が示す要素の力を頻繁に、そして力強く認識させ、同じく、日光や風雨に曝される不快も感じさせる。これゆえシェルターや安逸さは他よりも必要で、受容できる。近寄りが

たい印象の、遠くまで曲がりくねった谷や、山の奥まった地と習慣的に結びついた素朴な感覚は、虚飾を目立って不自然で場違いなものと感じさせ、否定させる。そのような景色の中の大邸宅は決して充分な威厳や興趣を帯びることはなく、風景の中で主要物にもならず、家を取り巻く山々や湖、急流は景色の中で決して従属的になりえない。また自然の壮大な表情も人間業の取るに足らない奮闘に吸収されることもありえない。

　こうしてワーズワスはスコットランドのオー湖（Loch Awe）近くのキルハーン城（Kilchurn Castle）を例に挙げ、絶壁のうえに吊るされているかのような、また島や半島に屹立するような古代からの城郭風邸宅が、廃墟になっていても人が住んでいても、威厳に欠けることはなく、それが抱かれている高い山を統括しているかのような印象を見物者に一瞬与えると認める。その印象は古風さゆえに生じるものであり、そのような力は、自然の代行として、折りに際しすぐに自然に服従するものである。それははるか過ぎ去った時代の混乱や危険の中での安全の記念碑として、必要に応じた存在として敬意を向けられた建造物である。またそれは虚飾と情熱の激しさ、また法の知

スコットランド、キルハーン城

恵の象徴で、崩壊によっても損なわれることのない、権威の表情を湛えている。これらの名誉がその建物にその場所の威厳を与えている。

しかしワーズワスは同時代の建造物が同じように自然の壮大さと張り合って出しゃばり、個々の建造者の僭越とむら気を示すことには反対で、それは所有者の属する階級を誇示するに過ぎないとする。しかし彼も平らな、あるいは少しだけ波打つ地方では、紳士の大邸宅は礼儀を備えて風景の中での主要な表情になり得て、それ自体が芸術作品で、人工的な装飾や痕跡も譴責なしに広がることもあり得て、地区中心の家と呼ばれることもあると認める。そのような建物を論争の的にしたり、無視したりするような、目だった、あるいは威圧するような自然がないところでは、ある程度の限定の中で、明らかな装飾としての性格を印象付ける権利は否定できないと認める。彼の意見では、このような違いの認識の欠乏、あるいはすでに述べた理由の、あらゆる変化や追加が、湖水地方の蒙った美観の損傷原因だというのである。

（3）建物の色彩

xxv ページの半ば、23行目からワーズワスは家がどのように建築されるべきかに関し、家の位置、外見上の大きさ、構造などを決めるための原則、どの程度隠されるべきか、また自然と調和させるかについて述べ、色彩が重要であると論じている。彼はこのために20年ほど前に没した美術界の重鎮、サー・ジョシュア・レノルズから引用する。「家に最もよい色を探すなら、石をひっくり返すか、手に一杯の草を根元から引き抜いて、家を建てようとする場所の土壌の色がどんなものか見なさい。その色を選択すべきです。」[4] これを湖水地方に適用するなら、例えばロー・ファーネスでは、土壌に鉄分が強く全体的に濃い赤色で、上記の原則に厳格に従うなら家もけばけばしい赤色にすることになる。別の場所では陰気な黒、これでは陰鬱さに陰鬱を加えることになり、この考え方は適用できない。しかしこの原則は一般的な案内としては正しく、農耕地区では広い地域の土壌が鋤によって剥き出しだから、（この地方の表面は緩やかに波打っているので）土地を眺望すると特に家の色を土壌の色合いに近いものにして、決して誤ることはないとしている。家がそれを取り巻く風景と調和することが原則であり、それゆえに山がちな地

84

方では、岩や土壌が見える山の部分を見てそれらが安全な一般的指示とすればよい。しかしながら、岩が他の風景に比較して大きな割合を占めることがよくあり、この原則が厳格に従うに値しない場合がある。たとえば、湖水地方の色彩の大きな欠点に、（これは特に夏の季節に感じられるのだが）青っぽい色彩が過剰に行き渡り、これに対して草類やシダ類、そして森が充分に中和していないことがある。これはつまり、青っぽい岩と草木の緑が調和しないという意味で、湖水地方の色彩としてはワーズワスが余り好まないものであろう。この青の色合いは流れ出た水の色合いによるもので、一般的にこの色の岩から出たものでもある。それゆえ家をこの欠点が広がっているところに建てるなら、周囲の岩の色は選ぶべき最高の色ではないと彼は躊躇いなく断言する。画家が温かみのあると呼ぶ色合いを導入すべきで、これが選ばれると風景の邪魔にならず、活気が与えられる。土地のコテージは、白の塗料の輝きが時間とともに抑制され、気候によって豊かになり、この温かみのある色が実現されている。そこにはいかなる粗暴さも見られない。むしろこのようなコテージは、この色合いで、しばしば風景の中心点をなし、全体が統合され、喜ばしさを絵が構成するすべての物象に浸透させている。この一方、岩の冷たい青の色合いが鉄の色合いにより活気づけられる所では、色をあまり密接に模倣することはできない。ここでワーズワスの述べる鉄の色とは酸化した暗赤色で、この色合いは湖水地方の石切り場から切り出された石材により自然に生み出され、また砂礫を含む土によって加減されたモルタルによって生み出された。しかし当時の石工のように、これに反対し、モルタルを川床の青い砂礫で煉ることを主張するなら、また家が荒打ち塗りにしなければ乾燥しないというなら、嗜みのある建築者は、狙った効果に最も近くなるよう手段を工夫するだろう。このように語るワーズワスは自身の経験を踏まえているかのようである。彼によると、イングランドでは切り石や煉瓦でできていない家々が雨を避けるために荒塗りをすることが必要と想定されていたが、これが風景を損ない、特に湖の近隣で建物が白く塗られ、景観の損傷となっていた。彼はこれについて語る。地方の住まいにこの色を称賛するのは見識に外れる。その理由は色々あるが、第一に、個々の家だけでなく、その地方全体の表情にとって、家を白く塗れば、明らかに清潔さと端正さの印

85

象が与えられる。白の清潔さ、道徳的連想は非常に強いので、多くの人は全てに勝ると思う。しかしワーズワスがコテージの主題ですでに述べたように、感受性が強くイマジネーションにあふれた人々は、最も慎ましい階級の人々の住まいが、その外に広がる色の陽気な調子よりも影響があり、愛情の面からずっと深い興味があり目に喜ばしいと納得してきた。しかしながら、彼は小さな白い建物が木々の中に隠され、一定の状況においては喜ばしく活気付く形象ともなることを否定せず、決して景観に有害ではないとする。しかしそれは、深い木陰からきらめき、また稀で孤独な例において、また特にその地方自体が豊かで喜ばしく、壮大な外形に溢れているという条件の下である。寒々として荒涼たる荒地の傍らでは、数多く散らばる白いコテージや白い家々の光景は正にありがたい。そのような場所ではこれらがないと全く喜ばしさがなくなる。ただしこれは躊躇いつつ、また心のより高い能力が眠っている状態でいえることである。ワーズワスは彼自身、そのような家が日の出のときには輝くのを、そして彷徨う明かりの中で常ならぬ喜びの心で見たことがあると語る。大陸の旅行者もラインやローヌやダニューブ川の岸壁に懸かるような、またアペニン山脈やスペインの山地にひっそり佇むような修道院を思い出すだろう。これらがしばしば、偶然輝かしい白さで現われるときの感動は、独りよがりのものではない。しかしこれは修道院生活の陰気な印象と、生き生きとした色合いの感覚的対照によるもので、これらの国々の田園の住まいの微笑ましくも魅力的な外観の相対的欠乏によるものである。

ワーズワスは鮮やかな白が建物の色にふさわしくないことを続いて論じる。特に山がちな地方で白い家の点在や塊は目障りになる。白は自然の中では、花のような小さなもの、あるいは雲や川のあぶく、雪のような移ろいやすいものにしか見ることはできない。ワーズワスはギル

樫の木 oak の老木：南ウェールズ

ピンから孫引きする。N──のロック氏の正当な指摘によると、白は遠隔地のグラデーションを破壊するので、そのために風景画の中で純粋な白はよい効果をもたらさない。五、六軒の白い家が谷間に散在しその目立ちすぎにより（谷間の景色の）表面に斑点をつけ、それを三角形やその他の数学的な形に分け、それが何度も目に障り、それがなければ完全に閑静であるのに煩わしくなる。ワーズワスは自らの経験として、たった一軒の白い家が物質的にある山の荘厳さを損なったことを語る。その家は建っていた場所からふもとの全体を切り取って分け隔ててしまっていた。その山の外見上の大きさは、目に見えるもの以上を与える想像力を呼び出す方法で他の形象が介在することによってではなく、このような場合に目に見えるまま残され抽象化されることによって縮小された。こうしてその山は本来の自然な麓からではなく、その家の高さの線から聳え始めているように見えた。

　ワーズワスは次に自分の感覚を表現し、白いものが最も不平の対象となるのは日没後の黄昏時だと論じる。その時刻の自然の荘厳さと静けさは常にそれら白い家々により損なわれ、破壊される。地面が雪で覆われるとき、それら白い家は害にはならないし、月明かりの中ではそれらは常に喜ばしい。月明かりと白い家々は色調で調和し、景色の不明瞭さが目立つと同時に悦ばしげな物象により活気が与えられる。こうしてやや執拗に建物の白い色を批判的に語ってきた彼は、この主題を次の指摘で締めくくる。すなわち、白がよくないと聞いた人々がその代わりに冷たいスレート（灰）色を採用するなら、既に述べた理由でこれにも賛成することはできない。光るような黄色がその対極に衝突するが、それはさらに咎められるべきである。全体として一般的に最も安全な色は石の色と普通言われる、クリーム色と灰色の中間で、この色は指摘するまでもなく湖水地方に多くある、古くからのコテージの色である。

（4）植林──外来種のカラマツ、モミに対し、在来種のカシ、トネリコ等の落葉樹

　ワーズワスがここまで手引きとして採用した原則、つまり家は自然の景色と穏やかに釣り合う大きさと色で形成されるべきという考え方は、土地や植

Birch カンバの森：エクスムア、サマーセット

栽の管理にも適用されるべきで、当地ではこのことがより緊急に必要であるとする。なぜならそれは、建物への異国情緒風の導入よりも一層、この地方が当事蒙っていた悪弊だったからである。カラマツ（larch）とモミ（fir）の植林があらゆる所に広がったが、その目的は単に利益を得ることではなく、多くの場合装飾のためであった。当時営利的林業が始まっていたようで湖水地方ではカラマツの植林が見られたが、そのために他の在来種の木を全て押し退けてしまった。ワーズワスは最初に、彼らがこれらの麗しい谷を植物の工場的生産地に選んだことに遺憾の気持ちを述べる。ブリテン島には他にも彼らの目的をはるかに安い価格で遂行できたはずの、ずっと不毛で農業用には開墾できない土地がたくさんある。そしてまた、この木は生育が早いという、諂うような約束を表明することをやめるよう彼らに訴える。土壌が豊かで暴風雨を避ける状況にあれば、森は早く繁茂するが、樹液が多くなり価値が減じ、同様に病害虫の攻撃を受ける。スコットランドでは植樹がもっとよく理解されていて、当地より比較にならない大規模の林業が遂行されており、よい土壌と風雨から守られた環境はカシ、トネリコその他地元の落葉樹に相応しいとされている。カラマツは現在では一般的に痩せて地面が露出した場所に植樹するよう限定されている。カシ、トネリコらの木は頑健だが生育は遅い。結果前述の損害を蒙ることは少ない上、木材としてはより優れた品質を有するというのである。

　この一方、当時利益とは関係なく、趣味に導かれて植林する裕福な人々が多くいた。一方、それほど裕福でなくとも、この地方の景色の本来の美しさをこよなく愛し、景色をより良くするために貢献を望む人々もいた。これらの両方の階級の人々にワーズワスは訴えかける。彼らは、家の周りに土着ではない草花を育て、その外見からその存在が我々の手にかかっていて、その

繁茂が人間の世話にかかっている植物を家の周りに集めて喜ばしい気分になるのである。彼らはこの自然な欲求が満たされた後、その先の全ての道が場所の心により予め決められているのを見るのである。つまりワーズワスが言いたいことは、園芸の趣味を持つ人々が、せっせと手入れをして草花や木々の生育を楽しむことは尤もな喜びであるが、その後に認識すべきは、場所の心（the spirit of the place）ということで、場所にはそこに相応しい心のようなものがあり、繁茂すべき植物相が決まっているという意味であろう。家の周りに植える木々や草花はその地に合ったものにすべきで、さもないとこの地方の外観を変えることとなり、この地方に本来あった魅力に惹かれて定住しに来た人々にとって、本来なかった植物を配することは矛盾になる、と言いたいのであろう。彼は英国のどこでも、ありのままの自然が尊厳を備えており、他の国でできた生産物や装飾を持ち込む必要はないと主張しているのである。

　次にワーズワスは新しい住民が外来種の植物を導入する問題に戻る。彼らが仮にこの試みを自分の家屋敷の中に限定するなら、これらの外来種からそのほかの草木に至る植生を、自然に森の中に散在するようにして、不自然な印象のないように推移を考案すべきである。セイヨウヒイラギ（holly）、エニシダ（broom）、野バラ（wild rose）、ニワトコ（elder）、スグリ（dogberry）、ブラックソーン（リンボク：blackthorn）、やセイヨウサンザシ（whitethorn）など、これらだけか、あるいは形式上統一の結果、また秋や春のように色合いが最も多様になる時期に色の調和が取れるように注意深く選ぶべきだと彼は論じる。このあたりの庭の造り方についての意見は、すでに庭の設計を手がけているワーズワスならではの提言といえよう。このように彼は具体的に木の名前を詳細に挙げて論じている。様々な種類の果樹や花が咲く木々は普通果樹園に見られるが、それには森の木々を加えてもいいだろう。野性の黒サクランボの木（the black cherry tree）、そして野生の房なりサクランボ（cluster cherry）、当地では heck-berry と呼ばれる木々は、灌木の茂みと森の木々の間をつなぐ介在として好ましい印象がある。その最後、cluster cherry または名を heck-berry はカシ、トネリコ、カンバ、ヤマトネリコとともにこの地の本来種である。カンバは土着種の中で最も美しい木

の一つだが、乾いた岩の多い場所では、早い育成の理由だけで多くの人が植えるカラマツにさえも勝ることを注目すべきだろう。枝を広げる余裕があるときは優雅な木ではあるセイヨウカジカエデ（sycamore）やヨーロッパアカマツ（Scotch fir）は家の近くに植えると有効であろう。なぜならそのどっしりとした佇まいが建物とよく調和するからである。また場所によっては岩と調和もする。その姿や材質の外見により、岩の不動性と重量感と、より軽い樹木の細い枝や木の葉の間に介在的な効果があるからである。

　以上のワーズワスの意見は詳細で、個々の木にも博識で、その言及には説得力がある。彼はさらに論じる。岩場や奔流の川、独自の原生林が目に見える景色の中で、人工的な植生や異国情緒に溢れた木々が植えられた地区一帯をどう言ったらいいのだろう。——そこには植木屋のカタログのように木々が混在で植えられて、色が色と争いあい、形が形とあい争っている。自然の王国の最も穏やかな主体の中で、至る所に不調和、混乱、当惑が存在するのである。しかしこの奇形も悪いとは言うものの、丘のかたわらに過剰に蔓延<ruby>延<rt>はびこ</rt></ruby>るカラマツの植生の小さい区画や大きな地域ほどは目に余るものではない。

　彼はこのような批判の論拠として、もう一度自然に立ち返って論じる。自然が森や林を形成する過程は次のようなことである。木や草の種が区別なく風によって、また水の流れにより、また鳥が落とすことで拡散される。種は落ちた場所が自らに合うかどうかで消滅するか、発芽する。また同じ条件で実生か吸枝（sucker：地下の茎から出た枝）にせよ、動物に食いちぎられない限り繁茂する。こうして木は、時には一本きりで、抑制なく自らの思うままの姿をとって成長するが、たいていの場合は、その周囲の状況の条件に従うことを余儀なくされる。低くて日光や風雨に曝されない場所から植生はより曝された場所に移動していく。若い植物は先行する植物に守られ、ある程度まで形成されていく。このように形成された連続的群葉は、岩場や林間の空き地、動物が餌として食べることにより開けた地帯により増殖が妨げられる。植生が高い所に昇っていくと、風によって木々の形成に影響が出始める。しかし木々は相互に守られ、最も耐寒性の強い種類でなくとも山々の高いところに移る。しかしながら徐々に土壌の本質により、また益々日光風雨寒気に曝されることにより森の頂上部が高地に登って行くに従い、耐寒性の

木々だけが残っていき、これらも少しずつ寒冷な気候に屈していく。こうして原生の不規則な植生の限界が成立していく。そこには輪郭が優雅な一方、自然が荷わねばならない、多かれ少なかれはっきりしている力の感覚を瞑想せざるを得ない。

　ワーズワスの以上の語り口は、現在も湖水地方に特有の植生の形成過程を見事に説明したものといえる。彼はさらに論じる。このような、自然と時間の共同作業として、自由と法則が遂行される過程を長く観察し、自然の小道を辿る資格が最もある繊細な感覚を持った人でさえも、人工の植樹者が辿らねばならない意気消沈させる必要事、拘束、不利益と対照してみればいい。第一に、人工的に作られた木々は、いかにうまく場所が選ばれ、いくつかの制約に適応していようと、一般的に全てが同じ時に始められざるを得ない。だからこの状況自体が自然の森全体に広がっていて、目には単一の木々、群葉の塊のように見える。また山の脇を眺めれば見られる様々な色合いの、あるいは谷間に広がっていれば高台から見下ろす各部分の繊細なつながり、協調と構成を妨げるものである。

　ワーズワスのこの次の言葉が一定の結論でもある。「これゆえに、いかなる状況下においても、人工の植樹者が自然の美しさに張り合うことは不可能である。〈xxx／29〜30行：下線論者〉」彼はなおも具体例を挙げつつ論じる。一万本もの先のとがった木、カラマツがいっせいに丘の片面に植えられたら、それらは奇形のように生育する。それらは立っているのに苦労するだけでなく、自然の森のいかなる外貌の美しさも実現できない。

　ワーズワスは外来樹としてのカラマツを嫌うかのようだが、ここでこの木を弁護しつつその特徴を検討しようとする。カラマツは灌木の大きさを越えるまでは、一本の木として見た形態と外見には幾ばくかの優雅さがあり、特に春にピンク色の房が開花した時は美しいが、木としては他の何よりも面白味はない。その小枝には多彩さはなく、充分成長した時も威厳はほとんどない。針葉樹だから木の葉をもっているとも言い難い。その結果木陰やシェルターも作らない。春には他よりもずっと早く緑になるが、奇妙にも鮮やかな緑で、その色と調和するものはなく、風景にとって斑点であり奇形となる。夏には他の木々が盛りの時に、すすけた活力のない色合いになり、そして冬

カラマツ（larch）

には完全に枯れたかに見える。この面では森の他のあらゆる木とは嘆かわしくも際立っている。カラマツを雑木林に混ぜる試み、あるいは森の他の木々と釣り合いをとる試みもうまくいかない。確かにカラマツが土着の木で、途切れることなく谷から谷へ、また丘から丘へ広がっている地方では、他の一種類の木が際限なく広がることで成すのと同じように荘厳なイメージが織り成せるかもしれない。しかしこの感覚は自生地の測り知れない森に限られていて、人工的な植林地に得られることはありえない。以上、ワーズワスのカラマツ植林の批判は執拗なまでに至っており、彼が如何に営利的植林事業を嫌っていたか、あるいはこの木に生理的嫌悪を感じていたのかとの邪推さえ誰しも感じる。[5]

　ワーズワスは以上の主張が、主に装飾のために植栽する人々にも、営利のために植栽する人々にも何らかの訴えかけとなることを望み、ついでこの地方自生の落葉樹が低い方の土地に完全に残されるようにと懇願する。彼はカラマツの植林が、仮に全面的に導入されるなら、より高い地方の、不毛な地区に限定されるように願い、その間に岩場が介在することで、物憂い均一性を打ち破ると予測している。そうなれば、風が木々を捕らえてそれらの姿に、その場に合った荒涼さを加えると想定している。

　ワーズワスはここまでで、植林に相応しくない木を指摘してきたので、この地方の風景を損なうことを望まない人々はこれらを避け、どんな種類の植物を選ぶべきか考えるであろうと推測する。彼は木々を植栽する時の配置まで示すべきであったと振り返りつつ、奇形を消し去ることに成功でき、林業主には土着の森を形成する種に限定するか、あるいはそれらと調和するものに限定すべきということが普及すれば、木々の配置については余り重要性を感じないとしている。従来この地方の景色は、怠慢、必要、貪欲、気まぐれのいずれかの理由で、建物や木々、森などを取り除いたことにより損なわれ

てきた。しかし最も嘆かわしい行為は、これらの除去ではなく目障りな追加
であり、これが最も困ったことである。彼の考えでは、いかなる積極的変形
も不釣合いも取り替えられたりさらに付け加えたりすることがなければ、自
然の恩恵は非常に大きなものであるから、自然から次から次へと美が奪わ
れ、次から次へと装飾が付け加えられても、自然の外見の美しさは最終的に
は損なわれない。もし仮に傷が残るとしても、治癒の心の前に徐々に消えて
いくであろうし、残ったものだけでも癒しに満ち、喜ばしいとする。ここで
彼は、ある現存の詩人が興味深い状況で切り倒された高貴な森について語っ
ていることを指摘する。この「現存の詩人」とは彼自身のことで、引用は
'Composed at Neidpath Castle, the Property of Lord Queensberry', 1803, ll.
8-14からである。以下引用部分をボールド体にし、全体を示す。

Composed at Neidpath Castle, the Property of Lord Queensberry

Degenerate Douglas! oh, the unworthy Lord!
Whom mere despite of heart could so far please,
And love of havoc, (for with such disease
Fame taxes him,) that he could send forth word
To level with the dust a noble horde,
A brotherhood of venerable Trees,
Leaving an ancient dome, and towers like these,
Beggar'd and outraged!--**Many hearts deplored**
The fate of those old Trees; and oft with pain
The traveller, at this day, will stop and gaze
On wrongs, which Nature scarcely seems to heed:
For shelter'd places, bosoms, nooks, and bays,
And the pure mountains, and the gentle Tweed,
And the green silent pastures, yet remain.

引用部分の訳：

多くの心が嘆いた

これら古木たちの運命を。そしてしばしば苦痛をもって、

今日に至るまでの旅行者たちが立ち止まり、見つめよう。

自然がほとんど気にも留めない害悪を、

なぜなら風雨を避けられる場所、奥まった懐、入り江、

そして澄み切った山々、そして穏やかなトゥイード川、

そしてあの、緑の静かな草原がまだ残っているから。

　この詩でワーズワスが嘆いたのはスコットランドでの無分別な伐採だが、彼の当時湖水地方には、そのような見境のない暴挙を犯すことのできる古い森はほとんどなかった。しかし、いかなる営利の犠牲にもならず、定期的伐採に際して最も健康な木を成長させ適切な割合を材木にするよう残しておくことで、数多くの雑木林が立派な森になると推定している。彼によれば幸いこのような計画が多く採用され、計画した人々は見識ある人々に感謝の誉れを与えられていた。装飾に妥当な注意を払って植林の企画をすることについては、自然のイメージを案内とすることを薦めているとして、彼は数語の中に秘密の全体が潜んでいると挙げる。雑木林の茂み、あるいは下生え―単独の木々―群がっているか、集団になっている木々―森―未開墾の森、但し多様な群葉の集団がある―林間空き地―目に見えない、あるいは曲がりくねった境界線―岩が多い地区では適度なつりあいの岩がむき出しになっていること、そして他の部分が半ば隠れていること―好ましくないものが隠されていること、そして形式的な線が崩れていること―木々が地平線にまで昇っていること、そして幾らかの場所では基盤の麓の鋭い端から昇ってきて、そして森全体は澄んだ空に向かって立っているように見えること―別の場所では完全にむき出しの岩が森に勝っていて、植物はこの高さまでは登って来られない高さの感覚を加えている、そして継続的感覚、抵抗の力、変化しない安全を感じせしめること、等々である。

（5）更なる変化：農業者の変質

　ワーズワスはここまで、湖水地方の土地本来の美しさを保存する願いを話

してきたが、当時急速に起きていた住民や所有者の変化により、更なる外見の変化が不可避的に続く危惧を抱いていた。湖水地方に外来の人々が引き付けられ、定住を望み始めたのとほとんど同じ頃、彼らが招いた問題の発生と同じ頃、あまり目立たないが、この土地土着の小作農（Peasantry）たちの環境に不幸な変化が起き始めた。彼らの状況の変化は当時始まり、現在ではどこでも感じられている原因から生じたものである。

　それぞれの農業者の家庭はエステーツマンであろうと、ファーマーであろうと[6] 以前は二重の支えがあった。その一つは土地と群羊の生産である。第二は女性や子供たちが製造の従事者として得られた利益である。つまり家内工業で、羊毛を紡織し（これは主に冬季におこなわれた）、市場で販売のために運ばれた。これゆえ家族がいかに多くても、家庭の収入は子供の増加に歩調を合わせていた。しかし「湖水地方案内」著作当時は産業革命の開始からすでに50年ほど経ていた。機械の発明と広い適用により、この第二の収入源がほとんど完全に消滅した。収入が大幅に減り、他に雇用される可能性のない老齢者を除いてこの仕事に就く人はいなくなってしまった。しかし彼らにとって機械の発明は純粋な喪失ではなかった。それ以前は農業を辞めてこの羊毛紡織の家内工業に勤しむ傾向もあったが、この産業が工業化されて以降家内工業は衰退し、一方農産物の価値が上昇し、同時に農業自体も産業化した。工場の設立は農業生産を刺激したが、農業の産業化はそれら家内工業の衰退を補うことからは程遠かった。家内工業者はほとんど消滅し、女性や子供たちはそれまで以上に長い時間畑で働いて利益を得るようになった。しかし農業上の知識が限られている人々から合理性を期待はできず、小規模農場では尚更であった。農業は産物を市場で販売すべく商業化されたが、生産はまだ機械化されておらず、個々の農民の知識や業（わざ）が重要であった時代のことである。農民たちはもはや小さな農場を自分たちで維持することはできず、数人が一つの農場に合併し、その結果彼らの住居は崩壊または、取り壊された。エステーツマンの土地は抵当に入れられ、所有者たちは土地を手放すことを余儀なくされ裕福な買い手に落ち、彼らも同様連合し共同所有した。新しい土地所有者達が湖水地方への定住を望むと、古いコテージの廃墟に新しい邸宅が建てられ、嘗ての小さな囲い込み地でコテージ自体とその周りから

醸し出ていた全ての原始的優雅さが消滅していった。

　これらの地所の封建的な保有形態が新しい定住者の流入を食い止める方向に働いてきたが、湖水地方に転入、定住の望みを持った人々の思いは非常に強く、彼らはこの封建的土地所有制度の拘束も甘受していった。この結果、当時数年間で湖水地方は殆んど全てが、地元生まれか外来者かの何れにせよ、ジェントリー階級の所有となった。それゆえ、よりよい趣味がこれらの新しい所有者達により普及されることが非常に望まれた。ワーズワスは、全てを彼らに任せることは期待できないから、無意識的に彼らの慎ましい先行者達が動かしてきた、あの素朴で美しい方向から、技術と知識をもって、不必要な逸脱を防ぐべきであるとした。湖水地方の新しい住民が、それまで湖水地方に形成された素朴な美を損なうことは、技術と知識をもって避けるべきとした。彼はこのような希望で、湖水地方が、繰り返し訪問する人々にとって一種の国の財産となり、見る目を持ち喜ぶ心を持つ全ての人に権利がある興味深い地であるべきとの考えを表明する。彼にはブリテン島全土の純粋な趣味を持った人々と連帯する意思があった。

　ワーズワスは本書の「序」末尾に際して、冒頭で提案した目的をまだ完全には達成していないが、以下のエッチングと、後半で表明したこととの齟齬

Alder（ハンノキ）の林　サマーセット

は全くないと表明する。彼は仮にここで批判した悪い点が拡がり続けるならば、これらの谷あいは、湖、川、奔流、周りの岩々や山々が依然存在しても、画家や想像力、感性を持った人の推奨を失うと確信する。そして彼は最後に現在の状況の中で、画家たちに知らせたいとして述べる。以上の労力に価値があるとしたら、それは全く、美、優雅、壮麗の生み出す統一的精神により、損なわれていない、活力ある**人と自然**により最近まで保たれてきたこの地方の、目前にある規範を提示したことであろうと。

　事実この、「序」の後半部分で、ワーズワスは1810年当時の湖水地方の状況に警鐘を鳴らし、規範を提示してその改善を目指したと言えよう。現代の湖水地方をみれば、彼の努力のかなりの部分が報われており、いわゆるナショナル・トラスト運動の起源でもあり、それはまた産業革命で荒れた英国の国土が美しく再生される始まりであったと思われる。

II　湖水地方訪問案内：訪問すべき時期

　初版ではここからセクション I が始まる。1835年の第5版では "Miscellaneous Observations" と副題が付けられ、初版の冒頭部10行ほどは削除されている。その部分では、前の序において湖水地方の外見に関する概観を行ったこと、その中で述べたことが湖水地方の現状について、先祖代々の住民にも、最近入植した居住者にとっても、その外見にいかに慣れ親しんでいようとも有益で、ざっと見ただけでも特定の事物に注意を向け、意識になかったものとの関係のもとに、他のものとの関係がわかってくるだろうとワーズワスは推定する。彼はさらに「ここから先は特に、外来者と旅行者に語りかけることとする。」と宣言する。そしてこの地方の形式的な旅の提案を試みるのではなく、また以下に添付してある銅版画に拘束されることなく、湖水地方の景観にさらなる興味を与えることを望み、またこれらの光景の場所を初めて訪問する準備をしている、また旅の途上にある人々の役に立つような指示、描写、指摘をこの書に加えようと思うと、ここ以降の目的を述べている。

（1）6月～8月

　ここから旅行者が選ぶべき旅の時期が考察される。彼はまずウェストの発言を考慮し、6月の始めから8月の終りの期間を検討する。その最後の二ヵ月、つまり7月と8月は一般的休暇の期間であり、多くの人がこの時期を選ぶ。しかし6月から8月の時期が決して最高というわけではない。この時期の欠点もあり、中でも大きな不利は山や森が単調な緑になる点、そして谷間の草の色が茶色っぽくなる点である。しかしながら、干草つくりの時期が始

97

まるとまだら色になり、活気が加わってくるが、これはブリテン島の南部地方よりはずっと遅い。最も不利に感じられる点は雨で、しばしばこの時期に活発に始まり、延々と長く続くので、多くの人々は両回帰線間の湿潤な季節の旅行者の落胆を、あるいはナイル川に毎年の水の供給を行うアビシニアの山々で降る洪水のことを連想する。このため、外来者の多数がこの時期に湖水地方を訪問して、この地方の労働が雨から解放されることがほとんどないという、間違った評判を広めている。

（2）9月～10月

　9月と10月、特に10月は一般的にもっと天気が良いことが多い。そしてこの頃景色は比較にならないほど多彩で、素晴らしく美しい。ただこの一方で、昼間が短くなり長時間の遠足は難しくなり、屋外活動を楽しむパーティーには鋭く冷たい疾風が不利となる。それにも拘らず、この地方の秋の美しさは真夏よりもぬきんでていて、自然を真摯に賛美する人々にとっては、健康と精神の安定に恵まれ、選択をする自由があれば、9月の初めからの6週間が7月や8月よりもお勧めである。なぜなら、もっと奥まった谷で、不釣合いな植栽や不適切な建物がまだ侵入していない場所には秋の表情に生ずる不都合さは全くないから。そのような場所でこの季節には、自然の姿や色合いの賞賛すべき、また愛すべき範囲に、物象の全体的規模で調和が存在するから。こうしてワーズワスは10月の湖水地方の美を具体的に挙げて示す。草木が頂上を覆う灰色や、苔むした岩の島々が散在した牧草地の上の二番生えの柔らかな緑。刈り入れ前で倒れていない麦の畑や同じ様式で不規則な囲い込みとなった刈り株畑。多様な色彩に輝く羊歯で輝く山肌。穏やかな青い湖や川の水たまり。秋のあらゆる色合いを通してカバやトネリコの白っぽく輝かしい黄色から、朽ちることのない樫やハンノキの深い緑色、そして岩をつたうツタ、木々やコテージ。これらに自然美の調和が存在すると彼は説明する。

（3）5月半ば～6月半ばの推奨

　旅行期間を長く取れない旅人のため、彼は5月の半ばから最終週と6月の

半ばから最終週を、一定期間の組み合わせとしては天気もよく、印象も多彩であり、最もいい時期であると勧める。大部分の自生の木々はまだ葉を完全に伸ばしきっておらず、木陰の深さはまだ劣るとはいえ、群葉の多彩さ、また森の中に豊富に自生する果実や苺を実らせる木々の開花において、またエニシダ（broom）やそのほかの、まだら色に染め上げる雑木林の灌木の黄金色の花々に関しては、他のどこにも、ここ以上の場所はない。これらの森や山腹や、また小さい谷あいではまた、北方の様相として、早春の花の多くが長く咲き続けている。一方太陽のよく当たる所では、近付いてくる夏の花が咲いている。これらに加えて、山がちな地区の雑木林や森、生垣でムネアカヒワ（linnet）やツグミ（thrush）の恋の歌のさえずりを聞くのは絶妙な喜びである。近付きがたい岩場に巣を作る猛禽類を免れ、これらの鳥たちは四六時中空中を飛翔しているのを見、また聴くことができる。あの手ごわい生き物の数が、狭い谷間の地区にヒバリがいない理由である。この猛禽類の破壊者は近くに取り巻く岩場から、ヒバリたちが地上の巣まで防御に降ってくる前に、飛び掛かることが容易だからである。また、ナイティンゲールの声を聞くこともできないが、そのほかの英国の殆んど全ての鳥のさえずりを数多く聞くことができる。そして彼らの調べを広く静かな湖水のそばで、あるいは山の小川のせせらぎの音と混ざり合うのを聴くと、心に一層強い力が湧き、他の場所よりも想像力をかきたてられる。また、カッコーの声は、深い山の谷あいの中で捉えると、想像的影響もあり、平地で同じ音を聞くのとは全く異なった刺激がある。以上鳥の声については周知の通り彼の数多くの抒情詩でおなじみである。

　春の終わりの時期に興味あることは、山々から雌羊が下ろされ、谷あいの取り囲まれた地で子羊を生むことである。このために生え始めた、季節の初めの柔らかくてエメラルド色をした牧草が刈り取られる。そうしないとそのような牧草は二週間ほ

モーカム湾を横切り、ヘスト・バンクより干潮時にグレインジ・オーバー・サンズを望む

どしかもたないが、刈り取りにより牧草地や野原が何週間も柔らかい草の状態を保っている。あたりで鳴き、飛び跳ねる多数の子羊により牧草地は生気に満ちる。子羊たちは力を付けてくると、開けた山の上に放牧され、そのしなやかな白い足で、荒々しくも軽やかな動きを見せ、美しくも草地や岩場と調和し、またコントラストをなし、そこで新たに食べ物を探し始める。しかし最も重要なことに、この時期（5〜6月）は旅行者にとって最も好天が期待できる。以上ワーズワスは湖水地方を訪問する時期を比較して持論を述べてきたが、それはこの地方に長く住み、熟知していること、そしてそのあらゆる季節の外見を親しい知識として持っていることに基づいている。しかしながら、このような理由で満足を得られ、このような意見を支持する人は少ないと想定する。この種の旅行の時期や様式が、大抵は完全な選択の自由を阻む状況により制限されるからである。だから彼は妥協点を探る。7月や8月は既に述べたような理由で否定されがちだが、自然が最も荘厳な時期を本当に楽しむことができる人なら、この時期彼らが望む以上に湿度が高く（雨や）嵐が多いとは感じない。いかなる旅人も、健康であれば、どんなに時間の制約があっても、近付く嵐や立ち去る嵐の光景や音で旅を中断し、少しの幽閉を耐えることを惜しむとするなら、そのような景色の場所を訪問する特権はないだろうから。彼は荒れた気候にはそれなりの自然美があると論じる。嵐を経験しても、山がちな地域の変化しやすい気候には付き物の、日光が大胆に降り注いでくるところや、下ってくる霧、彷徨い行く光や陰、活気付いた奔流や滝を見て、旅人は自ら祝意を表すだろう。そのような時に、真夏の色の単調さ、そしてこれに起因する多様性の欠如、そして長く、雲の出ない暑い日々のぎらつくような好ましくない環境は、そのような嵐により全体的に取り除かれるのであるから。

　いずれにせよ現代に至ってなお、旅をして感じるのは、湖水地方に多い嵐や湿気といっても、日本の台風や梅雨に比べたら穏やかなもので、日本人には何のこともない。北緯が樺太あたりに相当する北国の英国では、真夏の日差しも日本の初春や晩秋より弱いくらいで、むしろ曇ったり降ったりすると初冬や晩冬の寒さになることに注意すべきである。英国の旅には真夏でも防水完備のレインコートは必需品で、長袖長ズボンなどは当然、防寒対策のほ

かにも、山歩きには登山靴があったほうがよさそうである。

Ⅲ　湖水地方への旅程

（1）1810年初版から1835年版への改訂理由

　1810年版セクションⅡの内容は1835年第 5 版の冒頭、『旅行者への指示』（"Directions for the Tourist"）と重なる部分もあるが、掲載場所を後半から最初の方に移しただけでなく、かなり大幅な書き換えが施されている。この理由を考えるに、この間の25年間に道路整備が進み、嘗てのモーカム砂州越え、ファーネス・アビからコニストンに入る経路より、ケンダルからウィンダミア、ボウネスからアンブルサイド、さらにホークスヘッドやコニストン、あるいはライダルやグラスミア、更にケジックへ向かう経路が一般的になったと推定される。[7]

　とまれ初版のセクションⅡ（37ページ）では、湖水地方の旅を始める場所と、訪問の順序が検討されている。当然ながら、ブリテン島のどの地区から湖水地方に向かうかということで、旅を始める場所と色々な谷を見て回るのに便利な順序も決まってくる。まずスコットランド方面から、またはステインムア（Stainmoor、現代ではStainmore）経由であれば、ペンリスから始めてラウザー（Lowther）の景色を見てホーズ・ウォーターに向かうのが良いとしている。ステインムアとは湖水地方の西方、ペナイン丘陵にある地名で、湖水地方とは A66 でペンリスからコッカーマスにつながっている。ラウザーはワーズワスの父親が仕えていた貴族の名でもあるが、地図上ではペンリスの南 2 キロほどの高速道 M6沿いにあり、同名の川も流れている。ラウザー川とホーズウォーター湖はつながってはいないが、後者は湖水地方の一番東に

カークストン・パス峠の一角　A592道路　2009年撮影.

ある。この次にワーズワスは「ラッパスイセン」の詩の所縁のアルズウォーターを示唆しているが、この経路は即ち東または北東から湖水地方に向かう道で、彼がこの後最もよい順路と示す旅程の逆である。この南はカークストン峠からトラウトベックに至る。

　トマス・ウェストが最も便利な経路と示した、ランカスターからやや危険なモーカムの砂州（Morecambe Sands）を越えてファーネス・アビを経由し、コニストン・ウォーターに進む経路が良いことは、ワーズワスも疑問の余地がないと断定している。現代なら鉄道でランカスターからオクスンホルム（Oxenholm）経由でウィンダミアまで入るのだが、鉄道がまだない当時、この経路はやや険しく、南から進んできて最初に至る湖はウィンダミアではなく、コニストンのほうが好ましかったようである。モーカムの砂州は『序曲』の中で、ワーズワスが1794年にロベスピエールの死を旅人から聞いて知った場所として記録しているが、当時はこの砂州の横断が湖水地方に入る近道だったようである。現代に至りアーンサイド（Arnside）からケンツ・バンク（Kents Bank）に至るルートなど、6マイル余りのモーカム湾横断（Morecambe Bay Crossing）は危険もなくはないが、真夏の観光の呼び物の一つのようである。

（2）コニストン

　この方角からコニストン湖に進むのが、美しい湖の南の湖水の出口からたどる唯一の経路で、初めての旅人は最も喜ばしい景色に出会うことができ

コニストン・ウォーター（車窓より2017年撮影）

る。ランカシャーからモーカムの砂州に入った瞬間、旅人は世間の騒々しさや交通の喧騒を後にし、海が退いた荘厳な平原を横切っていくと、明らかにその麓から山々の連なりが聳えているのが見え、その秘境の地へ旅人は彷徨い入るのである。こうして旅人は徐々に、穏やかにコ

エスウェイト（Esthwaite）ウォーター湖（2017年）

ニストンの谷へといざなわれていく。

　コニストンの湖と谷はこうして接近すると一歩ごとに景色が良くなってくる。彼はこのような感動を得るために、湖水地方全般において、湖や谷間は可能な限り麓から旅をすることが必須であると論ずる。これは全ての湖に適用というわけではなく、ロウズ・ウォーター（Lowes-water：バターミアの北西にある小ぶりの湖）のみ例外であり、この湖は他の湖とは反対の方向に伸びているから、それゆえに最も美しい外見を呈している。

　ワーズワスはコニストンでは2日がかりの散策を提示する。第1日目に天気が許すなら、ダッドンの谷、別名ドナーデイル（Donnerdale）への遠足が好ましい。ダッドン谷はコニストン湖に西側で接する高い丘の向こう側にある。この谷を訪問する人は少ないが、ワーズワスは自信を持って、見識ある旅行者に薦める。そこへ行くには、コニストン教会の傍から昇っていく道から入るのが最もよく、そこからシースウェイト（Seathwait）、ドナーデイルの一角につながる。この道路は長く急なので、ワーズワスの当時は馬から下りて手綱を曳いて歩かねばならなかった。しかし上り下りは5マイル足らず

で、この景色ほど美しい所はなく、反対側の丘の端につながるという。この小さな円形の谷は長くうねる谷の付随的な一区画で、その谷にそってダッドンの清流が流れていて、先で広くなり、更に進むとシースウェイトの低いチャペルに到達する。シースウェイト界隈に満足したら、次にドナーデイルを下り、アルファ・カーク（Ulpha Kirk、現代では単にアルファ）に至る。この教会の庭から、この地方でも最も壮大な山の稜線と姿の組み合わせを見ることができる。景色の全体は教会が頂上に立っているところから急勾配の下すぐに流れている奔流の音と景色で活気づいている。アルファ・カークから更に谷を下ってブロートン（Broughton）に至る。この美しいダッドン谷は不意に終わり、急にダッドン砂州、そしてアイルランド海となっている。景色は川と奥深い森の組み合わせとして見られ、またシースウェイトから下っていくのが有利だから、ワーズワスは一般的な原則、川の出口から入っていくべきという原則の反対を薦める。つまりダッドン谷はコニストンを拠点とし、高地から下っていくのが良いということである。ブロートンからは最短の道でコニストンに戻る。翌日の朝はコニストン湖上を帆走し、より高い場所から湖を眺め、湖岸の散歩をし、残りの半日はユーデイル（Yewdale）の谷（コニストン谷の枝分かれ）さらにユーデイルの遠い部分に当たる、ティルバースウェイト（Tilberthwaite）の奥まった谷を散策するのが良い。この遠出は約５マイルで、当時は徒歩か乗馬であった。ユーデイルの谷からティルバースウェイトの谷間まで登ったら、小川を右手にし、更に道を進むと二つのコテージがある。そこで野原を通ってホルム・グラウンド（Holm-ground）に至り、そこからこの原生の美しくも唯一つ隠棲するかのような谷を眺めることができる。ホルム・グラウンドからコニストンの宿に戻り、翌日はホークスヘッドに向かう。そこではエスウェイトの傍らで湖の傍を離れて暫くして振り返れば、エスウェイト湖の美しい眺めを見ることができる。　ワーズワスが幼い頃長く住んだホークスヘッドだが、さりげなく述べている。さらにここから二つのソーリーの村を通って、ウィンダミアのフェリー・ハウスに至り、当時はここに良質の宿泊施設があった。ここでワーズワスが言及する二つのソーリー村のうち、現代の旅でニア・ソーリーのヒルトップ農場をを訪問する日本人が非常に多い。ワーズワスの語る詳細は当然200年前のこ

の地方のそれであり、彼のゆかりの地だが描写は淡々としている。

（3）ウィンダミア

夕暮れのウィンダミア湖（2017年）

　こうしてワーズワスの案内はフェリーのあるウィンダミア湖に到着するが、エッチングにはない様々な隠れた場所も紹介している。以上のルートは特殊で、珍しい場所を通過するには好都合であるが、ウィンダミアの谷を最初の訪問地とするなら、ケンダルからの道に比べるとホークスヘッド方面から来るルートはやや劣る。ここで彼は西岸のフェリー・ハウスあたりからの眺望について長く語り、人工的建造物により、嘗ての自然の佇まいが失われたことへの失望を表明している。彼の意見では、ここの景色は取り巻く自然により、植栽にせよ、建物にせよ、いかなる異国情緒的あるいは目立ちすぎの装飾物も必要とするにはあまりにも美しすぎる。現代に至りこのあたりがどうなったか確認していないが、500年ほど前から続くフェリーは今でも健在で大抵20分間隔で自動車も安価に運んでいる。
　ワーズワスの当時も大多数の訪問者がケンダルから最短の道を辿ってボウ

ネスまでやって来て、ウィンダミアからの旅を始めた。彼はケンダルから一マイルほど過ぎてターンパイク・ハウスに来た時、普通のようにボウネスへの道をまっすぐ辿るのではなく、オレスト・ヘッド（Orrest-head：現在のウィンダミアの町の北部の高台）からの景色が、ウィンダミア湖が見える最初の地であり、この旅程全体の中でも最もいい景色の一つで、他の道から見るよりもはるかに壮大だとし、ステイヴリ（Stavely：現代ではStaveley）を通って行く道を勧めている。[8] ワーズワスがこの経路を勧めたのには二つの理由があり、その第一はこちらの方が荘厳な山々と湖の頂点方向の、湖水の大きな広がりの間に2マイルから3マイルほど近いこと、つまり景色がいいことであった。第二は、二つ前の項で論じられた湖水地方の状況の悪化である。ボウネスの近隣には新しい家々や植栽、刈り込みや人工物がひしめいているが、このポイント、ステイヴリ方面では当時そのようなものがなく、全体が溶け合って一つの景観をなすほどまでに個々のものが不快ではなかった。つまりボウネス周辺の観光化を嫌った言及であろうと思われる。オレスト・ヘッドからボウネス方面の遠景は現代でも変わらないが、「ここからレイリッグ（Rayrigg）の密な森を抜けていけば、ボウネスの騒がしげな旅館に到達する。〈38/49-50〉」とある、レイリッグの森は現代でも健在である。ウィンダミアからボウネスへはニュー・ロードとレイク・ロードを辿る方が便利だが一帯は市街地になっていて、夏場は渋滞しがちである。

セント・アニーズから見たグレイト・ラングデイルの谷とラングデイル・パイクス

湖水地方の景色のよい場所はワーズワスの時代にすでによく知られており、それを指摘することはもはや意味はなかった。彼はこの出版で、観察のために多くの人が訪れた場所とは異なる景色を提示するのが主な趣旨とし、ここから以下のエッチングの主題と同類の、辺鄙なスポットについて詳しく語るとしている。そして、人がよく訪れる

場面については、急ぎの見物客が見落としがちな、その特徴となる特質について指摘するに留めるとしている。

　ボウネス近隣の外見には、彼に至る35年ほどの間に悪い方に向かう多くの変化が起きていたが、それはすでに考察した趣味の原則、この種の地方で守るべき植栽や建築の規範に充分な注意を払わなかった結果であった。ウィンダミア湖の島々は美しく、景色の中に溶け込んでいる。しかしながら最大の島ベル・アイル（Belle Isle）の大部分には場違いな木々が一面に植えられた。この点を彼は批判して改善を希望する。その方法は外来種の木々を少しずつ取り除き、より妥当な木々、若木の時にも見て楽しく、生長して老木になっても斧を入れさせないような木を導入することであった。この島を守るため周りに盛られた堤防ゆえに全体が人工的に見え、無限に多彩で繊細な美しさが破壊され残念なことであった。この高貴な島を自然に戻すことは、風や波が無頓着にも優雅な手を加えることによって可能かもしれない。自然に任せることで、その高貴な美しさが取り戻されると言うのである。現在のベル・アイルを見るとその後自然が取り返されていると見られる。

　さらにワーズワスは論じる。ウィンダミアはその両岸から、また湖上からも見るべきで、他のどの湖も、ここほど帆走して多くの新鮮な美が見られるところはない。これはその大きさや、島があること、そしてこの島のおかれている環境が他の湖とは違うゆえで、湖頭部[9]に二つの谷があり、それぞれに等しく威厳を持った山々が聳えている点が特徴である。この湖の雄大さを示すように、南北の両端を同時に見ることは水面からを除いてはできない。島々は一日のどの時間にも探索できるが、少なくとも明るい波のない静かな宵に湖の北の方に３時間ほど船出すると、その華麗さ、静寂、荘厳さは格別である。また湖水の広がりを後にするときに、湖頭の隠れた、穏やかな川を眺めるこ

アンブルサイドのブリッジ・ハウス、ターナーの絵にもある。

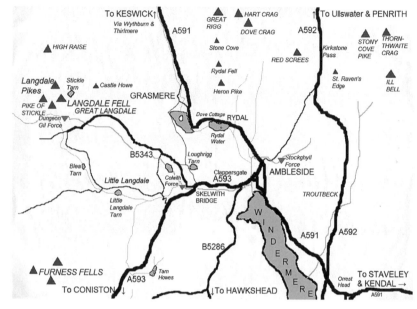

アンブルサイド、ライダル、グラスミアとグレイト・ラングデイル一帯
ワーズワスの記述に出る地名を確認。

とも忘れてはならない。その静かな川は時間によっては、源泉のある山々と
のつながりや、上流の荒れ狂う奔流と直接つながっているというよりは、む
しろ静かな湖の満ち溢れのように見える。

　多くの人々はボウネスから湖頭まで航行してウィンダミアを見たと満足し
てしまう。しかしボウネスからの道全体も心地よく壮大な景色の多様性に溢
れている。道路際にひとたび入れば風景に何らかの追加的魅力を感じる野原
がある。トラウトベック（Troutbeck）に至る小径は湖の北岸のそれぞれの
美しい眺めを提示している。ウィンダミア湖頭から、またアンブルサイドか
らは更に便利だが、乗馬または馬車を用いてほとんどどの方向にも行くこと
ができ、無尽蔵に興味深い散歩ができる。

（４）アンブルサイドとその周辺

　ワーズワスはアンブルサイドの項をわざわざ改めている。それだけこの町
の存在を重視していたのであろう。後に住むライダル・マウントはグラスミ

アより、このアンブルサイドと関係が強かったようである。この町はマーケットの町でもあり、彼の時代になお、ブリテン島の中のどこよりも田舎風建築と自然美の組み合わせから生じた場所で、それ以前にはもっとピクチャレスクな美に溢れていたと思われる。ポーチや突起物、丸い煙突やギャラリー（バルコニー）がついた古い建築物の多くは、当時工場で鋳造され、荷車に載せて運んできたような19世紀初頭の建築の、切り詰められ構成要素に欠ける大構造物にとって替わりつつあった。それでもなおこの町は、当時も現代に至っても、ピクチャレスク的要素を残している。小川がこの町を二分しているが、流れの状態が許すなら、その水路に沿って探索すべきである。橋の下に製粉所があり、古いサマーハウス（避暑の別荘）もあり、そのほかにも多くの古い建物があり、ツタの絡まった古い幹や苔むした石、これらが多くの絵の題材にもなってきた。当時橋から上流には建物はなかった。しかし一歩ごとに興味深い光景があり、ついにストック・ギル・フォースの滝（Stock-Gill Force）の巨大な胸墻（breastwork）に至る。アンブルサイドから四分の一マイルも行かない所に隠れ場所（the Nook）と呼ばれる光景があり、ここは探索の価値がある。それはスキャンドゥル渓流（Scandle Gill）という、スキャンドゥル丘陵（Scandle Fell）から北アンブルサイドに流れる最初の小川にある。その主な特徴は奔流の上に架かった橋で、そこから旅行者には北方向に進み、ライダルの公園まで山際の坂を進むとよいが、これは不法侵入になってしまう。この方向に道はなく、高く妬ましそうな石の壁が阻むからである。このために、この世で最も栄光ある景色に近付くことは諦めなければならない。この地の景色に加えられた大破壊には心痛む悔恨の念を持たざるを得ない。数百本の樫の木が消えた：

　　　「その枝は時代とともに苔むし、
　　　高き頂上は乾いた古さで禿げている。」
　　　『お気に召すまま』4幕3場、オリヴァーの台詞

山肌を覆っていた荘厳な森が消えた。その深みに幻影のように川の風景が、広い湖が、谷間が、岩が、山々が溶け込んでいた森が消えた。北西部のライ

ブリー・ターンからラングデイル・パイクスを望む

ダル湖には、その湖島と岩の絶壁があり、円形で深く取り囲まれたようになっている。ここから南にはアンブルサイドの長い谷と、さらには輝くウィンダミア湖がある。これらの木々の中で最も高貴だったものが犠牲になった。山の脇の森は薄くなっているが完全に剥き出しになったわけではない。それでこの選ばれた隠棲地を漂うサギ（Herons）やミヤマガラス（Rooks）がこの古い止まり木のある深い森の名残をねぐらとしている。

　以上ワーズワスが紹介しているこの道は現在通れるかどうかわからない。

（5）グレイト・ラングデイルの谷への逍遥

　アンブルサイドから広く訪問できる場所として、既に論じたコニストンの次に彼はグレイト・ラングデイル（Great Langdale）を挙げる。この谷は荘厳な統一があり、禁欲的だが、調和が取れ、広々とした深い晴朗な魅力があり、それぞれの姿の真の楽しみを得たい人は決して見逃してはいけないとしている。当時この谷には馬車が通る道はなく、そのおかげで荘厳さが保たれていた。現代ではラングデイル・パイクスの麓までB5343が通っている。距離的にもアンブルサイドから3マイルほどで徒歩も我慢できる。このルートはブラセイ（Brathay）の谷に沿ってラフリッグ・ターン（Loughrigg Tarn：前章で言及）の西岸を通って更に進むとラングデイルの入り口に到達する。しかしラフリッグの小さく平和な谷は東側から見たほうがずっとよい。ターンの湖頭から1マイルほど先にラングデイル・チャペルがある。現代ではグレイト・ラングデイルにもリトル・ラングデイルにも教会があり、チャペル・スタイル（Chapel Stile）という地にはホテルもあり、ワーズワスが示唆したチャペルがどれか不明である。この先に行った所に、ワーズワスが描写を試みることもできないと述べる、この谷の最も高貴な地域が見えてくる。

峰（pikes）に隣接する絶壁の下に、目には見えないがスティクル・ターン湖（Stickle Tarn）があり、そこから急流が流れている。この近くにダンジョン・ギル・フォース滝（Dungeon Gill Force：現代ではDungeon Ghyll Forceと綴る名滝の一つ）がある。ワーズワスはガイドなしには見つけられないと述べているが、現代では駐車場が完備されている。

ロードア滝

　　裂け目の中に大きな岩が落ち込んで
　　岩の橋を形成した。
　　その下の割れ目は深く、
　　黒く小さな水たまりが
　　壮大な滝を受け止めている。
　　ワーズワス："The Idle Shepherd Boy, Or Dungeon Gill Force" ―
― "The Valley dings with mirth and joy."

ラングデイルの谷の上端にはボロウデイルへの通路がある。しかし最も良い道からこの地方の表情をまだ見ていない人は辿るべきではない。もしダンジョン・ギル・フォース滝をぜひ見たいのならば、ブリー・ターン湖（Blea Tarn）を訪ねるべきである。この迂回路からアンブルサイドに戻ることもできる。このあたり現代では辛うじて車の通行もできるようである。ブリー・ターン湖自体は左程美しくないが、小さな深い円形の谷に位置している。この谷を通り過ぎる時に時折振り返ると、ラングデイル・パイクスが北東の境界をなす岩の急勾配の後ろから、あたかも爪先立って覗き込むかのように見える。この谷を去るとリトル・ラングデイル（Little Langdale）に入ってくる。そこからコルウィズ滝（Colwith Force）と橋のところを通る。スケルウィズ橋（Skelwith-Bridge）を左手に過ぎ、道路をスケルウィズ（Skelwith）まで登る。そしてそこの家々の小さな集まりの北側の野原から、ブラ

111

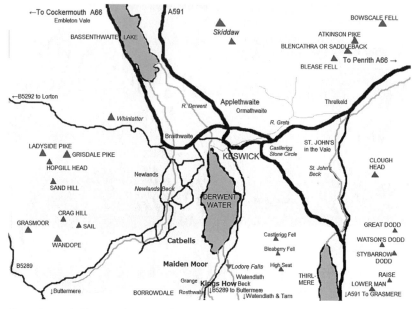

Map labels:

←To Cockermouth A66
Embleton Vale
A591
BOWSCALE FELL
Skiddaw
ATKINSON PIKE
BLENCATHRA OR SADDLEBACK
BASSENTHWAITE LAKE
BLEASE FELL
To Penrith A66 →
←B5292 to Lorton
R. Derwent
Applethwaite
Ormathwaite
Threlkeld
R. Greta
△ Whinlatter
Braithwaite
ST. JOHN'S
in the Vale
LADYSIDE PIKE
GRISDALE PIKE
KESWICK
Castlerigg
Stone Circle
CLOUGH
HEAD
HOPGILL HEAD
Newlands
*St. John's
Beck*
SAND HILL
Newlands Beck
DERWENT
WATER
CRAG HILL
GREAT DODD
GRASMOOR
SAIL
Castlerigg Fell
WATSON'S DODD
WANDOPE
Bleaberry Fell
STYBARROW
DODD
B5289
Catbells
High Seat
RAISE
Maiden Moor
▽Lodore Falls
LOWER MAN
Grange
Kings How Beck
Watendlath
THIRL-
MERE
↓Buttermere
BORROWDALE Rosthwaite ↓B5289 to Buttermere
↓Watendlath & Tarn
↓A591 To GRASMERE

サールミア、ケジック、ダーウェント・ウォーター、バセンスウェイト

セイ川（River Brathey）、エルター・ウォーター（Elter-water）とラングデイルの山々の壮大な景色を見下ろすことができる。ここから、ラフリッグ・ターン湖に行くときに登ったのと反対方向に川の傍ブラセイを見下ろしながら進む。この逍遥の全体は18マイルほどあり、半日以上かかるだろうとワーズワスは推定している。

　ここで彼はアンブルサイドからの乗馬または徒歩のもう一つの散歩だけを示唆する。アンブルサイドとクラッパーズゲイト（Clappersgate）の間の、ロゼイ（Rothay）川（この景色はエッチングにある）にかかる橋に行き、橋を渡ったら右手の門を通りアンブルサイドの谷を上って

キングス・ハウ（King's How）から見たボローデイルのメイドン・ムア（Maiden Moor）、キャットベルズ、（Catbells）グレインジ（Grange）。

いく道をライダルの村まで進む。ライダルまで越えて渡らずに、川を少し離れた右手にして、左側の山側に沿って進むとライダル湖の風景が見えてくる。湖を右手にして進み、ライダルの谷を抜けてグラスミアの景色が見えるところまで進む。道を進めば教会に至り、グラスミア湖の下手の際まで到達する。そこから主要道に戻り、何度も振り返りつつアンブルサイドまで戻れば景色を楽しむことができる。

（6）サールミア、ケジック、バセンスウェイト

　ワーズワスは次にケジック方面に進む。日没前2時間がウィズバン（Wytheburne）湖の下手部分を見るのに最もいい時間である。ワーズワスが最初に指摘するこの湖は今では見ることはできない。1894年にダムが作られサールミア貯水湖（Thirlmere reservoir）が作られアームボス（Armboth）とウィズバン（Wythburn）の二つの寒村は水没、ウィズバン教会だけが現代まで残っている。ワーズワスはこの谷の景色のいい所を紹介する。今はなきウィズバン湖ではなく、貯水湖サールミアから北に流れ出る渓流セント・ジョンズ・ベック（St John's Beck）を追ってセント・ジョンの谷（St John's Vale：ケジック東方の村）まで至ることを彼は薦めている。徒歩であればずっと渓流の脇を辿ることとなる。乗馬であれば、ショウルスウェイト・モス（Shoulthwait Moss）を横断した後小さくまわってそこまで回る。現代はA591からB5322に入る。ワーズワスの時代は、乗馬でセント・ジョンの谷から1マイル半進んで、そこからセント・ジョンズ・チャペルの傍のナドゥル高原（Naddle Fell）を横切り、アンブルサイドとケジックの間の道路に出た。これは後者の場合よりも2マイルほど少ない。この経路はワーズワスが最高と勧めた時間帯よりも、午後の早い時間にウィズバンの低い方の地区を辿る道で、より容易な旅程であった。

　こうして叙述はケジックに到着する。この有名な谷についてはすでにドクター・ブラウンや詩人のグレイが見事に紹介したため、ワーズワスの当時に至り広く知られていた。添付エッチングはもっぱら渓谷の引き籠もった場所から、または主要な谷から枝分かれした小規模の谷あいから描かれているので、それらについて彼は語る。中でも最も小さい谷あいがアップルスウェイ

ト（Applethwait）である（この風景画がウィルキンソンの22、23、24に該当）。ここは当時数軒の家がある小村でスキドウの麓、小さい奥まった所に隠れ、小さい流れが美しかった。この小川はスキドウ山から切り立った青い山腹まで降り、これらコテージの戸口を細流となり通り過ぎていた。この隠れた場所は谷底からスキドウ山に向かい、なだらかな坂をしばらく進んだ後に振り返って、小さい果樹や木々の間の隙間か裂け目からケジック谷の上流部、中央部全体の華麗さを湖や山々が目の前に広がるのを見るのも素晴らしい。ワーズワスはここの景色が、稀に見る繊細で隔絶の美が、素晴らしく広がった景観とほとんど単一に組み合わされた例と述べている。

　ケジック谷の反対側にはニューランズの谷間（ダーウェント・ウォーターの西岸丘陵地の西側）とブレイスウェイト（Braithwaite）の村（ケジックからほぼ真西約２マイル）があり、スコーフェル・パイク（Scafell Pike）やグレイト・ゲイブル（Great Gable）方面の山から下ってくる平坦地に細流ニューランズ・ベック（Newlands Beck）が流れている。ワーズワスはこの両方の地点から眺望を試み、その特徴を挙げている。ブレイスウェイトはウェンラター山（Whenlater：現代の綴りは Whinlatter, 525m）の麓にあり、ロートン（Lorton）からコッカーマスへの道路がある。（現代のB5292; ケジックからコッカーマスには A66の方が便利。）ニューランズ経由ではバターミアへの最短道路がある。（この道は狭隘急峻で分かりにくく、現代ではケジックからB5289を辿った方が無難。）ケジック谷の東側に戻ると、両側と正面を岩がちな山々に囲まれたウォテンラス（Watenlath）の狭く奥まった谷がある（小田氏によるとウォイテンラス；現代綴りはWatendlath）でダーウェント・ウォーターから南南東方向の谷でウォイテンラス・ベック（Watendlath Beck）が流れて上流はウォイテンラス・ターン（Watendlath Tarn）、この南に自動車道はないが、さらに南の山中にブリーターン・ギル（Bleatarn Gill）を遡るとブリー・ターン湖に至る。ウォテンラスの谷に渓流（Watendlath Beck）が流れロードアの滝（Cascade of Lodore; Lodore Falls）を形成している。この渓流は田園的な地区を流れた後、長々としたウォテンラス谷の中ほどにある湖、ターンに流れ込んでいる。このあたりを少し上に登るとケジック谷からスキドウに至るまで壮大な景観を楽しむことができる。そしてウォテンラス谷をその

上端まで行って振り返ると、この小さな谷自体が湖、橋、コテージを従え、またその先の壮大な谷と結びつき、それぞれが互いの各部分となっている。しかしケジックの谷がその中を流れる川とつながって行き来のある最も重要な谷はボロウデイル（Borrowdale）とセント・ジョン（St. John）の谷である。セント・ジョンの谷については既に述べた。ボロウデイルは実際ケジック谷の上端部である。（方角としては南方向）ワーズワスはこのボロウデイルの広々とした谷の無限に多彩な美しさや、興味ある物象を案内して言葉に表し、その小さな隠棲地や辺鄙な場所、支流の峡谷まで案内するのも果てしなく、それが他のどの谷にも勝ることを述べて満足しなければならないとしている。岩場や森は丘の山腹で豊富な原生林と混ざり合い、下のほうの平地では（この谷では曲りくねった谷全体が均一の平地で、そこを基盤に山々が屹立している。）個々のコテージや家々の集まりは数知れずあり、目の前にけばけばしく広がっているのではなく、岩自体のように遠慮がちで、ほとんどが岩と同じような色をしている。木々の群れを擁しないコテージはほとんど一軒もない。イチイの木（Yew-tree）がボロウデイルの嘗ての住民にお気に入りであった。そのため多くの立派なイチイの老木がコテージの周りにあり、これらはおそらく彼らの庭の飾りとして最初に植林されたものと思われるが、いまや遮蔽木として、またその神々しい外見ゆえに保存されている。しかしここで見られる最も高貴なイチイの木は三本の集合で、四本目はどの家ともつながりなく少し離れているが、ボロウデイルのシースウェイト地区、鉛鉱山の入り口のすぐ下にある。これらの木々が成す小さな薄暗い森ほど厳かで印象的な感じを与えるものは、他にはありえない。このようにワーズワスはボロウデイルとセント・ジョンの谷を説明した後、北のバセンスウェイトの谷を案内する。

　ケジック谷の低い方、つまり北の方はバセンスウェイト（Bassenthwaite）湖が占めている。この西岸を行く人は様々な面で、特にスキドウの表情が、湖の反対側に現れ、充分に報われる。この道路（現代のA66）を先に進むとエンブルトン谷（Embleton Vale）の下手の端を横切ることになる。エンブルトンはケジックの谷の主要部に対して一番端になり、バセンスウェイト湖の出口から西に開けており、慎ましくも柔和な景色が特徴である。しかし湖が

115

スケイル滝

生き生きとした美を示し、スキドウの山から衝撃的な優雅さを感じるが、こちらからは崩れてごつごつとした印象で、ダーウェント湖の方角から見たときと力強くも対照的な印象を与える。アーマスウェイト（Armathwait）[10] とウーズ・ブリッジ（Ouze Bridge）[11] からケジック谷を一望した光景は壮大である。そしてダーウェント川からコッカーマス城の壮大な遺跡に至るまで、柔和にして多彩で、探索時間のある徒歩旅行者には注目の価値がある。こうしてワーズワスはケジック界隈の案内を終える。

（7）バターミア

　次にワーズワスは案内のペンをバターミアに向ける。この奥地への経路は三つある。その一つはボロウデイルの地区を通っていく道で、バターミアの谷の上手に到着する。これは現代のB5289に相当すると思われる。この経路を彼はすでに説明したが、ゲイツガース（Gatesgarth）に入りホニスター・クラッグ（Honister Crag）の真下に行くところで、国内で最も荘厳な印象の景色に遭遇できるとしている。

　第二の経路はニューランズ（Newlands）を通って行く道である。ダーウェント湖の西側からバターミアに下っていくこの道は人跡稀で、壮大である。なお現代もブレイスウェト（Braithwaite）から南に廻り、ニューランズ・パス越えのこの経路はかなり狭い道だが、ワーズワスは趣味人なら決して省いてはならないという。次いでワーズワスが勧める第三の道は馬車道で、ウィンラター（Whinlater：現代の綴りは Whinlatter）を越えてロートン（Lorton）谷をかすめ、クラモック・ウォーター（Crummock-water）の出口に到達する経路で、現代のB5292から西に進み、B5289に北の方向から逆に入る道と思われる。ロウズ・ウォーター（Lowes-water）訪問を希望なら、湖の道をまっすぐ行くのではなく、スケイル・ヒル（Scale Hill）近くのコッカー

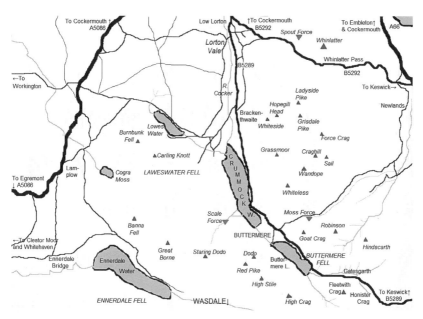

バターミア、クラモック・ウォーター、ロウズ・ウォーター　作成：安藤

（Cocker）川に架かる橋を横切り、3、4マイルを徒歩か乗馬で往復しなけ
ればならない。しかし湖の近隣のあらゆる道と野原は旅行者の積極的な努力
に酬いるものが充分にある。

　最も急ぎの訪問者も、これら岩がちな山々の麓の肥沃なエンクロージャー
に散在する魅力的で堅固な家々のコミュニティーを、そしてこれら遠くまで
うねっていく谷間の頂上に普通見られる慎ましくも質素な住居がこの上ない
対照をなしているのを見て喜ばしく思うであろう。また、クラモック・ウォ
ーターの中央でボートから見る景色ほどすばらしいものは先ずない。その景
色は深く、荘厳にして、寂寥感に溢れている。そしてここほど山々の優雅さ
が圧倒的に遍在して、想像力に覆いかぶさるような、霊的なものに身を任せ
る場所はない。クラモック・ウォーターの湖頭近く右手にスケイル滝（Scale
Force）がある。これはその存在自体、また、裂け目の方に向かって登って
いくときに振り返ると見られる、湖を横切る荘厳な風景によっても、訪問の
価値がある。この滝は膨大な高さからの垂直の姿で、薄暗い割れ目をかすか

117

に照らす細い川が流れている。この場所は、その割れ目から壮大な滝の頂上の方を見ているときに大きなふわふわした雲を見るとき、目の眩むような輝かしさが突然目に飛び込んできて、また風に乗って静かに消えていくことなどが偶然おきると、それ以上の利点はない。バターミアの村はこの谷を一マイル半上ったところにあり、中間的な地方の村で彼には述べることは何もないとし、時間が許すなら、この谷をホニスター・クラッグ（Honister Crag）まで行くように勧めている。そうすれば徒歩だろうと乗馬であろうとニューランズ経由でケジックへ戻ってくると付言している。有名なバターミアの乙女の逸話について、彼はここでは何も述べていない。

（8）エナーデイルとワズデイル

　エナーデイルとワズデイル（現代の Wasdale）には、当時も馬車で行くことができた。徒歩旅行者、および悪路に馬を導くことを恐れない人にはバターミアから山越えでエナーデイルに行く道があった。バターミアからボロウデイルを通らずにワズデイルに至るもう一つの道がある。しかしエナーデイルもワズデイルもともにかなりの迂回をすることで最もよく見える。つまり、再度スケイル・ヒル（Scale Hill）への道を辿り、そこからロウズ・ウォーターとランプラウ（Lamplogh）を通ってエナーデイルへ至る道である。

ワズデイル・ヘッドにある聖オラフ教会
16世紀にさかのぼるが梁の一部はヴァイキングのマストといわれている。Attribution: Mike Quinn

（現代ではカークランド・ロードというようである。）エナーデイルが高台から最初にどっと現れる景色は大層高貴であり、心に強い印象を得る。なぜなら暫くの間、山々の中心部を離れて、より穏やかな地域を進んでいくからだ。エナーデイルの一般的表情は、湖の上手のほう、肥沃で美しいほうの場所に向かって、大胆にして荒々しいが、荒廃してはいない。エナーデイ

ル・ブリッジからコールダー・ブリッジ（Calder-Bridge）へと、道路はコールド・フェル（Cold Fell）を越えていく。この距離は6マイルの、荒涼とした広がりであるが、最後の半マイルは例外的で、狭く美しい森を成す谷を通り、そこには小さいが美しいコールダー・アビ（Calder Abbey）の廃墟がある。

　コールダー・ブリッジの辺りの川床は岩がちで活発である。このあたりは海に近く平たい地区なので、それゆえに一層ワズデイルの山の荘厳さを楽しむ準備となる。なお興ざめだが、A595の南西側、海寄りにセラフィールドがある。ワズデイルは間もなく現れてきて、一歩ごとに景色は広がり、ついには湖の端に到着する。この湖（このレイクは地区の人々にはウォーターと呼ばれている）は4マイルもなく、その出口のほうは半マイルほどの空間しかなく、非常に狭い。ワスト・ウォーター（Wast Water）の片側はほとんど垂直の長く続く真っ直ぐの高い断崖で縁取られており、入り江や湾入もなく湖から直接切り立っている。これはとても衝撃的な特徴で、その断崖、乃至はスクリーズ（この種の地が名づけられているように）[12] は高さと広さで認識されるというよりは、粉砕された岩がずっとその脇を砕け落ち、そこに広がったことによる、美しい色により認識されるべきである。その表面は鳩の首のような柔らかな外見をしており、（この種の場所に言及して先に示唆したように）その色合い、またその色が混じっている様子は、非常に鳩の首に似ている。[13] 反対側で、ワスト・ウォーターはこぶだらけの突き出た岩がちの山々が縁取っていて、一箇所では山が後退しており、山と湖の間に数箇所の緑の野原があり、一軒の孤独な農家がある。（これはワスト・ウォーター北西岸の200年前の様子であろう。現在は道が通り家屋ももっと多い。）

　スクリーズの終わる所からスコーフェル（Scaw Fell[sic]）が聳えていて、スキドウやヘルヴェリン、その他の山々より高いと見なされている。その頂上はワズデイルから見ると険しくも急で、この谷間を去り、そちらに向かって昇ろうとすると、下の入り江から見ると粉砕された壁か、巨大な建造物の複数の塔のように見える。そのような塔の頂上の一つには岩のかけらがあり、その威厳ある高みは、あらゆる季節を通じて動じることなく、鷲のように、あるいは大きなフクロウのように見える。ワーズワスが示した光景はワス

119

ト・ウォーターのほぼ中央部の湖岸、三つの大きな円錐形の山々、左にユーバロウ（Yewbarrow）、真ん中にグレイト・ゲイヴェル、右手にリングムア（Lingmoor）の山々が谷との境を成すように見える所からのものである。（北西岸、現在の駐車場があるナショナル・トラストの所有地あたり。）

　さらに2マイルほど先にいくと、ウェスト・デイル・ヘッド（West-dale Head）の境界が慎ましやかなチャペル、セント・オラフ教会（St. Olaf's Church）とともにある。この場所は以前20の借地からなっていたが、ワーズワス当時は6に減じていた。この谷については序でグレイト・ゲイヴェルから見た様子を述べた。しかし旅行者はこれらの田園の住居のより接近した眺めを楽しむことができ、また家々の外側の美しさやピクチャレスクな様と同様屋内も心地よい。ここには客扱いのよい人々が住んでいて、喧騒の世界から彼らを隔てる距離や障壁に不平を述べることはない。家々は日差しがよくて、土壌が肥えていれば、不平はほとんどない。外来者はここやそのほかの地に大きな石積みを見るが、それは何世代にもわたる人々の労働により野原から集められ、寄せ集めたものである。

　グレイト・ゲイヴェルにせよ、スコーフェルにせよ、どちらの峰からも崇高な眺望が得られる。グレイト・ゲイヴェルはそれを見下ろす谷間を誇りにしているようであり、暗く群がる山々のスコーフェルは尾根に尾根が聳え、一方ではそれは海や砂州の広がりまで見下ろすようであり、そしてもう一方では平野の高さまで広がっている。スコーフェルの登攀は容易だが、グレイト・ゲイヴェルは骨が折れる。ワーズワスは喜んで付け加える、グレイト・ゲイヴェルの最高点にある一つの岩の中に水の小さな三角形の容器状のもの（receptacle）がある。それは泉ではないが、羊飼いたちによると、決して涸れることがないという。確かに、ワーズワス自身、旱魃の時期にそこに行き充分水があるのを確認したという。ここで旅行者は、澄んだ天国的な飲み物で渇きを癒すことができる。なぜならこの、まさにカップか鉢のようなものには天の露か、驟雨、霞、白い霜か、無垢な雪に他ならないように見える物が入っているから。

　ワズデイルからケジックにはスタイ・ヘッド（Sty-Head）とボロウデイルを経て戻る。[14] ワズデイルの上で谷間が見える最後の場所から振り返って見

るとよい。谷の長く真っ直ぐな眺望は、その向こうに、山々の間に明らかに
海まで見えるが、壮大な全体を成している。ここから数歩先に行くとスタ
イ・ヘッド・ターンに至る。このターン（tarn：山中の小湖）のそばで一羽
の鷲が（ミサゴ：ospray; osprey）が昨春死んでいた。それは大きかったが非
常に軽く、飢餓で衰弱していたようだった。このターンに流れ込む渓流はも
う一つの別のスプリンクリング・ターン（Sprinkling Tarn）から来ていて、
釣り人の間ではこの国で最高の鱒で名高い。雨の時期にはスタイ・ヘッド・
ターンから流れ出る渓流が壮大な滝を形成する。その滝はローヴェンデイル
（Rovendale）のシースウェイト（Seathwaite）分岐点に下ったところの左手
にある。（テイラーギル滝 Taylorgill Force のことのようである）。この滝からさ
らに1マイルほど下ると、左手にイチイの木の群生があり、注目をお勧めす
る（現代の地図にはボロウデイル・ユーズ（Borrowdale Yews）と記されてい
る）。そこから壮大な景色が続き、ケジックに至る。（それぞれの谷からロスウ
ェイトあたりB5289沿いに小道が複数ダーウェント湖の西岸に至っている。）

（9）アルズウォーター

　ワーズワスは最後にアルズウォーター（Ullswater）とその周辺について述
べている。最初にケジックからこの道に至る二つの道を紹介する。ケジック
方面からの道は、セント・ジョンの谷の低い部分を横切り、谷を下り、マタ
ーデイル（Matterdale）に散在する村を通過し、ゴウバロウ・パーク（Gow-
barrow Park）に入ると、湖の二つの高いほうの地域を見渡せる壮大な景色
が展開する。この経路は現代の自動車道だとA66からA5091で湖の方面に
南下する道で、当時はこの間の脇道だったと思われる。エアリ・フォース
（Airey Force; 現代ではエアラ・フォース：Aira Force という）が道路から少し
左手方面の渓谷を下り轟いているが、そこからはパーク・ウォールによって
隔てられている。ペンリスからアルズウォーターには当時も馬車が利用でき
た。1マイル半で曲りくねったエマント（Emont; Eamont）の谷に入り、パ
ターデイルに至るまで、景色が徐々に興味深くなる。しかしアルズウォータ
ー沿いの最初の4マイルは比較的穏やかで、この湖の下流域を有利に見るに
はプーリー・ブリッジ（Poolly-Bridge）のところを廻ることが絶対必要で、

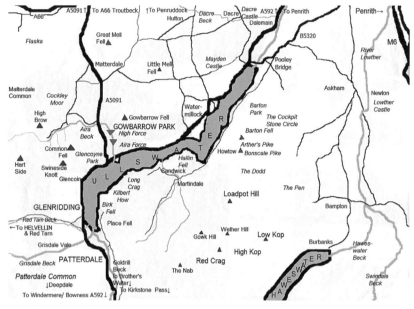

アルズウォーターとその周辺
作成：安藤、Apr. 2011

　ここから湖のウェストモーランド側（南東岸）をマーティンデール（Martin-dale）に向かって３マイル行くには当時は乗馬であった。この地区からの景色は、特に道路から野原のほうに上れば素晴らしいが、旅人だけが景色を楽しむのであり、それを求めて行くのは難しい。運がよければ素晴らしい景色にめぐり合えるが、景色を求めて行ってめぐり合えるものではない。ワーズワスは、この３、４マイルを辿る人は徒歩で行くべきで、この徒歩の最後にはカンバーランド側（北西岸）に渡り、パターデイルへの道を辿るために、ボートが必要と述べている。事情は現代も余り変わらないようである。[15]

　ワーズワスはアルズウォーターの谷について、ここから枝分かれする峡谷や谷について述べている。ペンリスから３マイルほどのダルメイン（Dale-main）というところでデイカー（Dacre）という渓流を渡るが、（A592北西）この川はペンラドック（Penruddock）あたりの荒地に水源を発し、ハットン・ジョン（Hutton John）とデイカー城の古い邸宅そばを通り、穏やかに隠れた谷を流れている。ダルメインの近くの野原の中に、デイカー城がサドル

バック（Saddleback）のぎざぎざの峰を背景に聳え、谷と渓流を前にして壮
大な風景をなしている。エアリ滝（Airey Force）に上る谷、さらにすでに述
べたマターデイルへの谷に到達するまで、他には言及するに値する谷や峡谷
につながる渓流はない。マターデイルは原生の興味ある場所だが、初めての
旅人が探索するに値するような変わったところはない。しかしゴウバロウ・
パーク[16] では、自然を愛する人は何時間も滞在を望むだろう。ここには力
強い急流があり、深い峡谷の両側の、豊かで幸いな原生林とともに連なる岩
の間を、力強く流れている。ここは豊かな羊歯や、年老いたサンザシ、ヒイ
ラギ、スイカズラが美しい。そしてダマシカ（fallow deer）が垣間見え、芝
生や茂みの上を飛び跳ねている。これらがこの隠れた場所の魅力で、一方で
優雅なアルズウォーター湖の多彩に変化する前景でもある。大胆に突き出た
岬を迂回する道を辿ると、荘厳な姿をした、互いに聳え立つ山々に囲まれ
る。カラマツの植林地を過ぎるとゴウバロウ・パークの出口に到着するが、
ここに第三の渓流がグレンコイン（Glencoin）と呼ばれる小さな奥まったと
ころを流れている。画家や時間のある旅行者なら、このあたりにロマンティ
ックで絶妙にピクチャレスクな対象を得られる。

　スタイバロウ・パーク（Stybarrow Crag）の絶壁の下と、そこの原生の森
の名残を通り過ぎたら、グレンリディング橋（Glenridding Bridge）のところ
で第四の渓流レッド・ターン・ベック（Red Tarn Beck）を横切る。この渓
流に沿っていけばレッド・ターンとヘルヴェリンの奥につながる。この渓流
が流れ込むアルズウォーター谷の側の湖の入り口は肥沃な野原、コテッジ、
自然の森が美しく、それらは湖の垣間見える眺めと心地よく合体している。
エンクロージャーの地区を後にして渓流を遡れば、水の砕け散る場所、滝を
経てヘルヴェリンの秘境とも言うべき静かなターン、湖に至る。[17] この物寂
しい場所（ヘルヴェリン）はかつて鷲が集まる場所で、その西側の障壁を成
す絶壁に巣があり、このような鷲が嘗ては孤独な釣り人の頭上をよく旋回し
ていた。グレンリディングからヘルヴェリン他の山の間を縫ってグラスミア
に出る山道があり、距離的には近いが遭難する人もいて、ワーズワスはそん
な人のエピソードを加えている。ヘルヴェリンには18世紀以来登攀した旅人
は多く、最近では王族にも登った人々がいる。

デイカー城、ペンリス

次に語りはアルズウォーターの谷の主要部の道に戻り、湖の湖頭部（今ではパターデイルにいる）では、第5の渓流グリズデイル（Grisdale：現代ではグリズデイル川（Grisedale Beck））を渡る。この渓流は森の急坂を通っており、ここにはグリズデイル谷の平坦な地区に至るまで数本の常ならぬ巨大なヒイラギの老木が見られるが、ここから、徒歩旅行者のための道があり、それに沿って困難なしにグラスミアまで馬を導くこともできる。[18] 彼はこの険しい山道に山々の姿の荘厳な組み合わせが見られ、道が険しくなるに従って、一歩ごとに印象が増大することを指摘している。そしてヘルヴェリンのほとんど直下を登って行くと、人によっては恐怖感に至る感覚に圧倒される。山がちな地方が人々の想像力を制御し高揚させる継続性、力、その他の同様の影響のイメージに慣れた人々でさえ畏怖を感じざるを得ないというのである。一方ここは当時、ナポレオン軍の大佐を捕らえた若者のふるさとだと彼は紹介している。

　この渓流の土手をパターデイルまで再度辿り谷間の主要部を進んでいくとディープデイル（Deepdale）に至る。この谷の特徴はその名から推測できる。その行き止まりは断崖の窪みで、両側が切り立った岩場の薄暗い割れ目になっていて、フェアフィールド（Fairfield）山（873m）の頂上から西風で運ばれ、ここにたまる雪の貯蔵場所である。最後に、ブラザーズ・ウォーター（Brothers Water）の西側に沿って進み、ハートソップ・ホール（Hartsop Hall）を越えたら、間もなく豊かで美しい原生林と断崖の窪みから流れる細流に至る。彼の考えでは、この地は旅行者が探索する場所ではないが、これら森や岩の奥まった地からブラザーズ・ウォーターの輝く表面を振り返り、山々の切り立った側や聳えたつ尾根を前方に見ると、光景の美しさ、荒々しいまでの壮大さには喜ばしさを感じざるをえないという。

　ここまでワーズワスは、ずっと長い谷を上りつつ、西側の七つを下らない

谷、渓谷を見てきた。反対側には何らかの価値のある流れは二つあるだけ
で、その一つはブラザーズ・ウォーター湖畔のハートソップの村から流れて
きている。もう一つはマーティンデイル（Martindale）から流れてきて、ゴ
ウバロウ・パークの向い側のサンドウィック（Sandwyke：現代綴り Sand-
wick）でアルズウォーターに流れ込んでいる。マーティンデイルに行くに
は、最初にパターデイルの村の本拠地に戻らなければならない。ワーズワス
はすでにこの地方の表情が変化したことを嘆いた。さらにこの湖のこちら側
の高い部分の境となる、唯一のエンクロージャーの地、ブロウィック（Blo-
wick）の農場ほど嘆かわしい変化を被った場所はないと述べている。ほんの
数年前までこのカンバやカシの豊かな森に恵まれていた場所は、斧によって
見境なく平らにされてしまった。彼が述べている当時、美しい森がなくなっ
たことを嘆いているのである。ブロウィックからは狭い地域だが馬を導くこ
とはできるが、プレイス・フェル（Place Fell）の岩がちな地区はやや困難
で、ビャクシン（juniper）が美しく、カンバが散在する、サンドウィックの
村に至る。ここには当時数軒の家がまばらにあり、それぞれに小さな地所が
あって、Lyulph's Tower（現存）とゴウバロウ・パークの開いた反対側を占
めていた。ここの渓流はマーティンデイルを下っていて、谷は豊かさには欠
けるが、隠棲している点は面白い。この種の谷では全体的に木が少ないの
で、カエデの木々に覆われた、散在するコテージに奇妙な興味を感じる。そ
してこのマーティンデイルのチャペル（St Martin's）は谷の真ん中に一本の
イチイの木を従えすっくと立ち、「苔むした壁の剥き出しの輪に囲まれ」"a
bare ring of mossy wall"（"The Brothers" l. 28）、これほど印象的な山の教
会はないとしている。

　露出した、深い、家はない谷、ボアデイル（Boardale）は、マーティンデ
イルと通じ合う谷だが、その名はこの辺鄙な地に嘗て野生の豚が多かったこ
とを示している。マーティンデイル・フォレストは当時原生種の子孫のアカ
シカ（red deer）がさまよい歩く、イングランドで数箇所の一つであった。
マーティンデイルでは、道路からは湖の視界はなくなる。そして急な坂を行
くと、再びアルズウォーターが視界に戻ってくる。その最も下流、4 マイル
の長さのところが目に入ってくる。その景色は遠くのクロス・フェル（Cross

Fell）の長い峰によって終わる。眼下には深く窪んだ湾があり、その傍らには肥沃な土地の区画があり、小さな小川が横切り、このような原生の地には通常以上の外見をした装飾的な、派手な二、三軒の頑丈な家々が陽気な気分を出している。アルズウォーターの基底部のプーリー・ブリッジに再度戻ってきたが、ここには当時もいい宿があった。エッチングの主題になっているホーズ・ウォーターにはこの場所からの訪問が便利である。ホーズ・ウォーターについては、小ぶりのアルズウォーターのようで、悪い趣味の侵入に汚されていないという利点があると彼は指摘する。ラウザー城（Lowther Castle）はプーリー・ブリッジから４マイルほどで、彼の意見では優雅ではなく、この邸宅のまわりを取り巻く遠く広がる森にはその不満を埋め合わせるものがあるとしている。しかし現代に至ってこの地域は観光スポットとなっているようである。

　こうして最後にワーズワスはここまで、普通の道から非常に離れた、人が余り行かない奥地ばかり紹介してきたことを弁解している。この理由として彼は、主に人里離れたところを描いた添付のエッチングの精神に協調したからだとしている。思うに、当時すでにウェストやギルピンの湖水地方案内が出ており、ワーズワスにはそれらが扱っていない穴場を紹介しようという気持ちがあったのかもしれない。しかしながら、彼はこのように紹介してきた湖水地方の秘境から、虚栄か、判断の不足か、その他の理由で、この地方に元来あった美しさが急速に失われ、谷間を間違ったもので飾り、湖の岸辺に見栄えが悪く不釣合いなものを積み重ねるようなことがない限り、正当な認識、妥当な感覚を持った人には、また趣味人の目には、人が最も訪れ、行くのが最も容易な場所も、人跡まばらで分け入るのも困難な場所も徐々に魅力的になっていくに違いないと確信している。彼は既に人がよく知る在り来たりの場所も、誰も知らない秘境も含めて、湖水地方の全体をこよなく愛していたのである。こうしてワーズワスは初版における案内の全てを終える。

註

1　John Brown (1715-66)：第1章、20ページで示唆した。なお、18世紀造園家として有名なキャプテン・ブラウン（Capability Brown：Lancelot Brown：1716〜1783）とは別人物。

2　「田舎の教会墓地にて詠める哀歌」で有名なトマス・グレイ。第1章19-20ページで示唆した。なおワーズワスは『リリカル・バラッズ』第2版序文の中で、グレイを詩人として批判の対象とした。

3　前章と同様ページ引証は引用の場合のみにする。

4　肖像画家として有名なこのレノルズ（Sir Joshua Reynolds, 1723-92）からの引用元は不明。

5　吉田137-8。

6　estatesman：An etymologizing perversion of statesman, a Cumberland or Westmorland yeoman. *OED* エステイツマンとファーマーの違いは階級的、歴史的な意味もあり定義は難しいが、小作、自作の区別とは別に、基本的に湖水地方では (e)statesman が封建時代以来の中産階級農業者で、farmer は近代の一般自作農民としてよかろう。

7　以下地図を参照しながらワーズワスの案内を辿るのがよい。本論文著述時は *Lake District AZ Visitor's Map* (Georgapher's A-Z Map Company Ltd.) ISBN 978-1-84348-558-2 を参照し地名の現代綴り等確認した。他に Ordnance Survey の OS Explorer - Active Map *The English Lake District: NW area* ISBN：978-0-319467145のシリーズ等、徒歩旅行者用の詳細地図を入手できる。なお、道路はM6がペンリスから湖水地方東外れを南に伸びている他、A66、A591〜3、B5289等がある．

8　ステイヴリー（Staveley）は A591沿いの町で鉄道駅もある。ケンダルからボウネスに至るには、19世紀始めには一本南を走る道、今の B5284の方が近道だったようであるが、ワーズワスの薦める経路は現代の最も一般的な A591を辿る道のようである。著者も車でこの道を往来したが、現代では鉄道の終着点ウィンダミアからボウネスまで家や林が続き、夏場は渋滞することもある。

9　湖頭（head of the lake）：湖の最上流部、普通水源となる、注ぎ込む川がある。ウィンダミアの場合北端のアンブルサイド地区に当たる。

10　アーマスウェイト：ここではバセンスウェイト湖の北岸の地区；別にペンリスとカーライルの中間にも同名の地がある。

11　ウーズ・ブリッジ：バセンスウェイト湖の北岸のダーウェント川に架かる橋。

12　スクリーズ：地図上南東側の岸、イルギル・ヘッド（Illgill Head：609m）の麓のワスト・ウォーター湖岸にスクリーズ（The Screes）の地名がある。

13　鳩の首：この比喩が使われるのは二度目。Cf. 前章51ページ。

14　地図によると、グレイト・ゲイブル（Great Gable）とスコーフェル・パイク（Scafel Pike）の谷間にスタイ・ヘッド（Sty Head）があり、北へスタイヘッド湖（Styhead Tarn.）スタイヘッド渓流（Styhead Gill）に沿った登山道がボロウデイルに続いており、シースウェイト（Seathwaite）からアラーデイル（Allerdale）を下れば B5289道路

に出る。

15　この経路は湖の南東岸を行く道で、現在も狭い。マーティンデール（Martindale）は湖の中ほど南岸に突き出たハリン・フェル高地（Hallin Fell：388m）の直ぐ南側の村。地図ではこの先パターデイルに出るには現代でも徒歩道（footpath）しかない。

16　Gowbarrow Park：ゴウバロウ・パーク：エアラ・フォース滝（Aira Force）とハイ・フォース滝（High Force）のある谷一帯：現代では駐車場があり、ヘルヴェリン等へのトレッキングの拠点でもある。

17　ヘリヴェリンのそばのレッド・ターン湖（Red Tarn）とレッド・ターン渓流（Red Tarn Beck）はグレンリディングからアルズウォーターに流れ込んでいる。

18　パターデイルからグリズデイル（Grisedale）を通って山の間の高地を抜けてグラスミアに至る徒歩道だが険しく、現在はトレッキングの道といえよう。

＊参考文献は前章参照

第4章　18世紀のワイ川下り
ギルピン著『ワイ川、及び南ウェールズ観察紀行』

　ウィリアム・ギルピン（William Gilpin）の『ワイ川、及び南ウェールズ観察紀行』（原題：*Observations on the River Wye, and Several Parts of South Wales, &c*、初版1782年）は英国18世紀のピクチャレスク・ビューティーの理論を表明した旅行記で、著者ギルピンのこの種の最初の実践であり、その後の英国の美術、文学、造園、旅行文化等に及ぼした影響は非常に大きなものがある。

　ワイはイングランドとウェールズの境を流れる250kmほどの英国内第五番目の長さの川で、18世紀以来その美しさが詩や絵画、旅行記で讃えられて観光人気は現代に及んでいる。後にワーズワスが『リリカル・バラッズ』（1798）の最後に配した「ティンタン・アビ数マイル上流にて詠める詩行」で有名になるワイ川は、それ以前にすでに観光地となっていた。しかしスコットランドや湖水地方に比べるとウェールズ自体わが国にはあまりよく知られていない。

　18世紀後半にワイ川流域および南ウェールズの美を讃えた本書は、ワーズワスの名詩の連想のみならず、英国旅行文化を考える上でも初期の古典的名著で重要文献である。本章ではギルピンの本書初版、第2版、第3版のファクシミリをそれぞれ使用して、1789年出版の第2版を主に読み解く。

　なお本章は旅の始まりから主要部ロスよりチェプストウまでの部分を扱う。ウェールズの固有名詞は難しいことが多く、確認は心掛けたが地名等の表記が現地の発音に比して必ずしも正しいとはいえないことをお断りしておく。

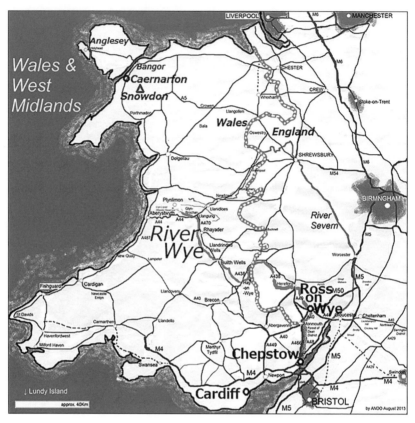

　ワイ川は下流でウェールズとイングランドの境に沿い、上流は西部の山中にさかのぼる。セヴァン川の方が川の規模は大きいが、後者は大きく北を迂回しており、水源はともにウェールズ西部の山中にあり互いに近い。

　ウェールズの観光地としては、ワーズワス『序曲』にも登攀体験が描かれている北部のスノウドン山や、歴史上名高いカーナヴォン城、アングルシー島などがある。

　中部・南部ではここで扱っているワイ川流域やセヴァン川流域のほかウェールズの首都カーディフが最大都市でローマの属領時代からの歴史がある。

I　ウィリアム・ギルピンとはいかなる人物か

　ウィリアム・ギルピン（William Gilpin, 1724-1804）は18世紀英国の典型的な上流階級名家のジェントルマンで、カーライル北東郊外のスケールビー城（Scaleby Castle）で生まれた。父親は軍人、素人画家のジョン・バーナード・ギルピン（Captain John Bernard Gilpin）で、父祖は清教徒革命の時代からこの城に住んでいた。弟に動物画、特に馬や犬の絵で有名な画家となり、ロイヤル・アカデミー会員にも選ばれたソーリー・ギルピン（Sawrey Gilpin, 1733-1807）がいた。ウィリアムは当時の上流階級に相応しい教育を受け、オックスフォードから二つの学位を得、相応の聖職に就いた。教会のキャリアはこの頃の上流階級にとってごく一般的であったが、ギルピンはオックスフォードでの経験から当時の教育体制が効率的でないと感じていた。そこで彼は聖職を離れて教職に就き、その改善に乗り出し、1752年にサリー州チーム（Cheam）のチーム・スクールの教師となった。現在グレイター・ロンドンのサットンにチーム・ハイスクールがあり、ギルピンが教えた学校の末裔かと思われるが確認はできていない。

　彼は管理職を含め25年ほど教師を続けることとなり、生徒たちに自らの信じる教育を実践し、古典語より英語の勉強を推奨し、園芸やビジネスの実際まで含む、地域奉仕の考え方を教え込んだ。この頃の彼の園芸論や版画論、またそこに既に窺える「ピクチャレスク」理論はエドマンド・バークの『崇高と美の観念の起源』（1756）の同流にあるものと言える。こうして彼は教師として優秀との評価は得たが、そこから金銭的成功を得ることはできなかったので、オックスフォード時代の負債処理のため北イングランドで有名な宗教家であった祖父の伝記を書いて文筆業を始めた。かくして彼は宗教改善者たちの伝記作家としてのもう一つのキャリアも始めて、9作の伝記を書いた。

　このような教師と文筆業の傍らギルピンは夏の休暇などに英国の地方旅行を楽しみ、スケッチと走り書きのコメンタリーにより旅の記録を残すようになった。そうして書き残した1770年のワイ川沿岸を主とする南ウェールズや1772年の北イングランド・湖水地方の旅行記の草稿を読んだ友人たちが出版

を勧め、ついに1782年に至り実際の旅から実に12年目に前者がアクアティントの版画を添えて出版されることになった。彼の英国の田舎を描く、新しい印象的な方法に読者は強い印象を受け、さらなる出版が望まれ、次いで北イングランド、湖水地方の旅行記が出された。『ワイ川、及び南ウェールズ観察紀行』は1800年にフランス語訳が出るまでに第5版まで出版された。こうして彼は生前更に6作、没後に2作の別の旅行記を公表したが、中でも上記2冊が有名になった。彼の風景に対する審美的態度は自身のいわゆる「ピクチャレスク」美の追求で、この後50年ほどにわたる、イギリス・ロマン派を主とする絵画や文学の英国趣味に影響を与え、英国の想像力を形成したのみならず、英国近代の旅行ブームのきっかけにもなったともいえる。そのピクチャレスク理論はフランスやドイツにも影響を与えた。むろんワーズワスの詩作や、湖水地方案内においてもこのギルピンの著書からの大きな影響が見られる。

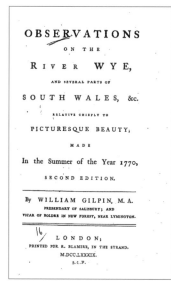

第2版タイトル・ページ

　ギルピンは1777年に教職を辞し、牧師職に戻り、後半生は自らの素描画を売るなどして教区の新しい救貧院の設立や教区の学校整備に尽力した。彼が1804年に亡くなった時には、教育者、伝記作家、美術理論家、宗教家、慈善事業家としての五つの異なった業績が讃えられた。

II　『ワイ川、及び南ウェールズ観察紀行』出版の概要

　『ワイ川、及び南ウェールズ観察紀行』の原題は18世紀的に長々しいもので Observations on the River Wye: and several parts of South Wales, &c. relative chiefly to picturesque beauty; made in the summer of the year 1770 という。副題に「主にピクチャレスク・ビューティーに関連して」とある点

が注目される。このタイトルの最後にある1770年が実際の旅がおこなわれた年で、下方にはラテン数字で1782年とあるが実際の初版出版は1783年だったようである。これ以前草稿の段階でトマス・グレイが亡くなる直前の1771年に読んだほか、1775年頃に当時の国王や皇太子、ホレイス・ウォルポールが読み称賛したという。[1] 第2版は1789年、第3版は1792年に何れもロンドンのR・ブラマイア（R. Blamire）という出版者により刊行されている。この後は上記のように18世紀中に第5版まで版を重ね、フランス語版まで出るに至った。当然この出版によりギルピンの名声は上がり、そのピクチャレスク理論や自然の観察方法、鑑賞方法が多くの旅行者の示唆となった。

　初版も後の版も冒頭にウィリアム・メイソン氏への謝辞がある。この人物はグレイや上記王族と同じようにギルピンのワイ川河畔・南ウェールズや北イングランド旅行記の草稿を読み、出版を勧めた人物と思われる。グレイが存命であったら貴重な助言を得られただろうと述べ、ギルピンは彼の自然賛美の見識を讃えている。しかし自らの叙述については急いだスケッチとして浅薄である言い訳をしている。挿入の素描およびそのエッチングについても急いでスケッチした結果であり、「あらましの様子を示すためだけに風景を写しただけ」と弁明をしている。エッチング担当の版画師については初版では「ある若者」と匿名で指摘しているが、第2版以降では「ハウランド（Howland）通りのジュークス（Jukes）氏と名を出している。

Gilpin, *Observations on the River Wye* . . . . 2nd ed. (1789)

Henry Gastineau, *Wales Illustrated* (1830) Page 378

ギルピンは第2版で後書き（Postscript）をこの序文の後に添え、この書物に添付した素描のアクアティンタとエッチングの中間の技法を用いたこと、その結果が妥当であることを指摘している。この時代は書物の挿絵としての銅版画の草創期であり、ウィリアム・ブレイクもこの種の仕事を本職としていたことは広く知られている。ホガースの銅版画はすでにかなりの水準に達していたようだが、書物に挿入する挿絵としてはいまだ未熟な段階で、本書の挿絵はお世辞にもその出来栄えを誉めることはできない。しかし当時はこのようなグラフィック素材が所を得て掲載されること自体が画期的であったかと思われる。インターネット等で写真など画像がふんだんに入手できる現在、本書に掲載されている挿絵はあまりにも原始的である。19世紀に広く普及する銅版画の挿絵に比べてもその質の低さは否めない。比較のため第2版に掲載されたティンタン・アビと、同じ題材で1830年にヘンリー・ガスティノウが出した銅版挿絵を掲載する。この数十年間の書物の挿絵技術の革新が垣間見えると言えよう。

III　『ワイ川、及び南ウェールズ観察紀行』全体の構成

　本書の冒頭序文の次には目次（CONTENTS）があり、初版では全体が11セクションから成っていることがわかる。これが第2版以降では、初版のセクション5の後に「ワイ川の源流、およびウェールズ中部地方諸州への旅」が挿入され、全体で12セクションに増えている。増補のセクションはギルピン自身の旅に基づいたものではなく、友人が提供した旅日誌に基づいて追加したもののようである。

　セクション1の冒頭では数パラグラフにわたり、旅の一般的目的と本書の目的を簡単に述べ、旅の起点であるキングストンのハウンズロー・ヒースを出発する様子から、ワイ川観察紀行の起点となるロス＝オン＝ワイまでに至る様子が語られている。セクション2ではワイ川河畔全体について、その美の源や全体的美しさについて概論を試みている。彼らはロスからモンマス、チェプストウに至るまで、船で川下りを行う。現代ではカヌーやカヤックを用いた川下りが盛んであり、いずれにしても船を用いて川の上から見ない

と、その本質的な美しさはわからないようである。この様子がセクション3から5に至って描かれている。

　セクション6はすでに述べた第2版以降ワイ川の源流からウェールズ中部諸州の旅が描かれているが、初版のセクション6〜9、第2版以降のセクション7〜10までは、ワイ川河畔を外れ、モンマスに続くウェールズ南部の旅が描かれ、初版セクション10、第2版以降11に至りカーディフを経てセヴァン川河口に至り、ブリストル海峡を渡る様子が描かれている。最後のセクション11、第2版以降12ではブリストルから東に進み、往路とは別ルートで起点のロンドン西郊外ハウンズロー・ヒースまで戻る様子が描かれている。

　初版ではこの目次の後すぐにセクション1の本文が始まるが、第2版以降では「ラテン文引用の（英語）訳」及び正誤表が掲載されている。これ以降は、第2版と第3版を比較して見た限りではページ番号打ちや脚注他数行のみの追加削除等の変更があるだけで、本文はほぼ同じである。次にセクションごとに概要と注目点を検討する。

Ⅳ　旅の始まりからロス（Ross）を経てモンマス（Monmouth）へ

（1）セクション1──旅の一般的目的、この旅行で提示の目的、セヴァンの谷やグロスターをへてワイ川下りの起点となるロス（Ross）に至る。[2]

　全体の冒頭となるセクションⅠの始まりでは、旅行の一般的目的が考察される。当時の旅の目的としては、文化の探求、芸術作品の鑑賞、自然美の眺望、各地の作法、政治、生活様式を知ることなどが考えられた。しかしこの旅行記の旅の目的は、「ピクチャレスク・ビューティーの法則に即して田園の表情を検分し、比較から引き出される喜びの起源を開示すること（examining the face of a country by the rules of picturesque beauty: opening the sources of those pleasures, which are derived from the comparison.[3]）」を目論むものであった。さらに「この種の観察は描写という手段により真実に根ざすより良い機会に恵まれ、理論の産物というよりは自然の風景をあるがままに捉えられるものである。(Observations of this kind, through the vehicle of description,

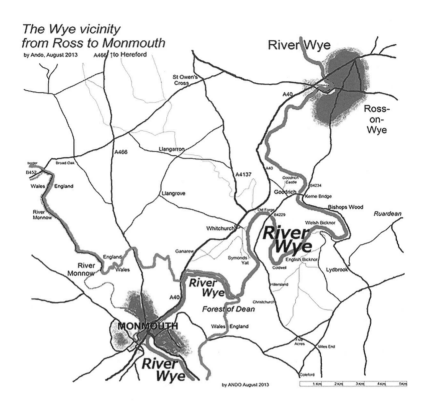

ギルピンらがワイ川下りを始めたロス・オン・ワイはイングランド、ヘレフォードシャ南東部に位置し、ワイ川がウェールズ側から中流域でイングランド側に迂回、湾曲した部分にある町で、現代でもカヌーやカヤックでの川下りの拠点である。

　車での移動だとロスからモンマス間ではあまり眺望を得られない。路上からはむしろモンマスとチェプストウの間にある A466道路がワイ川を横切るビッグズウィア橋（Bigsweir Bridge）の上から上流を見た景色が最も素晴らしい。（表紙カバー写真参照。）ほかにチェプストウ付近からの眺望点からはセヴァンとワイの二つの川を同時に眺望できる場所もある。

have the better chance of being founded in truth; as they are not the offspring of theory; but are taken immediately from the scenes of nature, as they arise.）」と彼はまず述べている。

　こうしてギルピン一行はロンドンの西郊外、当時のサリー州ハウンズロー・ヒースからまずレディング方面に向かう。このあたりは当時まだ田園地帯であったが、現代ではヒースロー空港の東にあたるグレイター・ロンドンの一地区である。彼らはロンドン西郊外からテームズ川沿いをコッツウォルズに向かったのである。オックスフォードからウェールズを目指し、彼らは途中バーフォード（Burford）のレンサル（Lenthal）氏（邸）に立ち寄り、トマス・モアの家族群像を見た。この種の絵は三種あるようで、ギルピンが見たのがどれかはわからない。『サー・トマス・モアとその家族』（*Sir Thomas More and his Family*）はローランド・ロッキーがハンス・ホルバインの肖像画に倣ったもの（Rowland Lockey, after Hans Holbein, the Younger. 1593.）で、現在は西ヨークシャのノステル修道院（Nostell Priory）にある。他の二種はロンドンのナショナル・ポートレット・ギャラリーとヴィクトリア・アンド・アルバート博物館にある。

　彼らはグロスターシャのコッツウォルズに至り、現代のわれわれにも親しい風景を眺望した。ここまでの旅程はロンドン郊外から西へテームズ川をさかのぼる緩い昇り勾配の旅で、ハイライトがコッツウォルズ、最後はテームズ川の源流に至り、昇り勾配が終わってその彼方のセヴァン川の流域を臨む場所の眺望であった。

It was the vale of Severn, which was spread before us. Perhaps no where in England a distance so rich, and at the same time so extensive, can be found. We had a view of it almost from one end to the other; winding through the space of many leagues in a direction nearly from west to north. The eye was lost in the profusion of objects, which were thrown at once before it; and ran wild, as it were, over the vast expanse, wit, and astonishment, before it could compose itself enough to make any coherent observations.

（Gilpin, *Observations on the River Wye*, 2nd ed 1789, p.8, 11. 4-10. 以下の引用ではページ数／行数を示す。）

　それがセヴァンの谷で、我々の前に広がったのである。おそらくイングランドのどこにも、ここほど豊かな、そして同時にかくも広がりのある遠景を見つけることはできないだろう。我々はその、ほとんど片方の端からもう一方の端に至るまでの、ほとんど西から北に至る方向に何マイルも広がる空間の中をうねる景色に遭遇したのである。眼は一時に目の前に投げかけられた対象物の豊富さゆえに視力を失い、いかなる首尾一貫した観察ができるに充分気を落ち着けるまで、歓喜と驚異ともに、いわばその膨大な広がりの中を視線は荒々しく駆け巡った。

　こうしてセヴァン川流域を四方眺望し心地よい田園風景を楽しむと同時に、ギルピンはストラウド（Stroud）地区の住居や工場、農場などが多い風景がピクチャレスクな光を大いに損なっているとしつつも、それらが田園風景に美しさを加えていることもあるとする。しかしそれらが過剰に散在すると、精神的な感覚はピクチャレスクな目の展開を図ることは決してできないと述べている。

　こうしてギルピン一行はグロスターの町を通過し、ワイ川中流のロス・オン・ワイに到着する。彼が述べているようにこの町は決してピクチャレスクではないが、現代にいたるまでワイ川下りの船旅の起点である。200年前の彼らの旅では三人の漕ぎ手によるボートが用いられた。

Ross-on-Wye からワイ川へのカヌー出発点
2010年 8 月論者撮影

（2）セクション 2 ──ワイ川──その美の源──そして全体的装飾

　ギルピンは実際のワイ川下りの描写を始める前に、このセクション 2 でワイ川の美について一般論を語る。まず、ワイ川の流域全体について概観すると、その源流はウェールズ中西部の山岳地帯、ピンリモン（Plinlimmon）の頂上近くにあり、セヴァン川の源流もこの近くにある。ロスから川上の、この源流に至る紹介はすでに述べた第 2 版以降のセクション 6 にある。ワイ川は源流から下り、ラドノー（Radnor）とブレックノック（Brecknoc）の諸州を分け入ってヘレフォードシャの中央を通り過ぎモンマスとグロスターシャを経てチェプストウの少し下でセヴァン川と合流する。ギルピン一行が経験したのはロスから川下40マイルほどの川下りで、この地区が特に穏やかで連続した流れとなり、最もピクチャレスクな光景の連続で美しさが引き立っている。現代に至りなおもスポーティーな川下りが盛んなのは尤もという景色だが、徒歩のトレッキングも良い。残念ながら自動車での移動ではあまり景色を堪能することはできない。

　ギルピンは次にワイ川の美しさの要因を「二つの状況から生じている」と説明している。それはすでに詩人ポープが指摘した、「聳え立つ河岸とその迷宮のように曲がりくねったコース」であるという。川の上から見た景色としては、「4 つの壮大な部分」、すなわち川面と左右の切り立った断崖、そして川の蛇行によって生じる前方に立ちはだかる断崖のスクリーンである。要素としては単純な 4 つの部分であるが、それぞれが果てしなく多彩で、ワイ川はロスからモンマスあたりまで、激しい蛇行が特に繰り返され、切り立った河岸の絶壁と共に奇観を形成している。

　次いでギルピンはワイ川の全体的装飾について語る。川の構造的な美の要素は四面ほどで単純だが、蛇行し多彩な景観を示す川の流れだけでも果てしなく煌びやかで、さらにそれに加え、個々の部分に装飾的な美しさが溢れている。この要素として彼は再び 4 項目、「土地と森、岩、そして建物」を挙げる。そしてそれらの項目一つ一つがまた多彩である点を指摘する。河岸を成す土地自体も切り立った断崖から平坦な野原に至るまで、土地の示すあらゆる多彩さにあふれ多様性の源になっている。芝生がはがれて剥き出しの所でさえ、砂礫土や乾いた石の溝が崖に溝を成し、滝の路盤を作ってもいる。

また禿げた土壌の色も多彩で黄色ないしは赤黄土、灰色、黒い土、泥炭土の青があり、これらが草木の緑や花の色合いと対照をなし一層多彩になっている。

Ross-on-Wye の町　2010年8月撮影

彼は次に「森」を考察する。この地方では当時すでに定期的植林や伐採等の森林保持作業が続けられ、林業が確立して彼の言う「相互作用」が確立していた。つまり植林から藪、森の形成の循環である。彼によれば森自体に美しさ、荘厳さはないが、風景全体から見れば装飾として全体の中で効果を上げるという。これに加え、河岸に多くある溶鉱炉がこの場で生産される炭を使い、煙を上げているが、それが丘に薄いヴェールとなり広がる様子が美しいと彼は指摘している。後にロマン派詩人たちが描写を避けた、産業革命の一面を示す現実だが、ギルピンはこれを自らの叙述に積極的に取り入れていて、その本書最初の例である。個々の木については、特に川端まで生育する大きな木が川の航行には障害となるものの、風景の中では前景として役立つとしている。

次に彼は岩を考察する。ワイ川河畔では森の中を通して岩が連続的に続いてあり、風景の中では装飾となっている。彼の目には岩自体が美しいとは言えないが、岩が灌木や草木、起伏する地面と組み合わさることによりピクチャレスクな美しさが認められるという。一般的にワイ川の岩は一様に灰色で、素朴に大きいだけで、重々しく、それ自体美しいということからは程遠いと彼は評する。

ギルピンはワイ川の風景を飾る装飾として、最後に建物を指摘する。後のロマン派の詩人や画家は修道院や城の、特に廃墟を愛好したが、ギルピンはその他に鉄工所や工場、平凡な村や教会の尖塔なども風景の装飾となる建物に入れている。自然美を探求する旅では、このような人工物は景色に活気を与える要素ではあるが、必要なものではないとしつつ、彼は「景色をキャン

ヴァスに導入する時、——目が絵画の枠の中に閉じ込められて、自然の多彩さの中にもはや彷徨い歩くことができないと、人工物の支援がより必要になり、景色に箔をつけるために城や修道院などを求める」と述べ、風景画家たちがしばしばこのような人工物の助けにより自分の眺望を完全な絵画にすると指摘している。これは彼自身も実施していることで、批判ではないと思われる。

（３）　セクション３　——風景に影響を与える天気についての言及——ロスからワイ川の最初の部分——グッドリック城——自然の構成についての言及——ルアー・ディーン教会——石切り場、およびビショップス・ウッド——マンネリズム作家への言及——コレクルからモンマスへ

　こうしてセクション３では、ギルピンはピクチャレスクな要素全ての組み合わせから生じる、その喜ばしい景色の幾つかの眺めを見ていく。その前に前提として彼は自分の旅が天候に恵まれず、風景に天気がいかに影響を与えるか述べる。彼は実にその旅程の３分の１近くを雨にたたられたのである。しかし雨の中で遠景はぼんやりかすむ一方、手近な景色はあまり影響を受けない。また、ピクチャレスクな目は自然のあらゆる表情に美を見出し、自然のあらゆる作品が永遠に何らかの程度美しいことを見抜く。それにしても悪天候はより大きな美を隠し、広くあふれる光や全体に光彩を与えたであろう深い陰が失われただろうと、彼は嘆息する。

　ギルピン一行がロスから川下りを始めたのは、おそらくこの町から観光船が出ていたからだろうと思われる。現代でもグラスベリ（Glasbury）からチェプストウ（Chepstow）に至る地域でカヌーやカヤックを使った川下りが日常的に行われていて、この地方の観光の呼び物の一つになっている。この様子はインターネット上の動画で見ることも出来る。我が国の清流でも川下りの舟遊びがよくあるのと同じような文化事象と言えよう。ワイ川はロスあたりが中流域の流れが穏やかな部分で、水量も充分だから船で航行を始めるのにふさわしい場所と思われる。ギルピンはこの町の景色をあまり讃えていないが、この場所はイングランドから陸路で来る際ウェールズとの境をブリス

トル湾方面に進む河川交通を使い始めるのに恰好の場所であったとも思われる。

　しかし川下りが始まると彼らは直ちにその川自体の美しさに魅了される。

　　The bank however soon began to swell on the right, and was richly adorned with wood. We admired it much; and also the vivid images reflected from the water; which were continually disturbed, as we sailed past them; and thrown into tremulous confusion, by the dashing of our oars. A disturbed surface of water endeavouring to collect it's scattered images; and restore them to order, is among the pretty appearances of nature. (29/1-10)

　　しかしながら川岸は右側が間もなく膨らみ始め、木々で豊かに飾られていた。我々はそれを大いに褒めそやし、川面には生き生きとした影（イメジ）が映っていた。川面の影は船で通過すると絶えず乱れ、オールを漕ぐことで震える混乱の中に飲み込まれた。混乱した川面はその散らばったイメジを取り戻そうと努め、元の秩序へと戻したが、すべて美しい自然の現れの中にあった。

彼らが次に気づいたのは、重なり合う森の美しさ、高貴な流れの水路としての美しさであった。ついで間もなく彼らはグッドリッチ城（Goodrich Castle）を目にする。11世紀にゴッドリック（Godric）によって建造された、ウェールズに多い城の廃墟の一つである。彼は「この眺めはこの川で最も壮大なものの一つだが、この景色こそをいみじくもピクチャレスクと呼ぶことにためらうべきではないだろう（This view, which is one of the grandest on the river, I should not scruple to call correctly picturesque.... 30-31)」と述べている。ここから彼は自然の構成についての言及をおこなう。自然のデザインは常に偉大で、その色彩も讃えるべきで無限に多彩かつ調和がとれている。しかし調和のとれた全体ということでは、構成が正しいことはなく、前景や背景との釣り合いが取れていないし無様な線が横切り、木の配置も悪いことが多い。これは自然の規模の膨大さが人間の理解を超えているからであり、この一方

芸術家は空間の限界に閉じ込められ、自らの小さな決まりごとの中で決まり事を規定し、それをピクチャレスクの美の基準と呼ぶのである。自然の複合的風景は、一般的に芸術家が自分の創作のルールに最も御しがたいと思うものである。ギルピンはグッドリッチ城の景色に以上のような自然の構成に関する考察を表明している。

　次にギルピンはルアーディーン教会の壮大な眺めを指摘する。川の両側が切り立ち、ともに木が繁茂し、等しく木々は岩々と混交しディーンの森の深い日陰が前部を占め、教会の尖塔が木々の間から聳えているという。この右手に当時ブリストルの橋の材料となった石材を産出した石切り場があり、左手にビショップスウッドの溶鉱炉があった。ギルピンはこれらの景色も多彩さの内に入れている。このあたりは両岸とも切り立ち、目立った特徴はないが自然は独自の光景を呈して美しいと彼は讃える。

　彼はここで「自然の絵画と自然を写す人々すべての間の大きな差異（one great distinction between her painting, and that of all her copyists. 34/14-15)」について記している。彼によれば、画家はすべて様式主義者（mannerists）で、各々が特定の様式により特定の対象を形成する。画家が描く岩や木々、人物はそれぞれの画家に特定の型に入れられる。主題が異なっても同じような筆致が用いられる。実際の制作以前には、画家は先人の影響を必ず受け、創作に至るものである。しかし実際の制作段階では、画家は自らの蘊蓄を確立し、自らの様式を確立する。これが様式主義に陥るかもしれないが、自然をより精密に模写することでこの欠点を免れることが可能ともいえる。このようにギルピンは画論を挿入している。

　ワイ川下りは続き、彼らはリドブロウク（Lidbroke）という埠頭に差し掛かる。この地名は現代の地図類には見つからないが、当時は石炭をヘレフォードその他に船で送り出す地で、ギルピンはこの光景を「新しくて楽しげ（new, and pleasing)」とし、肯定的に認識している。

It is now life, and bustle. A road runs diagonally along the bank; and horses, and carts appear passing to the small vessels, which lie against the wharf, to receive their burdens. Close behind, a rich,

143

woody hill hangs sloping over the wharf, and forms a grand back-
ground to the whole. The contrast of all this business, the engines
used in lading, and unlading, together with the solemnity of the
scene, produce all together a picturesque assemblage. (35/23-36/9)

　ここには今や生活と喧騒が存在する。河岸に沿って道路が対角線状
に走っていて、馬や馬車が現れ、荷物を受け取るべく埠頭の所に止ま
っている船舶の方に向かっている。すぐ後ろには豊かに木が繁茂した
丘が埠頭の上まで迫っていて、全体の壮大な背景を形成している。こ
れらの事象の対照、荷積み荷下ろしに用いられる動力は、この場面の
荘厳さと相まって、全体としてピクチャレスクな総体を形成してい
る。

　後にターナーは蒸気機関車の疾走する様を画題に取り上げフランスの印象派
に影響を与えるが（*Rain, Steam and Speed - The Great Western Railway*,
1844)、産業革命や商業活動の人為を画題とする示唆であるともいえよう。
ワーズワスが 'Lines . . . above Tintern Abbey' の中では溶鉱炉や製鉄所に一
切言及せず、ワイ川河畔の森の間から立ち上る煙を「家なき森の流浪の住民
の曖昧な印」あるいは「世捨て人が焚火のそばで座っている、どこかの世捨
て人の洞窟（19～23)」から立ち上るものとしたのとは対照的と言えよう。
　彼らは次にウェルシュ・ビクナーに差し掛かる。現代ではこの地はイング
ランドのウェスト・ミッドランド、ヘレフォードシャに属するが、歴史的に
はウェールズ、モンマスシャの飛び教区だったこともあり、森の中には尖塔
を有する教会も存在する。船上から見ると川下に向かって左岸に壮大な脇ス
クリーンが現れ、崇高な円形劇場のような形状が出現した。ここはロスから
川下でワイ川が大きく湾曲する最初の場所であり、川の上からのその美しい
光景はカヌーで川下りをせずとも、多くあるウェブサイトで確認できる。
　この後コールド・ウェル（Cold-well）からニュー・ウィア（New-Weir）ま
で船を降りて上陸し短い方の陸路を歩くべきとの指示があるがこれら両地名
とも現代の地図では確認できない。ホワイト・チャーチ（White-church）と
あるのは現代ではウィットチャーチ（Whitchurch）で、A40のインターチェ

144

ンジの周辺の地名に残っている。この後のニュー・ウィアがワイ川第二の壮
大な景色というが、ワイ川全体で数多くあったウィア（weir：堰、簗）の
内、これがどこを示すのかは確認できない。何れにせよロスからモンマスま
での景色が最も注目すべきということであろう。このあたり、川の湾曲に沿
って岬を曲がるたびに河岸が森の円形劇場を形成していて、その下部には小
さな村があり、真ん中には溶鉱炉があり、新たな燃料を加えられるたびに濃
い煙が森の間に立ち昇り景色に二重の壮大さを加えているという。このよう
にギルピンは溶鉱炉など工業活動の様子も景色の一部として興趣を感じるこ
とを繰り返し述べている。

　ここでギルピンは再度川面に目を移す。このあたりで川はカスケイド（階
段状小滝）を形成し、その先では再び川の水はゆっくりとした厳かな速度で
進み、周りの急坂を成す川岸は厳かで穏やか、そして威厳がある。しかしこ
こでの流れの激しさ、水の轟きが新たな印象を与えるという。また、あたり
を見渡すと当時はまだ古代以来のコラクル船（coracle）を用いた奇異な漁が
行われていた。ここでコラクル船に乗って流されブリストル海峡の入り口か
ら外洋に出る寸前のランディー（Lundy）島まで流れ下った男のエピソード
が挿入されている。

　こうして彼らはモンマスに到着する。川の上からは町はあまり見えない
が、上陸すると当時すでに小奇麗な街並みであった。モンマスはモノウ
（Monnow）川がワイ川に合流する地という意味で、現代でも人口一万人に達
しない小さな町である。モンマス城は1067年にノルマン人が構築し、嘗て国
王エドワード二世が廃位後に幽閉されたこともあり、アジンコートの勝利で
シェイクスピア劇でも有名なヘンリー五世が1387年に生まれた地でもある。
ここで一行は一泊し、予定では四輪馬車に乗り換えることになっていたが、
この先も船の航行の方が興味深いと聞き、船旅を続けることとなる。

Ⅴ　モンマスからチェプストウへ

（1）セクション4　セイント・ブラヴァルズ（St. Breval's）──牧草地が
いかに風景に影響を与えるか──

　こうして彼らはモンマスからチェプストウへのワイ川下りを続ける。この
区間にはティンタン修道院遺跡がありワイ川も下流ながら湾曲が多く、ゆっ
たりとした流れと近隣の光景を道路脇からも味わうことができ、魅力的な地
域である。まずモンマスから南に下ると、レッドブルック（Redbrook）とい
う場所があり、この東岸からウェールズ・イングランドの国境が回り込んで
きて、ここ以降はワイ川が境となる。現代ではカヌー下り等の発着・経由地
でもあるが、ギルピンは指摘していない。彼が示唆する最初の地名はセイン
ト・ブラヴェル（St. Brevel）城の近隣である。この地名は現代ではセイン
ト・ブラヴェルズのようで、古城はユースホステルの施設に使われているら
しい。

ビッグズウィア橋（Bigsweir Bridge）からのワイ川の眺め：2010年8月論者撮影
川の中央部に数人のカヌーを漕ぐ人がいる。
表紙カバー表参照

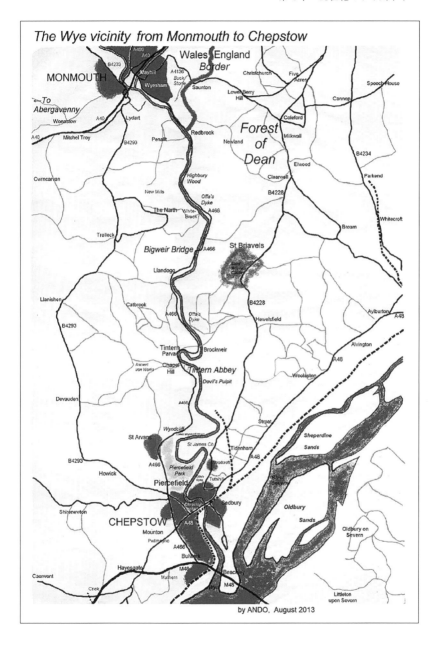

なお、現代の詳細な地図にはワイ川東岸の至る所に「オッファズ・ダイクス（Offa's Dykes）」という記述があるが、ギルピンは言及していない。これは 8 世紀以来のアングル人のマーシャ王国とウェールズ人ポウイス（Powys）王国の境となった土塁である。

　セイント・ブリアヴェルズ（St Briavels）はモンマスからティンタンへの途中で A466 道路が川の東岸から西岸に移る途中のビッグズウィア（Bigsweir）橋のほぼ東に離れた村でここに城跡があるらしい。なおビッグズウィア橋は当時なかったのか、ギルピンの言及は全くないが、現代では A466 道路からワイ川河畔を辿ると、この橋の上からの眺めが最も美しいと私は思う。

　ここでギルピンは農耕地の風景についてのコメントを述べる。現代でもロスからモンマスを経てチェプストウに至るワイ川河畔には、牧草地は多いが麦などの畑の存在にはほとんど気が付かない。彼によればほとんどすべてが森か牧草地であることも風景にとって特別な価値ある環境だという。一方「鋤で鋤かれた土地や波立つ小麦畑は、田園詩としていかに魅力的だろうと、絵画にはあまり好意的には扱われてこなかった（Furrowed-lands, and waving-corn, however charming in pastoral poetry, are ill- accommodated to painting.）（44/6-8）」これは風景画が未発達だった当時の認識と思われるが、彼の見解では牧草地の方が自然に近く、また放牧されている牛が多彩さを与え、風景に活気を与えるという。こういった考えにかなうのがモンマス下流のワイ川河岸の風景で、同時に川面を走る小型船も白い帆が背景の森林と対照をなし、ピクチャレスクな風景を形成すると述べている。現代では得られない、川船も帆を張っていた時代の風景であろう。また、彼はここでも下流域ならではの湾や小さな港の存在を指摘し鉱石その他の品物が積み降ろしされる様子が賑やかであると、産業活動を肯定的にとらえている。

（2）　ティンタン・アビ遺跡

　こうして彼らはティンタン修道院の廃墟にさしかかる。当時はまだボーフォート公（Duke of Beaufort）の所有物で、ターナーやワーズワスが訪れるずっと前であった。ギルピンはここの風景をワイ川河畔で最もピクチャレス

クとしている。川と組み合わされた風景は遠景からしか窺われないが、修道院の立地を考えて詩の一部を引用している。この詩はナサン・ドレイク（Nathan Drake, 1766-1836）の詩（*Noontide leisure, or sketches in summer, outlines from nature and imagination, and including a tale of the days of Shakespeare*）からで、1824年に至り出版される第2巻にある。恐らくギルピンはこの草稿段階のテキストを読んでここに引用したものとみられる。何れにせよ、その「人里離れた谷間に隠されているような」佇まいを次のように述べている。

It occupies a gentle eminence in the middle of a circular valley, beautifully screened on all sides by woody hills; through which the river winds it's course; and the hills, closing on it's entrance, and on it's exit, leave no room for inclement blasts to enter. A more pleasing retreat could not easily be found. The woods, and glades intermixed; the winding of the river; the variety of the ground; the splendid ruin, contrasted with the objects of nature; and the elegant

ティンタン・アビ遺跡　2010年8月論者撮影

line formed by the summits of the hills, which include the whole;
make all together a very inchanting piece of scenery. (46/12-25)

　それは円形の谷間の中央の穏やかな高台を占めており、あたりのあ
らゆる面が森をなす丘に取り囲まれている。その中をワイ川は蛇行し
つつ流れている。丘は川の入り口で閉ざされ、出口では荒れ模様の疾
風が入り込む余地はない。ここほど喜ばしい隠棲地は簡単には見つか
らない。森と林間の空き地が混在していて、蛇行する川と、土地の多
彩さ、壮麗な廃墟が、自然の事象と対照を成し、丘の稜線の形成する
優雅なスカイラインが全体を覆いこんでいて、全てを非常に魅惑的な
光景にしている。

16世紀にヘンリー八世が行った宗教改革の修道院解散令の結果英国に膨大な
数存在する遺跡の中で、ティンタン・アビは、間もなくワーズワスが『リリ
カル・バラッズ』の掉尾を飾る「バラッドではない詩」の表題の一部に取り
入れ、実際には詩の中でこの遺跡のことは語っていないにもかかわらず、こ
の遺跡が広く知られる結果となった。
　この修道院は1131年にチェプストウの領主ウォルター・ド・クレア（Wal-
ter de Clare）により創立された、ブリテン島で二番目、ウェールズで最初の
フランス系シトー修道会の施設だったが1536年に400年に亘った修道院の役
目を終え、屋根の鉛板が取り去られると急速に廃墟化が進んだ。1782年にギ
ルピンがこの地を賞賛した本紀行文を出版して以降、この廃墟を見に行く旅
行ブームが起きた。後に英国絵画の代名詞ともなるターナーはまだ17歳だっ
た1792〜3年にこの地を訪れ、直後にティンタン寺院廃墟の水彩画を発表し
た。既に述べたワーズワスの他、テニスンもその詩の中でこの修道院遺跡に
言及し、現代ではアメリカの詩人アレン・ギンズバーグもこの地を1967年に
訪れて、ワーズワスやブレイクに思いを馳せ、ウェールズ訪問の詩を創作し
た。

　ギルピンに戻ると、ここで彼はティンタン修道院遺跡そのものについて語
っている。当時から200年以上経た現代との差異は廃墟を覆っていた蔦類の

植物が取り去られ、保存が図られたことであろう。チェプストウ方面から現代のA466、19世紀のターンパイク道路を車で北進すると、ワイ川に沿って大きく湾曲した道路の右手、ワイ川との間に突然ティンタンの廃墟が出現する。これに対して北から川を下って来ると遠景に森の間に教会の上の方が見える所もある。しかしギルピンは、遠景では期待したような現れ方をしなかったと述べている。また「部分は美しいが全体としては形がよくない。(Tho the parts are beautiful, the whole is ill-shaped.)」とも述べ、塔が残っていないことや切妻壁の配置がよくなくて、回廊の石材等が透視画法を混乱させることを指摘している。10年ほど後にターナーが描いた絵をギルピンが見たかどうか、見たならどのような感想を述べたか関心を持たされるが、確認はできない。

　ギルピンが何より嘆いたのは、周りをみすぼらしい家々が取り巻いていることであった。これは現代では改善されているが、当時はこの遺跡周辺に貧しい集落があり、遺跡内にも浮浪者のような人々が住みついていたようである。しかし彼はこの遺跡を間近で眺めると魅力的な断片に満ちていると賞賛

ワイ川と川下右岸にあるティンタン・アビの遠景

151

Tintern Abbey 聖堂の内部

ターナーが描いた数多いティンタ
ン・アビの１枚：写真と対照できる。

する。それは正に中世の壮大な建築の遺跡
の美であった。当時遺跡に絡みついていた
蔦や草木、コケやシダ類も石材と好対照を
なし、廃墟に豊かな色合いを与えていると
述べている。これは正にターナーが描いた
絵であるが、現代では遺跡保存のために蔦
や草木類は取り払われているので、やや
寒々とした印象と化している。

　次に彼は修道院の内部に入った印象を語
る。外から見た眺めと異なり、内部には最
高の完璧さが見られ、「完全に遠近法を形
成する（perfect enough to form the perspec-
tive,）」部分もあると述べている。内部は
当時すでに十分片づけられていたが、逆に
廃墟のがれきが散乱していたらむしろ景色
はもっとピクチャレスクであったかもしれ
ないが、整理された様子は良しと認めなけ
ればならないとしている。

　一方、当時はこの遺跡内外に貧しい住民
が住みついていて、ギルピンはこれらの
人々のことに言及している。彼らの多くは
廃墟の間で育ち、廃墟のどこかを案内する
ふりをして、施し物をせがむというのであ
る。彼は一人の貧しい女が修道士の書庫を
見せると案内したエピソードを語ってい
る。その場所は彼女自身の棲家で、彼が感
じたのは惨めさと忌まわしさだったと述べ
ている。

　一方、修道院の周りには半マイルも行かない内に鉄工所があり、騒音とざ
わめきが聞こえるが、これらの場所さえ彼は「これら作業所の土地は川から

は壮大な森の丘で、広範囲に広がり優雅な線を成して互いに交わっている。(The ground, about these works, appears from the river to consist of grand woody hills, sweeping, and intersecting each other, in elegant lines.)」と述べている。

　こうして彼らはティンタン・アビ遺跡を後にし、チェプストウに向かい川下りを続ける。現代の案内でも言及される「悪魔の説教壇」(Devil's Pulpit) や「ワシの巣」(Eagle's Nest) についてギルピンは指摘していない。彼はただ、ここからはワイ川は河口に近く、ワーズワスが後に注で示唆する潮の影響で水の流れも悪くなり、色も悪くなるとだけ述べている。

（3）セクション5　パースフィールド、―チェプストウ―チェプストウと　　モンマスの間の地区

　さらにチェプストウに近づくとギルピンはワイ川の河岸で最も旅人の注目に値すると賞賛する「モリス氏のパースフィールドでの改善（Mr. Morris's improvements at Percefield)」を指摘する。これは現代では Piercefield と綴り、ウェブサイトでの紹介もある。現代でもピアスフィールドへの散策は18世紀にヴァレンタイン・モリス（Valentine Morris）が整備したピアスフィールド・エステイト（Piercefield Estate）を通るもので、今なお旅行者に人気の眺望点があり、ギルピンの案内通りのようである。ただし現代では A466 沿いに競馬場があり、その奥がピアスフィールド・パークで、徒歩で丘を登ることになるようである。

　パースフィールド（ピアスフィールド）の高台からはワイ川を見渡すことができ、河岸が泥濘の坂となることを除けばその位置は「高貴」とまで彼は讃えている。ウィンドクリフ（Wyndcliff）まで遡ると、手前にワイ川、遠景にセヴァン川も望むことができる。正に絶景と言えよう。ギルピンはこのような光景を必ずしもピクチャレスクとは言えないが、「しかしそれらは非常にロマンティックであり、想像力の最高に喜ばしい迸りを解き放つものである。(But they are extremely romantic; and give a loose to the most pleasing riot of imagination.)」と述べている。ギルピンが旅をして見たパースフィールドは、本書の出版時までに改善が加えられたようで、彼はわざわざそのこ

とを脚注で断っている。現代ではどの程度変容したかは確認していないが、徒歩でA466からB4293に入り、細い道を競馬場の裏に上っていくか、またはロウアー・ウィンドクリフ・ウッド（Lower Wyndcliff Wood）の駐車場から「ワイ・ヴァリ・ウォーク」を川下方向に辿ればチェプストウ城の方向に歩いていくことができるようである。ワイ川の河口がセヴァン川に注ぎ込むところまでウェールズとイングランドの境が続いており、チェプストウには古い城と修道院があり、遠景にこれらが加わると褒め称えるべき光景となると彼は述べている。

　この後ギルピンはパースフィールドに批判を加える。彼の意見では、風景の改善のために導入された低木が、全体の壮大さや単純さを損ない、価値がないという。野生の下生えは壮大な光景の付加物になりうるが、人工的なものは些細なフォーマリティーの追加となり、飾ろうとする高貴な望みを損なうものだというのである。

　ギルピン一行はパースフィールドからチェプストウまで歩き、見渡せる以上の周りに展開するロマンティックな景色を検分しようとしたが彼らには時間がなかった。

　彼らはこの後ウェールズの内陸に向かう。チェプストウ近郊の景色から、ウェールズにつながる広範な景色を見て、彼は光の好ましくない作用について考える。彼はこの地方の景色の壮大さは有名だが、壮大なだけで推奨するほどではないと述べる。ただ光の効果によってはピクチャレスクになるが、好ましくない光の下では不運に遭遇することとなる。こうして彼は風景画を制作する時の異なった光の変化について述べる。

Different lights make so great a change even in the composition of landscape—at least in the apparent composition of it, that they create a scene perfectly new. In distance especially this is the case. Hills and vallies may be deranged; awkward abruptnesses, and hollows introduced; and the effect of woods, and castles, and all the ornamental detail of a country, lost. On the other hand, these ingredients of landscape may in reality be awkwardly introduced; yet

through the magical influence of light, they may be altered, soft-
ened, and rendered pleasing. (60/22-61/11)

　風景画を制作するときにも異なった光が大きな違いを与えることが
ある。少なくとも、風景の明らかな構成においてはそうで、そのため
に光が完璧に新しい場面を創造すると言える。このことは特に遠景に
おいてあてはまる。丘や谷は乱れるかもしれない。ぎこちない突然さ
や空虚さが現れ、森や城の効果や、そして田園の装飾的詳細の全てが
失われる。その一方で、これらの風景の材料が現実的にぎこちなく現
れるかもしれない。しかし光の魔法的な影響を通じて、それらは改変
され和らげられ、喜ばしいと判断されるかもしれない。

ギルピンは特に山がちな地方において、朝の時間帯の光が丘の連なりを異様
な形にして好感が持てないことがあるが、午後になれば峰も形も美しく和ら
げられ心地よい姿となると述べている。同じく一年の異なった季節にも同じ
ように、光が好ましい効果を上げることも異様な光景にしてしまうこともあ
るというのである。彼は霧もまた、荒れた風景を柔和にし、遠くの景色を変
え、調和のとれた色合いを広げると説明している。

　どんな景色でも、光の加減によっては欠点が露呈されることもあるし、特
定の光のもとでは良く見えることもあるということだろう。

　こうして彼らはチェプストウからモンマスに戻り、この後はアバーガヴェ
ニー（Abergavenny）方面から南ウェールズ内陸部に旅を続ける。

註
1　Jonathan Wordsworth　*William Gilpin: Observations on the river Wye, 1782* (Ox-
　ford: Woodstock, 1991) "Introd."
2　以下目次部分に挙げられた箇条書きの内容梗概を、セクションごとに抄訳提示する。
3　以下 Gilpin, *Observations on the River Wye*, 2nd ed 1789 から引用し、直後の論者の和
　訳を付ける。本文中の直接引用は叙述を妨げないために訳を先に出し、原文を付加する。

文献

Gilpin, *Observations on the River Wye* それぞれ原書の PDF：（落丁あり）、タイトル・ペ
ージの字句を次に記す。大文字・小文字の使用の他活字の大きさも異なる。（132ペー
ジ参照）。スラッシュは改行を示す。

　〈初版1782年〉──*OBSERVATIONS/ ON THE/ RIVER WYE,/ AND SEV-
ERAL PARTS OF/ SOUTH WALES, &c./ RELATIVE CHIEFLY TO/ PIC-
TURESKUE BEAUTY;/ MADE// In the Summer of the Year 1770,/* By William
Gilpin, M. A./ VICAR of BOLDER near LYMINGTON./ PRINTED FOR R. BLAM-
IRE, IN THE STRAND./ SOLD BY B. LAW, AVE MARY LANE;/ AND/ R.
FAULDER, NEW BOND STREET./ M.DCC.LXXXII.

　〈第二版1789年〉──SECOND EDITION/ By William Gilpin, M. A./ PRESENT-
LY OF SALISBURY; AND/ VICAR of BOLDER IN NEW FOREST NEAR LYM-
INGTON./ LONDON; PRINTED FOR R. BLAMIRE, IN THE STRAND, M.DCC.
LXXXIX.

　〈第三版1792年〉──THIRD EDITION/ By William Gilpin, M. A./ PRESENT-
LY OF SALISBURY; AND/ VICAR OF BOLDER IN NEW FOREST NEAR LYM-
INGTON./ LONDON; PRINTED FOR R. BLAMIRE, IN THE STRAND, M.DCC.
XCII.

　〈1782年初版紙ベースのリプリント〉　Ed. Jonathan Wordsworth, *William Gilpin:
Observations on the river Wye, 1782* (Oxford: Woodstock, 1991).

（2）　参考地図類（本文挿入地図は論者作成）

Ordinance Survey Explorer Map, *Wye Valley & Forest of Dean*, OL14 1:25,000 Scale, ©
2009 ISBN 978-0-319-24095-3

A-Z Road Map, *50 Miles around Bristol*, 1:200,000 Scale, ISBN 978-1-84348-694-7

第5章　ワーズワスとコールリッジの邂逅

ウェスト・カントリー、1795～97年

　200年前のイギリスの文人たちの伝記を読んでいると、彼らの実人生がすこぶる興味深いものに思われてくる。彼らが生み出した文学作品は何れもすばらしいが、彼らのすごした時代と場所、彼らの個性的な生涯自体がフィクション以上に波乱万丈であり、人間的な関心をそそられるものがある。彼らのゆかりの場所を訪問することも、すこぶる興味深いものがある。

　中でもワーズワスとコールリッジが共作の『リリカル・バラッズ』は英文学史上最も恵まれた友情の結実であり、長らくイギリス・ロマン主義の始まりを画する歴史的出版物と見なされてきた。世界的に見ても二人の天才が出会い、歴史的にこれほど重要な出版を成し遂げた例は他になく、その経緯には興味深いものがある。

　20世紀の前半以来これまでの100年ほどの間に、英米ではワーズワス、コールリッジ共に優れた一般的、及び文学的伝記の両方が数多く出版され、それぞれこの二人の文人、及びこのロマン主義時代の研究に大きな貢献をしてきた。しかしわが国の日本語で書かれた伝記はというと、専門的なものには優れたものも見られるが、初学者や一般の読者向けのものは、これはと薦められるものがあまりないといえよう。

　この章では、ワーズワスとコールリッジのそれぞれの伝記的研究の中でも最も重要な時期、二人の出会いと『リリカル・バラッズ』創作までの内、ブリストルでの初めての出会いから、ネザー・ストウィとレイスダウンでの二人の仲が親密化していく時期を地理的事実も押さえつつ、2010年に実施した現地調査も踏まえ精査する。

　ウェスト・カントリーの調査では、まずブリストルを見て、そのあとレンタカーを借り、クリーヴドンを経てサマーセットに入り、ネザー・ストウィからホルフォード、ウォチェット、ポーロックからアッシュ・ファームを見

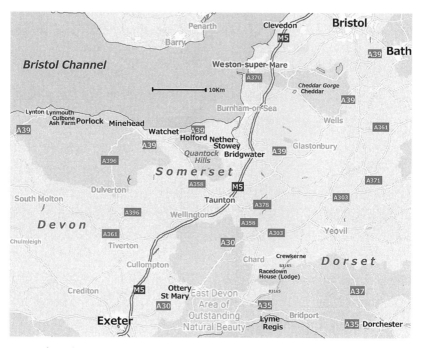

ワーズワスとコールリッジのウェスト・カントリー（1795-1799）

　右上からブリストルはワーズワスとコールリッジが最初の出会いを果たした町。サウジーの生誕地、コールリッジの妻セアラの実家フリッカー家もブリストルにあった。ブリストルから10キロほど西のクリーヴドンはコールリッジがセアラ・フリッカーと結婚直後を過ごした海辺の町。M5を南に降るとブリッジウォーターがあり、セルウォールもここで詩を書いたが、西にクゥォントック・ヒルズがあり東麓にコールリッジが住んだネザー・ストゥイ、北にワーズワスのオールフォックスデン・ハウスのあったホルフォード、『老水夫行』ゆかりのウォチェット、『クブラ・カーン』の創作地のカルボン、アッシュ・ファーム、ポーロックがある。南のエクセター北東にはコールリッジ生誕の町オッタリ・セント・メアリ、東やや北にワーズワス兄妹の住んだレイスダウンと彼らに縁のあるクルーカン、南の海岸にはライム・リージスがある。

極め、車を降り林間の小道を歩きカルボンに至った。さらにデヴォンからドーセットにも回りオッタリ・セント・メアリからレイスダウン、クルーカン、ライム・リージスを巡った後、ウェールズのワイ川河畔を見て、ブリストルに戻った。

I　ワーズワスとコールリッジの初の出会い

　1795年8月の終わり、いまだ漂泊の無名詩人ウィリアム・ワーズワスは、6ヵ月に及んだロンドン滞在を終え、ブリストルに向かった。この半年間彼は大都市の中で居所を転々としながら、ウィリアム・ゴドウィンを始め、ウィリアム・フレンドのサークルの急進派と交際していた。フレンドはかつて

ケンブリッジ大学のチューターであったが、キリスト教の正統に外れるユニテリアニズムを信奉し、政治的にも改革派で、学位取得に際する宗教査問（The Subscription to Religious Test）の学則廃止促進運動を率先した。直接には、彼が三位一体説を否定し、フランス革命を支持する見解を含んだ『平和と団結』（*Peace and Union*, 1793）を発表したことが大学を追放される原因となった。ワーズワスは卒業した後だったが、コールリッジは当時在学生でフレンドを支持していた。彼はフレンドの査問から大学追放の経緯をずっと見守り、敬意と同情心を抱いて見送った。その後フレンドはロンドンに出て、ケンブリッジの卒業生や

No. 7, Great George Street, Bristol に現存の John Pinney のタウンハウス。1795年8月末から9月の5週間ワーズワスがここに客として滞在し、この時期にコールリッジ、サウジーと初めて会ったと見られる。

159

関係者を主とした、急進的な考え方を持った人々のサークルを形成していた。そこには当時のロンドンの急進的といわれる人々のほとんどが出入りしていたようである。[1]

　ワーズワスがこのフレンドのサークルに出入りし、ゴドウィンと知り合い、そしてその末に彼に幻滅を感じたと推定される経緯については以前の稿で論じた。[2] その中で同じように、ワーズワスがそれまで親しくし、重要な書簡も残した同窓生マシューズのほかに、バジル・モンタギュー（Basil Montague）やフランシス・ランガム（Francis Wrangham）、そして彼らが個人教師をしていたジョンとアザライアのピニー兄弟（John and Azariah Pinney）とも知り合ったことも記した。このピニー兄弟の父親がブリストル在住のカリブの砂糖王であり、資産家の子ながら、リベラルな気風の彼らは才能あるワーズワスを支援しようとの気持ちを強くし、ドーセットにあったピニー家の、ちょうど空いていたカントリーハウス、レイスダウン・ロッジ（Racedown Lodge）を彼に貸すことにした。彼らの父親（John Praetor Pinney）はビジネスマンとして、ワーズワスやコールリッジが忌み嫌っていた奴隷制度に立脚する事業で大成功をしていたのだが、カリブのネヴィスにあるプランテーション経営者としては博愛的で、彼の所有する奴隷も人道的な扱いがなされていたという。このピニー氏はビジネスマンだったが、当時の中産階級の多くと同じくカントリー・ジェントルマンになるのが究極の夢であった。したがってアメリカの独立に伴い、奴隷の蜂起やフランスの侵入で事業が破滅するのを恐れて、保険のようなつもりでドーセットのレイスダウンにカントリー・ハウスを作っておいたという。またワーズワス兄妹が入居する前に、蔵書の中にあったペインの『人間の権利』を取り除いたという。[3] コールリッジとウェッジウッド、ロイド家、トマス・プール（Thomas Poole）、ジョゼフ・コトル（Joseph Cottle）などとの関係にも見られるように、財を成したビジネスマン階級の資産家が、ジェントルマン階級に属するが経済的に困窮した文人に便宜を図り、支援する例がこの頃よく見受けられる。こうしてワーズワスはピニー兄弟の好意を受け入れ、ドーセットのレイスダウン・ロッジを借りる意図で1795年8月の下旬にブリストルのピニー家に向かい、9月26日頃までの5週間ほどをこのウェスト・カントリーの中心

都市で過ごす。この期間に彼は初めてコールリッジと出会うのであるが、このときはただ知り合っただけでその印象は決して強いものではなかったというのが従来の見方であった。初めての出会いの正確な時期は不明だが、アダム・シスマン（Adam Sisman）が近著でトマス・プールの親族らしい女性の日誌まで調べて推定しているところでは、9月21または22日にまで絞り込まれる。[4] ドロシーは22日夜にブリストルに到着するが、この時彼女はコールリッジとは会わなかったようである。幸いワーズワスがレイスダウンに移ってからマシューズにあてた手紙が二通残っており、ワーズワスとコールリッジの初めての出会いの様子はもう少し具体的にわかる。

ピニーのタウンハウスは大通りの Park Street からも道案内が出ていて、ブリストルでは観光名所の一つとしてガイドブックにも掲載されている。

John Pinney が1791年建造との表示がある。現在はジョージアン・ハウスとして内部も当時を再現して一般公開されている。ガイドや案内書も用意されているがワーズワスが滞在した経緯は余り知られていない。寧ろ当時の奴隷制度の関係の認識が強いようである。
〈以下この章の写真は全て2010年8月論者撮影〉

　ワーズワスの1795年10月24日付けマシューズへの手紙はレイスダウン・ロッジからロンドン、ストランドのマシューズ書店宛で10月26日の消印と共に出されている。この頃マシューズはシティにあるミドル・テンプルの法学院で学んでいる。ワーズワスはまずブリストルの「愛想のよい家族」の所に5週間滞在したことを述べている。これは当然ブリストルのクリフトン（Clifton）地区、グレイト・ジョージ・ストリート7番地（No. 7, Great George Street）にあったピニー家のタウンハウスのことである。この建物は1791年

に兄弟の父ジョン・ピニーが建てたもので現存し、ジョージ王朝時代の歴史的建造物として内部も再現し無料公開されている。（2010年8月現在：添付写真参照。）ここに滞在の間に彼がコールリッジに会ったことが次のように示唆されている。有名な言及である。

Coleridge was at Bristol part of the time I was there. I saw but little of him. I wished indeed to have seen more---his talent appears to me very great.[5] <*Early Letters*, 153>

私がブリストルにいた期間の一時期コールリッジもそこにいた。私は彼にごく僅か会っただけだ。実際もっと会いたかったのだが…彼の才能は非常に優れているように見える。

アラン・ヒル（Alan G. Hill）の脚注にもあるように、この手紙からはマシューズがすでにコールリッジと知り合いだったと察せられる。コールリッジはこの95年の1月から2月にかけてロンドンの新聞『テレグラフ』（*Telegraph*）の関係者と接触しており、ここに関わっていたマシューズとその時知り合ったようである。この9月の出会いでは、ワーズワスはコールリッジとは少し顔を合わせた程度のようだが、それでもその才能を察知したようで、もっと会いたいとの希望を伝えているのである。

1810年になって両者をよく知る人物が、彼らの初めての出会いを、ある政治討論集会であったと断言している。しかしコールリッジとサウジーの1795年の政治・宗教に関する講演の前半はワーズワスが到着するまでに終わっていたし、新婚のコールリッジがブリストルに戻って行う後半の講演や出版活動は11月以降になる。この時期、政治討論集会が頻繁にあったようで、この「政治討論集会」とはトーマス・ベドウズ（Thomas Beddoes）らの集まりかもしれない。「そこである時ワーズワスが非常に力強く雄弁に語っていたのでコールリッジはその虜になり、彼と知り合いになろうとした。」[6] という。

コールリッジは後に『文学的自叙伝』第4章の中で、ケンブリッジ在学中にワーズワスの『描写スケッチ集』*Descriptive Sketches* に接して彼の詩的

ロンドン、ハイゲイトのギルマン邸。コールリッジは1816年から亡くなる1834年までこの地区に住んだ。この The Grove にはその後半、1823年以降すごした。

才能を確信したことを述べている。そして24歳のときにワーズワスと個人的に知り合ったこの頃のことを次のように示唆している。

　　I was in my twenty-fourth year, when I had the happiness of knowing Mr. Wordsworth personally, and while memory lasts, I shall hardly forget the sudden effect produced on my mind, by his recitation of a manuscript poem, which still remain unpublished, but of which the stanzas, and tone of style, were the same as those of the "Female Vagrant" as originally printed in the first volume of "Lyrical Ballads."[7]　　(Engel/Bate *Biographia Literaria*, 78-9)
　　私は自分が24歳のときにワーズワス氏を個人的に知るという幸運に与ったのだが、記憶が続く限りは、彼が草稿段階の詩を朗読したときに私の心に起きた突然の効果を忘れることはできないだろう。その詩はいまだ出版されていないが、そのスタンザや様式の特徴は、『リリ

カル・バラッズ』の第1巻に元来印刷された「女性の放浪者」のそれと同じであった。（エンゲル／ベイト編『文学的自叙伝』78〜9ページ）

　ここでコールリッジが述べている「女性の放浪者」に似た草稿段階の詩が『罪と悲哀』（Guilt and Sorrow）で、全体が発表されるのはコールリッジの死後の1842年だが、コールリッジは初めて接したときの感動を本音で述べているといえよう。二人の仲が冷えきった後の1810年代に至り、なおもコールリッジはワーズワスの詩に感動した当時のことを思い出し、彼の詩を正当に評価していたと理解できる。

　ワーズワスのほうは晩年にコールリッジの娘セアラに、「ブリストルのある下宿屋（lodging）」でコールリッジとサウジーのそれぞれと、さらには彼女の母と叔母、つまりセアラとイーディスのフリッカー（Fricker）姉妹にも会ったと述べている。[8] この下宿屋とはサウジーとコールリッジのブリストルでの定宿のようだが、コレッジ・ストリート（College Street）25番地という指摘がある。[9] 当該街区とピニーの家はともにクリフトン地区の中心、キャボット・タワー（Cabot Tower）のあるブランドン・ヒル（Brandon Hill）とカセドラルの間にあり、両街区は数ブロック離れているだけで歩いても10分前後の至近で、両者の行き来が非常に容易であったことが現地調査で明らかになった。しかしコールリッジとサウジーが住んでいた下宿屋で初めて会ったというのもワーズワスの晩年のうろ覚えで、余り信頼性はない。実際会った可能性も数日間に限られており、ましてや二人と同時にあったとか、フリッカー姉妹ともこのとき会ったというのも疑わしい。しかしワーズワスとコールリッジのこの初めての出会いがかなり親密なものであったことは想像できる。

　ワーズワスは前述のマシューズ宛手紙で、コールリッジのことに続いて、サウジーとの出会いのほうをより詳しく伝えている。

　　I met with Southey also, his manners pleased me exceedingly and
　　I have every reason to think very highly of his powers of mind. He
　　is about publishing an epic poem on the subject of the Maid of orle-

164

ans^{sic}. From the specimens I have seen I am inclined to think it will have many beauties. I recollect your mentioning you had met Southey and thought him a coxcomb, This surprizes^{sic} me much, as I never saw a young man who seemed to me to have less of that character. . . .¹⁰　<Selincourt (ed.) *Early Letters* 153>

　私はサウジーにも会ったが、彼の物腰は非常に心地よく、彼の精神力を高く評価する理由は十分にある。彼はオルレアンの少女についての叙事詩を出版しかけている。私が見た見本からは、美しいところが多いと思った。君がサウジーに会って彼が馬鹿なしゃれ者だと思ったと書いていたことを思い出した。私はそれに驚いた。なぜなら彼ほどそのような性格を持っていない若者を見たことはなかったからだ。
（セリンコート編『初期書簡集』153ページ）

ここからは、サウジーに対してコールリッジが当初感じたのと同じような好印象をワーズワスも持ったものと察せられる。サウジーはこの頃コールリッジと共に『アークのジョーン（ジャンヌ・ダルク）』（*Joan of Arc*, 1796）の準備をしていたが、ワーズワスはこれに関心を持ったようである。彼らは互いの最新作を紹介し、それぞれに意見を述べたり部分的に提案したりした。またワーズワスはこの時ブリストルの印刷屋ジョゼフ・コトルに紹介されたように見受けられる。コトルは後にロンドンのロングマン（Longman）と共に、『リリカル・バラッズ』の初版出版者となる。しかしワーズワスは、翌年に書いたこの数通後のマシューズ宛手紙では、サウジーに対する率直な幻滅を述べている。95年10月の手紙の先の部分では、レイスダウン・ロッジとその周囲での生活や、彼のこの頃の読書を印象付ける記述がなされている。ワーズワス兄妹は静かで幸福な生活を始めたが、まわりの住民の印象はよくなかったようである。当時は長引く戦争の影響もあり、食糧不足と高騰が激しく、ロンドン以上にこのウェスト・カントリーは疲弊していた。レイスダウン周辺の地元民は貧しく無知で、悪に染まっている者も見受けられた。オールフォックスデン（Alfoxden）に移ってからは酒場に集まった地元民が、ワーズワスやコールリッジのことをフランスのスパイと噂する。レイ

165

スダウンでも、日夜を問わずあたりをさまよったワーズワスに、近隣の民は疑惑の目を向けていた。しかしウェスト・カントリーの自然は麗しく、当初から兄妹ともそれを満喫していたといえよう。

　彼の読書を髣髴させる言及では、カトー書簡集ほかの示唆がある。この時期ワーズワスはマシューズにもう一通の手紙を送っているが、そこからは彼らの交友関係や、読書の様子が推察される。ワーズワスが友人経由でロンドンの靴屋から何足か靴を入手しようとしているくだりはユーモラスでもあるが、当時の物資調達の大変さが伝わる記述でもある。また、レイスダウン転居後に彼がいかにこの地区を歩き回りたく願っていたかも連想させる記述である。

II　ワーズワスと初めて出会った頃のコールリッジ

　コールリッジはケンブリッジでの学生生活に挫折のあげく、1793年12月に軍隊に入ったが、兵士の訓練にも対応できずに、間もなく家族によって大学へと引き戻された。しかし彼にはもはや学生生活を全うする気はなく、94年6月に友人と北ウェールズへの旅に出かけた。この途中彼らはオックスフォードに立ち寄り、サウジーとの出会いがあった。ウェールズの旅を終えたコールリッジは意気投合したサウジーに会いに、ブリストルに向かう。ここでコールリッジは彼と共に詩を共作し、急進的政治活動を行い、空想的原始共同社会（パンティソクラシー）の計画でフリッカー家の姉妹とも、またこの後長く彼を支援するトマス・プールとも親交を持つようになる。

　しかしこのパンティソクラシーの計画も挫折し、急進的講演

現在の St Mary Redcliffe 教会。Temple Meads 駅に近い。
コールリッジの時代には尖塔が欠損していたようである。

と出版の活動を共にしていたサ
ウジーとの仲は1795年夏までに
破綻していた。言論、出版の自
由や集会の自由を妨げる悪法二
法が国会で可決し施行された
頃、サウジーは仲間から離れ、
コールリッジもやがて急進活動
から撤退していく所であった。

St Mary Redcliffe 教会内部にはトマス・チャタートンのプラークはあるが、コールリッジの痕跡はない。教区教会としてはかなり立派で、観光客もよく訪れるようである。

　コールリッジはケンブリッジ
在学中にワーズワスと接触はな
かったが、ウィリアムの弟クリ
ストファーと知り合い、ともに文学サークルを作り、クリストファーの兄が
1793年に出版した詩集、つまり『描写スケッチ集』（*Descriptive Sketches*）と
『宵の散歩』（*An Evening Walk*）を読み、高く評価していた。ワーズワスは
1795年9月にブリストルに滞在した5週間の終わりの頃、ドロシーと合流す
る前に、コールリッジと接触した。彼らの仲が本格化するにはもう1年半ほ
ど待たねばならない。

　コールリッジはこのしばらく前からパンティソクラシーの経緯で婚約して
いたセアラ・フリッカーとの愛
を育み、一方でやはりビジネス
マンのトマス・プールとの友情
も深め、ウェスト・サマーセッ
ト方面、ブリッジウォーター
（Bridgewater）からストウイ
（Stowey）方面も訪れていた。
その海岸からセアラに宛てて書
いた恋歌が "Lines written at
Shurton Bars" である。この詩
にはワーズワスの『宵の散歩』
（*An Evening Walk*）からの影響

コールリッジが家庭を構えたことを示すプラーク。コテージは当時と同じ名の Lime Street の西端の方にあり、幹線道路 A39 の南側になる。後にワーズワスが住む Alfoxden は西方3マイルほどの所にある。現在 Exmoor に至る散歩道 Coleridge Way が整備されている。

Nether Stowey, Somerset の Coleridge Cottage。内部も公開されているが 4 月～ 9 月の木曜～日曜のみ開館。

が僅かに見られるともいう。[11] しかしこの頃、コールリッジは十代からの恋人メアリ・エヴァンスにいまだ微かな未練を残していて、一時期ロンドンに身柄を潜ませたこともあり、セアラとの結婚は当初からうまくいかない予兆があった。

　ともかくも、コールリッジとセアラ・フリッカーは95年10月 4 日にブリストルのセント・メアリ・ラドクリフ教会（St Mary Redcliffe）〈写真参照〉で結婚式を挙げた。この場所はトマス・チャタートンの教会としても有名だったが、コールリッジの親族からは出席がなく、その否定的な気持ちが読み取られる。新婚の夫妻はブリストルから西の海岸の小さな町、クリーヴドン（Clevedon）のチャーチ・ストリートにコテージを借りてハニー・ムーンを過ごす。この時期にコールリッジの最初の傑作詩、『エオリアン・ハープ』（"The Eolian Harp"）が書かれる。これはセアラとの恋の歌であり、また自然の中の神を自分たちの結婚生活と結びつけるものでもある。

　 6 週間後、11月も上旬を過ぎると、コールリッジは不便なクリーヴドンか

らブリストルに戻り、この年の急進的講演と出版活動を再開する。年が改ま
る1796年初めには、彼は個人雑誌『ウォッチマン』（*Watchman*）の計画を立
て、1月から2月にかけて定期購読者を募るためにミッドランドを広く旅
し、3月から発行を始めるが、5月には廃刊となった。[12] この間に彼は「宗
教的瞑想」（'Religious Musings'）を完成し、4月には彼の最初の詩集とな
る、1796年版の『詩集』（*Poems on Various Subjects*）を出版している。こう
して彼は急進派の文人として、また詩人としても広く名を知られるようにな
っていた。『ウォッチマン』の出費もまわりの人々、主にコトルが埋め合わ
せてくれた。

　1796年9月19日に長男ハートリー（Hartley）が月足らずで生まれると、コ
ールリッジは見込まれていた様々な仕事を断り、ネザー・ストウィ（Nether
Stowey）のトマス・プールの近くに住み、農夫のような素朴で単純な田園生
活の中で息子を育てようと考え始めた。プールは当初だいぶ渋っていたが、
コールリッジの再三の懇願に負けて、彼のためにネザー・ストウィにコテー
ジを買った。コールリッジ一家は96年12月末にそこへ引っ越した。〈写真参
照〉ユニテリアンの思想家として彼は近隣の教会で説教もしたようだが、急
進思想の政治活動からは完全に撤退しようとしていた。彼はこの時期おもに
牧歌的な家庭生活に浸り著作に励み、シェリダン（R. B. Sheridan）に委嘱さ
れた詩劇『オソリオ』（*Osorio*）を書き始め、また20年後に『シビライン・
リーヴズ』（*Sibylline Leaves*）や『文学的自叙伝』の一部にもなるものも書き
始めた。義弟となったサウジーはこの年の5月にポルトガルから帰国し、妻
や友人たちの計らいにより、この年末までにはコールリッジと和解してい
た。

　こうしてこの頃、97年の春、3月末か4月初めに、ブリストルからレイス
ダウンに戻るワーズワスがネザー・ストウィのコールリッジを訪問するので
ある。次にワーズワスが1795年秋からこの97年春までどのように過ごしてい
たか見てみよう。[13]

III　ワーズワス：ブリストルからレイスダウンへ

（1795年9月〜1797年3月）

Crewkerne：現地の博物館員によると、左の角から2軒目の建物が、ワーズワスが定期的に訪れた旧郵便局という。Racedownから約7マイル。

ジェームズ・ギルマンはコールリッジの主治医で彼のアヘン中毒を治療したことで知られている。コールリッジは1800年から湖水地方ケジックに家族と住み始めたが、1803年頃から一人で離れて暮らすようになり、1816年からはロンドンのハイゲイトにあったギルマンの家に寄寓して晩年まですごす。このギルマンのおかげでコールリッジは哲学的思索に没頭できたのであり、その結果彼はアヘン中毒患者ながら「ハイゲイトの賢人」とまで讃えられたといえる。

　このギルマン自身がコールリッジを賛美してもいたようで没後4年目に有名な最初のコールリッジ伝を出版している。ワーズワスの若い頃の友人、ウィリアム・マシューズの兄で、喜劇作家であったチャールズ・マシューズとギルマンは知り合いで、このマシューズが彼に、亡き弟がこの1795年頃にワーズワスから受け取った手紙を見せたとコールリッジ伝の中で述べている。この手紙は初期書簡集にも掲載があり、時期的に考えると、ギルマンの指摘するワーズワスのオールフォックスデン滞在時代というのは誤りで「ワーズワスとマシューズが夕方を共にした1795年8月の半ば以前、ワーズワスがロンドンからブリストルに行く前に書いたものではないと思われる。」と編者も指摘している。[14] おそらく前述1795年10月25日付けマシューズへの手紙より以前の手紙と思われる。あるいは、その後レイスダウンに入居後の10月か11月初めの手紙かもしれない。書簡集にせよ、ギルマンの伝記にせよ、記述は「明日はブリストルに行って二人の類い稀な若者、サウジーとコールリッジに会うつもりだ。」ということだけで、これがワーズワスの彼らとの何度

目の出会いかはわからない。サウジーがブリストルからリスボンに発った11月14日以降ではありえないだろう。

　いずれにせよ、この1795年9月21または22日頃に、ワーズワスとコールリッジ、そしてワーズワスとサウジーの出会いがあったが、当面三人は別々の方向に分かれて行った。サウジーはバースへ、そしてブリストルからポルトガルへ向かう。コールリッジはブリストルからクリーヴドン、さらにネザー・ストウィへと移り住む。ピニー家に滞在していたワーズワスのもとにドロシーが9月22日夜に到着した。兄妹は4日後の26日にブリストルを発ち、馬車でドーセッ

農場の方から Racedown Lodge らしき建物を臨む。

Racedown Lodge は増築され現在個人所有の住宅であり、残念なことに敷地内立ち入りは断られた。

トに向かい同日深夜にレイスダウン・ロッジに到着した。彼らは1797年7月の初めまでここに住むこととなる。

　二人は到着時にこの建物を直ぐに気に入ったわけではない。しかしあたりの佇まいには好感を得たようで、毎朝2時間以上散歩する習慣を得る。彼らは南の海岸の町ライム・リージス（Lyme Regis）や、逆方向の北東にあるクルーカン（Crewkerne）の町まで足を伸ばすことがよくあった。家の内部も充分に準備されていて、住むに不自由はほとんどなかった。管理人も使用人も付いており、[15] さらにイタリア語のマキャベリやボッカチオ、アリオストから17、8世紀の英国詩、ホイッグ系政治経済学の書物、プロテスタント神学、さらには数学に及ぶ豊富な蔵書もあった。庭も充実しており、食糧確保の必要もあり、二人は好みの園芸にも勤しんだ。ドロシーはこのような恵ま

れた施設で兄と同居できること自体が幸福であった。彼らはモンタギューの幼い息子バジル（Basil：父親と同名）を預かってもいて、この子供の世話を主にドロシーが看て、兄は「ソールズベリ・プレイン詩」（'Salisbury Plain Poems'）の改作に取り掛かった。またランガムとユウェナリス（Juvenal：ローマ帝国の政治・社会風刺詩人）の模倣詩を試みていて、これにサウジーも数行提案していた。

　ワーズワス兄妹はバジルをよく育てたようだが、この子供は虚言癖があったようで虐待されたという証言もあるという。いずれにしても彼らは経済的にぎりぎりの生活をしており、余裕はなかった。レイスダウンはかなりの僻地だったため、ドロシーの望み、二人の弟を呼び寄せるという希望も叶わなかった。ジョンは何度目かの航海に出かけており、末弟クリストファーは96年1月にケンブリッジのトリニティ・コレッジを優秀賞と共に卒業し、コレッジのフェローになり聖職に就こうとしていた。だから二人ともレイスダウンまで来ることはできなかったのである。

　この95年10月26日に、ロンドンではイズリントンのコペンハーゲン・ハウス・フィールズで、コールリッジの友人のジョン・セルウォールを始めロンドン通信協会の代表的指導者が演説する集会に10万人ほどの大群衆が集まり、主にフランスとの戦争反対が論じられた。大逆罪裁判の翌年で、この時代の大衆集会としては末期の催しにあたる。町には負傷した廃兵があふれ、食料不足と価格高騰が激しく、軍隊等でも暴動騒ぎが頻発していた。集会の3日後、国会の開会式に向かう国王の馬車が暴徒に襲われるという事件が起き、間もなく「猿ぐつわ法」（Gagging Acts）とも呼ばれる悪法二法が12月18日に可決する。コールリッジが『ウォッチマン』紙上でこの悪法に抗議の論文を出したことは有名だが、[16] 一方レ

Lyme Regis：現在も夏は保養客が数多く集まるイギリス海峡沿いの海辺の町。ワーズワスも友人に会いに訪れた。Racedownから8マイル以上。

イスダウンのワーズワスは新聞にも不自由しながら、中央の政治や社会の動きに関心を持ち続けた。

　このころワーズワスにアネットからの手紙が届いた。彼女はそれまで十数通の手紙を送ったが戦争のため届かず、ようやく届いたこの手紙だが、それに答えて彼がブロワにもオルレアンにも戻るといった見込みは全くなかった。しかしながら彼にとってアネットとキャロラインのことがこの後も長く続く悩みの懸案となる。[17]

　この95年暮れにはピニー兄弟が約束どおりレイスダウンにやってきて滞在し、ハンティングなどカントリー・スポーツに興じた。彼らはワーズワスにとって書物や情報の供給源で、彼らを通じてコールリッジやサウジーの消息、彼がイーディス・フリッカー、コールリッジの妻セアラの妹と結婚したこと、ポルトガルに行ったことなどを知り、またその『アークのジョーン』を読むこととなった。この詩はワーズワスにとって幻滅で、この頃から彼のサウジーに対する評価が下落したようだ。また、ロンドンでの政治的な出来事、急進派の集会でセルウォールやフレンドが演説をしたが、悪法の立法を抑えられなかったことも知った。コールリッジの『コンシオーネス・アド・ポピュルム：人民への通告』（Conciones ad Populum）や『ウォッチマン』なども彼らによって彼の手元にもたらされた。ワーズワス自身はなおも反戦の気持ちを込めた『ソールズベリ・プレイン詩』の改訂作業を続けており、原形を留めないほど変容していた。これらのことをワーズワスはフランシス・ランガム宛の1795年11月20日付けの手紙でもユーモラスに述べている。彼より一歳ほど年長のランガムはこの頃サリーのコバム（Cobham）で副牧師に就任していたが、後には国教会聖職の高位にまで登りつめる。ワーズワスは彼とのユウェナリス模作をなおも続けていた。彼を通じても『モーニング・ポスト』（Morning Post）または『モーニング・クロニクル』（Morning Chronicle）の何部かを入手していたようである。

　この手紙で示唆している「一つ詩があって、それで何か得られるとしたら条件を知りたいと思う。その第一稿をロンドンで音読したことを思い出す。しかしレイスダウンに来てから変更や追加をしたから別の作品のようになった。」と述べているのが、「ソールズベリ・プレイン詩」のことで、ブリスト

ルのコトルから出版をしようと考えていたようである。その前にコールリッジに意見を求めているが、結局は出版には至らない。

　このランガムには翌96年3月7日にも手紙を送っている。ランガムはこの頃ヨークシャーはハンマンビー（Hunmanby）の副牧師に就任していた。ワーズワスはこの就任と、彼の出版計画を祝い、ユウェナリスの模倣詩を示唆した他、レイスダウンでの生活ぶりを伝え、友人をデヴォンからコーンウォール方面の旅に誘い、自分のところにも寄るように招いている。

　この時期のワーズワスの手紙の中で注目すべきは、マシューズ宛3月21日付のそれである。書簡全集を見る限りではこれがマシューズ宛の最後の手紙と推察される。ワーズワスは友人との音沙汰が間遠になっていることを残念に思いつつも友情を確認しようとしている。次いでサウジーに関する言及に注目すべきである。95年9月の初対面の時にはサウジーの人柄を高く評価したワーズワスだが、出版が成ったばかりの叙事詩『アークのジョーン（ジャンヌ・ダルク）』の前書きには幻滅したようで、彼はこの詩が全体的には「低級な作品」（‘inferior execution’）と酷評し、マシューズがサウジーのことを「馬鹿な気取り屋」（‘coxcomb’）と呼んだのがもっともと、改めて認めている。

　ワーズワスがこのレイスダウンでキャベツを栽培していたというのはユーモラスであるが、ロンドンやパリ、あるいはブリストルのような町の喧騒を遥か離れて、晴耕雨読で読書と詩作に没頭する姿が想像できる。しかし現実は食費にも事欠く状態で、自ら栽培した野菜で糊口をしのいでいたのである。創作に関しては風刺詩の言及があり、これはユウェナリスの模倣詩のことと思われる。その他にはホラティウス、ボワロー、ポウプなどの言及があり彼の当時の読書を連想させる。

　次いでモンタギューのところに残してきた本のことを気にしているが、この中でギルピン（Gilpin）の旅行記のことを特に取り戻したく思っている。旅へのオブセッションのようなものがあったワーズワスにとっても、ギルピンのピクチャレスクな旅が規範であったと推測される。彼は次いで従兄弟のマイヤーズ（Myers）に言付けを頼み、そしてマシューズ自身の暮らし向きを尋ね、気楽にレイスダウンを訪問するように述べている。

　最後の追伸部分でワーズワスはゴドウィンの『政治的正義』第2版の、特

174

に序文に関する次のような批判を述べている。

> Such a piece of barbarous writing I have not often seen. It contains scarce one sentence decently written. I am surprized to find such gross faults in a writer who has had so much practise in composition.[18]（WW to William Mathews, March 21st, 1796, *Early Letters* 170）
>
> このような野蛮な著作物は余り見たことがない。それには一行もきちんと書かれたところがない。私はあれほど創作を実行してきた著者があれほどひどい過ちを犯しているのを見て驚いている。

そして最後に劇場についての言及をして、ホルクロフトの『一万の男』（*Man of Ten Thousand*：1796年にドゥルリー・レーンで上演）について「ひどい出来だ。くそ食らえ、フン。（but such stuff! Demme hey, humph.）」とまで言っている。この言葉はホルクロフトのこの劇自体に出てくる言葉を揶揄したものだが、ここに来て、ついこの前まで親しくした急進派の先達に決定的な決別の態度を示しているといえよう。

　これまでに蒐集された限りでは、この後ワーズワスのマシューズ宛の手紙は見当たらない。意図的ではなかったかもしれないが、この後ワーズワスは彼に対して疎遠になる。弁護士になったマシューズは余り運に恵まれず、1801年に至りカリブ海のトバゴに赴くが、現地で病死する。ワーズワスとマシューズの間の手紙は、詩人の若き日の急進的な面を見る上で重要な資料といえるが、同時に浮かび上がってくるのは当時の若者たちの交友の様子である。ワーズワスとマシューズは大学のはじめ頃から1790年代半ば過ぎまで親しくしていたにもかかわらず、1801年に彼が異国で亡くなった時のワーズワスの感慨はどこにも見受けられない。

　1796年5月13日付コールリッジのジョン・セルウォール宛の長い手紙の中にワーズワスに関すると推察される言及がある。

> A very dear friend of mine, who is in my opinion the best poet of

the age (I will send you his Poem when published) thinks that the lines from 364 to 375 & from 403 to 428 the best in the Volume --- indeed worth all the rest --- And this man is **a Republican & at least a Semi-atheist.** ---[19] (*STC: Collected Letters*, To John Thelwall; dated 13 May 1796. 太字強調は論者。)

　私のある非常に親しい友人のことですが、彼は私の見るところ当代随一の詩人だと思いますが、（彼の詩が出版されたら送ります）彼はこの巻の中で364行から375行と403行から428行が最高だと考えています。--- 実際そのほかも全て価値があるということです --- この人は**共和主義者で、少なくとも半無神論者**です。

編者グリッグズの注にも記されているが、ここで「私のある非常に親しい友人」（"A very dear friend of mine"）と呼んでいるのがワーズワスのことで、「彼の詩」（"his Poem"）とは「ソールズベリ・プレイン詩」の一つ、『罪と悲哀』（*Guilt and Sorrow; or Incidents upon Salisbury Plain*）である。ワーズワスは1796年の1月上旬にコトルに草稿を送り、コトルはこの原稿をコールリッジに回送した。コールリッジはかなりじっくりと読み、コメントの紙も挟み、出版を薦め、折から購読者を募集していた自分の個人雑誌『ウォッチマン』の読者を通じての販売も考えた。しかし原稿はチャールズ・ラムを通じてワーズワスのもとに返され、後に『リリカル・バラッズ』出版に際して「女性の放浪者」（"Female Vagrant"）の部分のみが掲載された。まだ数度会っただけのコールリッジがワーズワスをこれほど親しく感じているところに、今では残っていない文通をシスマン（Sisman）等現代の伝記作家達が推定している（*Friendship* 146）。このセルウォール宛手紙の中で「この巻（the Volume）」と呼んでいるのはコールリッジの1796年版『詩集』の中の「宗教的瞑想」（'Religious Musings'）のことである。「共和主義者で半無神論者」のワーズワスでさえ、自分の「宗教的瞑想」を褒めたという自慢であろう。何れにせよ、彼らはすでに互いの詩を読んで、互いに講評をしていたようであるが、「当代随一の詩人」（"the best poet of the age"）、「彼の才能は私にはまさに偉大と見えます」（"His talent appears to me very great"）と言った言葉

はかなり熱狂状態での言及で、
互いを優れた詩人と認めてはい
たが詩そのものについてはかな
り冷静な見方もしていたのでは
ないかとも察せられる。一方で
批評家としての鋭い眼で、コー
ルリッジはワーズワスの潜在的
な才能を、初期の作品にすでに
見抜いていたともいえる。

現在の Nether Stowey、Castle St から Lime St と St Mary St 方面の T 字路方向。Victorian Clocktower が見える。僅かに路線バスもある。

　ワーズワス自身のこの時のコ
メントは晩年になってからイザベラ・フェニックに語った話に見られる。

　　　Mr. Coleridge, when I first became acquainted with him, was so impressed with this poem, that he would have encouraged me to publish the whole as it then stood; but the mariner's fate appeared to me so tragical as to require a treatment more subdued and yet more strictly applicable in expression than I had at first given to it. This fault was corrected nearly fifty years afterwards, when I determined to publish the whole.[20]

　　　コールリッジ氏は、私と初めて知り合ったころ、この詩に非常に感銘を受けたので、全体をその当時のまま出版するように私に勧めた。しかし水夫の運命が私には非常に悲劇的に思えたので、私が最初におこなったよりももっと抑制したもっと厳密に適正な表現が必要と思われた。この欠点は50年近く後に正され、私は全体を出版する決心をした。

こうしてみると『罪と悲哀』を直ぐに出版しなかったのはワーズワス自身の意思だったかもしれないが、その背景には友人たちの言葉少ない批評と、最初の出版の『宵の散歩』（An Evening Walk）と『描写スケッチ集』（Descriptive Sketches）の不評があったかもしれない。

直接か郵送かは不明だが、ワーズワスはラムから『罪と悲哀』の原稿をロンドンで受け取ったようである。レイスダウンの生活はさすがに余りに単調で、彼は精神的刺激が必要だった。また、モンタギューその他との間で金銭上の取り決めを交わす必要もあった。それでワーズワスはピニー兄弟の何れかと96年6月1日から1ヵ月ほどロンドンを再訪しゴドウィンやモンタギュー、その他の友人と会っている。今回のゴドウィンのサークルはワーズワスにとってどことなく居心地の悪いものであった。すでにゴドウィン思想に疑問を持ち、新たに自分自身の考え方をうち立て始めた彼にとって、ゴドウィンを偶像視するグループの中では違和感があったに違いない。この気持ちはコールリッジとの文通でさらに強まったのかもしれない。そのような中でワーズワスはゴドウィン・サークルには与しない、コールリッジの旧友チャールズ・ラムの存在も知る。[21] 彼はコールリッジから回送されていた「ソールズベリ平原詩」('Salisbury Plain Poems')の原稿を受け取り、そしてロンドンで出版者を探したようだが、うまくいかず、この時の出版はあきらめたのである。

　ワーズワスのレイスダウン時代の最も重要なこととして、彼の考え方に変化が生じたことを示唆しておかなければならない。フランス革命の急進思想にも、ゴドウィン思想にも訣別したワーズワスは、借り物ではない自身の思想を確立する必要があった。この最終的なモラル・クライシスからの回復はレイスダウンの自然のみならず、特に同居を始めたドロシーからの影響や、人々とのより密接な交友がきっかけとなったと考えられる。そこにはいまだ文通が主な交流手段であったコールリッジの、現存しない手紙の影響もあると推定される。ワーズワスは瞑想の結果、抽象的推論と実生活が両立しがたいという結論に達する。同じく、個人の自由は他人への関心とは関係なく追求できるという考え方を退けるに至る。これらはゴドウィン思想からの脱却を意味する。こうしてこの8月頃、彼の唯一の劇作品『辺境の人々』の計画が生じ、この96年秋はこの創作に没頭する。また、このころから97年春にかけて、ワーズワスは再び人間愛の気持ちを強める。普通の労働者に真の価値を見出し、寂しい道路を歩き回り、慎ましやかな人々に愛と高貴の感情を見

出す。そして彼らを自分の詩の主題にする決心をしたと『序曲』の中で述べている。[22] もちろん『リリカル・バラッズ』の多くの詩のテーマにもなるのである。

　96年11月末にワーズワス兄妹のペンリス時代からの幼馴染、メアリ・ハチンスンが兄のヘンリーに付き添われて、ソックバーンからレイスダウンを訪問する。[23] 僻地のため知人や親族の訪問がほとんどない中、彼女が最初にワーズワス兄妹の招待に応じたのである。船乗りのヘンリーがプリマスからの出航に赴く途中で、妹を送り届けることができた。ヘンリーは翌日去るが、メアリは翌年の97年6月4日までレイスダウンに滞在する。彼女は最近亡くなった妹マーガレットを長く看病していたので、休息が必要だった。しかし友人や知人宅を訪問して長期滞在するのが一般的であった当時でも、この半年以上は異例の長さで、彼女がワーズワス兄妹にとって単なる友人以上の存在であったことをうかがわせる。その様子は『序曲』のここかしこにも窺われるが、「彼女は喜びの幻」'She was a Phantom of delight' もドロシーではなく彼女のこととする解釈もできる。
　97年の初めにかけてワーズワスはユウェナリスの模倣詩を創作し続け、2月下旬にランガムに送った。また2月中旬に『辺境の人々』初稿を完成し、後に『逍遥』(*The Excursion*) の一部となる『廃屋』('The Ruined Cottage') の結末を完成した。その後もこの年に同作品と取り組んでいる。『廃屋』は彼がレイスダウンの周辺で見た農民の悲劇を題材としており、これに至りゴドウィン思想の陰はなくなり、社会悪抗議の詩でもなく、哀れみと同情を主とした、人の心を趣旨とする詩となったのである。

Ⅳ　ワーズワスのネザー・ストウィ訪問（1797年3月末頃）と、コールリッジのレイスダウン訪問（1797年6月初旬）

　97年の3月15日、ワーズワスがレイスダウンに来てからずっと招待していたバジル・モンタギューが、早朝に突然兄妹の住む邸を訪問し、起床前の住民を驚かせた。ドロシーとメアリとも彼に好印象を得た。彼の目的地はブリ

ストルであったが、その前に息子に会うため、またかねてからのワーズワス
の招待に応えて立ち寄ったのだ。数日後、ワーズワスはこのモンタギューを
ブリストルまで送り、2週間ほど滞在して旧友ジェームズ・ロッシュ（Losh）
たちや、コトル、ウェッジウッドらと会う。

　その帰路レイスダウンに向かう途中、ワーズワスは迂回してネザー・スト
ウィのコールリッジ邸を訪問する。ブリストルでコトルに勧められたとも、
コールリッジに直接会って誘われたともいう。この頃コールリッジは鬱状態
にあり、決して訪問にいい時期ではなかったが、ワーズワスの来訪にコール
リッジの鬱も吹き飛んだようである。この頃二人とも創作が沈滞しており、
この時の話題はもっぱらサウジー批判だったという。コールリッジはボウル
ズ経由でR・B・シェリダンから示唆のあったドゥルリー・レーン劇場のた
めの演劇創作の準備をしており、間もなく『オソーリオ』（Osorio）という
悲劇となる。ワーズワスが『辺境の人々』（The Borderers）を仕上げたばか
りという事情と何か響きあうものがあった。互いに夏までに完成して読み合
わせようとの約束をした。この時の滞在中に、ワーズワスはコールリッジに
よりトマス・プールに紹介された。このネザー・ストウィで生まれ育ったプ
ールは二人にこの地を案内し、ここかしこに纏わる昔話をして、詩人たちに
後の作品の材料を与えたという。

　ワーズワスは4月に入ってからレイスダウンに戻ったが、コールリッジ、
プール、その他ブリストルで会った人々との熱狂的な気分に満ち溢れてい
た。彼がまず取り掛かったことは『辺境の人々』の推敲であった。当初レー
ゼドラマ、読み物としての悲劇のつもりだったが、コールリッジがシェリダ
ンに紹介して上演の可能性を探るということになったのである。ワーズワス
の方はもともと上演の考えはなかったが、彼らがこの頃創作を試みた悲劇の
両作は、共に上演には至らない。コールリッジの『オソーリオ』のほうは改
作の上で『悔恨』（Remorse）として十数年先に大成功する。

　またこの頃、ワーズワスのもとに親族や兄弟の金銭的窮乏と負債などの支
払い要請が来る。このような金銭上の問題の上に寒い春で、世帯の皆が体調
を崩す暗い時期だったが、5月になると輝かしい季節が来た。そして間もな
く、メアリ・ハチンスンが出発する日が近づいてきた。彼女は6月4日にレ

イスダウンを発ち、ロンドン経由でソックバーンへ帰った。彼女はロンドンにはワーズワスの兄リチャードへの手紙や、ドロシーと共に作ったシャツと、ワーズワスから預かった詩の幾行かの写しを携えていた。当時は遠く離れて暮らす親族の下着も女性の家族が手縫いしたようである。

メアリ・ハチンスンが去って直後の6月5日か6日または7日にコールリッジがレイスダウンにやってきた。彼はボウルズに『オソーリオ』を示して意見を求めるため訪問しようとする途中に、兄妹の邸宅に立ち寄ったのである。この時の二人の再会の印象は両者にとって強いものがあり、ワーズワスは50年後にもはっきり回想している。その印象は正に映画の一場面のようであり、ワーズワス兄妹ともコールリッジ亡き後、二人の晩年まで鮮烈なイメージとして記憶に留めていた。1845年に至りワーズワスの妻メアリが夫から聞いたこととしてコールリッジ未亡人に手紙で伝えている。

> We have both a distinct remembrance of his arrival---he did not keep to the high road, but leapt over a gate and bounded down the pathless field, by which he cut off an angle. We both retain the liveliest possible image of his appearance at that moment.[24]　<*Later Letters* 719>
>
> 私たち〈ワーズワスと妹〉には共に彼の到着のはっきりとした記憶があります──彼は本道の方は通ってこずに、通用門のところを飛び越し、道のない畑の中に飛び込み、そこから斜めに近道をしてきました。私たちは共にその瞬間の彼の外見が、あらん限りの生き生きした様子だったことを覚えています。

コールリッジは3月に会ったときの約束どおり『オソーリオ』の初稿を携えてきた。ワーズワスはまず新作の『廃屋』を朗読し、その後コールリッジが完成した『オソーリオ』を、翌朝ワーズワスが『辺境の人々』を読んで聴かせた。彼らにとってこの時ほど大きな興奮はなかった。特にコールリッジはワーズワスのこの両作品を高く評価し、僻地で孤立していたワーズワスにと

っては大きな励みになった。

　一方、辛辣な批評家でもあるワーズワスが『オソーリオ』を高く評価した
ことを、コールリッジは自慢げにコトルに伝えている。

I am sojourning for a few days at Racedown, the mansion of our
friend Wordsworth . . . . **Wordsworth admires my Tragedy** -- which
gives me great hopes. Wordsworth has written a Tragedy himself. I
speak with heart-felt sincerity & (I think) unblinded judgement,
when I tell you, that I feel myself a little man by his side; & yet do
not think myself the less man, than I formerly thought myself. -- His
Drama is absolutely wonderful. You know, I do not commonly speak
in such abrupt & unmingled phrases -- & therefore will the more
readily believe me. -- There are in the piece those profound touches
of the human heart, which I find three or four times in 'The Rob-
bers' of Schiller, & often in Shakespere -- but in Wordsworth there
are no inequalities. T. Poole's opinion of Wordsworth is -- that he is
the greatest Man, he ever knew -- I coincide.[25] 〈*STC: Collected
Letters* Vol. 1, 325; 太字は論者による。〉

　　私はここ数日レイスダウンという、友人ワーズワスの邸宅に逗留し
ている。……**ワーズワスは私の悲劇を賞賛している**ので、私は大いに
希望を持った。ワーズワスも自ら悲劇を書いたところだ。私は本音で
まじめに、惑うことなき判断で思うところを語るのだが、全く、彼の
そばにいると自分が小さい人物に感じる。ただし私がかつて自分のこ
とを思っていたより小さい人間だとは思わないでほしい。――彼の劇
は正にすばらしい。ご存知のように、私は普通、このような突然の混
ざりけのない言葉は語らない。だからなおさら躊躇なく私を信じられ
るだろう。この劇には人間の心の、かの深遠な筆致があり、私がシラ
ーの『群盗』に３、４回、そしてシェイクスピアにはしばしば見るも
のだ。T．プールのワーズワス評価では、――彼が知る限り最大の人
物だということだ。私も同感だ。

彼らは互いの才能をすでに見
抜いていたが、当時の業績とし
てはコールリッジのほうが一歩
ぬきんでていた。それにもかか
わらずコールリッジはワーズワ
スの類い稀な詩才を強く感じ、
彼の詩を訂正し改善するのに惜
しみない時間を費やした。彼は
自分の使命がワーズワスを援助
することと感じていたようであ
る。

Nether Stowey：西からの入り口。左上が A39、
右が Lime Street。近辺唯一の信号の脇。

　また一方、彼自身ワーズワスが自分の詩を褒めてくれたのが大層嬉しかっ
たようである。コトル宛手紙の翌日付で、コールリッジは当時親しくしてい
たユニテリアンの牧師、ジョン・プライアー・エストゥリン（John Prior Es-
tlin）に同じような手紙を送っている。

　I am at present sojourning for a few days with Wordsworth, at
Racedown Lodge, near Crewkherne: & finishing my Tragedy.
Wordsworth, who is a strict & almost severe critic, thinks very
highly of it -- which gives me great hopes....

　... I have been led to believe. -- Where there are two ministers,
they ought to be either as Brothers -- one soul in two heads -- or as
Father & Son.----[26]　<*STC: Collected Letters* Vol. 1, 326.>

　私は目下クルーカン近くのレイスダウン・ロッジでワーズワスとと
もに数日を過ごしている。そして私の悲劇を完成しようとしている。
ワーズワスは厳格で辛辣といっていいほどの批評家だが、それを非常
に高く考えている——それで大いに希望を与えられた。……私はこう
信じるように導かれた、二人の教役者がいるときは、互いに兄弟のよ
うにすべきだと——頭は二つでも心は一つ——あるいは父親と息子の
ように。

ドロシーにとってコールリッジは初対面であった。この時の様子をドロシーは去ったばかりのメアリ・ハチンスンに興奮気味に伝えている。

You had a great loss in not seeing Coleridge. He is a wonderful man. His conversation teems with soul, mind, and spirit. Then he is so benevolent, so good tempered and cheerful, and, like William, interests himself so much about every little trifle. At first I thought him very plain, that is, for about three minutes: he is pale and thin, has a wide mouth, thick lips, and not very good teeth, longish loose-growing half-curling rough black hair. But if you hear him speak for five minutes you think no more of them. His eye is large and full, not dark but grey; such an eye as would receive from a heavy soul the dullest expression; but it speaks every emotion of his animated mind; it has more of the 'poet's eye in a fine frenzy rolling'* than I ever witnessed. He has fine dark eyebrows, and an overhanging forehead.

The first thing that was read after he came was William's new poem The Ruined Cottage with which he was much delighted; and after tea he repeated to us two acts and a half of his tragedy Osorio. The next morning William read his tragedy The Borderers.[27]

〈*Early Letters* 188；*Shakespeare, A Midsummer Night's Dream* —Act 5, Scene 1（Theseus の台詞）--- 論者〉

あなたはコールリッジに会えないで大きな損をしました。彼はすばらしい男性です。彼の会話には魂、頭脳、精神が満ちています。それから彼は善意に満ち、気立てもとてもよく、陽気で、そしてウィリアムのようにあらゆる些事にも関与してきます。最初私は彼が大変無骨だと思いましたが、それもおよそ3分くらいのことです。彼は顔色が青ざめていてやせていて、口は大きく唇は厚く、歯はあまりよくないし、長めの伸び放題に伸びた、半分巻き毛の無造作な黒髪です。しかし彼の話を聞けば5分間でそれらのことは気にならなくなります。彼

の目は大きく見開いてい
て、黒っぽいと言うよりは
灰色です。重々しい魂から
最も鈍い表情を受け取りそ
うな目です。しかしそれは
彼の活発な心のあらゆる動
きを語っています。それは
私がこれまで目撃した中で
も、誰よりも「すばらしく
熱情的に転がる詩人の目」
以上のものを持っていま

St. Michael's, Higate：ハイゲイトの教区教会で
1961年にコールリッジの墓が地下霊廟に移葬さ
れた。
残念ながら施錠されていて内部の撮影はできな
かった。

す。眉は繊細で黒く、額は出っ張っています。

　彼が来てから読まれた最初のものはウィリアムの新しい詩『廃屋』
で、これを彼は大層喜びました。お茶の後彼は自作の悲劇『オーソリ
オ』から二幕半を繰り返しました。翌朝ウィリアムも自作の『辺境の
人々』を読みました。

　同じような境遇の女性でも、パンティソクラシーでコールリッジの同志で
妻となったセアラが夫の才能を充分理解できなかったのと対照的な、ドロシ
ーのコールリッジ評である。コールリッジのドロシーから得た第一印象もこ
の頃のコトル宛ての手紙に見ることができる。この記述も多くの伝記作家が
引用している。

　　　Wordsworth & his exquisite Sister are with me -- She is a woman
　　　indeed! -- in mind, I mean, & heart -- for her person is such, that if
　　　you expected to see a pretty woman, you would think her ordinary
　　　-- if you expected to find an ordinary woman, you would think her
　　　pretty! -- But her manners are simple, ardent, impressive -- .

　　　　In every motion her most innocent soul

Outbeams so brightly, that who saw would say,

Guilt was a thing impossible in her. --

　Her information various -- her eye watchful in minutest observa-
tion of nature -- and her taste a perfect electrometer* -- it bends,
protrudes, and draws in, at subtlest beauties & most recondite
faults.----She with her Brother desire their kindest respects to you.[28]

　〈*STC: Collected Letters* Vol. 1, 330；electrometer*：最初の電位計
は1766年に考案されている。Sisman 179n.〉

　ワーズワスと彼のすばらしい妹が私と一緒にいます。彼女は本当に
すばらしい女性です。つまり、心と頭がという意味ですが。――とい
うのは、彼女の人となりは、美しい女性を見ることを期待するなら、
彼女は普通ですが――普通の女性に会うことを予期しているなら、あ
なたは彼女を美しいと思うでしょう。――しかし彼女の作法は素朴で
熱烈で、印象的です。…

　　　あらゆる動きの中に、彼女のこの上ない無垢な魂が

　　　かくも輝かしく光っているので、彼女を見る人はこう言うで
　　　あろう

　　　罪とは、彼女においてはありえないことだと。――

　彼女についての情報は様々あります――彼女の目は自然の最も細か
な観察に注意深いものがあります――彼女の審美眼は完璧な電位計で
す――この上なく微妙な美や、最も深遠な過ちに対しても、それは撓
り、突き出し、引き込みます――彼女は兄とともに、あなたに対して
最高の敬意を払いたいと望んでいます。

　兄ワーズワス及び湖畔詩人たちにとっての、ドロシーの存在の重要さは今で
は定説であるが、初対面で即座にこのように互いの個性的な魅力を見抜いた
二人もそれぞれ才能にあふれていたと推測できる。ドロシーはこの後に出会
う多くの文人たち、ド・クインシーや チャールズ・ラムらにも強い印象を
与える。

　こうして、数日の滞在を予定していたコールリッジはボウルズ訪問を取り止め、3週間ほど、6月の28日までワーズワスのレイスダウン・ロッジに滞在する。これがワーズワスとコールリッジの蜜月時代の始まりである。この滞在の間にコールリッジはワーズワス兄妹、ラム姉弟、[29] セルウォール夫妻、さらにはサウジー夫妻ら友人をネザー・ストウィに招くことを考え始めていた。実現しなかったパンティソクラシーの埋め合わせであったともいえよう。

　コールリッジは6月28日にネザー・ストウィに戻るが、彼はもはやワーズワスとは離れられない状態にまで親交が深まり、彼を伴ってライム・ストリートに帰った。そしてセアラに計画を伝え、2、3日後にトム・プールから借りた荷馬車でレイスダウンにドロシーを迎えに行った。[30]
　レイスダウン・ロッジはピニー兄弟から無料で提供されていたが、家賃を取らないことについては彼らの父親の承諾を得ておらず、96年春以来この事実を知った父親の不興を買っていた。だから兄妹がそこを出るには遅すぎる

The Quantock Hills の一角からブリストル海峡を遠望する。

ほどの時期であった。いずれにしてもワーズワス兄妹はレイスダウンにはもう戻ることはなかった。しかしながら、レイスダウンは兄妹にとってコッカーマスでの幼いころから初めての家であり、ルーシー詩群始めこの後の多くの詩の舞台となったと推定される。またレイスダウンの時期が詩人ワーズワスにとって決定的で、この時期を境に彼は『リリカル・バラッズ』から『序曲』、『二巻詩集』に至る頃の傑作を生み出すに向かうのである。このレイスダウン・ロッジ及びこの先に彼が住むオールフォックスデン・ハウスが公的に保存されていないのは残念なことである。

　ともあれ、こうしてワーズワス兄妹はレイスダウンを去り、コールリッジのコテージを経てオールフォックスデンに住むこととなる。この先は「『リリカル・バラッズ』への道」として次の章で扱う。

註

1　詳細は拙著『イギリス・ロマン派とフランス革命』230〜44ページ参照。

2　「ワーズワスのマシューズ宛中期書簡研究：急進の最盛期」『関東学院大学文学部紀要』第111号（2007年12月）25-44。

3　Barker ab 108; do. HB 156; Johnston 469.

4　Sisman 113-4.

5　Selincourt/ Shaver eds, *The Letters of William and Dorothy Wordsworth: The Early Years 1787-1805* (Oxford: Clarendon Press, 1967), 153. 以下引証は引用原文の直後に略記、論者の和訳文添付。

6　Barker HB 158および Sisman 112によると、コールリッジ自身が Lady Beaumont に語ったことを、画家としても名を残した Joseph Farington がまた聞きして、その日誌（Diary）に記録を残しているという。Gill 93. 一方 Ashton 78, Christie 75, Purton 20はワーズワスとコールリッジ、サウジーが初めて会った場所をジョン・ピニー（John Pinney）の家と推定している。奴隷を所有するビジネスマンながら、リベラルな意識もある父親ピニーは、息子達の知り合いで急進活動で有名になったコールリッジをも客人として招いた可能性はあるが、このあたりは研究者の間でも意見が分かれている。

7　Engel/Bate eds., *Biographia Literaria* (Princeton: Princeton U. P., 1983), 77-9. 以下引用末に略式引証を添える。

8　Barker ab 110; HB 158; Sisman 112. なおコールリッジ自身、妻の名を手紙の中で Sara とも Sarah とも綴っている。Sara Huchinson についても同様。

9　Purton, *Coleridge Chronology* では College Green 25番地とあるが、誤りのようである (p. 19)。論者の2010年8月の現地調査で、College Street 25番地の建物は現存しないとわかった。詳細については Tim May,'The Pantisocrats in College Street' *Notes and Queries* (December 2005) 52 (4), 456-460. に調査報告があり、ブリストルの College Street にあった18世紀末から19世紀の建物のほとんどは1935年に、現存する Council House 建築の時に取り壊されたという。

10　William and Dorothy Wordsworth, Selincourt ed. 2nd ed. Shaver, *The Letters of William and Dorothy Wordsworth: The Early Years 1787-1805*. Oxford: Clarendon Pr. 1967, 153. 以下引用末に略式引証を添える。

11　Ashton 1996. *The Life of Samuel Taylor Coleridge: A Critical Biography.* 78.

12　拙著『イギリス・ロマン派とフランス革命』第3部第3章、第4章および第5章参照。コールリッジは1795年のブリストルでの講演出版活動とこの『ウォッチマン』出版の頃が政治的に最も活発で、1790年代半ばの代表的急進派として有名になっていた。間もなく James Gillrey の有名なカリカチュア、*The New Morality* にも彼やサウジーらが取り上げられるが、当然ながらワーズワスはそこには入っていない。

13　このあたりの事実は Pinion, *W Coleridge Chronology* も参考にしている。

14　Selincourt/Shaver (eds.), *The Letters of William and Dorothy Wordsworth: The Early Years 1787-1805* (Oxford: Clarendon Pr., 1967), 156.

15　ピニー兄弟の従兄弟 Joseph Gill が管理人でムアマンは彼の日記を引用している。Moorman I 283.

16　拙著第3部第5章IV、325-330.

17　Barker ab 115-6；Pinion *W Chronology*.

18　*Early Letters* 170.

19　Earl Leslie Griggs (ed.) *Collected Letters of Samuel Taylor Coleridge: Volume I 1785-1800* (Oxford: Clarendon Pr.,1956), 215-6. Addressed to John Thelwall; dated 13 May 1796.

20　Ed. Selincourt *The Poetical Works of William Wordsworth*, vol. 1, (Oxford:Clarendon Pr,1940), 330n to 'Guilt and Sorrow'; also cited by Engel/Bate eds., *Biographia Literaria*, 79n.

21　Barker HB 170; Johnston 491; Leed *Chronology* 182 #32のように、ワーズワスとチャールズ・ラムの初めての出会いはこの1796年6月のロンドンと見る意見もあるが、確証はない。山田氏は1797年6月初めのコールリッジ宅が彼らの初めての出会いの場としている。『ワーズワスと妹ドロシー』181. この根拠はラムがコールリッジ宛5月31日付の手紙で、"I shall be too ill to call on Wordsworth myself but will take care to transmit him his poem, when I have read it." と書いていることによるが、その後直接会って原稿を渡したのか、郵送などの間接手段であったのかは不明である。

22　*Prel.* 1805 x 888-904; 1850 xi 293-333: cited by Pinion *W Chronology*, etc. *Prel.* 1805, xii, 20-219; 220-379: cited by Reed 187.

23 メアリのレイスダウン訪問は、Moorman I 308の「モンタギューと同じ頃1797年の初春」というのは間違いのようで Leed *Chronology* 189 #71以降の文献では96年11月28日頃とされている。

24 Mary Wordsworth to Mrs STC, 7 Nov 1845, *The Letters of William and Dorothy Wordsworth vol. VII: The Later Years 1840-53*, ed. Selincourt, revised Allan G. Hill (Oxford: Clarendon, 1988) page 719; cited by Richard Holmes 149 and mentioned by Adam Sisman in a note to xv.

25 To Joseph Cottle, 8 June 1797, *STC: Collected Letters* Vol. 1, 325. "I speak with heart-felt sincerity" 以降の部分 Barker ab 引用。太字論者。

26 STC to John Prior Estlin, 9 June 1797, *STC: Collected Letters* Vol. 1, 326.

27 D. W. to Mary Hutchinson (?) Racedown, [June, 1797.] *Early Letters* 188.

28 To Joseph Cottle, Circa 3 July 1797 *STC: Collected Letters* Vol. 1, 330.

29 メアリ・ラムの母親刺殺事件は96年9月22日で、彼女はこの頃までに回復しつつあった。

30 このときの状況は諸説分かれていて、Holmes 152；Sisman 180-181が上記のような状況と記しているに対し、この時28日にワーズワスとドロシーが一緒にコールリッジに同行したとするのは Pinion *W Chronology* 26である。Gill 121; Barker ab 130, 1-4のように、コールリッジがいったん一人で帰り、2、3日後に馬車で二人を迎えにいき、ネザー・ストゥィに連れてきたという説もある。

引用・参考文献（<Abbreviations>）

Ashton, Rosemary. (1996) *The Life of Samuel Taylor Coleridge: A Critical Biography*. Oxford: Blackwell.

Barker, Juliet. (2000) *Wordsworth: A Life*. Harmondworth, UK: Viking/ Penguin. <Barker HB>

-----, -----. (2001) *Wordsworth: A Life*. The abridged edition. Harmondworth, UK: Penguin. <Barker ab>

Christie, William. (2007) *Samuel Taylor Coleridge: A Literary Life*. New York/ UK: Palgrave/ Macmillan.

Coleridge, Samuel Taylor. Engel/Bate eds. (1983) *Biographia Literaria*. Princeton: Princeton U. P.

-----, -----. Earl Leslie Griggs ed. (1956) *Collected Letters of Samuel Taylor Coleridge: Volume I 1785-1800*. Oxford: Clarendon Pr. <STC: Collected Letters>

Gill, Stephen. (1989) *William Wordsworth: A Life*. Oxford: Oxford University Press.

Gittings, Robert and Jo Manton. (1988) *Dorothy Wordsworth*. Oxford: Oxford University Press.

Holmes, Richard. (1989) *Coleridge: Early Visions*. Hodder &c, UK/ Penguin, 1990. <Holmes I>

-----, -----. (1998) *Coleridge: Darker Reflections*. London: Harper Collins.

Johnston, Kenneth. (1998) *The Hidden Wordsworth: Poet·Lover·Rebel·Spy*. New York/ London: Norton.

Leed, Mark L. (1967) *Wordsworth: The Chronology of the Early Years 1770-1799*. Cambridge, Mass.: Harvard U. P. <Leed *Chronology*>

-----, -----. (1975) *Wordsworth: The Chronology of the Middle Years 1800-1815*. Cambridge, Mass.: Harvard U. P.

May, Tim. (2005) "The Pantisocrats in College Street" *Notes and Queries* (December 2005) 52 (4), 456-460.

Moorman, Mary. (1957) *William Wordsworth: A Biography: The Early Years 1770-1803*. Oxford: Clarendon Pr. <Moorman I>

-----, -----. (1965) *William Wordsworth: A Biography: The Later Years 1803-1850*. Oxford: Clarendon Pr.

Pinion, F. B. (1988) *A Wordsworth Chronology*. Houndmills, UK: Macmillan. <Pinion *W Chronology*>

Purton, Valerie. (1993) *A Coleridge Chronology*. Houndmills, UK: Macmillan. <Purton *Coleridge Chronology*>

Sisman, Adam. (2007) *The Friendship: Wordsworth and Coleridge*. Harmondworth, UK: Viking/ Penguin.

Wordsworth, William. (1940) Selincourt ed. *The Poetical Works of William Wordsworth, vol. 1*. Oxford:Clarendon Pr.

Wordsworth, William. Selincourt ed. 2nd ed. Darbishire. (1959) *The Prelude or Growth of a Poet's Mind*. Oxford:Clarendon Pr.

Wordsworth, William and Dorothy. Ed. Selincourt, rev. Shaver (1967) *The Letters of William and Dorothy Wordsworth: The Early Years 1787-1805*. Oxford: Clarendon Pr. <*Early Letters*>

-----, -----. Ed. Selincourt, rev. Allan G. Hill. (1988) *The Letters of William and Dorothy Wordsworth vol. VII: The Later Years 1840-53*. Oxford: Clarendon Pr. <*Later Letters*>

ギルマン、ジェイムズ；桂田利吉ほか（訳）. (1992) 『コウルリッジの生涯』. 東京：こびあん書房.

上島建吉（編）. (2002) 『対訳コウルリッジ詩集』. 東京：岩波書店.

山田豊. (1999) 『コールリッジとワーズワス：対話と創造（1795〜1815）』. 東京：北星堂書店.

------. (2008) 『ワーズワスと妹ドロシー：「グラスミアの我が家」への道』. 東京：音羽書房　鶴見書店.

エクスムア、カルボンからブリストル湾を望む

第6章 『リリカル・バラッズ』への道
——サマーセットのワーズワスとコールリッジ
（1797〜1798年）

　従来イギリス文学史ではワーズワスとコールリッジの共同出版になる『リリカル・バラッズ』（1798年）をもって英国ロマン主義時代の始まりとしてきた。その後ウィリアム・ブレイクら、彼ら以前の文人の再評価によりこの時代認識はもう少し前に移動したが、それでもなお、『リリカル・バラッズ』の現代的価値は今なお高く評価されている。

　この作品が二人の天才的詩人にとって頂点の時期に書かれた最高傑作であることは誰しも認めるところで、それが実は決して積極的に創作されたものではなく、実験的な試みと経済的理由があったこともよく知られている。この章では、二人の詩人が出会った後、意図的に近くに住むようになり、どのような関係を育み、どのような状況でこの文学史上のランドマーク的出版が敢行されたかを、地理的位置を念頭に、二人の伝記的事実を詳細に調べて辿っていく。

　『リリカル・バラッズ』はフランス革命に触発された両詩人が、急進的な行動をとった後に、反動の時代に入り政治的活動から撤退して、フランス革命の精神を純粋に文学的に提示したものといえる。しかし当時彼らの大きな目標は時代精神を体現する哲学的大叙事詩の創作であった。その経緯は一部ワーズワスの『序曲』（1850年没後刊）に、そしてかなり醒めた形でコールリッジの『文学的自叙伝』（1817年刊）に記されているが、伝記的に彼らの足跡をたどると、二人だけではない、非常に多くの人々が関わる文学的親交と歴史的現場が見えてくる。

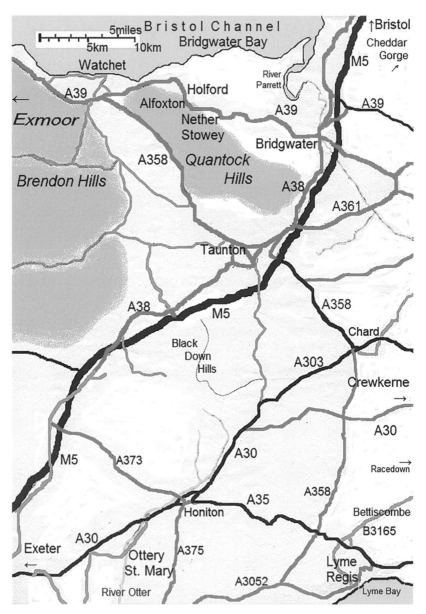

Nether Stowey, Alfoxton, Watchet, Ottery St. Mary
ほか

194

I　ネザー・ストウィ、コールリッジ・コテージとオールフォックス デン・ハウス（1797年 6 月末〜 7 月）

　ワーズワスとその妹ドロシーは、コールリッジの招きに応じて1797年の 6 月の終わりにコールリッジとその家族が住む、サマーセットのネザー・ストウィのコテージにやってきた。ワーズワス兄妹は、それまで 2 年近く住んでいたドーセットのレイスダウン・ロッジに、[1] この後に戻って住み続けることはなかった。コールリッジがこのころ住んでいたコテージのある西サマーセットのクォントック・ヒルズ（Quantock Hills）からエクスムア一帯は、美しい風景の多いイングランドの中でも湖水地方と対照的な、なだらかな丘陵の美しい自然に溢れた地区である。特にネザー・ストウィの村自体は「人の

多い村（populous village："Frost at Midnight" l. 11)」で、北にブリストル湾の海が遠望でき、周りには森のゆたかな丘がうねり、現代に至りなお、風景は絵に描いたように美しい。コールリッジのコテージは村の西北端の方にあり、当時村全体の中ではやや貧しい人たちが多く住む地区であった。向かいに現存のパブは当時からあったようである。

ネザー・ストウィ、ライム・ストリートのコールリッジ・コテージ（中央）当時はもう少し屋根が低かった。Coleridge Cottage, 35 Lime Street, Nether Stowey, Bridgwater, Somerset TA5 1NQ 現在はナショナル・トラストが管理。2010年 8 月23日論者撮影

　コールリッジのコテージにはワーズワス兄妹の他にも次々と訪問者がやってきた。チャールズ・ラムの次には、ジョン・セルウォールが、さらに若きウィリアム・ハズリットが来るなど、コールリッジ夫人セアラは誕生後10ヵ月のハートリーの世話ともども、少ない生活費を切り詰めて家計を切り盛りしなければならなかった。このころの彼女のフラストレーションが、赤子のために用意していた沸騰牛乳をコールリッジの足にこぼした事件に表れているが、その状況が詩人に、「このライムの木の東屋わが牢獄」（"This Lime-tree Bower my Prison"）を創作させることとなったためよく知られている。この詩は前年に牢獄同然の精神病院に入っていたチャールズ・ラムに宛てられたものであったが、この1797年7月頃のワーズワス兄妹と、ラムを交えたコールリッジ家の訪問者たちがクォントック・ヒルズ界隈の自然を楽しむ様子が窺われる。ラムは前年に姉が狂気の中、母親を刺殺するという家庭悲劇を経験していたが、東インド会社に勤めていたのでワーズワスの弟で船乗りのジョンや従兄弟のジョン・ワーズワス船長もよく知っていた。彼らはすでにロンドンで何度も会った顔見知りで、特にコールリッジの仲介でワーズワスの原稿段階の「ソールズベリ平原詩」も読んでいたので旧友の間柄であるかのようであった。[2] いずれにしてもこの頃がワーズワスとラムの終生の親交の始まりである。

　このラムとコールリッジの間の文通からワーズワス兄妹がオールフォックスデン（オールフォックストン）・ハウス（Alfoxden（Alfoxton）House）[3] に住み始めた事情がわかる。この家はホルフォード（Holford）地区の村から1マイルほど丘の方に進んだ、林間に現存するかなり大きな邸宅で、最近までホテルに使われていたが2010年8月当時はすでに廃業していたようであった。〈写真参照〉この邸宅はネザー・ストゥィのコールリッジのコテージから北西へ4マイルほど、6km余り離れているだけで、彼らが互いに行き来するのに好都合な距離であった。この地は当時セイント・アルビン（St Albyn）という名門旧家の領地で、建物はオールフォックストン・パークと称する広大な森の中にあり、見つけるには少し苦労する。現代ではネザー・ストゥィからA39道路を車で10分程度西に進み、道路が北に湾曲したあたりで西方向への細い脇道に入らないと入り口を見失う。域内の道路は車一台通るのがやっとで、該当の建物を見つけるのも容易ではない。トレッキング用の地図上には"hotel"としか記していないが、これがワーズワス兄妹の住んだオールフォックスデン・ハウスであり、そばまで車で乗りつけることはできるが道は狭く、コールリッジ・ウェイと重なるパークの北縁の道からはブリストル湾が見えるところもある。現代でもなお秘境といっていいほど隠棲の地である。

　オールフォックスデン・ハウスは1710年に建てられたが、歴史的建造物に

限らず、英国によくあるように大事に使われ現存している。300年を感じさせない建物は、最近までホテルとして機能していたほど壮大である。当時の様子はコールリッジによると、「優雅で完全に家具調度の準備があり、宿泊室が 9 部屋、客間、広間が 3 部屋、海辺のこの上なく美しい、ロマンチックな場所に位置して」(サウジー宛1797年 7 月17日付手紙) いたという。しかも賃料は税込みで一年間23ポンドという格安であった。湖水地方の外れ、コッカーマスの一番大きな家で生まれ幼少期を過ごしたワーズワス兄妹にとっては、ついこの前まで住んでいたレイスダウン・ロッジに劣らぬ立派な建物で、あたりには小川や小さい滝もあり、彼らは大いに気に入った。彼らが散歩の途中にこの家を発見し、すっかりこの地が気に入った様子はドロシーのメアリ・ハチンスン宛 7 月 4 日付の手紙にも書かれている。

オールフォックストンからは彼らの時代から現代に至ってもトレッキング道が数多くあり、ホルフォード・グレン（峡谷）を降って行けば豊かな自然に満ちたイースト・クォントックスヘッドの地区に至り、緩やかな丘を登れば小川は細流となっていき、水源地の泉を見ることもある。更に丘の上のほうでは木々は減り灌木が中心となり、

Alfoxden House（オールフォックスデン・ハウス）：ワーズワス兄妹が1797年 7 月から 1 年間弱住んだ。
2010年 8 月23日論者撮影

これも途切れ途切れになるとヘザーくらいしか生えていないムアの地となり、四方に視界が広がる。遥か北彼方の沿岸には村が散らばり教会の尖塔も見え、中でも主要な港町がウォチェット（Watchet）である。この小さな港ではコールリッジが「老水夫行」（"The Rime of the Ancyent Marinere"）のイメージを形成したが、2003年に至り彼とこの詩を顕彰して老水夫の像が建立された。〈写真参照〉なお現代に至り、ウォチェットの東、ネザー・ストウィのほぼ真北から東よりの沿岸ヒックリー岬（Hickley Point）には原子力発電所がある。

Watchet（ウォチェット）の港と老水夫の像
（2003年建立）
2010年8月24日論者撮影

ワーズワス兄妹にとっては以上の恵まれた自然と住まいに劣らず、コールリッジが身近に居ることが重要であった。彼らはこの後ほぼ一年、ほとんど毎日ひっきりなしに行き来している。またこの地はレイスダウンほど隔絶しておらず、孤立感は少なく、大都市ブリストルの町も比較的近かった。兄妹はバジルとサーヴァントのペギーを呼び寄せ、この邸宅に1797年7月中頃から翌年の6月まで、1年近く住むことになる。

Ⅱ　セルウォールのコールリッジ訪問とスパイ・ノーズィ騒ぎ
（1797年7月半ば〜8月）

　ワーズワス兄妹、チャールズ・ラムの次にコールリッジの招待に応じネザー・ストウィに到着したのは、詩人であると同時に、1793年にロンドン通信協会のメンバーになり、[4] 急進派としての演説などで有名な、ジョン・セルウォール（John Thelwall）であった。彼はラムの去った3日後、7月17日午後9時、ロンドンから歩いて来てコールリッジ不在のネザー・ストウィに到着し、セアラに泊めてもらった。夫から事情を聞いていたのか、あるいはパンティソクラシー時代からの価値観ゆえか、彼女はセルウォールに同情的だったようである。翌朝彼はセアラによりオールフォックスデンに案内された。ワーズワスはもちろん初対面であったが、コールリッジも彼と一年くらい文通していただけであった。[5] コールリッジと彼はともに「同志」（"Citizen"）を付けて呼びかける急進派の仲間の間柄であった。ウェールズ出身の商人の子セルウォールは若いころ神学、法律、医学を学んだが、その後無神論の急進派としては中産階級と労働者階級の仲介役で、1794年の大逆罪裁判をはじめ何回か逮捕告発されロンドン塔の収監も経験していた。彼は扇動罪

についても反逆罪についても有罪判決からは免れたが、放免後の彼の政治演
説会などには反急進の暴徒が押し寄せ、命を狙われる始末であり、ジェイム
ズ・ギルレイのカリカチュアにまで取り上げられ、同時に政府の監視がつく
立場でもあった。詩人としても一定の評価があり、ワーズワスも関心があった
と思われる。セルウォールの急進としての信条は、キリスト教の信仰が主
体のコールリッジよりも、むしろ暫く前のワーズワスのほうが近かった。信
条はともかくも、三人はオールフォックストンの滝のそばや森の中で瞑想
し、もはや喧騒の社会からは遠く離れて隠棲することを求めていた。コール
リッジが晩年にこの時のことを次のように回想している。

　　We were once sitting in a beautiful recess in the Quantocks,
when I said to him, "Citizen John, this is a fine place to talk treason
in!" "Nay, Citizen Samuel", replied he, "it is rather a place to make
a man forget that there is any necessity for treason!" (*Table Talk*,
24 July 1830)[6]
　　私たちはある時クォントックスの美しい隠棲地に座っていたが、そ
の時私は彼に言った、「同志ジョン、ここは反逆について語るにふさ
わしい地だ。」すると彼は答えた、「いや、同志サミュエル、ここはむ
しろ、人に反逆の必要など忘れさせてしまうような場所だ。」

この有名なやりとりには彼らの微妙な立場が表れているといえよう。セルウ
ォールはこの地の自然の美しさとコールリッジが中心となる知的環境に、ぜ
ひ自分もここに隠棲したいと思い始めていた。コールリッジはワーズワス兄
妹に続き、セルウォールの家族のためにも、この地に落ち着き場所を探そう
としたが、悪名高い急進派の到着に近隣は動揺していた。
　セルウォールの到着6日後、7月23日にオールフォックスデンでワーズワ
スの新居披露の宴、いわゆるハウス・ウォーミング・パーティーが催され、
コールリッジ夫妻、プール、セルウォール、プールの友人クルークシャンク
夫妻ら、14人の参加があった。この折にワーズワスは木の下で『辺境の人々』
(*The Borderers*) を朗読し、その後でセルウォールが力強い演説をした。後

199

者には給仕に雇われた地元民のひとりが恐怖におののいたという。

　また、この時期のコールリッジの最大の後ろ盾だった筈の、トマス・プールの親族が、すでにセルウォールのコールリッジ訪問とワーズワスとの親交に強い否定的反応を示していた。こうして23日の宴で給仕をした男や、嘗てオールフォックスデン・ハウスで召使いをしていた人や農民たちの間で彼らのことが話題になっていった。彼らはワーズワスらをフランス人ではないかと勘繰り、革命フランスのイングランド侵入を画策、先導するスパイではないかと噂した。ワーズワス兄妹、コールリッジ、そして彼らの訪問客が、夜昼を厭わずあたりを隈なく歩き回り、メモをとり、丘の上から海を遠望したりする姿を見て、フランス軍を誘導する算段をしているのではと疑ったのも無理からぬことであった。ワーズワスの北イングランド訛りや、日焼けした顔立ち、特にドロシーのロマ風の容姿が彼らの疑いを募らせもした。

　これらの近隣住民の噂が彼らの嘗ての雇い主の耳に及び、更にその噂は8月8日付でバースのダニエル・ライソンズ（Daniel Lysons）から内務大臣のポートランド公に報告された。こうして政府の老練エイジェント、つまりスパイのジェイムズ・ウォルシュ（James Walsh）がオールフォックストンを調べるために派遣され、8月15日に到着した。この素早い反応の背景には、実際当時の情勢が緊迫していた事実がある。1797年2月にはフランスの艦隊がデヴォンの沿岸に迫り、商船をはじめ数隻を沈めるに至っていた。このため地域は動揺し、民兵が招集されたが、その数日後にフランス艦隊がウェールズ南西部ペンブルックシァ（Pembrokeshire：現在の Haverfordwest のある州）の海岸フィッシュガード（Fishgurad）に現われ、千人を越えるフランス軍人が上陸したが、2日後に英国側の民兵に降伏したという。彼らの目的が、当時イングランド第二の都市であったブリストルの急襲であったとわかり、ブリストルと行き来していたワーズワスやコールリッジが更に疑われることとなった。ワーズワスはドーセットから移動してきたばかりでもあり一層疑いが深くなった。こうして内務省がジェイムズ・ウォルシュにオールフォックストンの調査を命じたのである。

　内務省のウォルシュあての命令書や、彼の報告書は現存し、すべて研究されており、彼の調査のターゲットがオールフォックストンとその近隣、その

邸宅の住民にあったことは明らかにされている。彼は正当な理由があればその場で逮捕することさえ指示されていた。コールリッジは20年後の『文学的自叙伝』(*Biographia Literaria*) 等でウォルシュがスピノザ（"Spinoza"）を "Spy Nozy"（スパイ・ノーズィ）と聞き間違えたエピソードや、『から騒ぎ』になぞらえドグベリーと名付けた、この地区の大立者の探索の様子をユーモラスに語っているが、当時の状況は駄洒落どころではない、非常に緊迫したものであった。ウォルシュはこれまですでにセルウォールを追跡しており、その活動や講演の内容を内務省に通報し、1794年には彼を逮捕することまでしていた。それだけに実態を把握することには正確だったので、1797年8月半ばにストウィに調査の拠点を置いた彼は、まもなくオールフォックスデンの住民たちがフランスとは関係のない、英国人の単なる不満分子だと判断した。

　同じ頃、ワーズワスがレイスダウンから、兄妹が養っていた幼いバジル・モンタギューとサーヴァントのペギー、そしてアザライア・ピニーを連れて戻り、オールフォックスデンに到着したので、彼らがドーセット方面から引っ越してきたということが明らかになった。ウォルシュは到着翌日の16日には彼らに何の問題もないことを確信したが、ネザー・ストウィには別の問題があることに気づいていた。トマス・プールがロンドン通信協会の最も過激な会員で、自ら「貧民のクラブ」（"The Poor Mans^sic Club"）と呼ぶ会を設立し150人の貧民がこれに加わり彼が取り仕切っていると見たのである。プールの実際は慈善活動を実践していただけであったが、当時はそれが反政府的結社ではないかと疑われたのである。

　コールリッジはこのスパイ・ノーズィ事件を後々まで、いろいろな機会に面白おかしく語ったが、ワーズワスは世間がばかばかしいほど無害であるとの一言でこのエピソードを退けた。ウォルシュの存在がトラウマになったのはセルウォールのほうであったといえよう。ウォルシュやライソンズ、ほか関係者はワーズワスの名をすでに知っていたようだが、それは彼の文筆活動ゆえではなく、すでにロンドンでは有名人だった従兄のジョン・ワーズワス船長やアバゲヴァニー伯爵（the Earl of Abergavenny）に連なる親族の存在ゆえであり、またワーズワス兄弟の亡父の報酬未払を巡るロンズデイル伯

201

Alfoxton Park（オールフォックストン・パーク）
北端からブリストル湾を遠望
2010年8月23日論者撮影

（Lord Lonsdale）との悪名高い訴訟が続いていたためとも、またフランスのアネットからの手紙が検閲されていたためとも、ゴドウィンら急進派との交流ゆえとも、またワーズワスとコールリッジの当時の演劇界との関係にもあったとも見られている。

ウォルシュのサマーセット滞在は短期間で、間もなく彼はあわただしく姿を消すが、このスパイ・ノーズィ事件はワーズワス、コールリッジ、セルウォールの三者に三様の反応と影響があり、またトマス・プールにも別の状況が湧きおこった。ワーズワスにとっては思いがけない結果が待ち受けていた。それは彼らが貴族階級の反感を買ったということである。オールフォックスデン・ハウスの家主セイント・アルビン（St Albyn）夫人からは間もなく兄妹に退去の話が出てきた。結果的に契約期間の終わる翌年1798年の6月以降の更新はできないこととなる。またコールリッジの思いもむなしく、セルウォールはこの騒ぎの前にすでに素性が明らかになり、当然借家は見つからず、この地区に定住することはできなかった。彼をストウィに招いたコールリッジ自身が彼にこの地から退去するように警告した。セルウォールは西サマーセットの理想郷をうらやましく思いつつも、ウォルシュの来る前の7月27日にこの地を去った。出身地ウェールズのワイ川上流に向かう前、自らの誕生日に作った詩が「ブリッジウォーターにて詠める」（"Lines Written at Bridgewater . . . on the 27th of July, 1797"）である。この後彼は南ウェールズのリスウェン（Llyswen）に隠棲し農業と詩作をしつつ、コールリッジらとの共生を夢見ていた。

　　And 'twould be sweet, my Samuel, ah! most sweet

　　To see our little infants stretch their limbs

　　In gambols unrestrain'd, ... —by our sides

Thy Sara, and my Susan, and, perchance,

Allfoxden's[sic] musing tenant, and the maid

Of ardent eye, who, with fraternal love,

Sweetens his solitude. With these should join

Arcadian Pool, swain of a happier age,

When Wisdom and Refinement lov'd to dwell

With Rustic Plainness, and the pastoral vale

Was vocal to the melodies of verse —

. . . . Wiselier we,

To intellectual joys will thus devote

Our fleeting years; mingling Arcadian sports

With healthful industry, O, it would be

A Golden Age reviv'd !

ああ、甘美なことであろう、サミュエル、

わが幼子らが、拘束のない大はしゃぎで

四肢を伸ばすのを見るのは、最高に甘美であろう。……

傍らには君のセアラと僕のスーザンがいて、また恐らくは、

オールフォックスデンの瞑想する住民が、そしてあの

燃える眼差しの乙女がいて、兄妹愛で

彼の孤独を甘美にしているのだ。これらの人々には

幸いな時代に若者であった、あの田園人のプールが加わるだろう。

それは正に、賢明さと洗練が、田舎風の素朴さとともに

愛おしくも共生し、この田園の谷間が

詩のメロディーに合わせて能弁をふるう幸いな時であった。

……我々はもっと賢明であろう、

知的な喜びにこのように

移ろいゆく時代を捧げるなら。牧歌的な気晴らしを

健康的な勤勉と交え、おお、それは

黄金時代の再生であろう！

（"Lines, written at Bridgewater, in Somersetshire, on the 27th of

July,-1797; during a long excursion, in quest of a peaceful retreat".
ll. 109-111; 121-130; 143-147. 論者訳 .)[7]

セルウォールとコールリッジの仲はこの後も続き、哲学的な論争の手紙も交わされる。しかし彼らの理想郷の真の実現はなかった。

　ともかくも、当面は静かな生活を取り戻したワーズワス兄妹であったが、オールフォックスデンのような大きな家にはこの後も訪問客が次々とやって来た。9月半ばになるとコールリッジの親しくしていたチャールズ・ロイド（Charles Lloyd、1775-1839）が訪問した。彼はバーミンガム生まれでクエーカー信徒の銀行家の息子だったが、文才がありながら精神に問題があり、1795年にコールリッジに預けられて直後に詩集を出した。コールリッジの詩のいくつかが彼に宛てられている。彼はチャールズ・ラムやド・クインシーとも親交があり、小説『エドマンド・オリヴァー』（*Edmund Oliver*）が1798年に出版された。このタイトルの主人公はコールリッジを念頭に置いたもので、この小説は彼とコールリッジの間の軋轢を始めるきっかけとなる。詩としては「ロンドンでの漫然とした思い」（"Desultory Thoughts in London"）が有名である。二人はこの後まもなく離反し、ロイドはコールリッジに対して批判的になるが、彼は1799年に結婚して9人の子をなした。その後ロイドは精神病がひどくなり、一時回復した1819年から1823年ころに出版が続いたが、その後の消息は不明となり1839年にヴェルサイユ近くで亡くなったという。なお銀行家として有名な彼の父親チャールズ・ロイド（シニア）はバーミンガムに拠点を置き、18世紀にバークレイ銀行につながる一族と関係を持っていたが、現代のロイズ銀行はこの父親の事業の末裔のようである。

　チャールズ・ロイドはワーズワスの『辺境の人々』の未読部分を読むことを望んでいたが、ワーズワスはこの時体調を崩し

Ash Farm　2010年8月24日論者撮影

ており、間もなく到着予定のウエッジウッド（Wedgwood）一家を待って彼
を滞在させた。ワーズワスはしばらく前にブリストルでモンタギューの友人
で陶芸業を営むジョン・ウェッジウッドと知り合ったが、このたびは弟のト
ムが来て、ワーズワスとゴドウィン風の天才教育論を論じた。ワーズワスは
後に『序曲』に描く、自然の中での自由な教育を理想としていたので、彼の
考えには反対した。ワーズワスと意見の合わなかったウェッジウッド兄弟は
五日後にオールフォックスデンを去る。彼らはこの後コールリッジには年金
を与えて援助をしたが、ワーズワスには冷淡であった。

　ワーズワス兄妹は生活の資金にも事欠いていたが、ロンドンの知的サーク
ルとの縁は続いていた。ゴドウィンと結婚して女児を出産したメアリ・ウル
ストンクラフトがこの1797年9月10日に産褥の感染症で亡くなった。ワーズ
ワス兄妹は後に『フランケンシュタイン』の著者となり、また詩人シェリー
の妻ともなる遺児のメアリのために些少ながら5シリングの養育資金を贈っ
た。[8]

III　コールリッジのカルボン・コウム（Culbone Combe）漂泊、そし
て「クブラ・カーン」、「老水夫行」とその後（1797年10月〜1798年
3月）

　ウォルシュまで招きよせた8月の騒ぎをコールリッジは後に滑稽めいたユ
ーモラスな談話で述べ、著作にも用いたが、実はこの展開に気分も体調も崩
し、さらにチャールズ・ロイド
の再訪が今回は重荷となっても
いた。このほか彼には戯曲『オ
ーソリオ』完成の目的もあり、
ネザー・ストウィの家族とも、
訪問客が多かったオールフォッ
クスデンのワーズワス兄妹とも
一時離れることになったと見ら
れる。彼は10月9日付けでプー

Culbone Church　2010年8月24日論者撮影

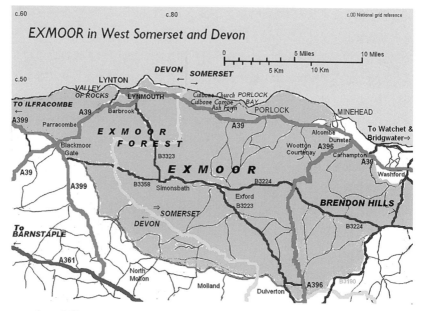

ワーズワス兄妹、コールリッジゆかりのエクスムア、西サマーセット及びデヴォン
194ページの地図の左手、西側に続く。この地図中央上部、A39と海岸の間にコールリッジが「クブラ・カーン」を創作したといわれる Ash Farm がある。

ル宛ての自伝的な三通目にあたる手紙を書いている。そしてその5日後、10月14日付けでウェールズに落ち着いたセルウォール宛に意気消沈した手紙を書いている。この5日間ほど、コールリッジはサマーセットの西端からエクスムアに入る海岸をポーロック（Porlock）からリントン（Lynton）方面まで一人放浪の旅をしたようである。この間14日までに『オーソリオ』を完成し16日にボウルズ経由でシェリダンに送っている。おそらくこの時期彼は未完のままながらもう一つの後世に残る傑作を創作したと思われる。かの名作断片詩「クブラ・カーン」である。体調不良の対策として服用していた液体アヘン薬、ラウダーナムの陶酔の中で彼は数百行を想起し、目覚めたのちに書き下ろそうとし数十行書いたが、「ポーロックから来た男」への対応に邪魔され霊感が消え、途中までしか書けなかったという曰くつきの作品である。[9]

　コールリッジはエクスムア北端の海岸沿いをマインヘッド（Minehead）からポーロック、ワージー（Worthy）に進んだ。ここから彼はカルボンの深

い谷間（Culbone Combe）にある、英国最小の教区教会とも言われ、現在な
お有名で訪れる人も少なからぬカルボン教会（Culbone Church：写真参照）
を経て、険しい谷を上りアッシュ・ファーム（Ash Farm：写真参照）に宿を
求めたようである。ここが広く一般的に「クブラ・カーン」を創作しようと
した地であるといわれているが、現地ではここも、隣接の少し上った場所
にある Parsonage Farm であるとも聞いた。さらには、現存はしない牧師館
農場（Withycombe Farm）も指摘されている。コールリッジがカルボン教会
を守る牧師と知り合い、彼の牧師館に宿泊したということもありそうだが、
できすぎた想像ともいえよう。創作場所はいずれにせよ、「クブラ・カーン」
の描写にはカルボン・コウムの自然や、チェダー渓谷の洞窟、クォントッ

ク・ヒルズ界隈の景色が影響を
与えていると読み取れる。この
後コールリッジは16日にプール
宛の第四通目になる自伝的な手
紙を送っている。なお、「クブ
ラ・カーン」は「クリスタベ
ル」とともに、この後未完の原
稿の状態のまま多くの友人たち
の目に触れ、影響を与えた後
1816年に詩人バイロンの援助で
未完のまま出版され、永遠の未完名詩となる。

The Valley of the Rocks
Attribution: Roger Hiley. This use is approved.

　このひと月後、1797年も11月に入り、コールリッジは10月の経験をもとに
ワーズワス兄妹をサマーセットから西のデヴォンとの境を越えるあたりまで
の、エクスムア北岸に沿ったリンマス（Lynmouth）の先、岩の谷（the Val-
ley of the Rocks）に至る旅に誘った。あたりの様子は巨礫が荒涼と散乱し、
岩の峰が聳え、断崖の切れ目からはブリストル湾を望む、カインの放浪の設
定にぴったりで、彼らは二人で一つの物語詩を創作し競作しようとした。し
かしワーズワスにはそのような物語詩を書く適性はなく、この合作の試みは
失敗した。しかし彼らは更なるコラボレーションの可能性を探る。
　彼らはウォチェットにも行き、二人でもう一つのバラッドの計画を立て

た。このような小旅行の資金稼ぎに『マンスリー・マガジン』のような雑誌に売る詩を作ろうともくろんだのである。こうして「老水夫行」が共同で創作されるのだが、その起源の一つはプールの友人（John Cruikshank[10]）の見た夢にあった。さらに老水夫の出発と帰還の港はウォチェットで、婚礼の席で演奏されるバスーンは、コールリッジがストゥィ教会の中で聴いた音楽隊のそれ、最後に彼を救う隠者の住まいはカルボン・コウムの森をイメージしているという。[11] 結局はコールリッジが「老水夫行」のほとんどを創作したが、元来ワーズワスが読んだ書物、（George Shelvocke: *A Voyage round the World, by way of the Great South Sea*、1726）に基づいており、彼がアイデアをかなり沢山提供した。例えば老水夫がアホウドリを殺す罪と、その報いを受けることや、死者による航行などがワーズワスのアイデアであったという。しかしワーズワスが実際に書いたのは十数行に過ぎなかった。彼にはこのような超自然的題材は不向きであった。一方コールリッジのこの詩の創作はどんどん膨らみ、当初の雑誌掲載での数ポンドの収入の目的から、1冊の本に発展していき、11月20日までにはワーズワスの他の詩とともに出版することになった。[12] こうして「老水夫行」を冒頭に据えた『リリカル・バラッズ』が何気なく偶然のように誕生することになるのだが、その前に彼らの劇作品が上演される可能性が出てきた。

　すでに述べたように、コールリッジは『オーソリオ』をコヴェント・ガーデン（Theatre Royal, Drury Lane）のリチャード・B・シェリダンに送ったが、その間もなく後にワーズワスの『辺境の人々』を劇場の主演俳優、トマス・ナイト（Thomas Knight）に紹介する機会があった。両作品とも当時流行していたシラーの『群盗』（*The Robbers*）の系譜にある戯曲であった。12月はじめにシェリダンは『オーソリオ』を退けたが、『辺境の人々』に少し手を加えれば何とかなるとの見解だった。それでワーズワスは取る物も取り敢えず、ドロシーを連れてロンドンに向かった。二人はロンドンで改作と浄書に取り組み、最終稿を提出した後、これで得る報酬で湖水地方に至るイングランドからウェールズ各地の旅を計画していたが、結局『辺境の人々』も上演を拒絶された。劇場支配人ハリスから伝えられた関係者の見解では、二人の作品はともに「形而上的、あるいは哲学的な曖昧さ」が欠点で上演でき

ないとの判断であった。この結果に兄妹は落胆したが、同時に世間の好みが
いかなるものか知り、幻滅もした。当時の劇場は客席の半分が売春婦とその
情人で占められていたとの指摘もある。[13]

　兄妹らには『辺境の人々』を書物として出版する目論見もあったので、ロ
ンドンからブリストルにまわってコトルらに会った。結局この時の出版も実
現しなかったが、二人はブリストルでクリスマスと新年を過ごし、オールフ
ォックスデンには1798年の1月3日に帰った。なお、コールリッジの『オー
ソリオ』は16年後に改作され、『悔恨』（Remorse）と改題されドルリー・レ
ーンで成功する。『辺境の人々』は結局ワーズワスの唯一の戯曲となった
が、彼の多くの作品と同様改訂改作がくわえられ、1842年に詩人自らによっ
て出版された。

　ワーズワス兄妹はこのロンドン滞在の間に多くの人と会ったが、中でもこ
の頃法学院グレイズ・インで裁判官を目指していたサウジーとは数度会っ
た。しかしドロシーはコールリッジの影響で彼には冷たい素振りしか見せな
かったという。コールリッジとワーズワスの親交の陰で、コールリッジとか
つての盟友サウジーとの関係は破綻しかけていた。コールリッジがこの頃雑
誌に発表したソネット（"To Simplicity"）がサウジーのことを揶揄したと読
めたことも二人のそのような関係に影を投げかけていた。チャールズ・ロイ
ドも自分が揶揄されたと取ったが、実はこのソネットはラムを風刺したもの
であったという。[14]

　ワーズワスがサマーセットに戻った数日後、コールリッジは生計の安定の
ため、ユニテリアンの牧師をめざしてシュルーズベリーに向かった。しかし
数度の説教をした後、ウェッジウッド兄弟から年金提供の申し出の便りがあ
り、牧師になる目論見は間もなく取り止めとなった。この間にコールリッジ
はまだ20歳になっていなかったハズリットと会っている。ハズリットはコー
ルリッジがウェッジウッドの年金提供を伝える手紙を受け取ったのを目撃し
ていた。

　一方1798年1月20日にドロシーは彼女の有名な日誌（"Journal"）を書き始
めた。『オールフォックスデン・ジャーナル』（Alfoxden Journal）である。オ
ールフォックスデンでは彼女の日誌は4ヵ月足らずで終わるが、これ以降グ

ラスミア時代に渡り、ワーズワスの詩人としての最盛期は、彼女とその日誌とともにあった。この日誌の記述のいくつかを見れば、ドロシーがいかに自然に対する強い感受性を持っていたか、そしてそれがいかほど兄に影響を与えたかが察せられる。彼女の自然描写はワーズワスともコールリッジとも異なり、イメージに直結しており、後のジョン・キーツの「ネガティヴ・ケイパビリティ」（"negative capability"）に通じるという。また、このオールフォックスデン在住の時期に、ワーズワス兄妹、コールリッジ、そして彼らの友人たちがいかにクォントック・ヒルズ界隈を毎日夜昼なく歩き回ったか、ワーズワス兄妹とコールリッジの行き来がいかに頻繁であったか等がよくわかる。

　このころ、プールがワーズワスとコールリッジに、ホルフォードとストウィの間にあったウォルフォード（Walford）の絞首台に案内し、この田舎で嘗て起きた不倫と殺人の事件を語った。この実話は二人の詩人に強い印象があり、ワーズワスが詩の題材としたようで、原稿はプールに預けられたという。しかしあまりにも生々しい実話に『リリカル・バラッズ』に入れることは躊躇われ、20世紀まで原稿のまま保存されていたが、1931年にゴードン・ワーズワス（Gordon Wordsworth）が現代にも相応しくない内容として原稿を破棄したという。[15] これが事実なら、ワーズワスはこの時期西サマーセットに伝わる農民の話をかなり蒐集していたが、この他にも『リリカル・バラッズ』に入れなかったもの、破棄されて日の目を見なかったものも相当数あったと思われる。

　オールフォックスデン時代のワーズワス兄妹とコールリッジの関係はまさに「三人だが心は一つ」（"three people, but one soul"）で、ワーズワスとコールリッジの関係はもとより、コールリッジとドロシーの間の相互信頼と尊敬の関係には驚くべきものがある。ドロシーが兄を認め尊敬するコールリッジを大切にしたのは尤もであるが、200年以上前の時代にコールリッジほどの人物が自らと同年代の女性ドロシーに真の価値を認めて尊んだのは驚くべきことである。彼の妻セアラも同じような出自の女性にもかかわらず、いやむしろ結婚まではドロシー以上に恵まれた環境にいて、社会的活動もしていたにもかかわらず、彼女は家事と子育てに埋没してしまっていたのか、コー

ルリッジと気持ちが離れる一方であった。セルウォールが急進時期の名残として「シティズン・サミュエル」と呼んだのは例外的で、当時の習慣でワーズワス兄妹は彼を「コールリッジ」と呼び、友人たちがしばしばこれを短縮して「コル」と呼んでいたのは理解できるが、セアラにとってはコールリッジとドロシーの関係にも複雑な思いがあったのかもしれない。コールリッジ自身が洗礼名で呼ばれるのを嫌っていたにもかかわらず、セアラは彼らの中で唯一彼を「サミュエル」と呼んでいたという。夫婦間では当然の呼び方だが、セアラが夫を理解できない象徴にも見える。また、コールリッジが無意識的に妻とドロシーを比較していた一方、セアラも同じく、少なくともこの先ケジックに移って後、夫と義弟つまりサウジーとを比較していたとも思われる。

　1798年1月、『辺境の人々』の出版もあきらめたワーズワスは『廃屋』（The Ruined Cottage）の創作に向かったが、その多くは後に『序曲』に移される。この頃のワーズワスは以前よりずっと詩作能力が上がり、表現できる以上の速さで着想を思い巡らしていた。彼の革命的変化は、一つにはコールリッジとの親交がもたらしたものであり、またもう一つには詩人としての使命を自覚し、ドロシーにその環境を守られていたことによるものである。こうして彼らはディセンターの至福千年思想を考察し、人間・自然・社会を主題とする、ミルトンの『失楽園』にも匹敵する、フランス革命後の価値観を体現する大哲学叙事詩を20年以上かけて作ろうと決心をする。コールリッジが密かに温めていた企画だが、ワーズワスの才能を認めた彼はワーズワス、「巨人ワーズワス」こそが、この人類に最大の恩恵をなす大望を達成する詩人と選び、惜しみない援助をしようと決心したのである。

　ワーズワスは『廃屋』を含む1300行を仕上げていて、これが何れは大哲学詩となる見込みを持っていた。『隠者』（The Recluse or views of Nature, Man, and Society）という題はすでに考案してあった。コールリッジもプールもワーズワスの企画が、彼がこれまで書いた如何なるものより人類の便宜に役立つものと思っていた。しかしながら、彼のこの努力に結論が出ることはなかった。彼とその周りの人々が最も大事と思っていた、彼の詩人としての経歴の最重要目標は最終的には達成されなかった。結局『隠者』を含め、コール

リッジの企画した多くの壮大な計画同様実現はしないのである。

　1797年12月の終わりころ、コールリッジはウェッジウッドを通じて『モーニング・ポスト』のダニエル・スチュアートを紹介され、散文にせよ韻文にせよ最小限の寄稿でも週１ギニーの給付を受けることになっていた。[16] それでこの時期には98年１月８日付で「火災、飢饉、殺戮―戦争対話詩」（"Fire, Famine, and Slaughter: A War Eclogue"）が発表された。実名は出さなかったが、この詩あたりが反戦を旨とする急進的コールリッジの政権批判の最後の方になる。ヨーロッパ全土を支配しようとするフランスの覇権の野望は明らかになってきていた。コールリッジらかつてのフランス革命支持派も1795年の猿ぐつわ法（Gagging Acts）以来、反戦と政権批判をあからさまにはできなくなっていた。英国全体が侵入を試みるフランスへの防衛に結束しつつあり、『アンティ・ジャコバン』誌がジョージ・キャニング（Canning）とジョン・H・フリア（John H. Frere）[17] により刊行され、コールリッジやサウジーのかつての急進的な詩を揶揄するパロディーを掲載し、急進派への攻撃を続けた。このような中でワーズワスの「ソールズベリ平原詩」のような詩も出版できなくなっていった。

　一方コールリッジは「老水夫行」推敲の途上に、彼の会話体詩の最高傑作「真夜中の霜」（"Frost at Midnight"）も書き、わが子ハートリーの将来に希望を託す。この詩はセルウォールの「幼子ハムデンに」（"To the Infant Hampden. ---Written during a sleepless night. Derby. Oct. 1797."）に呼応するものである。反動的で戦争の続く暗い時代に、コールリッジはせめて息子の将来に明るい世が訪れるよう期待をかけるしかなかった。この時期、コールリッジはこの他に『クリスタベル』の第一部ほかバラッドの創作を何篇か試みるが、その中で「老水夫行」は完成され、1798年３月23日にオールフォックスデンの一室で朗読された。[18]

　４月に入るとコールリッジは「撤回―オード」（"Recantation: An Ode"）と題する詩を『モーニング・ポスト』に発表する。この詩は後に「フランス―オード」（"France: an Ode"）と表題を変えて、「真夜中の霜」とともに『孤独の中での危惧』（Fears in Solitude）として出版されるが、[19] この『モーニング・ポスト』に掲載した初版には冒頭に「梗概」（"Argument"）が付されて

いる。彼のフランス革命勃発時の高揚とフランス共和国に対する反革命同盟
への不適切な嫌悪、恐怖政治時代の冒瀆と恐怖、変革時代の嵐に彼が懸念
し、なおも闘争をする中でフランスのスイス侵攻があり、彼がそれまでの革
命フランス支持の考えを撤回するという結果を取りまとめている。彼は自由
の理想を信じつつも、この詩が急進的活動からの撤退を宣言するものとして
いる。それは同時に彼の急進的政治発言からの撤退であり、彼はすでに「エ
オリアン・ハープ」（"Eolian Harp"）や「宗教的瞑想」（"Religious Musings"）
に発表したような、もっと哲学的な永遠の真理の瞑想に向かったのである。

Ⅳ　ドイツ行きの計画と『リリカル・バラッズ』の進展（1798年3月〜8月）

　オールフォックスデンの賃貸契約があと3か月ほどとなり、プールの友人
クルークシャンク一家がワーズワスの出た後の真夏頃入居することが明らか
になった1798年の3月頃、兄妹はコールリッジ一家と共にドイツに渡る計画
を立てた。発案はコールリッジで、彼の
心底にはパンティソクラシーへの思いが
依然残っていたのかもしれないし、当時
彼が朧げに関心を持ち始めていたカント
の形而上学への思いもあったようでもあ
る。彼にはこの頃哲学と神学が天職との
思いが固まりつつあった。ワーズワスに
とってはアネットとキャロラインのいる
フランスは英国の対戦国で、かつて愛し
たスイスも98年の1月にフランスの侵入
を受け、傀儡共和国ができ、フランスの
影響下にあり、この経緯が彼をしてそれ
までの急進的自由主義の思想、フランス
革命への思いを完全に疎外させた。この
時期彼やコールリッジを含む多くの英国

チェダー・ゴージ峡谷
近くの洞窟では古代人の遺骨の発掘
があった。

人が、かつてのフランス革命への希望を完全に失い、自由の基準はやはり母国英国にあると再認識したのである。しかしながら、当時の情勢では徴兵制が始まる可能性すらあった。[20]

　ドイツ行きの計画はともかくも、資金が問題であった。コールリッジはウェッジウッドからの年金の保障を得たが、ワーズワスはモンタギューからの送金も滞り、バジルの養育費も自ら負担していたので、プールやコトルに借金せざるを得なかった。さらにドイツへ行く資金のため、ワーズワスはコトルに相談し、詩集出版の計画ができていった。こうして1797年11月から1798年7月の間にワーズワスが新たに創作した19の詩が『リリカル・バラッズ』に入れられることとなった。さらにその中で11作品がこの3月から5月の2か月余りに作られ、初版が出るまでにはすでに第2版の第2巻に掲載できる詩もできていた。ワーズワスの4月12日付コトル宛て手紙にはこれらのことと、コールリッジともども悲劇の出版は取りやめ、ドイツ行きの費用を得る

Tintern Abbey：ティンタン・アビ遺跡：南ウェールズのワイ川河畔にある。ワーズワスが『リリカル・バラッズ』の最後に入れた 'Lines' で有名だが、英国に数多い16世紀以降の宗教改革で廃墟となったひとつ。もとは1131年創立のフランス、シトー修道会の修道院。18世紀後半以降のピクチャレスク観光旅行のブームにより詩や旅行記、絵画に取り上げられた。

ために詩集を1巻出版する意図があることを伝えている。ワーズワスもこの詩集の計画のため「ソールズベリ平原詩」の完成を先に延ばした。

ワーズワスがこのオールフォックスデンからドイツ滞在時に書いた詩は1793年の2冊の出版や、レイスダウン在住の頃までに書いた詩に比べると驚くほど即興的で、以前の詩に比べて非常にスムースに創作されていながら、そのほとんどは傑作で独創的な主題を扱っている。内容は主に二つに分けられ、ともに彼自身の日常生活につながるもので、実際はハズリットとの対話の産物だが、ホークスヘッド時代を振り返る「戒めと返答」("Expostulation and Reply")と「局面逆転」("The Tables Turned")や、ドロシーとの共生を描く「妹へ」("To My Sister" 即ち "Lines written at a small distance from my House")のような自伝的なものと、貧しい農民たちへの共感を示したもので「群れの最後」("The Last of the Flock")や「サイモン・リー」("Simon Lee")そして「知恵遅れの少年」("The Idiot Boy")などがある。同じく田園の悲劇を扱った「茨」("The Thorn")や「狂気の母親」("Mad Mother")には狂気を伴う哀れな女性に同情した情感の力強さがあふれている。いずれも様式、内容、用語ともに革新的である。未婚で身籠り、恋人に捨てられるという女性の悲劇を繰り返し扱っている背景には彼自身のトラウマを読み取ることができる。またドロシーによると4月14日に届いたという、ゴドウィンのウルストンクラフト回顧録の影響もあるという。

この1798年5月14日にコールリッジの第二子バークリーが生まれている。長男のハートリーに続いて、命名にはコールリッジが当時熱中していた哲学者の名をとっているが、この子は翌年父親がドイツに滞在中で家族と離れていた間にネザー・ストウィで亡くなり、家庭を顧みないコールリッジに妻セアラの心は深く傷つくこととなるが、その萌芽はすでにバークリー誕生当初から見られた。彼の誕生の僅か2日後の5月16日に、コールリッジはワーズワス兄妹とチェダー峡谷（Cheddar Gorge）への旅に出かけてしまうのである。チェダーはブリストルの南、ネザー・ストウィからは25マイルほど離れている。この石灰岩質の峡谷はサマーセットのメンディップ・ヒルズ（Mendip Hills）にあり、高さは450フィートに及び英国で最大級、呼び物のチェダ

一洞窟では20世紀に入ってから、これも英国で最古となる9000年前の完全な人骨が発見されたことでも有名である。ここには1万年以上前から人類が暮らしていた形跡があり、現代では年間50万人以上の訪問客を集めているそうだが、ワーズワスやコールリッジの時代にすでに観光地だったようである。コールリッジはすでに1794年8月14日にサウジーとこの地を訪れていて、[21] 洞窟を含むその素晴らしさをワーズワス兄妹に見せるとともに、自ら「クブラ・カーン」に取り入れた描写を再確認したかったとも推察される。ワーズワスはサウジー宅にいたロイドに会いコールリッジと和解させるつもりもあった。しかし彼らはこの後バースでもブリストルでも彼には会えない。

5月の終わりにコールリッジがネザー・ストゥウェイ、ライム・ストリートのコテージに帰宅すると訪問客があった。当時まだ20歳の若者であったウィリアム・ハズリット（William Hazlitt）である。彼はユニテリアンの牧師の息子でシュルーズベリー近郊のユニテリアン・チャペルで1月に行われたコールリッジの説教の雄弁に魅了され、その招待に応じ160マイルを歩いてネザー・ストゥィにやって来たのであった。コールリッジはワーズワスがまだ帰っていないオールフォックスデンを案内し、ドロシーを通じて草稿段階のワーズワスの『リリカル・バラッズ』に掲載される詩を見せてこれらを批評し、これらより彼の哲学的な詩がはるかに偉大であることを力説した。[22]

翌日ワーズワスがブリストルから戻り、コールリッジ宅でハズリットと会った。彼のワーズワスに初めて会っての印象は、コールリッジのような、『真夏の世の夢』のシーシアスが語る「詩人の目」（"the poet's eye, in a fine frenzy rolling"）を備えたものではなく、「痩せたドンキホーテ」であった。ハズリットが言葉で描いたワーズワス像とこの時期に実際に描かれた2枚の肖像画について検討するのも面白い。ドロシーの「オールフォックスデン・ジャーナル」の終わり近く、4月26日の項に「ウィリアムは肖像画を描いてもらいに行っている」とあるのはブリストルの画家ウィリアム・シャッター（William Shutter）に肖像画を描かせたことである。5月6日にドロシーが「予期した画家」（"Expected the painter"）と書いているのもこのことであろう。この後、1798年の夏にコトルはワーズワス、コールリッジ、ラム、サウジーの横顔の肖像をブリストルのロバート・ハンコック（Robert Hancock）

に依頼している。残念ながら何れも版権の関係でここには提示しない。

　翌日ハズリットはオールフォックスデンに招かれ、屋外でワーズワスの「ピーター・ベル」の朗読を聴いた。この詩は創作バラッドであったが長くなりすぎ、また主題にも問題があったので『リリカル・バラッズ』には入れられなかった。ハズリットは微妙な立場でこの詩の詩人自身による朗読を聴いていた。このときのハズリットのコメントから、ワーズワスとコールリッジの朗読の様子を窺い知ることができる。そこから、これらの詩が黙読ではなく、朗読するものであったことがわかる。

　この1798年5月の終わりにコトルがオールフォックスデンに来て1週間留まり、リンマスからリントン、そして「岩の谷」にも案内された。このことがコトルの回想録に載っている。[23] コトルはこの時『リリカル・バラッズ』出版の打ち合わせに来ていたのである。このときにワーズワスの「ピーター・ベル」や「ソールズベリ平原詩」は入れないことにし、コールリッジの「老水夫行」を冒頭に掲載することにした。また初版は匿名にすることとなった。コールリッジへの『アンティ・ジャコバン』（*Anti-Jacobin*）誌等における個人攻撃がその主な理由であった。[24] コトルはワーズワスへの30ギニーの支払いを約束し、コールリッジの「老水夫行」の草稿を持ち帰った。これとレイズリー・カルバートの遺贈の支払い見込みがあり、ワーズワスのドイツ行きの資金のめども立った。

　彼らのドイツ行き計画には親族や友人知人から、主に反対の様々な反響があった。嘗てのパンティソクラシーの同志で義弟のサウジーは、コールリッジが嬰児を含む家族を連れて行くことに強く反対し、ドイツ語を習得し、カントらの哲学を読むなら自宅の炉辺でもできることを指摘した。ワーズワスも5歳のバシル・モンタギューを連れて行くことは諦めていた。コールリッジは出発1か月前、8月初めになってようやく家族を連れて行くことをあきらめたが、その理由は金銭的なものであった。彼はこの計画が自らの知的有用性と精神的幸福にとって重要であり、妻セアラは当然承諾すると思っていた。家族関係の中で彼がいかに独善的であったか察せられる。

　6月の上旬から中旬にかけてワーズワスはブリストルに行き、『リリカル・バラッズ』の詳細を取り決めた。この時おそらくハズリットとのメタフ

南ウェールズ、ワイ川河畔　2010年 8 月27日論者撮影

ィジカルな対話の中から創作に至った「諌言と返答」と「局面反転」の草稿を持参し、これらが同詩集に入れられることとなったとみられる。また、このブリストル滞在の時期にコトルの仲介でワーズワスのハンコックによる横顔の肖像画が描かれたようである。ワーズワスはこの時期旧知のジェームズ・ロッシュ（James Losh）とその妻に数度会い、彼らが住んでいたブリストルの北西郊外の町に、ドイツに行く前の 2 、 3 か月住む手はずを整えた。

　こうしてワーズワス兄妹は 6 月25日朝、オールフォックスデン・ハウスを引き払った。[25] 1 年足らずではあったが、この邸宅在住時代は兄妹にとって記念碑的な時期であった。ホルフォード地区を抜けてコールリッジのコテージに向かう間、ここかしこが思い出の地で、ドロシーはここを去るに際し万感の思いに満たされたという。二人はこの後 1 週間、ストゥイのコールリッジ不在のコテージでセアラの世話になり、さらにブリストルのワイン・ストリートにあったコトルの騒がしい店の 2 階に暫く滞在した。

　この間、彼は 7 月 8 日にロッシュの所で彼の友人ワーナー師（Revd. Richard Warner）に会っている。彼はウェールズの旅行記を出したばかりで、こ

218

の会話の中からワーズワス兄妹はウェールズの、特に兄が1793年にたどった
ワイ川沿いを再度訪れてみることにした。ドロシーにとってはブリストルの
喧騒から逃れる機会でもあった。

　こうしてワーズワス兄妹はブリストルからセヴァーン・フェリーでチェプ
ストウ（Chepstow）まで行き、そこからティンタン・アビに至る、ワーズワ
スの5年前の旅の跡を歩いた。兄妹は修道院遺跡からワイ川をさかのぼりモ
ンマス（Monmouth）からグッドリッチ城（Goodrich Castle）まで行き、1泊
の後に同じルートを船も使って戻った。この7月10日から13日までの4日間
にわたる旅で、有名な「ティンタン・アビ数マイル上流にて読める詩」
（"Lines written a few miles above Tintern Abbey"）が書かれ、『リリカル・バ
ラッズ』の最後に加えられることになった。詩集の中では「数編のそれ以外
の詩」の一つで、素朴なバラッド形式で書かれた農村生活の物語とは大いに
異なる、ワーズワスらしい哲学的瞑想の詩である。[26]

　この間ハズリットはコールリッジと親しくし、リントン（Linton; Lynton）
方面に旅もして後、6月10日前後にともにネザー・ストウィを発ち、ブリス
トルに向かった。ハズリットの3週間にわたるネザー・ストウィのコールリ
ッジ訪問はこうして終わった。コールリッジはこの後13日にロンドン方面に
出て、サリーのコバム（Cobham）近く、ストーク（Stoke）にあったウェッ
ジウッド家を訪問した。この頃、コールリッジはプール宛手紙で、今度のド
イツ行きには妻子を連れて行かないことを伝えている。同行者はワーズワス
兄妹とジョン・チェスターだけで、3、4か月でドイツ語をマスターし帰国
する意図を伝えている。

　ドイツに発つ前、8月4日ころコールリッジはウェールズに落ち着いたセ
ルウォールを訪問しようとワーズワス兄妹を誘い、再びワイ川河畔を通って
ブレコン（Brecon）近くの同川沿いにあったリスウェン（Llyswen）のセル
ウォールの農場に一週間滞在した。セルウォール自身も急進活動から撤退し
て隠棲していたのである。

V ドイツへの旅立ちと『リリカル・バラッズ』の出版（1798年8月〜 9月）

　ブリストルに戻ったワーズワス兄妹は8月半ばまでに荷物をまとめ、ロンドンに移動した。コールリッジもこのころドイツ行きに備えロンドンに滞在し、ダニエル・スチュアートではなくジョゼフ・ジョンソンに自ら会いに行き、親しくなり、『孤独の中での危惧』（*Fears in Solitude*）を出版させた。[27] この時コールリッジをジョンソンに引き合わせたのは、すでに1793年に『描写スケッチ集』（*Descriptive Sketches*）と『宵の散歩』（*An Evening Walk*）を彼により出版していたワーズワスとも見られる。彼らには『リリカル・バラッズ』の出版の一部もジョンソンに頼みたい気持ちがあったのかもしれない。一方スチュアートとはこの頃行き違いがあったものと考えられている。

　1798年9月始め、『リリカル・バラッズ』初版印刷はすでに済んだが未出版であった。実はコトルは『リリカル・バラッズ』の単独出版に政治的にも財政的にも自信がなく、できればロンドンの出版者に半分の負担を求めようとしていた。このころロンドンではジョゼフ・ジョンソンもダニエル・スチュアートも「猿ぐつわ法」に触れるトラブルを抱えていた。コールリッジとワーズワスが次の急進狩りのターゲットになることも、コトルに火の粉がかかることもありえた。二人のドイツ行きはこのような事態から逃れることとも見えたかもしれない。コトルが印刷した『リリカル・バラッズ』の一冊がサウジーに送られ、彼が否定的書評を書くと伝えてきたことも彼に出版をためらわせた。結局コトルはこの後1年半後に破産する。

　コトルはブリストルで『リリカル・バラッズ』を9月13〜18日頃に出版したとの見方もあるが、彼が選んだ出版者はJ & A アーチ（J. & A. Arch）で、ロンドンでは10月4日に「第2刷」（"Second Issue"）として出版された。この間にワーズワスらはドイツに出航しており、著者不在のままジョンソンとコトルの間でちょっとしたトラブルがあった。ワーズワスの名もコールリッジの名もなく、またコトルの名前も載らなかったが、この出版は匿名以上に著者の知らない事情を抱えたものとなった。『リリカル・バラッズ』の書評は、これも匿名であったがサウジーによる『クリティカル・レヴュ

ー』（*Critical Review*）誌同年10月号の批判的な書評を皮切りに出始めた。

　これに先立つ1798年 9 月14日、ワーズワス兄妹、コールリッジ単身、およびジョン・チェスターら一行はロンドンを去り夜行の定期馬車でヤーマスへ向かった。ジョン・チェスターはしばらく前からコールリッジ賛美者で、ハズリットの記録にもリントンから「岩の谷」に同行したことが描かれているが、コールリッジに心酔の様子がうかがわれる。彼はストウィ在住の農民でドイツの農業研究を目的に、彼らに同行して雑用をこなすことが決まっていた。同16日、彼らはドイツに向け出帆した。コールリッジにとっては初めての海外旅行であった。こうして彼らは1798年 9 月18日にエルベ川河口に到着した。[28]

　ワーズワスは後年オールフォックスデン時代と『リリカル・バラッズ』のことを慈しむかのように回想して『序曲』の中に記した。改訂の多かった同作品の中でも初期の稿から晩年までその内容が大きく変わることはなかった。

beloved Friend!

When, looking back, thou seest, in clearer view
Than any liveliest sight of yesterday,
That summer, under whose indulgent skies,
Upon smooth Quantock's airy ridge we roved
Unchecked, or loitered' mid her sylvan combs,
Thou in bewitching words, with happy heart,
Didst chaunt the vision of that Ancient Man,
The bright-eyed Mariner, and rueful woes
Didst utter of the Lady Christabel;
And I, associate with such labour, steeped
In soft forgetfulness the livelong hours,
Murmuring of him who, joyous hap, was found,

After the perils of his moonlight ride,

Near the loud waterfall; or her who sate

In misery near the miserable Thorn--

When thou dost to that summer turn thy thoughts,

And hast before thee all which then we were,

To thee, in memory of that happiness,

It will be known, by thee at least, my Friend!

Felt, that the history of a Poet's mind

Is labour not unworthy of regard;

To thee the work shall justify itself.

(The Prelude (1850) XIV 392-414：以下論者訳)

　　　　　　　　愛する友よ、

振り返り、汝は見るのだ、はっきりとした視界に、

昨日の、いかなる光景よりも鮮やかに、

あの夏、気ままな空のもと、

風が吹き抜ける、なだらかなクォントックの峰を彷徨い、

阻められることもなく、森の谷あいをぶらつき、

汝は魅せられたような言葉で、幸いなる心で、

あの老いたる男のヴィジョンをうたった、

あの輝く目の水夫を、そしてクリスタベル姫の

打ち沈んだ悲嘆の言葉を洩らした。

そして私も、そのような努力に与し、

長々しき時間柔和な忘却にも浸り、

轟音を立てる滝のそばで、月夜の乗馬の

危険の後、喜ばしい偶然で発見された

あの男の子のことを呟き、またあの惨めな茨の近くで

悲嘆の内に座っていた彼女についてうたった――

汝があの夏にその思いをめぐらし、

汝の前に我々の姿すべてを思い描くとき、

汝にとっては、あの幸福の記憶の中で、

　　よくわかるであろう、少なくとも汝にはわかるであろう、わが友よ！

　　感じられるであろう、詩人の心の働きの軌跡が

　　敬意に値する努力であることを。

　　汝にとってはあの作品が自ずと義たるものであろう。

註

1　レイスダウン・ロッジはドーセットのベティスコウム（Bettiscombe）という地にあり、B3165のクルーカン・ライム・リージス道路（Crewkerne-Lyme Regis Road）沿いのエステートである。2010年当時は個人の住宅で敷地内立ち入りは断られた。

2　ラムとドロシーとはこの時初めて会ったようだが、ウィリアム・ワーズワスとはラムがインズ・オブ・コート Inns of Court に住んでいた1794年までにすでに友人を介して何度も会っていたとみられる。Johnston (1998), 522.

3　ワーズワス伝では一般的にオールフォックスデン（Alfoxden）という名称が使われるが、ユーモラスな語呂合わせと見られる。これはワーズワス自身が常時用いた名で、正しくはオールフォックストン（Alfoxton）という。Cf. Sisman 183n. 以下本稿では建物をオールフォックスデン・ハウス、エステートとしてはオールフォックストンと記す。

4　Thelwall, "Prefatory Memoir" in *Poems Chiefly Written in Retirement* (London &c., 1801), xxvii.

5　Sisman 188.

6　S. T. Coleridge, *Table Talk*, 24 July 1830, Woodring ed. (1990), 180-181; [36:251].

7　*Poems Chiefly Written in Retirement* (London &c., 1801), 130-131.

8　Johnston 538.

9　「クブラ・カーン」は、このひと月後の1797年11月のワーズワス兄妹との旅あるいはその前後の創作との推定意見もある。ポーロックから来た男とはワーズワス兄妹で、彼らのどちらかが下痢のコールリッジのためにポーロックまで戻り薬を調達したとの推定もある。Johnston 541-3.

10　風刺画作者（caricaturist）の George Cruikshank と直接の関係はないようである。

11　Mayberry 104.

12　「老水夫行」がゴシック・ロマンスの怪奇、恐怖物語を超越した、人間の悪の起源を描く普遍的叙事詩になったこと、またこの作品にコールリッジ自身のこれまでの人生行路を振り返る点が見られることについては拙著にも記した：安藤潔、『イギリス・ロマン派とフランス革命』357-369。

13　Raymond Postage, *Story of a Year: 1798*, (New York, 1969), 38-39, cited by Johnston, 546.

14　Sisman 204-6.

15 Mayberry, 100-101.

16 Sisman, 208.

17 John H. Frere は、ワーズワスとコールリッジのケンブリッジでの同時代の学生で互いに知り合いだったとみられる。Johnston 603. なお *Anti-Jacobin* 誌は1797-8年に、後継の *Antijacobin Review* 誌は1798-1821年の間刊行された。

18 Mayberry, 113.

19 コールリッジの "Recantation" と称する詩はこの時期もう一編存在する。"The Story of the Mad Ox" で、1798年7月30日に初版を『モーニング・ポスト』に出したときは "A Tale" という題で無記名であったが、1800年にサウジーの *Annual Anthology* に入れられたときコールリッジの名とともに "Recantation" という表題を採用している。Mays, J. C. C. (ed.) *The Collected Works of Samuel Taylor Coleridge: Poetical Works.* (Princeton: Princeton U. P., 2001) Vol. 1, 504. *Fears in Solitude* については拙著333-348参照。

20 Sisman, 224. 彼らのドイツ行きは徴兵逃れとの指摘もある。

21 Richard Holms, *Early Visions*, 166；Purton, 16.

22 以上ハズリットのコールリッジ、ワーズワス兄妹との出会いについてはハズリット自身の "My First Acquaintance with the Poets" に詳しい。

23 Joseph Cottle, *Reminiscences of S. T. Coleridge and R. Southey* (London, 1847; London: Basil Savage, 1970), p. 178. これとハズリットの旅は同じかという問題が生じる。Hazlitt "My First Acquaintance with the Poets" 41-43：ハズリットは20年以上前のことで、コールリッジと John Chester の名前だけしか挙げていないが、(p.41) コトルを忘れた可能性がある。あるいはコールリッジは彼らを別々に2、3日ずつ案内したのかもしれない。ワーズワス兄妹との旅は前年晩秋の別の機会だったと思われる。

24 *Anti-Jacobin* 誌では7月に詩 "New Morality" が、8月に同じタイトルのギルレイによるカリカチュアが出る。拙著338-9参照。一方後継の *Antijacobin Review* 誌の1800年4月号が『リリカル・バラッズ』を高く評価したのは匿名ゆえか、あるいは純粋に文学的判断をしたのか不明。拙著『イギリス・ロマン派とフランス革命』367-368参照。

25 兄妹のオールフォックスデン退去の日を Mayberry は6月23日土曜としているが、Barker、Johnston、Pinion らは25日としている。

26 この詩の解釈については拙著『イギリス・ロマン派とフランス革命』369-374参照。

27 *Ditto.* 333-348.

28 Kenneth Johnston はワーズワスがこのドイツ滞在で英国政府のスパイ活動をした可能性を探っている。*The Hidden Wordsworth*, 609-670. 次章238〜252参照。

参考文献

Ashton, Rosemary. (1996) *The Life of Samuel Taylor Coleridge: A Critical Biography.* Oxford: Blackwell.

Barker, Juliet. (2000) *Wordsworth: A Life.* Harmondworth, UK: Viking/ Penguin.

----, ----. (2001) *Wordsworth: A Life*. The abridged edition. Harmondworth, UK: Penguin.

Christie, William. (2007) *Samuel Taylor Coleridge: A Literary Life*. New York/ UK: Palgrave/Macmillan.

Coleridge, Samuel Taylor. Engel/Bate eds. (1983) *Biographia Literaria*. Princeton: Princeton U. P.

----, ----. Earl Leslie Griggs ed. (1956) *Collected Letters of Samuel Taylor Coleridge: Volume I 1785-1800*. Oxford: Clarendon Pr.

----, ----. Mays, J. C. C. (ed.) (2001) *The Collected Works of Samuel Taylor Coleridge: Poetical Works*. 4 vols. (Princeton: Princeton U. P.)

----, ----. Carl Woodring ed. (1990) *The Collected Works of Samuel Taylor Coleridge: Table Talk* 2 vols. (Princeton: Princeton U. P.)

Gill, Stephen. (1989) *William Wordsworth: A Life*. Oxford: Oxford University Press.

Gittings, Robert and Jo Manton. (1988) *Dorothy Wordsworth*. Oxford: Oxford University Press.

Hazlitt, William. (1823). *My First Acquaintance with Poets*. In *The Liberal: Verse and Prose from the South*. London: John Hunt, 1823; Rpt. ed. Jonathan Wordsworth, Oxford: Woodstock, 1993.

Holmes, Richard. (1989) *Coleridge: Early Visions*. Hodder &c, UK/ Penguin, 1990.

----, ----. (1998) *Coleridge: Darker Reflections*. London: Harper Collins.

Johnston, Kenneth. (1998) *The Hidden Wordsworth: Poet・Lover・Rebel・Spy*. New York/London: Norton.

Leed, Mark L. (1967) *Wordsworth: The Chronology of the Early Years 1770-1799*. Cambridge, Mass.: Harvard U. P.

----, ----. (1975) *Wordsworth: The Chronology of the Middle Years 1800-1815*. Cambridge, Mass.: Harvard U. P.

Mason, Emma. (2010) *The Cambridge Introduction to William Wordsworth*. Cambridge: Cambridge U. P.

Mayberry, Tom. (1992) *Coleridge & Wordsworth in the West Country*. Sutton, UK.

Moorman, Mary. (1957) *William Wordsworth: A Biography: The Early Years 1770-1803*. Oxford: Clarendon Pr.

----, ----. (1965) *William Wordsworth: A Biography: The Later Years 1803-1850*. Oxford: Clarendon Pr.

Perry, Seamus (ed.) (2000). *S. T, Coleridge: Interviews and Recollections*. Houndmills, Hampshire & New York: Palgrave.

Pinion, F. B. (1988) *A Wordsworth Chronology*. Houndmills, UK: Macmillan.

Purton, Valerie. (1993) *A Coleridge Chronology*. Houndmills, UK: Macmillan.

Sisman, Adam. (2007) *The Friendship: Wordsworth and Coleridge*. Harmondworth, UK: Penguin.

Thelwall, John (1801). *Poems Chiefly Written in Retirement, &c*. London &c; Rpt. ed. Jonathan Wordsworth, Oxford: Woodstock, 1989.

Wordsworth, Dorothy. Woof, Pamela ed. (2002) *Dorothy Wordsworth: The Grasmere and Alfoxden Journals*. Oxford: Oxford U. P.

----, ----. Moorman, Mary & Helen Darbishire eds. (1971) *Journals of Dorothy Wordsworth*. Oxford &c: Oxford U. P.

Wordsworth, William. (1940) Selincourt ed. *The Poetical Works of William Wordsworth*, vol. 1. Oxford: Clarendon Pr.

Wordsworth, William. Selincourt ed. 2nd ed. Darbishire. (1959) *The Prelude or Growth of a Poet's Mind*.
    Oxford: Clarendon Pr.

Wordsworth, William and Samuel Taylor Coleridge. Michael Gamer & Dahlia Porter eds. (2008) *Lyrical Ballads 1798 and 1800*. Ontario Canada &c., Broadview Editions.

----, ----. Richey, William & Daniel Robinson eds. (2002) *Lyrical Ballads and Related Writings*. Boston &c: Hought Mifflin.

Wordsworth, William and Dorothy. Selincourt ed., rev. Shaver (1967) *The Letters of William and Dorothy Wordsworth: The Early Years 1787-1805*. Oxford: Clarendon Pr.

----, ----. Ed. Selincourt, rev. Allan G. Hill. (1988) *The Letters of William and Dorothy Wordsworth vol. VII: The Later Years 1840-53*. Oxford: Clarendon Pr.

ギルマン，ジェイムズ；桂田利吉ほか（訳）．(1992)『コウルリッジの生涯』東京：こびあん書房.

上島，建吉（編）．(2002)『対訳コウルリッジ詩集』東京：岩波書店.

山田，豊．(1999)『コールリッジとワーズワス：対話と創造（1795〜1815)』東京：北星堂書店.

----, ----. (2008)『ワーズワスと妹ドロシー：「グラスミアの我が家」への道』東京：音羽書房鶴見書店.

以上の他は拙著『イギリス・ロマン派とフランス革命』東京：桐原書店2003、末尾19〜35ページの文献目録参照。

第7章　ワーズワス兄妹とコールリッジ
のドイツ旅行：1798〜99年
ワーズワス＝スパイ説の構築と崩壊

　ワーズワス兄妹とコールリッジは『リリカル・バラッズ』初版が公刊される間際の1798年9月にドイツに渡り、まずハンブルクに滞在した。この後二人の詩人は別行動をとり、コールリッジはラッツェブルクからゲッティンゲンの大学へと移動して、ドイツ語を習得し、当時文化的に進んでいたドイツの哲学、思想、文学を学ぼうとした。ワーズワスのほうはドイツの知的風土の中でドイツ語を体得しつつ、かねてからコールリッジに期待されていた、フランス革命の時代の価値観を体現する大哲学詩に着手しようとした。しかし当時のドイツはワーズワス兄妹にとって過ごしにくく不愉快な場所であり、彼らは具体的な成果をあまり得られなかった。

　そもそもワーズワスのドイツ滞在の意図はあいまいで、当時の情勢や1990年代に確認された文書などから、特にワーズワスがこのドイツ滞在の足取りが不明な期間に、英国内務省関係の諜報活動に関与していたのではないかという憶測が生じた。これに関しては、『リリカル・バラッズ』刊行200周年の1998年にケネス・ジョンストンが出版した『隠されたワーズワス』の中で詳細に検討されている。この仮説はわずか2年後に否定されたが、その議論の過程においては歴史的、伝記的に文学、文人を研究する際に興味深い応酬があり、また文学・歴史研究者が改めて考える必要のある問題が注目された。この章では改めて、この「ワーズワス＝スパイ説」の概要とそれが否定された顛末も振り返って概観する。

　ワーズワスは得るものが少なかったとの思いで1799年5月初めに帰英し、一方コールリッジは息子の死の知らせを経てなおドイツで研究を続け、7月下旬にようやくサマーセットの家族のもとに戻る。後から振り返り考えると、結果的に彼らのこのドイツ滞在はそれぞれに独特の価値を帯びる重要な期間であった。

I　ドイツへの旅立ち

　1798年 9 月15日、ワーズワス兄妹とコールリッジ、ジョン・チェスターの
4 人はドイツに旅立つ目的でノーフォークのヤーマスに到着した。この時の
コールリッジのドイツ旅行の目的は明らかで、ドイツ語を学んでドイツの大
学に入り、カントやゲーテ、シラーを擁する当時のドイツ哲学や文学、思想
の最先端を学ぼうというものであった。したがって彼は当初ゲーテやシラー
が住むワイマールやイェーナあたりまで行くことを考えていたようだが、さ
すがにあまりに遠いので、またフランスがヨーロッパ大陸で覇権を広げよう
としていた時期で危険でもあったので、この望みは間もなく諦めることとな
る。一方ワーズワスの目的は、当時ヨーロッパでもっとも知的であった地に
住み、大作『隠者』（*The Recluse*）の構想を練ることであったかもしれな
い。しかし彼の真意は曖昧で、かつてのフランス滞在のように現地でその国
の言語を学び、将来翻訳で稼ごうかといった程度だったともいえる。妹のド
ロシーに至っては同行の意味はほとんどなかった。当時のドイツでは「愛
人」を「妹」と偽る習慣があり、普通妹を彼のように人に紹介することはあ
まりなく、後にコールリッジはワーズワスが妹を連れてきたことが間違いで
あったとさえ思ったようである。

　このワーズワス兄妹の曖昧な渡独目的に、彼が英国内務省から諜報活動を
請け負っていたのではないかとの憶測が生まれ、ケネス・ジョンストン
(Kenneth Johnston) が *The Hidden Wordsworth*（以下『隠されたワーズワス』
と称する）[1] で詳述しセンセーションを呼んだ。ワーズワス＝スパイ説の根拠
の一つには、当時の内務大臣ポートランド公の秘密の帳簿に、このころハン
ブルクにいた名だたる諜報員の名前の間に「ワーズワス」という記録が発見
された事実があった。同文書はワーズワス・トラストが入手し同ミュージア
ムに収蔵され、1993年にジョンストンに提示された。憶測は1797年のサマー
セット時代までさかのぼり、「ワーズワス」の名が当時すでに諜報関係者に
知られていたという文書記述が知られていたので、そのころから彼が当局と
つながりがあったのではという、以前には考えられなかった仮説に発展し
た。なおチェスターはネザー・ストウィ在住の農業者の息子で足に障碍があ

ったようだが、コールリッジに親炙し、金銭的に余裕があったので詩人たちのドイツ旅行の資金を援助し、いわば執事のような雑用も引き受ける条件で彼らに同行し、ドイツの農業事情を学ぶ考えであった。

　この時ヤーマスにはコールリッジらの嘗てのパンティソクラシーの同志ジョージ・バーネット（George Burnett）がいて、コールリッジと再会したが、彼はすでにコールリッジには幻滅を感じていた。当時ヤーマスはフランスとの戦争が長引く中、英国からドイツ方面へ旅立つ比較的安全な港であった。この時期内務省と外国人局（the Alien Office）の監視はこの港にも及び、出入国者や疑わしい人物についての記録がとられており、その業務には何と少し前にサマーセットまでワーズワスらを監視に来たジェイムズ・ウォルシュ（James Walsh）の息子が加わっていたという。[2]

　ともかくも翌9月16日、一行はヤーマスからドイツのハンブルクに向かって順調に出帆した。コールリッジとドロシーにとっては初めての外国である。彼らはすでに船の中で同行の外国人と接触していたが、元気だったのはコールリッジだけで、共和主義者で無神論のデンマーク人やハノーヴァー人、プロシャ人と親しくなり甲板で楽しい船旅を満喫した。この間ワーズワス兄妹やチェスターらは船酔いに苦しんでいた。船室ではデュ・ルートル（De Leutre）というフランス人も船酔いに苦しんでいたが、エルベ川に入ると船旅は穏やかになり、フランス語が流暢なワーズワスと親しくなった。このフランス人はポートランド公の「外国人法（the Alien Act）」により国外退去を命ぜられたのだが、その実はフランスの王党派諜報員とも、また逆に追放されたことを装った英国のスパイとも見られている。

　当時のドイツは神聖ローマ帝国の伝統を引き、未だ近代的国家的統一がなく、地区ごとが独立した状態であったが、ハノーファーの大公が1714年以来英国の国王となって同君連合を形成していたので、時の選帝侯ゲオルク三世は英国のジョージ三世でもあり、この地は当然親英的であった。いずれにしてもドイツ一帯は革命フランスと反革命諸国の中間地帯で、周辺国と対立する革命フランスはこの地区のドイツ諸侯との和平を望んでいた。一方反革命の第一次同盟は崩壊したが、オーストリアや英国、オランダなど反仏勢力は、フランスに侵入されたスイスを援助しようとして密使などをこの一帯に

送っており、正体不明の謎の人物が数多く暗躍する地であった。従って特別な目的のないワーズワスのような人物が、何か諜報的な任務を持っていたのではとみるのは、全く根拠のない妄想ともいえない。

　ともあれ、一行はエルベ川の河口の町クックスハーフェン（Cuxhaven）からハンブルクに至り9月19日に上陸し、その後ワーズワスとデュ・ルートルの二人が宿を探しに行った。コールリッジはウェッジウッドに紹介された人物に会いに行ったが、結局彼らは薄汚いホテルに泊まることとなった。奇妙なことに当初ワーズワスはドロシーと離れて別のホテルに滞在した。ここにもワーズワスが何か諜報関係の都合があったのではという憶測もあるが、ドロシーはフランス語もドイツ語もあまりできなかったので自ら英語の日誌を書き始めた。これが彼女の「ハンブルク・ジャーナル」で、その主な内容は英国人によくある、外国の不潔な習慣、悪臭、汚いホテル、無知な外国人に集りごまかしをする地元民に対する幻滅と落胆等の自由な記述である。これらは、ワーズワスの『序曲』ロンドン滞在編などを思い出させるが、初めて外国を経験する当時の英国人の記録として読むべきであろう。彼女は女性の目で初めての異国を観察し、好奇心に満ちた人間描写をしており、建物や風景の他、特に服装への関心が目を引く。しかし「ハンブルク・ジャーナル」は、兄との関係で重要な「オールフォックスデン・ジャーナル」（*Alfoxden Journal*）や、この後に書く「グラスミア・ジャーナル」（*Grasmere Journal*）程のものではないと評されている。[3]

　当時のドイツの状況を想像するのは18世紀の英国を想像するよりははるかに困難ではあるが、ドロシーの日誌などから彼らの旅の様子が朧気にわかってくる。以下は彼らのドイツ北部から中央寄りの地方を辿る旅を探る試みである。

II　ハンブルク逗留

　ドイツ到着の翌朝9月20日、ドロシーとコールリッジは隣接の市場の喧騒に目覚めた。ドロシーはチェスターに付き添われプロムナードを散策。一方ワーズワスとコールリッジはウェッジウッドの紹介で英国商人チャタリ

ワーズワス兄妹とコールリッジのドイツ旅行1798-99

（Chatterley）を通じて当地の商人ヴィクトール・クロップシュトック（Victor Klopstock）を紹介された。彼の兄フリードリッヒ（Friedlich）は高名な詩人・劇作家で、ワーズワスとコールリッジはぜひ会いたいと思っていた。彼らはドイツ語とフランス語を駆使しこの商人と会話した。二人は彼の案内で街中を歩き、馬車を入手し、また友人に紹介され、晩餐と観劇へ招待された。

　翌21日、二人はクロップシュトックに案内され彼の兄と会いフランス語で1時間以上、主に詩について話し合った。フリードリヒ・ゴットリープ・クロプシュトック（Friedrich Gottlieb Klopstock; 1724-1803）はゲーテやシラーほどの詩人ではないが、ドイツ文学では彼らに先立つ主要文人の一人である。代表作として、ミルトンの『失楽園』に霊感を得た『救世主』（Der Messias）があげられる。なお、100年近く後に後期ロマン派の音楽家グスタフ・マーラーが交響曲第二番ハ短調「復活」の第5楽章に彼の詩、賛歌「復活」を加筆の上採用している。ベートーヴェンがシラーの『歓喜に寄す』（An die Freude）を加筆採用した追随ともいえる。

　二人の若い英国人にとってこの時のドイツの老詩人との最初の会見は幻滅であった。フランス革命とその後についての反応は彼らと同じであったが、ジョン・ミルトンよりリヒャルト・グローヴァー（Richard Glover）を上に評価したり、古いドイツの詩人を知らなかったり、ドイツ語の一点に集中する意味の優れた力についてのナンセンスな話等々に、特にコールリッジは失望したようで「ありきたり」の対話だったと言い切った。

　ワーズワスは数日後『アナリティカル・レヴュー』誌を手土産に一人でクロップシュトックを再訪し、詩の創作の現実的なプロセスや詩人の役割について話し合った。ワーズワスにとって、この二度目の対話には満足できる場面もあったが、老詩人のゲーテに対する好意的態度はともかくも、シラーを見くびる意見には違和感を覚えた。しかし長命だったワーズワス自身が50年後にはクロップシュトックの立場に置かれるという皮肉が生じる。

　この9月26日の午後から宵にかけて、ワーズワス兄妹は詩人を含むクロップシュトックの家族と食事を共にし活発に談話した。この様子はドロシーの日誌に書かれている。ドイツの老詩人は大層高齢で、足が腫れており明らか

に墓からあまり遠くないという記述がある。彼らの話題はフランスの喜劇と音楽に及び、非常に活発な談話が交わされたが、老詩人夫妻は6時を過ぎると去っていった。ドロシーもこのドイツ詩の父ともいうべき人物に会って感動を覚えたが、老齢に哀れみを感じた。彼の2番目の妻の話も、商人の息子とその家族についても、ディナーの様子も日誌に事細かに書かれている。兄妹は7時過ぎに宿に戻り、頭痛の彼女は9時に就寝した。

　ドロシーはさらに、ドイツのこの地の風俗作法について詳細に記述している。通りで喧嘩や酔っ払いをほとんど見ないとしながら、上流階級の男性が少し身分の低い女性に暴力をふるった様や、ユダヤ人が人々から虐待される様子、しかもそれらの暴虐に居合わせた人々が、当然のような態度をとっていたことに驚きつつも怒りを覚えたようである。兄妹が最も憤ったのは商店主らの不誠実な商売で、言葉や通貨に不慣れな外国人を常にだまそうとする様子が見られ、彼らは客をだましたことを家族に自慢すると記録している。いずれにしてもハンブルクでは物価や家賃が高く、またこの後ドイツのどこに行っても部屋を借りる習慣は英国と比べて不便で、ワーズワス兄妹は滞在中ずっと買い物や宿泊施設に不便を感じ嫌な思いをする。

　一方この1798年には8月はじめに地中海東部でフランスとイギリスの海戦、有名な「ナイルの海戦」があり、ネルソン提督が率いるイギリス軍がナポレオンのフランス海軍を破った。これ以降英国が地中海でも制海権を握り、一方ナポレオンは一時エジプトに孤立し、この後はヨーロッパ大陸のスイスから東に覇権を広げていく。ともあれ、この地中海での英国の戦勝の喜びがこの頃ハンブルクに伝わり、ワーズワス兄妹やコールリッジも祝杯を挙げたようである。1798年には3月初めにフランス共和国のスイス侵入もあり、カントン（州）の独立性を保持した連邦制は崩壊し、4月12日に革命フランスの影響を受けたヘルヴェティア共和国の建国が宣言された。このような動乱に対して各国が暗躍し、諜報隠密活動により事態の展開を図ろうとする動きがあり、当時のドイツもその舞台となっていた。そのような事態に巻き込まれていた英国人の旅行者が結構いたようである。

　コールリッジはクロップシュトックに勧められ、23日夕刻にチェスターとハンブルクから35マイル離れた、シュレスウィヒ・ホルスタイン州のラッツ

ェブルク（Ratzeburg）に行った。ここは四方を湖に囲まれた風光明媚な町で、彼らはドイツ語に慣れるためにしばらく滞在することを決める。この町は保養地で中・上流階級が多く住み、コンサートや舞踏会などもよく催されていた。問題は家賃や物価が高いことであったが、コールリッジとチェスターには何とか賄える程度であった。彼らはナイルの戦いの勝利を祝う「ルール・ブリタニア」の演奏を聴きつつ、ネルソンを讃えてコース料理を喫し、滞在場所を決めてからハンブルクに戻った。

　コールリッジらが９月27日にハンブルクに戻るとワーズワス兄妹は彼らから話を聞き、恐らく自分たちにはラッツェブルクでの生活は賄えないと判断したようである。一方、クロップシュトックら現地の人々からロウアー・サクソニー（Lower Saxony、ドイツ語でNiedersachsen）方面、特にゴスラー（Goslar）を勧められたとみられる。ワーズワス兄妹にとってハンブルクの印象は悪く、ラッツェブルクも諦め、さりとて今さら英国に帰ることも出来ないので、安い宿泊施設を探してゴスラーの町を念頭に、ブランズウィック（Brunzwick、ドイツ名Braunschweig：ブラウンシュヴァイク）方面に移動することとなった。コールリッジとチェスターはラッツェブルグに去り、この後ワーズワス兄妹とは数か月別行動をとる。彼らは当初同じ行動をとる予定であったが、元来目的が少しずれていたことや、それぞれの金銭状況のために心ならずも別行動をとることになった。この結果彼らのドイツ滞在はそれぞれに独特の意味が生じる。ワーズワスとコールリッジは互いに離れるのが大いに残念だったようで、この後の二人の手紙にはその様子がよく現われている。

III　ラッツェブルクとゴスラー

　こうしてコールリッジとチェスターは９月30日にハンブルクを発ち、ラッツェブルクに４か月住むことになる。ワーズワスとコールリッジはこの先頻繁に互いの思いがよくわかる手紙を交わしている。英国の友人たちは、あれほど英国内で親しく行動を共にしていた二人がこれほど簡単に分かれたことを嘲笑的に思っていたが、一人トーマス・プールだけがコールリッジにとっ

てドイツ語習得に専念するために、彼らは別行動をとったほうがいいと思っていた。事実コールリッジはこの後目覚ましくドイツ語の能力を伸ばし、4か月後には名門大学での勉強を目指し、また生活費が半分で済むゲッティンゲンに向かうのである。

　当時のコールリッジの人柄はルソーかヴェールテルのような雰囲気を漂わせるところがあり、ラッツェブルクでは会う上流階級のドイツ人ごとに「諂（へつら）うような注目：“adulatory attention”（妻宛10月20日付手紙）」を受けたと述べている。当時のドイツでは英国が流行で、英文学のみならず、フランス革命の行き過ぎによる反動もあって、英国の国家としてのあり方自体が好まれていた。その反映もあり、コールリッジらに対する当たりが良かったと思われる。また多くのドイツ人は民主主義者だったが、ワーズワスやコールリッジと同じように、この時期までには革命フランスへの信奉を放棄し、愛国的になっていた。

　このような高級リゾート地のラッツェブルクでコールリッジは午前中にドイツ語の勉強をし、午後は散策、そして宵には音楽や舞踏などの催しを楽しむ優雅な暮らしをしていた。この滞在中にも彼は数度遠出をしたが、その中にはバルト海に面した町リューベックへの旅も含まれ、それぞれの機会に彼はドイツの風俗習慣を楽しんだ。12月に入って湖が完全に凍ると、彼はスケートに興じ、その様子を妻やワーズワスに伝えた。ゴスラーにいたワーズワスは彼の手紙を読み、自らの幼い頃を思い出し湖水地方でのスケートの経験を記し、『序曲』の初期草稿として残すこととなる。

　ワーズワス兄妹はコールリッジらがラッツェブルクに去った後、ハンブルクの町で最後の散策をして、10月3日水曜の夕刻にゴスラーに向けて出発し、翌木曜日朝リューネブルク（Lüneburg）に、さらに金曜夕方3時から4時の間にブランズウィック（ドイツ名ブラウンシュヴァイク）に到着した。この間の旅の様子もドロシーの日誌に詳しく記録されている。利用した長距離乗合馬車は一見豪華そうだったが、隙間風が入り揺れもひどく、彼女は乗り物酔いに悩まされた。10月5日金曜はブランズウィックに宿泊し、英国風の宿に彼女は満足する。夕食後兄妹はこの町を見て廻り、翌朝8時にゴスラー

行きの定期便に乗って、同日10月6日午後5時から6時の間に目的地に到着した。この間彼女の日誌には「クブラ（Kubla）を持って」の一言が何気なく挿入されているが、コールリッジの「クブラ・カーン」の草稿のことと思われる。彼女が恐らく自分で筆写したものを携行していたのであろう。ドロシーの「ハンブルグ・ジャーナル」および「ハンブルグからゴスラーへ」は以上で終わっている。ゴスラーの日誌も書かれた形跡はあるが、現存はしない。この後6週間ほどの手紙も現存せず、状況から察するに、兄妹はコールリッジとの音信が途絶えていたようである。

　コールリッジはこの音沙汰なしの期間を不気味に感じていたようであるが、ワーズワスは本来のドイツ語習得の目的が思うに任せない中、また厳冬の隔絶された状況の中、新たな詩の創作に没頭していた。ルーシー詩群、マシュー詩、およびコールリッジに自らの幼少期を語りかける『序曲』の原形の始まりである。これらは他に何もすることがなかったワーズワスが手すさびのように造った詩だが、やがて現代詩の祖とも讃えられる作品に列せられることとなる。[4]

　一方、コールリッジがワーズワス兄妹に対するこの頃の思いは、試みに書いてワーズワスに送った六歩格の感情的な詩に現れている。

> William, my teacher, my friend! dear William and dear Dorothea!
> Smooth out the folds of my letter, and place it on desk or on table;
> ・・・・・・・・・・
> Read with a nod of the head in a humouring recitativo;
> And, as I live, you will see my hexameters hopping before you.
> This is a galloping measure; a hop, and a trot, and a gallop!
> ・・・・・・・・・・
> William, my head and my heart! dear William and dear Dorothea!
> You have all in each other; but I am lonely, and want you!
> ウィリアム、わが師、わが友よ！愛しいウィリアム、そして愛しいドロシーア！

我が手紙の折り目を伸ばし、机かテーブルの上に置き給え。
....

調子をとったレシタティヴォで頷きつつ読みたまえ、

これはギャロップの韻律だ、ホップ、トゥロット、ギャロップだ！
....

ウィリアム、わが頭脳、わが心よ！愛しいウィリアム、そして愛しいドロシーア！

あなた方は互いにすべてを持っている。私は寂しく、あなた方がほしい！

"Hexameters"（"William, My Teacher, My Friend! Dear William And Dear Dorothea!" ドロシーアはギリシャ語で「神のたまもの」の意味がある。ドロシーアの異形が英語のドロシーとなる。）

ワーズワス兄妹は、この詩を含む手紙を1798年12月14または21日に受け取っている。ワーズワスからの返信には前述の「ルーシー・ポエムズ」と察せられる特異な短い抒情詩が含まれていた。また同じ手紙にはワーズワスの少年時代の体験を述べる詩をドロシーが筆写したものがあった。これがワーズワスのコールリッジとの友情に報いる大作『序曲』の原形になることは言うまでもない。彼らはドイツで離ればなれになっても、なおも掛け替えのない友として愛しあい、尊敬しあっていたのである。

　コールリッジはサマーセットに残してきた家族に対しても劣らず愛しい気持ちを感じて、詩（"The Day-Dream, From an Emigrant to his Absent Wife"）を含む手紙を送っている。これに先立ち、コールリッジの妻セアラは1798年11月1日付で夫に手紙を書いているが、彼に届いたのは1か月後であった。この手紙をもって初めて夫婦の両側からの手紙のやりとりとなったが、その内容はコールリッジ自身の懸念が現実になっていく過程を述べたものでもあった。二男の赤子バークリーが天然痘の種痘の後この病気の症状を発し、一時危険な状態にまで陥っていた。その後プールが彼女に、夫にはドイツでの勉強の妨げにならないよう、あまり子供の病気のことを伝えないようにと助言し、自らバークリーについては楽観的な手紙をコールリッジに送った。こ

の後も両側から手紙が出されたが、この冬は18世紀末の記録的な寒さで、エルベ川が凍結し、手紙の到着が大幅に遅れる。この間バークリーは天然痘の症状からは回復したが、その後肺病の症状を示し、さらにそれはひどくなり、12月31日にセアラは赤子をブリストルの母の家に連れていき、家族で看病することとなった。

　コールリッジはプールからの手紙にバークリーの病気を楽観視し、この後ドイツ滞在を3か月から8か月に延ばしたこと、この学期の終わりまでゲッティンゲン大学に登録したいこと、それに伴いサマーセットに帰るのは5月になることを返信で伝えている。またイギリスに戻ったらどこに落ち着くか手紙でワーズワス兄妹と話し合っているが、彼は北方へ戻りたがっていること、図書館が近くにある環境を渇望していること、しかし彼自身とは離れがたい気持ちでいることを伝えている。

　こうしてコールリッジは2月6日に6日間の旅に出て、ラッツェブルクを離れ、ハノーヴァー経由ゲッティンゲンに至る。この間、2月11日、ブリストルでバークリーが亡くなる。髪のほとんどを失うほど憔悴したコールリッジ夫人は実の妹がいるウェストベリー（Westbury）のサウジー家にて世話されることとなり、プールはコールリッジのドイツでの研究を妨げないようにこの知らせを伏せるように彼女に説得する。コールリッジはバークリーの亡くなった翌日にあたる2月12日にゲッティンゲンに至り、大学に登録した。記録的に寒い冬の気候のため手紙が遅れたり、プールらの計らいがあったりで、彼は息子の死を4月まで知らないままでいるのである。

Ⅳ　アッパー・サクソニーの旅：ワーズワス＝スパイ説の構築と崩壊

　一方ワーズワス兄妹はゴスラーの町に閉じ込められたまま、ドイツ語の習得はかなわなくとも、何かを得たいとの気持ちから、ハルツ山地を越えてノルトハウゼン（Nordhausen）に至り、アッパー・サクソニー（Sachsen-Anhalt）の主な町を廻る旅を考えていた。クロップシュトックからはゲーテの住むワイマールも勧められていたが、兄妹はエアフルト（Erfurt）やアイゼナハ（Eisenach）も考え、そこで数か月過ごした後ハンブルクに戻り、そこ

238

から帰国するという計画を固めた。後から評価すればゴスラーの幽閉が「ルーシー詩群」と『序曲』の原形という、ワーズワスの中核的な詩作の動機となったのだが、当時の兄妹にとっては予定していたことができなくて、代わりに何かをしようという思いにかられたようである。

こうしてワーズワス兄妹は1799年 2 月23日、まず徒歩でゴスラーの町を去り、雪に覆われた厳寒のハルツ山地を越える旅に出かけた。英国湖水地方育ちの兄妹にとって、ハルツ山地はなだらかな丘でブロッケン（Brocken）山の様子もドイツのこの地方の栄光の筈だが、特にその外見には印象的なものはなかった。兄妹は24日午後にハノーヴァーの中都市オストローデ（Ostrode：オスターオーデ・アム・ハルツ）に到着するが、役人がパスポートのない彼らが先に進むことを許さず、二人は翌朝荷物とともに紹介状が届くまで足止めされた。この旅は平野部では雪融けがひどく、徒歩での旅は踝（くるぶし）まで水や泥につかる大変なものであったが、幸い兄妹は途中から荷車に乗り、夕刻までにシャルツフェルト（Scharzfeld）まで辿り着いた。更に25日の朝は雨天でもあり、彼らは郵便馬車（post wagon）で旅の最後の区間を移動しノルトハウゼン（Nordhausen）に至った。この町の郵便局で二人はコールリッジからの手紙を受け取り、大喜びで読み、ドロシーはここまでの旅の経緯をも伝える返信を書いた。ウィリアムは同じ手紙の中でビュルガー始め彼の好みのドイツ詩人や、ロバート・バーンズに及ぶ広範な文芸批評を行った。また彼は帰りの資金のため『ピーター・ベル』の出版準備をしていると語った。さらに「ソールズベリー詩」にも 2 日間取り掛かったと述べている。兄妹はこのノルトハウゼンにもう 2 、 3 日滞在し、その後、 2 、 3 週間のんびりと散策し、その後ゲッティンゲンのコールリッジを訪問すると述べている。（WW & DW to STC, 27 Feb 1799, *EY*, 250-57.）

しかしワーズワス兄妹が実際にコールリッジをゲッティンゲンに訪問したのは 4 月20日ころで、二人のアッパー・サクソニーを巡る 2 ～ 3 週間の予定の旅は 7 週間に及んでいた。この時期を含め、ゴスラー以降ドロシーのジャーナルはない。一方手紙も 3 月以降ほとんどないことはコールリッジの不手際のようで、彼がドイツ移動中にそれらの文書を紛失したようでもある。一方この時期にワーズワスが何をしていたかということが謎のひとつである。

ワーズワスの伝記中、1793年の秋、1795年のロンドン滞在の6か月に続く、3番目の謎の期間である。

　この時期、さらにはこのワーズワスのドイツの旅全体が、彼の特殊任務の期間で、妹にも事実を伝えず密かに英国政府の諜報活動、あるいは情報提供の仕事、さらには密使の仕事をしていたのではないかと推定したのがケネス・ジョンストンで、1998年刊行の『隠されたワーズワス』で詳しく論じた。しかしその詮索自体が二年後のマイケル・デュアリー（Michael Durey）による書評「存在しなかったスパイ」（"The Spy who never was"）で完全に否定された。この、すでに20年以上前に展開された「ワーズワス＝スパイ説」とその完全否認は旧聞に属するが、ジョンストンの仮説と、これを完全に否定したデュアリーの論説は文学者の実証的伝記の試みと、歴史家の歴史的事実と文書の詳細を穿っての反論の経緯を示し興味深い。両者の論争は英文学者と歴史学者の立場の違いを示してもいて、また最近のワーズワス伝のうち歴史家の書いた伝記が面白く、文学者のものがあまり面白くない理由のヒントを示すものでもあると考えられるので、以下にその経緯を辿ってみようと思う。

（1）ケネス・ジョンストンによるワーズワス＝スパイ説の構築

　ワーズワス兄妹とコールリッジらがヤーマスを出帆したときに、すでに彼らと同船していた乗客の中に情報活動をしていたらしい人が複数いたことはすでに述べた。ワーズワス＝スパイ説がにわかに考慮され始めたのは、当時の内務大臣ポートランド公の、諜報活動に対する秘密の支払い帳簿の1799年6月の項目の中に次のような記述が発見されてからである。

4/6	Crawfurd	£60
11/6	Ford	£200
13/6	To paid Mr. Wordsworth's Draft,	£92/12/-
15/6	Crawfurd	£170
〃〃	〃	£185

ここに出てくる名前は当時のハンブルク駐在の英国外務省関係者で、クローフォード（Crawfurd）とは Sir James Craufurd（Crawfurd）のことである。後に首相も務める当時の外務大臣グレンヴィル公（Lord Grenville）は1795年5月、ハンブルクに戦略的拠点となる英国代理公使館を設置し、クローフォードをその中心的要員とした。一方フォード（Ford）という名は、すでに1797年8月に遡ってワーズワスとコールリッジとのかかわりがあった。あの、スパイ・ノーズィ騒ぎを引き起こした張本人のジェイムズ・ウォルシュがサマーセットから送った報告書に「ワーズワスは私が思うにフォード氏に知られた名であり」[5] とある人物で、クローフォードが属する外務省とポートランド公の率いる内務省の両方にまたがる秘密組織の主要連絡員であったと推定されている。これら名だたる諜報員の間に「ワーズワス」の名が記されているのである。しかもこの秘密帳簿の記録は1799年6月のもので、ちょうどワーズワスがドイツから英国に戻る時期に符合する。

　1797年10月に、ナポレオン率いるフランス軍がオーストリア軍を破り、カンポ・フォルミオ条約（the Treaty of Campo Formio）により第一次対仏大同盟は崩壊し、英国はフランス共和国との戦争で孤立していた。この条約により、ヴェネツィア共和国とジェノヴァ共和国は消滅したが、ナポレオン軍はさらにスイス侵攻をし、上記1798年3月には全土を制圧、形式上共和制の新しい政体が発足していた。フランスが覇権を広げる中で中立地帯のドイツは英国とフランスの諜報活動の場で、一説には1799年1月にフランスの王党派による、新しい総裁政府の総裁五人をすべて暗殺する計画があり、南ドイツに駐留していた英国のエイジェント、ジェイムズ・タルボット（James Talbot、別名 Tindal）と結びつきかけていた。いわゆるスワビアの任務（Swabian Agencies）の一つである。ジェイムズ・タルボットにはこれに先立つ1798年9月に、オーストリアをカンポフォルミオ条約から離脱させる目的で、スイスの秘密募兵団を配備するための資金を40万ポンド用意されていたという。このタルボットの弟で兄を補佐していた人物がワーズワスとコールリッジのハンブルク行の船に同船していたともみられ、この時期の諜報文書の中に時々見られる匿名の二人の英国人がワーズワスとコールリッジの可能性があるとジョンストンは指摘する。つまり彼らのどちらかが、プロのスパ

イではないにしても、臨時の密使としての使命を請け負ったことはありうるというのである。

　すでに述べた、2月27日にノルドハウゼン（Nordhausen）に到着したワーズワス兄妹がコールリッジと再会する4月20日ころまで、南ドイツで何をしていたかについて、ジョンストンは三つの可能性を提示している。その第一は彼らがコールリッジに宛てて書いた手紙の文字通りで、さらに南の方に旅をして、流浪の末ゲッティンゲンのコールリッジを訪ね、満たされぬ気分のままハンブルクを経由して帰国したという経緯である。ジョンストンが指摘する第二の可能性は、兄妹がワイマールやイェーナに至り、ゲーテやシラーの文化的、知的環境を享受したということである。ワーズワスはクロップシュトックとトマス・ベドウズからの紹介状を持っていたから、ワイマールまで行ったなら彼らに会ったことは大いにありうるというのである。仮にワーズワスやコールリッジがゲーテやシラーと会ったとするなら文学史上の大きな出会いだが、ワーズワスは必ずしも彼らを好んでおらず、ドイツ語習得もほとんどできていなかったので、このような機会はなく、またそれゆえ後にもそのような体験を語ることもなかったと思われる。

　こうしてジョンストンが推定する第三の可能性が、ワーズワスの諜報活動である。諜報とまで言わないまでにしても、外務省の使命を請け負い、ジェームズ・タルボットとその弟ロバートのスワビアの任務に与していたという推定である。1799年1月の半ばに暗殺計画は明らかになりこの陰謀は発覚し、自分の立場も危なくなったグレンヴィル公は、あわててこの計画を終了させることとした。そのために資金をひきあげ、命令書その他の証拠書類を回収する任務を特定の密偵に命じたのだが、その密偵がワーズワスではないかというのである。

（2）スティーヴン・ギル（Stephen Gill）による『隠されたワーズワス』評

　ケネス・ジョンストンの『隠されたワーズワス』は出版当時の1998年、日本の関係学会でも話題になったが、初版は本文だけでも800ページを超える大著で、国内では十分な書評が行われたとは言えない。一方『リリカル・バラッズ』200年を期した数多くの出版物の中でも、本書は上記のように英語

圏で大評判となり膨大な書評が展開され、興味深い応酬があったようで以下
小論においてその一部を垣間見ることとする。

　膨大に出た書評の中でも、スティーヴン・ギルの「不満分子の英国人」
(『タイムズ文芸付録』) ("Disaffected Englishman", *The Times Literary Supplement*: September 18, 1998, Issue 4981.) は初期の代表的なものといえよう。自
らワーズワス伝を1989年に発表し高い評価を得ているギルは、まずジョンス
トンの本書が①ワーズワスの1807までに至る１年ごとの説明、②「詩人ワー
ズワス」の形成と結果的自己流儀の研究、③ドロシーとウィリアム・ワーズ
ワス兄妹の関係再考、④長年研究者を困惑させてきた謎の、1993年以降発見
された証拠の意味を詳細に評価した上での再調査、の四つの大きなテーマか
らなるゆえに長大なのであると説明する。

　ギルの結論から言うと、以上の①と②については、本書は一般読者向けで
も問題ないが、③と④が問題だとする。③に関しては20世紀の半ば以降折に
触れ取り沙汰されてきた、ワーズワス兄妹の間のインセスト疑惑である。こ
れに関してジョンストンが新しい事実や証拠を提供してはおらず、ギルはな
かったとの考えを表明している。これに関して論者の見解は、精神的、象徴
的なインセスト意識はあったかもしれないが、また「ルーシー・ポエムズ」
がそれを示すといえるかもしれないが、実質的インセストは当然ながらない
という考えである。後のバイロンの例からもわかるように、当時少しでもイ
ンセスト疑惑があろうものなら、普通の家庭生活の維持はおろか英国に住み
続けることさえできなかっただろうと思われる。しかるにワーズワスは1802
年に（おそらくアネット・ヴァロンとのいきさつを理解した）メアリと結婚し、
その後半世紀近く英国社会で普通の家庭生活を送ったのである。この21世紀
に及んでワーズワス兄妹のインセストを疑うのは邪推、妄想としか言いよう
がない。

　④に関しては若いワーズワスの、前述の三つの謎の時期を検討したジョン
ストンの仮説に対するギルの意見である。三つの謎の時期とは、1793年秋
と、1795年のロンドンでの６か月、そして1798-99年のドイツ滞在のそれで
ある。このうち最初の二つに関してジョンストンは新しい事実を提示してい
ないが、1793年にフランスに行き、アネット・ヴァロンと再会したという仮

説には反対はしていない。一方ギルは1795年の上半期の6か月間、ワーズワスがロンドンで友人たちの発行した急進派の新聞『博愛主義者』*The Philanthropist* に強くかかわり、身の危険を感じて片田舎のレイスダウンに隠棲したというジョンストンの意見に賛成している。この二つのうち、前者は憶測でしかなく、後者は比較的ありきたりの見方である。ギルは若いワーズワスが向う見ずで無謀であり、1790年代急進派の政治運動では活動家であったということには一般的に同意されるとしながら、彼がどの程度無謀で、どの程度大きな役を演じたかは判断の問題であるとしている。

これらに対して1798〜99年のドイツ滞在期間の謎についての考察はジョンストンの独擅場であるが、これに対してギルは批判的である。ジョンストンの最も極端な仮説では、ワーズワスが1797年のオールフォックスデン時代にすでに政府の情報源になっており、友人のコールリッジやプール、セルウォール、その他の友人の来訪についてロンドンのその筋、特にウォルシュが報告分の中で「フォード」と述べた人物に通報していたというのである。この「ワーズワスは…フォード氏に知られている名で」というウォルシュの報告書に加え、先に述べたポートランド公の秘密帳簿に載っているワーズワスの名が、詩人のヤーマスからハンブルク、そしてゴスラーから南ドイツに至る期間の、特に最後の7週間の不明部分で諜報活動またはその補助的な仕事をしていたというジョンストンの仮説の最大の論拠である。

ギルは自分が「致命的兄弟意識」（"lethal brotherhood"）のあるワーズワス学者であるから、公平な意見が言えない立場と判断されるであろうが、ジョンストンの仮説に対して書評として同意か否定かの、どちらかを求められていると認めている。その上でギルはワーズワスがサマーセットでコールリッジを裏切っていたなどということは、彼が妹とセックスをしていたということと同様思いもよらないことで、ウォルシュの報告書以外の証拠は全くない点を指摘している。ワーズワスがサマーセット時代からドイツ滞在期に至り政府のスパイをしていたという指摘は、この二人の詩人が死ぬまで、自分たちの生涯で最も素晴らしい時期だったと考えていた彼らの関係の、知られているほかの事実すべてを台無しにするもので、到底認められないとしている。しかしジョンストンが根拠としている、ワーズワスの名が「フォード氏

に知られている」ということとポートランドの支払い帳簿にワーズワスの名があることについては、見解を述べられないと認めている。1799年までにワーズワスのフランスへの思いは冷めていて、替わって愛国心が強くなり、3年ほど先にはグラスミア義勇軍と軍事訓練さえしているから、ドイツで母国のために何らかの任務をこなして報いたという仮説は信じがたいとはいえないとまで述べている。しかしその証拠はまだ少なくて、19世紀末にアネット・ヴァロンとの関係と、フランスに庶出の娘がいた証拠が次々と発掘されたこととは異なり、いまだ存在する証拠はすべて状況的なそれにすぎないと断じている。そして今必要なのは更なる思索ではなく、更なる事実、そしてどんな事実があるかという更なる検分であるとしている。こうして残念ながらギルはこの時点で、ジョンストンの仮説を完全否定するだけの証拠の提示はできなかったのである。

（3）その他の『隠されたワーズワス』評とジョンストンのワーズワス＝スパイ説再確認

　上記ギルを含み、『隠されたワーズワス』の書評は出版直後の1998年の春から夏にかけて膨大に出た。その特徴は一般誌の好意的批評だが、それはこれまでのワーズワス像、特に彼の後半生のイメージが打ち破られ、新たに彼の赤裸々な姿が示されたからだといえよう。既に注で指摘したバトラー（J. A. Butler）は「書評の書評」（"Review of Reviews"）でこれらの書評を一般誌と学術誌に分けて、それぞれの賛否両意見を提示している。ジョンストンに劣らず「急進派」のワーズワスに詳しいニコラス・ロー（Roe, in *Daily Telegraph*, June 1998）や、間もなく桂冠詩人になるアンドリュー・モーション（Motion, in *Guardian*, June 1998）ら、一般誌の多くは肯定的であった。しかし間もなく自身広く受け入れられるワーズワス伝を発表することとなるジュリエット・バーカー（Barker, in *Literary Review*, July 1998）はタイトルだけでそれとわかる否定的書評を行った（"A Mischievous Attempt to Make Fools of Us All"）。彼女はいわば歴史的伝記作家でブロンテ姉妹の伝記で有名である。彼女は2000年に自らワーズワス伝（*Wordsworth: a Life*）を出版したが、ジョンストンの同書に関し唯一の注でこの後紹介するデュアリーの論文を指

摘して、ジョンストンのワーズワス＝スパイ説を「馬鹿げた仮説」（"The ludicrous thesis"）として棄却しており（初版850ページ、注77）、他には「ジョンストン」の名すら書誌にも索引にも出していない。同じくアン・バートン（Anne Barton, in *New York Review of Books*, Jan. 1999）も「ジョンストンはしばしば最も小さな燃えさしを大火に煽り出すことができるようだ。」と皮肉交じりの否定的書評を行った。（*Wordsworth Circle*, Vol. 30, No. 4 <Autumn 1999>, 174）.

　バトラーは自分が「書評の書評」を書くまでに学術出版物に6つの書評が出たとし、その内5つ（Gill, Graver, Rieder, Tanter, Ward）が控えめながら『隠されたワーズワス』を賞賛していることを指摘し、彼らがジョンストンの"lover, revel, spy"の部分ではなく、"the poet"の部分に集中し、彼の詩の読み、詩と伝記を混交する技に賞賛を向けているとしている。一人ジョン・ビア（Beer, in *Charles Lamb Bulletin*, July 1999）のみがジョンストンに対して批判的で、確証的証拠に欠けることとセンセーショナルすぎる点を批判し、ワーズワスが人の心を歌う詩人だとしている。

　最後にバトラーはジョンストンの、ビアへの返答を引用している。ジョンストンは自分がセンセーショナルなタイトルでなく、元来の『若きワーズワス：詩人の形成（*Young Wordsworth: Creation of the Poet*)』を採用したほうが良かったかとも思うと述べ、自分の著書がワーズワスの隠したスキャンダルを暴露するものではなく、詩人がこれらの経験を経て、抑制から省略、そして象徴的変容へと扱い、われわれが愛する詩を創造したということを論じたかったと述べているのである。いずれにしてもこの1999年秋の段階ではまだワーズワス＝スパイ説は完全に否定されていなかった。

　ジョンストンはバトラーの「書評の書評」に先立つ1999年はじめに、同じく『ワーズワス・サークル』（*Wordsworth Circle* Vol. 30）の第1号で"Wordsworth's Mission to Germany: A Hidden Bicentenary?"を発表し、『隠されたワーズワス』で明らかにした「ワーズワス＝スパイ説」を再確認している。これは上記ギルの「更なる事実、そしてどんな事実があるかという更なる検分」が必要との指摘に答えようとしたものだが、結局はポートランド公の秘密帳簿の事実を再確認し、さらに詳細にワーズワス＝スパイの可能性を

検分するものだが、状況の検討の域を超えてはいない。

　ただ、ジョンストン自身は歴史学者ではなく、暴露本作家でもなく、純然たる英文学者であり、彼が最も大切に思う所は、仮にワーズワスがスパイだったと仮定して、それが彼の詩にいかなる含蓄を有するかということである。結論から言うとあまり関係はないということだが、ジョンストンはこの種の活動の影響が見受けられるテキストを数か所指摘する。しかしこれらもワーズワス＝スパイ説が証明されなければ憶測でしかなく、また否定されたら全くの誤読ということになる。ワーズワスが嘗てのフランス滞在でフランスへの愛を深めた一方、このドイツ旅行以降母国英国への愛を深めるのも事実である。しかしながら、ジョンストンの仮説はすべてポートランド公の文書が発端で、それを巡る状況を精査しただけであり、秘密帳簿にある諜報活動費の支払先が本当に詩人ワーズワスであるかどうかについては、この段階でもまだ証明されなかった。

（4）マイケル・デュアリー（Michael Durey）によるワーズワス＝スパイ説の打破

　『隠されたワーズワス』が出版されて2年近く経て、『タイムズ文芸付録』（*The Times Literary Supplement*）にマイケル・デュアリーの「存在しなかったスパイ」（"The spy who never was"）が発表された。（2000年3月10日、5058号）同記事の末尾にある情報によると、デュアリーは英国ヨーク大学出身でウエスタン・オーストラリアのマードック大学（Murdoch University）で歴史を教えており、*Transatlantic Radicals and the Early American Republic*（1997）の著書があるという。彼は歴史家の目で冷静にポートランド公の秘密帳簿を精査し、これに対応する関連の文書探索をし、一枚の証書を見つけ出し、それに "Robn. Wordsworth . . . £92-12" とあることを確認した。これによりジョンストンのワーズワス＝スパイ説の基盤にあった、ポートランド公の秘密帳簿にある「ワーズワス」が、詩人「ウィリアム」でなく、彼の従兄弟で税関史をしていたロビンソン・ワーズワス（Robinson Wordsworth）であることが確認された。

　「存在しなかったスパイ」は書評というよりはジョンストンの仮説に対す

る反論の小論文であり、この決定的文書の発見を報告しただけではなく、まさにこの種の歴史的伝記研究において歴史家の冷徹な眼差しがいかに真実を伝えるか、憶測を打破するかを思い知らせるものでもある。

　デュアリーはジョンストンが仮説として指摘した、ワーズワス＝スパイ説の要点として、彼のドイツ滞在中に疑われる三つの点を挙げている。その一は詩人がフランスのスパイ、デュ・ルートルとハンブルク行きのキャビンを共にし、彼と親しく話をした後、彼についてロウアー・サクソニーの英国人公使サー・ジェイムズ・クロウフォードに通報をしたということである。第二はクローフォードとロンドンで秘密機関を操作していたウィリアム・ウィッカム（William Wickham）の間で匿名の人物についてやりとりされていることで、それがワーズワスをスパイと推定している点である。第三は1799年初めに厳寒のためドイツで外部との連絡を絶たれていたとき、ワーズワスの秘密の目的の一つが、スワビア（Swabia）ですでに行われていた諜報活動に問題が生じて中止命令が出て、任務を終えたジェイムズ・タルボットからの命令を引き継ぎ伝え、あるいは書類や資金を受け取ることであった点としている。ジョンストンは状況証拠や質の高い証拠を積み重ねており、また英国の秘密機関がワーズワスを雇う必要があった説明もそつなく行っている。しかしデュアリーは、ジョンストンの主張は目を引くものだが、間違った考え方をしており、証拠を誤った解釈に基づいて判断していると論じている。また、デュアリーはパリの公文書館（the Archive Nationales）とロンドンの公的記録保管所（the Public Record Office）で1799年の初めの数ヶ月ワーズワスと妹が不可思議に視界から消えたとき、彼がスパイではなかったことを証明する、明らかにジョンストンの知らない、前述の文書を複数入手したとする。

　英国諜報史を専門とするデュアリーの判断では、ジョンストンの、この時代の英国の秘密機関の活動についての理解は不十分で、18世紀末の英国諜報機関について正確な知識が必要であるとしている。彼によれば英国では17世紀以来初めてこの時期に、様々な場所からの情報を一つの秘密機関に集め、諜報にまとめ上げてスパイ活動と反諜報政策に効果的に用いるシステムが構築されたという。その機関の名目上の長はポートランド公であったが、実質

上の運営は内務省の次官で外国人局も取り仕切るウィリアム・ウィッカムが行っており、この人物はスイスでの長い任務から帰国して間もなく、スパイ活動と反諜報に経験が豊富であったという。

　さて、デュアリーが指摘する、ジョンストンの「ワーズワス＝スパイ説」の活動の最初、フランスのスパイらしい同船者デュ・ルートルのことをハンブルクに着いてすぐに公使のクローフォードに通報をしたという点である。このフランス人はデュアリーの調査では王党派の亡命者であったが、フランスのスパイではなく、英国から追放されたことを装った英国のスパイであったとみられる。ジョンストンによれば、デュ・ルートルは後に寝返って、英国の諜報員になりデュ・ルートル男爵（Baron de Leutre）の肩書きを用いたとしているが、彼は二人の別人を混同している。ハンブルクの定期便客のデュ・ルートルはフランス人のブルジョア亡命者であったが、「デュ・ルートル男爵」は英国が派遣した在ハノーヴァーの公使である。デュアリーの結論は、ジョンストンの、ワーズワスがフランスのためのデュ・ルートルの活動をクローフォードに警告するためにハンブルクに送られたという指摘は間違いで、無視することができるということである。

　第二の、ハンブルクのクローフォードとロンドンのウィッカムの間で二人のスパイについてのやりとりがあり、それがワーズワスとコールリッジのことではないかとジョンストンが推定している点については、それぞれサミュエル・ターナー（Samuel Turner）とジェイムズ・パウエル（James Powell）という、二人の詩人とは別の、当時の諜報上の重要人物であることを結論としている。

　ジョンストンのワーズワス＝スパイ説の第三は、デュアリーによれば最も説得力がないもので、ワーズワスがジェイムズ・タルボットの任務、その主な目的はスイスをフランスの侵入への抵抗を秘密裏に援助することであったが、これを巻きなおすことを援助するためにドイツに送られたかもしれないというものである。すでに述べたが、タルボット兄弟は諜報活動開始後、間もなく、パリの執政総裁政府に対して奇襲を果たそうとする突飛なフランス王党派の計画に巻き込まれる。しかし1798年の終わりにこれを知ったウィッカムと外務省のグレンヴィル公により、彼らはその活動を止められ、彼らの

任務は1799年に入った一月に終わるよう命じられた。こうしてタルボットは王党派に与えた金を取り戻し、イングランドへ戻った。この最後の資金を取り戻し、関係文書を回収する後処理にワーズワスが協力したのではないかというのが、ジョンストンの仮説であった。しかしデュアリーによれば、タルボットとワーズワスの間の唯一の関わりは、彼らが同じ時期にドイツにいたということだけで、彼らは距離的に数百マイル離れていたのである。資金の取戻しに関しても秘密銀行を経由しており、ワーズワスが関わる余地はなかった。

こうしてデュアリーは、ジョンストンの、英国秘密組織がワーズワスを雇うことを望みえたという考えは、精密な検分には耐えられないことを指摘した後、決定的な証拠を突きつける。それが現在ワーズワス・トラストが所有する秘密帳簿の中の "Mr. Wordsworth" の記述に対応する文書の発見報告である。1799年6月に92ポンド12シリングを受け取ったのはロビンソンであり、ウィリアムではないと証明する証書、つまり送り状（the vouchers or invoices）が現存し、それらは1799年3月16日付で "Robn. Wordsworth" が、ポートランド公の逮捕令状による、チャールズ・ガウニング（Charles Gowing）とスティーヴン・ワッツ（Stephen Watts）の大逆罪の嫌疑による逮捕とロンドンへの護送のために必要となった出費として92ポンド12シリングの負債があったことを示している。これらは数値が符合するので、確かにウィッカムが6月13日に支払った記録に対応する証書である。以上がデュアリーの発見した「特記されていない文書」（"unspecified document"）の内容である。いずれにしても、これでジョンストンが最も初期の基盤とした文書の根拠が完全に崩壊したのである。

以上デュアリーの5000字強の小論により、ジョンストンの「ワーズワス＝スパイ説」は完全に否定された。この論争の結末として、ワーズワス＝スパイ説の誤りを認める以前から、ジョンストン自身「ワーズワスの伝記は、更なる思索以外に、これ以上新しい事実を必要としない。」と述べているが、デュアリーはその小論の最後に皮肉な一言を加えている。「残念ながら、事実には現われて人に噛み付くという、狼狽させる習性がある。」（"Unfortunately, facts have a disconcerting habit of rising up and biting you."）

（5）ジョンストンのデュアリーへの返答

　デュアリーの「存在しなかったスパイ」が発表されて僅か一週間後、『タイムズ文芸付録』の次の号に、ジョンストンは手紙形式の寄稿をして、デュアリーに返答を行った。[6] 彼は先ずデュアリーがポートランド公の秘密帳簿の「ワーズワス氏」の記述に関する決定的証拠を提供したことに感謝をし、自分がすでにこのような説明を予測していた（*WC, Winter,* 1999）ことを指摘しつつそれを認め、一方で証拠の出所の照会を求めている。いささか弁解がましいが、ジョンストンはこの小さい記事でデュアリーの攻撃的なレトリックと新しい証拠による自らの著書への全面否定的批判に質問を投げかけている。彼によれば『隠されたワーズワス』では、ポートランド公の秘密帳簿の中の "Wordsworth" との記述の部分ではウィリアムのみならずロビンソンの可能性も残す表現をしており、また「漏らしてはならない名前」の部分がワーズワスとコールリッジではなくサミュエル・ターナーとジェイムズ・パウエルの可能性もあることを用心深く残しておいたと指摘している。また、ワーズワスがウィリアムでなくロビンソンであったのが事実としても、ワーズワスの一族が当時英国の反動勢力の一部に与していたことには変わりないとする。彼は自らの『隠されたワーズワス』が暴露本ではなく、詩人としてのワーズワスの形成にどのような要素が関わり、後の文学史上の大詩人となった彼に如何なる事柄が関わったかということを見積もることであったとしている。その状況でポートランド公の秘密帳簿を見せられ仮説を展開したのだが、これは事実誤認となり、それをデュアリーが証明したことをジョンストンは感謝している。またジョンストン自身が二人のデュ・ルートルを混同した指摘に対し、デュ・ルートルを二重スパイと推定した点では意見が一致したこと、またデュアリー自身が二人のパウエルを混同している点を指摘し、歴史家の彼自身が1790年代の濃密な暗黒街の中で迷っている点を論っている。そして自らの著書『隠されたワーズワス』がポートランド公の帳簿にある「ワーズワス氏」の特定により否定され、ワーズワス評価がその伝記出版以前に戻らなければならないという指摘に反論し、自分の著書で「スパイ」に関わる部分はほとんどないと弁明している。また、最後に歴史家デュアリーがニュー・ヒストリシズムの研究以降の最近のワーズワス評価を理

解しておらず、誇張した歪曲を行っている点を反論している。こうしてジョンストンはデュアリーの提供した新しい事実を認め、それをペーパーバック版の再版に採用することを述べているが、それはワーズワス評価を自らの書の出版以前に戻すことではなく、ロマン派批評が最近まで明らかにするというよりは隠してきたといえる、ワーズワスとコールリッジの否定できない同時代との深いかかわりを鋭く示すことにあると結んでいる。

　ジョンストンはこの後に出したペーパーバックの再版の『隠されたワーズワス』ではデュアリーの反論を全面的に認め、[7] サブタイトルの『詩人、恋人、反逆者、スパイ』（*Poet, Lover, Rebel, Spy*）を省いた。ジョンストンはこの再版でもワーズワス＝スパイ説の数章は残したが、449ページの脚注でマイケル・デュアリーのこの小論を指摘し、彼が発見した「特定されていない文書」を紹介している。何れにしても、事実上ジョンストンのワーズワス＝スパイ説は崩壊し、それ自体にジョンストンは弁明の反論も出来なかったといえる。ここに文学を歴史的に研究する上での、あるいは歴史的コンテクスト上に文学者を位置づける場合の、文学研究者が注意しなければならない教訓が見られる。ただ一点のみ最後に言及する。デュアリーはジョンストンに答え、2000年4月7日の『タイムズ文芸付録』に自説の証拠の照会先を明示したが、このサイトは残念ながら現在開かず、改めて確認することはできない。

V　ゲッティンゲンのコールリッジ

　さて、ワーズワス兄妹がまだゴスラーに閉じ籠っていた頃の、1799年2月12日にコールリッジはゲッティンゲンに至り、この地の名門大学で学ぶこととなった。前日に二男バークリーが亡くなったのを知らないまま大学生活に勤しむこととなる。「ゲッティンゲンのブルク・シュトラッセ（Burg Strasse）のひどい汚い穴にいる。現金がない。」と伝えたように、彼は当初この大学町を憂鬱な場所と感じていた。しかしながら、やがて入学許可を取るとさまざまな社交や勉学のための便宜が用意されていて、豊富な図書館を利用し、神学、心理学、解剖学、自然史の講義を登録し、レッシングや古い

ドイツ文学研究の膨大な資料を見出して彼は喜ばしく思った。彼がさらに喜んだことは、英国から来ていた学生のグループと知り合ったことで、多くはケンブリッジに縁がある人々であった。彼は彼らと、自らの学生時代にも経験しなかったような交友をし、たちまち彼の周りにサークルができた。

　社交の一方でコールリッジは特にゲッティンゲンの最初の3か月、これまで以上に学問研究に没頭し、ブルーメンバッハ（Blumenbach）教授の講義にも出席し熱心に聴き、図書館では文献を懸命に筆写し、書物の入手難を補おうとした。こうしてかつてのケンブリッジでは経験しなかったようなアカデミックな環境の輝きの中で彼は興奮し、ヨーロッパの知性を分け合うような感覚を覚え、後の彼の思想的方向を決定づけることとなる。コールリッジは「現代批評の父」とも呼ばれるが、その「批評」は哲学理論をロマン派的想像力のなせる文学に適用することで、英国的な発想だけではなく、ヨーロッパの大陸的発想にも起源があり、彼のこの時期のドイツにおける体験が一つの源であるといえ得る。一方彼のこの後の思索には常に「剽窃」の影が付きまとう。この時期の彼の思索は宗教から形而上学、文学、政治学に及び、その背景にはすでに開花していたドイツ・ロマン主義があった。

　彼がゲッティンゲンで大学生活を始めた1799年2月から3月にかけてはなおも当時のヨーロッパでも最も寒い冬が続き、エルベ川の凍結も続き郵便の流通が滞っていた。また主にトーマス・プールの考えで、コールリッジの二男、まだ赤子だったバークリーが亡くなったことは暫く伏せられていたので、彼がこの事実を知ったのは4月4日に、プールから3月15日付の手紙を受け取った時であった。10日後にセアラも苦悶に満ちた手紙を書いた。二男の死を知った彼は呆然とし、涙を流すことさえできなかった。手紙からは、彼が悲嘆と罪の意識の混じった複雑な感覚を取り戻すまでに数週間かかったことがわかる。コールリッジはプールに対しては、抽象的楽観主義のような主張をして自らをなだめ、またワーズワスの「まどろみがわが魂を封じ込めた」（"A Slumber did my spirit seal"）を引用して墓碑銘とした。異国の地にいる彼にとって、息子の死はワーズワスの妹の死の想像と同様抽象的なことで、この直後さらに6〜8週間は帰国しないことを伝えている。この2日後に妻セアラ宛に書いた手紙では、10〜11週先に帰宅する希望を伝えた。息子

の死の悲嘆とホームシックから、時折帰国への発作的な思いに襲われつつ
も、彼は佳境に入った研究生活を何とか続けていくのである。

　そんな４月も半ばになると、南ドイツを旅していたワーズワス兄妹が突然
ゲッティンゲンの彼のもとを訪れた。兄妹の訪問は短時間で、彼に直ちに帰
国するよう急き立て、涙ながらに北イングランドでの共生を提案したが、コ
ールリッジはこれにも動じず、立ち去る彼らを見送り、なおも滞在を続け
た。４月23日付の妻宛て手紙では、家族の借金を支払うためにも、レッシン
グについての本を書くために、毎日８時間から10時間筆写に明け暮れている
が、集めなければならない資料を六週間以内で処理するのは不可能で、帰宅
は６月になると伝えている。そして後に「子供じみているがごく自然なも
の」（'Something Childish, but Very Natural'）として出版される次の有名な詩
に彼の思いを託した。

If I had but two little wings
And were a little feathery bird,
To you I'd fly, my dear!
But thoughts like these are idle things,
And I stay here.

But in my sleep to you I fly:
I'm always with you in my sleep!
The world is all one's own,
But then one wakes, and where am I?
All, all alone.

Sleep stays not, though a monarch bids:
So I love to wake ere break of day:
For though my sleep be gone,
Yet while 'tis dark, one shuts one's lids,
And still dreams on.

私に二つの小さな翼さえあったら、
そして羽の生えた小さな鳥であったなら、
君の所に飛んでいくよ、愛しい人よ！
しかしこのような思いは下らないものだ、
だから僕はここに留まる。

しかし眠りの中で君のもとに僕は飛んでいく。
僕は眠りの中ではいつも君と一緒だ。
この世はすべて自分自身のもの、
しかし目覚めると、僕はどこにいるというのだ。
全く、全く独りきりだ。

眠りは留まらない、君主が命じてさえも。
だから僕は好んで一日が始まる前に目覚める。
なぜなら、眠りが去っても、
まだ暗い間に、まぶたを閉じれば、
まだ夢見続けるのだから。

　しかし彼の妻セアラが宥められることはなく、この夫婦の間には亀裂が広がっていった。彼がこのような家庭悲劇にもかかわらず、ドイツでの学生生活を楽しみ始めていたのは確かであった。ドイツの学者は学識深く、また留学していた同胞の若いイギリス人たちとも等しく付き合い、英国では得難かった開かれたアカデミックな環境を享受していた。彼は英国国内にいた時と同様、ドイツ人の学者たちや英国人の留学生たちに強い印象を与えた。彼の話には誰もが感嘆し、彼の詩には強い感銘を覚え、周りに崇拝者のグループが形成された。
　ワーズワス兄妹は4月下旬にハンブルグを経由し、5月1日にヤーマスに到着し帰国した。一方この頃コールリッジのレッシングの研究はなお続いていたが、彼は機会を見出し1週間ほどのハルツ山徒歩旅行に出かけた。目的はブロッケン山のスペクターを見ることと、この地方の春の祝祭見物であっ

た。旅の詳しい様子はやはり妻セアラ宛の手紙に記されている。旅の間彼は同行者と周りの素晴らしい景色を見ながら、崇高と美に関する議論を続けていた。同行のイギリス人たちは彼の定義がバーク以上と認めていた。この旅の様子を伝える彼の手紙には様々な印象が次々に展開飛翔する様子が描かれている。彼らはブロッケンのスペクターを見ることはできなかったが、滝や洞窟を見、鉄鉱石の製錬の様子や野生動物、アヒルやサンショウウオ、春の祭典とメイポールの踊り、様々ないわれのある歴史的遺物などを見て回った。彼の手紙には様々に展開する光景のパノラマが記されている。手紙だけではなく、宿ごとにある宿泊客のアルバムにも彼は書き込みをして、旅行記念の詩も書き始めた。

I stood on Brocken's sovran height, and saw

Woods crowding upon woods, hills over hills,

A surging scene, and only limited

By the blue distance. Heavily my way

Downward I dragged through fir groves evermore,

Where bright green moss heaves in sepulchral forms

Speckled with sunshine; and, but seldom heard,

The sweet bird's song became a hollow sound;

('Lines Written in the Album at Elbingerode, in the Hartz Forest' 1-8.)

私はブロッケンの至高の高みに立ち、見た、

森が森に、丘が丘に蠢めいているのを、

波のように押し寄せる光景を、そして蒼穹の彼方のみが

境になっているのを。激しくも、私は降りの道を

果てしなく続くモミの木の森を通り、足を引きずり辿った。

そこでは輝かしい緑の苔が墓のような形になり

木漏れ日が当たっていた。そして稀にしか聞こえなかったが、

甘美な鳥の歌が虚ろな音となっていた。

しかしこの詩は望郷の思いで結びに向かう。

> O dear, dear England! how my longing eye
>
> Turned westward, shaping in the steady clouds
>
> Thy sands and high white cliffs!
>
> 　　　　　　　My native land!
>
> Filled with the thought of thee this heart was proud,
>
> Yea, mine eye swam with tears: that all the view
>
> From sovran Brocken, woods and woody hills,
>
> Floated away, like a departing dream,
>
> Feeble and dim!　　do. 25-33

ああ、愛する英国よ！　わが憧れの目は、いかに

西に向けられたことか。そしてどっしりした雲の中に

汝の砂、高くも白い断崖を形成したことか。

　　　　　　　わが故郷の島よ！

汝の思いに満たされるとこの心は誇らしく、

そう、わが目は涙で満たされる。それゆえ荘厳なブロッケンの

森や繁茂した丘の景色全てが、

去りゆく夢のように幽_{かそけ}くも朧_{おぼろ}に、

漂い去った。

そして彼の会話体詩として、最後は神への思いに閉じられる。

> 　　　　　　　Stranger, these impulses
>
> Blame thou not lightly; nor will I profane,
>
> With hasty judgment or injurious doubt,
>
> That man's sublimer spirit, who can feel
>
> That God is everywhere! the God who framed
>
> Mankind to be one mighty family,
>
> Himself our Father, and the world our home.　　do.　33-39

　　　　　　見知らぬ人よ、この衝動を
軽く咎めることなかれ。また私は汚すつもりもない、
性急な判断や、不当な疑念により、
人の崇高な魂が、神の遍在を
感ずることができることを、人類を
一つの強力な家族に構成したあの神を。
彼こそが我々の父であり、この世は我々の故郷なのだ。

　5月18日にコールリッジはゲッティンゲンに戻りシェリング研究をつづけ、更に彼やゲーテ、シラーなどの翻訳や、模倣詩を試みた。彼はこのころ自らの詩を作る能力の減退を感じ、ミューズは自分から去ったと述べたが、妻やワーズワス宛の手紙に書かれた詩にはオリジナリティと洗練が見られる。さらにコールリッジは5月21日付で、ジョサイア・ウェッジウッド（Josiah Wedgwood）宛の「六通の膨大な手紙」を書きハミルトンに託して送るつもりと書いたが、ハミルトンの出発が遅れ結局自分で持ち帰ることとなった。その中ではレッシングの伝記の背景の仕事についてのほか、ドイツの小作人階級の歴史や、1798年に初版が出されたマルサスの『人口論』を議論するためにドイツの統計や材料を検討していること、またゴドウィンやコンドルセに対する疑念に広範な考察を加える意図を語っている。
　これらのコールリッジの計画は彼によくあったように計画倒れで実現せず、レッシングの伝記はシラーの翻訳にとって代わり、ドイツの詩や民話の研究は後の講演や1809年の『朋友』（*The Friend*）、そして『文学的自叙伝』（*Biographia Literaria*）に含まれることとなった。また彼は30ポンドに及ぶメタフィジックス関係の書物を買ったことも伝えている。これらを「沈黙のまま人生の最盛期をささげる仕事」の準備とすると述べている。コールリッジのドイツ滞在は具体的成果があったとは言い難いが、その全体が彼の後の文学、政治、宗教、哲学の思索に深い影響があった。しかし彼には整然とした体系的研究は縁遠いもので、この後も業績として残った著作には雑然とした特徴が常に纏わりついていた。

VI コールリッジのゲッティンゲン退去、そして帰国

　6 月に入るとコールリッジはゲッティンゲンの地元の画家に自らのパステル画の肖像を描かせ、アンソニー・ハミルトンに託してウェッジウッド家へ送った。これらが彼の最もロマンティックな仕上がりの肖像画で、若き日の彼の個性を理想的に再現している。このころが彼の帰国準備の始まりで、下旬になると 6 月23日（日曜）にブルーメンバッハ教授によるコールリッジとチェスターのための大がかりな送別会が催された。この時コールリッジはカントに関する長弁舌を行い、ドイツ人の教授や妻たちを驚かせたようである。翌24日コールリッジとチェスターは荷を先に送り、真昼時にゲッティンゲンを出発、帰国の途に就き馬車でモルンフェルデ（Mollnfelde）、ノルトハイム（Northeim）を経、クラウスタール（Clausthal）に夜11時30分に到着した。夜の闇にブロッケン山に再び登るが、いわゆるスペクターを見ることはできなかった。彼らは夜明けにもう一度戻ったが、何も見ることはできず、代わりに「イノシシが尻尾や臀部に蛍をいっぱいつけた様子を目にした。」こうして彼らは 6 月27日前回とは異なるルートでブランケンブルク（Blankenburg）に至り、30日にはブランズウィックに至りパリー（Parry）兄弟に会う。このため帰国はさらに延期されるのだが、彼はこのころスカンジナビアの旅まで考えていた。これはメアリ・ウルストンクラフトの紀行文の影響を受けたものだが、明らかに英国の家族の元へ戻ることに逡巡している。北欧行きはさすがに実現せず、コールリッジは翌年の再来を期していた。

　7 月 3 日（水曜）にコールリッジとチェスターは他の人々とブランズウィックで別れ、ヴォルフェンビュッテル（Wolfenbuttel）に向かった。この町の図書館でコールリッジはレッシング関係の資料を集めようとしたが結局は不満な数日となった。この後彼らはヘルムシュタット（Helmstadt）に行き、ホルバイン（Holbein）やラファエル、カラヴァッジオ（Caravaggio）のスケッチを見た。二人は夏の気候の中、皮膚に病も生じ、外見も汚れ放題で彷徨の学者然としてきたが、7 月18日ドイツの出入り口のクックスハーフェンに至った。この時コールリッジは本の入った櫃箱をなくすが、これらは結局英国の自宅に届けられることとなる。一方彼は英国からドイツで世話になった

教授たちに、クーパーの詩、ワーズワスの詩、そして自らの詩の本を送った。こうして彼はロンドンに立ち寄り『モーニング・ポスト』*Morning Post* の編集者ダニエル・スチュアートと会ったりした後、7月28日頃ようやく妻や家族の待つサマーセットのストウィに到着したのである。

註

1　ジョンストンの『隠されたワーズワス』は『リリカル・バラッズ』出版200年の1998年5月に発表され、その従来のワーズワス像を全く転換するセンセーショナルな内容に、直ちに英米圏で大きな反響を呼んだ。書評の総括は James A. Butler, "A Review of Reviews", *Wordsworth Circle* Vol. 30, No. 4 (Autumn, 1999) に纏められている。それによると『隠されたワーズワス』出版直後の1998年春から夏にかけて英米、オーストラリアからネーデルランドまで巻き込んで大きな話題を呼び、英文学研究書としては珍しい注目を集め、英国では一般紙『ザ・ガーディアン』等のベストセラーのリストにも挙がり、また年間最優秀図書のリストにも載り、専門誌や文芸誌のみならず一般紙、経済誌も含み膨大な書評が書かれた。初版に付された "Poet・Lover・Rebel・Spy" の最初の「詩人」はともかく、二つ目の「恋人」では彼の性的経験まで探り、「反逆者」では彼の従来以上の急進的政治活動を探り、最後の「スパイ」では当論文がテーマとしている1798～99年のドイツ滞在におけるワーズワスのスパイ活動の可能性について探っている。ジョンストンは自らの手法を「可能性の選択肢がある時は冒険的な（riskier）方を調べろ」という原則に基づくと断言している。その結果の本書はかなりセンセーショナルな内容を含んでおり、また『リリカル・バラッズ』200周年を狙った商業的誇大広告も行われて反発もあったが、膨大に出た書評は毀誉褒貶というよりは賞賛が多かった。しかし一部批判や疑問が呈され、結局後述のスパイ説の根拠の崩壊となる証拠が提示されるのである。なお、J. A. Butler が "A Review of Reviews" でリストに挙げている *The Hidden Wordsworth* の50を超える書評の内、一般紙に掲載とみられるものは *Times, Guardian, Herald, Daily Telegraph, Evening Standard* 始め約30誌で、その中には *The Economist* や *Wall Street Journal* など経済紙も含まれている。

2　ジョンストン、『隠されたワーズワス』初版609頁、再版442頁。

3　このときの彼女のドイツ滞在記録はあまり評価されていないようで現在普通の印刷物で入手するのは難しい。Web 上では William Knight 版が入手できるが、これは抜粋で細かく削除が施されていて、またその基準、削除理由がわからない。これまでの最良版はセリンコート（Selincourt）編のもので、完全に編集されている。以下はこれに典拠とする。

4　「ルーシー・ポエムズ」とドロシーとの関係は古くから研究が多いが、コールリッジ自身がすでにこの「ルーシー」をワーズワスの妹ドロシーと同一視していたといえる。な

お "Mathew poems" と呼ばれるものは "Lines written on a Tablet in a School", "The Two April Mornings", "The Fountain", "Address to the Scholars of the Village School of —" などである。

5　この記述をジョンストンは、詩人ワーズワスがサマーセット時代から当局と通じていて、ワーズワスやプール、さらには来訪したセルウォールらの動向を Ford 氏に通報していたと解釈できる指摘をしたが、Juliet Barker は 'William Wordsworth' の名が Ford 氏に知られていたとするなら、彼がしばらく前ロンドンで急進派と交わる活動をしていた故であるかもしれないが、もっとありそうなのは William のことではなく、アバゲニー伯爵にも繋がる有名人であった Captain John Wordsworth や Robinson Wordsworth らを通じて姓を知っていたということである。もう一つの可能性として、Barker はロンドンの民事訴訟となっていたワーズワス一族とロンズデール公の法的争いを挙げている。Juliet Barker, *William Wordsworth*: *A Life*, abridged ed. (2001), pp. 135-6.

6　Kenneth Johnston, 'Wordsworth as Spy,' *TLS* (17 March 2000)

7　Kenneth Johnston, *The Hidden Wordsworth* (Norton Paperback ed., 2001) "A Tale of Two Titles: Preface to the Norton Paperback Edition", pp. ix-xvi.

参照文献

（冒頭にアステリスク＊付きの書誌は「ワーズワス＝スパイ説」関連の書評誌・学術雑誌）

Ashton, Rosemary. (1996) *The Life of Samuel Taylor Coleridge: A Critical Biography*. Oxford: Blackwell.

＊Baker, John Haydn. "Bowed but serene". Review to *Wordsworth: A Life* by Barker, Juliet R.V. (Dr) (author) *TLS* November 10, 2000; p. 9; Issue 5093.

Barker, Juliet. (2000) *Wordsworth: A Life*. London: Viking/ Penguin.

-----. (2001) *Wordsworth: A Life*. The abridged edition. London: Penguin.

＊Butler, James A. "A Review of Reviews". Review to *The Hidden Wordsworth* by Kenneth R. Johnston and the reviews to it. *Wordsworth Circle* 30, No. 4 (Autumn, 1999)

Christie, William. (2007) *Samuel Taylor Coleridge: A Literary Life*. New York/ UK: Palgrave/Macmillan.

Coleridge, Samuel Taylor. Engel/Bate eds. (1983) *Biographia Literaria*. Princeton: Princeton U. P.

-----. Earl Leslie Griggs ed. (1956) *Collected Letters of Samuel Taylor Coleridge: Volume I: 1785-1800*. Oxford: Clarendon Pr.

-----. Mays, J. C. C. (ed.). (2001) *The Collected Works of Samuel Taylor Coleridge: Poetical Works*. 4 vols. (Princeton: Princeton U. P.)

-----. Carl Woodring ed. (1990) *The Collected Works of Samuel Taylor Coleridge: Table Talk* 2 vols. (Princeton: Princeton U. P.)

＊Durey, Michael. "The spy who never was". Review to *The Hidden Wordsworth* by Kenneth R. Johnston and the review by Stephen Gill. *TLS*, March 10, 2000; p. 14; Issue 5058.

*------. <Response letter to Jonston's> "Wordsworth as spy." *TLS*, Friday, April 07, 2000; p. 21; Issue 5062.

Gill, Stephen. (1989) *William Wordsworth: A Life*. Oxford: Oxford University Press.

*------. "Disaffected Englishman". Review to *The Hidden Wordsworth* by Kenneth R. Johnston. *TLS*, September 18, 1998; p. 3; Issue 4981.

Gittings, Robert and Jo Manton. (1988) *Dorothy Wordsworth*. Oxford: Oxford University Press.

Hazlitt, William. (1823) *My First Acquaintance with Poets*. In *The Liberal: Verse and Prose from the South*. London: John Hunt, 1823; Rpt. ed. Jonathan Wordsworth, Oxford: Woodstock, 1993.

Holmes, Richard. (1989) *Coleridge: Early Visions*. Hodder &c, UK/ Penguin, 1990.

------. (1998) *Coleridge: Darker Reflections*. London: Harper Collins.

Johnston, Kenneth. (1998) *The Hidden Wordsworth: Poet · Lover · Rebel · Spy*. New York/London: Norton.

*------. "Wordsworth's Mission to Germany: A Hidden Bicentenary?" *Wordsworth Circle* 30, No. 1 (Winter, 1999)

*------. <Response letter to Durey.> "Wordsworth as spy." *TLS* (London, England), Friday, March 17, 2000; pg. 17; Issue 5059.

------. (2001) *The Hidden Wordsworth*. (New York/London: Norton Paperback ed.).

Leed, Mark L. (1967) *Wordsworth: The Chronology of the Early Years 1770-1799*. Cambridge, Mass.: Harvard U. P.

------. (1975) *Wordsworth: The Chronology of the Middle Years 1800-1815*. Cambridge, Mass.: Harvard U. P.

Mason, Emma. (2010) *The Cambridge Introduction to William Wordsworth*. Cambridge: Cambridge U. P.

Mayberry, Tom. (1992) *Coleridge & Wordsworth in the West Country*. Sutton, UK.

Moorman, Mary. (1957) *William Wordsworth: A Biography: The Early Years 1770-1803*. Oxford: Clarendon Pr.

------. (1965) *William Wordsworth: A Biography: The Later Years 1803-1850*. Oxford: Clarendon Pr.

Perry, Seamus (ed.) (2000) *S. T, Coleridge: Interviews and Recollections*. Houndmills, Hampshire & New York: Palgrave.

Pinion, F. B. (1988) *A Wordsworth Chronology*. Houndmills, UK: Macmillan.

Purton, Valerie. (1993) *A Coleridge Chronology*. Houndmills, UK: Macmillan.

Sisman, Adam. (2007) *The Friendship: Wordsworth and Coleridge*. London: Penguin.

Thelwall, John. (1801) *Poems Chiefly Written in Retirement, &c*. London &c; Rpt. ed. Jonathan Wordsworth, Oxford: Woodstock, 1989.

Wordsworth, Dorothy. Woof, Pamela ed. (2002) *Dorothy Wordsworth: The Grasmere and Alfoxden Journals*. Oxford: Oxford U. P.

------. Moorman, Mary & Helen Darbishire eds. (1971) *Journals of Dorothy Wordsworth*. Oxford &c: Oxford U. P.

-------. Selincourt, E. de ed. (1941) *Journals of Dorothy Wordsworth*. In 2 vols. London: Macmillan.

Wordsworth, William. (1940) Selincourt ed. *The Poetical Works of William Wordsworth*, vol. 1. Oxford:Clarendon Pr.

------. Selincourt ed. 2nd ed. Darbishire. (1959) *The Prelude or Growth of a Poet's Mind*. Oxford: Clarendon Pr.

------. and Samuel Taylor Coleridge. Michael Gamer & Dahlia Porter eds. (2008) *Lyrical Ballads 1798 and 1800*. Ontario Canada &c., Broadview Editions.

------. Richey, William & Daniel Robinson eds. (2002) *Lyrical Ballads and Related Writings*. Boston &c: Hought Mifflin.

------. and Dorothy. Selincourt ed., rev. Shaver. (1967) *The Letters of William and Dorothy Wordsworth: The Early Years 1787-1805*. Oxford: Clarendon Pr.

------. ed. Selincourt, rev. Allan G. Hill. (1988) *The Letters of William and Dorothy Wordsworth vol. VII: The Later Years 1840-53*. Oxford: Clarendon Pr.

ギルマン，ジェイムズ --桂田利吉ほか（訳）. (1992)『コウルリッジの生涯』東京：こびあん書房.

上島，建吉（編）. (2002)『対訳コウルリッジ詩集』東京：岩波書店.

山田，豊. (1999)『コールリッジとワーズワス：対話と創造（1795〜1815）』東京：北星堂書店.

-----. (2008)『ワーズワスと妹ドロシー：「グラスミアの我が家」への道』東京：音羽書房鶴見書店.

以上の他は拙著『イギリス・ロマン派とフランス革命』東京：桐原書店2003、19〜35ページの文献目録参照。

ロッホ・ローモンドと背景右手にベン・ローモンド

第8章　スコットランド、1818年

ジョン・キーツの英国北部の旅

　詩人ジョン・キーツは1818年6月下旬から8月上旬まで、2か月ほど北イングランドからスコットランドへの旅をしている。6月26日には湖水地方に入り、ワーズワス邸も訪れるが詩人とは会えず、スキドウ山登攀を経てカーライル経由7月1日にスコットランドに入る。ダンフリーズから西進、海を渡り北アイルランドに上陸しベルファストに至る。スコットランドに戻ったあとバーンズの生誕地エア、アロウェイを経てグラスゴウに至る。更にロッホ・ローモンド、インヴェラレイ、ロッホ・オー、オーバンからマル島、アイオナ島、スタッファ島のインナー・ヘブリディーズ島嶼部を訪問する。ここで体調を崩すが、暫く休息の後オーバンから北に向かい、フォート・ウィリアムからベン・ネヴィス登攀を果たす。この後さらに体調が思わしくなかった彼はネス湖南岸を通りインヴァネスに至り、その先のクロマティ港から船便を用いて8月18日にロンドンに戻った。本章では以上のキーツの旅を主に彼の書簡を材料にたどる。

　1818年のジョン・キーツは4月に彼の最大の物語詩『エンディミオン』を出版した。それ以前1816年末にリー・ハント（James Henry Leigh Hunt, 1784〜1859）と知り合い、1817年3月に『ポエムズ』を出版して文壇ではすでに知られていた。しかし批判も多い中、彼はミルトンやシェイクスピアなど英文学の他、古典文学も読みつつ、さらに自らの独創的な詩作を続けていた。1817年の年末には画家ベンジャミン・ヘイドン（Benjamin Robert Haydon, 1786-1846）の「不滅の晩餐会」で大家のワーズワスに紹介される。彼は何人かの友人の中でもチャールズ・ブラウン（Charles Armitage Brown, 1787〜1842）などに支援され創作を続けていた。1818年6月下旬から8月上旬にかけての旅も、前年に知り合い意気投合したこのブラウンが誘い掛け、ともに行動することになった。折から結婚したばかりの弟ジョージ夫妻がアメリカに移住する直前で、出航するリヴァプールまで同行することとなった。彼ら

Sails from Cromarty to
London
8/8-18

Loch Ness ●Inverness
8/6-8

Fort William
▲ Ben Nevis 8/1-2

Inner ●Oban Loch
Hebrides   Lomond

        ●Edinburgh
Glasgow
7/13

Ayr
7/11   7/1
        ●Dumfries
        ●Carlisle
7/8●   Lake 6/30
7/8   District
Belfast●   Kendal 6/26
7/7   Endmoor
        Lancaster 6/25
        6/24
        ●Liverpool
        6/23

        Lichfield
        Coventry

        Redbourn● Reaches
                 Well Walk
                 8/18

        London
        6/22

スコットランド、1818年：ジョン・キーツの英国北部の旅；
6月22日〜8月18日

266

の旅の様子は、主にロリンズ編キーツの書簡全集の該当箇所から読み取ることができる。[1]

Ⅰ　ロンドンを発ち、リヴァプールから湖水地方に

　1818年6月22日、ジョン・キーツとチャールズ・ブラウンはアメリカへ移民する新婚の弟ジョージ夫妻と一緒にロンドンを発ち、翌日23日午後にリヴァプールに到着。この日は就寝まで4人ともに過ごした。帆船時代のこと、風向きを待ち直には出航できないでいる弟夫婦が起床前の6月24日早朝に、キーツとブラウンは乗合馬車で北へ向かい、その夜はランカスターで宿泊した。この町は当時産業革命の進展で発展していたが、その産業や商業環境をキーツは嫌った。しかも折からの国会議員選挙で現職のトーリー党ラウザー卿の二人の息子、子爵ウィリアムおよびヘンリー大佐と、これに挑むホイッグのヘンリー・ブルーム（Henry Brougham, 1778～1868）の選挙戦で賑わっていた。ラウザー一族は長らくこの地から湖水地方にわたる選挙区から議員を出していた。ワーズワスの父親は先代の第一代ロンズデール伯、ジェームズ・ラウザーの事務弁護士を務めていた。この時はその次の代の爵位継承者の、詩人とも親しかったウィリアム卿兄弟をワーズワスも支援していたのである。若い頃革新的であったワーズワスがトーリー党の候補を応援することには多くの若者が幻滅していた。

　ブラウンはこの旅の一部、主に北イングランドの旅程を記した記事を22年後、ニュージーランドに移民する直前の1840年に公刊するが、[2] その中で6月25日は午前4時に起床し、雨により3時間引き留められたが、ボルトン・ル・サンズ（Bolton-le-Sands）まで4マイル歩き、朝食を摂り、次いでケンダル（Kendal）のバートン（Burton）にあるキングズ・アームズでディナー（午餐）を摂り、さらにエンドムア（Endmoor）まで進み、そこでブラック氏が経営するパブリック・ハウスに泊まったと記している。

　6月26日、彼らはウィンダミア湖に臨む。当時はウィンダミアがワイナンダーミア（Winandermere）とも呼ばれていたが、キーツは Wynandermere と綴っている。彼はウィンダミアの眺めを、「最も崇高な柔和さを湛えてい

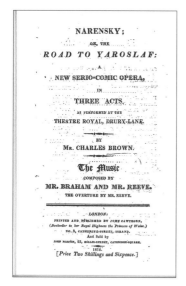

ブラウンのコミック・オペラ *Narensky* の出版タイトルページ（原本複写著者蔵）

た。それらがくすむことは決してない。それらの景色は人生の分断を忘れさせる。老齢、若さ、貧困、豊かさのような。そして人間の感覚的ヴィジョンを、決して瞼を閉じることなく開いた状態をやめず、偉大な力の驚異をしっかりと示すある種の北極星のように洗練する。」（1818年6月25～27日付トム・キーツ宛，Rollins, No. 91, 299）と述べている。ただ、欠点としては当時すでに観光地化しており、ロンドンの上流階級のファッションを纏った旅行客たちが景観を損ない、ワーズワス邸までも押しかけているとしている。

　キーツは湖畔のボウネスで食事を摂り、ウェイターにワーズワスのうわさを聞き、数日前ワーズワスがこの地に来てラウザー家のために遊説を行ったと知る。ラウザーという名はワーズワス兄弟にとっては十数年前までは、わだかまりがあった。彼らの父はラウザー卿に仕えていたが、亡くなった後その報酬が未払いで、これをワーズワス研究ではラウザーの負債（Lowther debt）といい、長年詩人たち兄弟との係争の種であった。ジェームズ・ラウザーは1802年に亡くなり、遠縁のウィリアムが同年にラウザーの子爵と男爵の爵位を、そしてロンズデール伯の爵位をエステートと共に継承していた。この後彼はワーズワス兄弟に先代の負債を清算し、以降詩人のパトロンともなった。ワーズワスはこのころまでに彼を含む上流階級との交際が増え、彼らに共感もし、彼自身ジェントルマン化していた。このウィリアム・ラウザーと同名の長男ウィリアムと次男ヘンリー（当時中佐 Lieutenant colonel）が、時の1818年の選挙では、新たに産業革命で都市化したランカスターを地盤とするホイッグのヘンリー・ブルームに挑まれていたので、ワーズワスはトーリーだが親しいラウザー兄弟を応援していたのである。だからキーツは「ワーズワス対ブルーム、残念、残念。（Rollins, 299）」

と述べ、保守化したように見え
るワーズワスに幻滅したものと
思われる。

　キーツとブラウンはボウネス
から北へ進み、前方左寄りにラ
フリッグを目にし、デヴォンや
ウェールズにもない雲間の山の
膨らみを珍しく見る。ラフリッ
グ・フェル（高原）はグレイ
ト・ラングデイルで最も知られ

ブリー・ターン（湖）から見たラングデイル・
パイクス：Attribution: Rob Bendall ©

た景観のラングデイル・パイクス連峰とともに湖水地方中央部の高地を成
し、シルヴァー・ハウ（ヒル）から東へグラスミアの村に続いている。キー
ツらはアンブルサイドからワーズワス邸のライダル・マウントに向かってい
たので前方左手寄りにラフフリッグ高地が見えていたということである。彼
らはケンダルからウィンダミア湖に至り、ボウネスを経て湖の東側を歩いて
進み、その湖岸の美しさに打たれてきたのである。右手には「カークストン
その他の大きな丘がある種の暗い灰色の靄の中に横たわっていた。」彼らが
6月26日に宿泊したアンブルサイドのサルーテイション・インは現存するよ
うである。[3]

　6月27日、彼らはいつもより遅い朝6時に起き、2マイル北のライダル・
マウントに、ワーズワスを訪問する予定であった。2人は朝食前にストッ
ク・ギル・フォース（Stock Ghyll Force）を訪問する。キーツは「アンブル
サイドの滝」としか述べていないが、ストック・ギル・フォースは現代に至
りこの地区の名勝である。彼の初めて見た滝の描写は詩人らしく印象的であ
る。

　　First we stood a little below the head about half way down the
first fall, buried deep in trees, and saw it streaming down two more
descents to the depth of near fifty feet ―then we went on a jut of
rock nearly level with the second fall-head, where the first fall was

above us, and the third below our feet still—at the same time we saw that the water was divided by a sort of cataract island on whose other side burst out a glorious stream—then the thunder and the freshness. At the same time the different falls have as different characters; the first darting down the slate-rock like an arrow; the second spreading out like a fan—the third dashed into a mist—and the one on the other side of the rock a sort of mixture of all these. We afterwards moved away a space, and saw nearly the whole more mild, streaming silverly[sic] through the trees. What astonishes me more than any thing is the tone, the coloring, the slate, the stone, the moss, the rock-weed; or, if I may so say, the intellect, the countenance of such places. The space, the magnitude of mountains and waterfalls are well imagined before one sees them; but this countenance or intellectual tone must surpass every imagination and defy any remembrance. I shall learn poetry here and shall henceforth write more than ever, for the abstract endeavor of being able to add a mite to that mass of beauty which is harvested from these grand materials, by the finest spirits, and put into etherial[sic] existence for the relish of one's fellows. (To Tom, 27 June: Rollins, No. 91, 300-301)

　最初に僕たちは木々の中に深く埋まっていた最初の滝から半分ほど下った所に立ち、渓流がさらに50フィート近くの落差で二つの滝に流れ落ちているのを見た。──それから僕たちは二つ目の滝の頭とほぼ同じ高さの岩の突端に行ったが、そこで最初の滝が頭上になり、さらに足下には三番目の滝があった。同時に僕たちは、渓流がある種の滝の岩により分割され、その反対側では華々しい流れが、その時は雷のようにまた新鮮に爆発しているのを見た。それぞれ別の滝が同時に別々の個性を持っている。最初の滝は矢のようにスレート岩を射るように落ちていく。二番目は扇のように広がっている──三番目は霧となって砕け落ちている──そして岩の反対側の滝はこれらすべての混

270

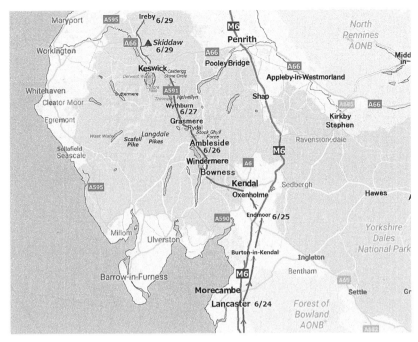

キーツとブラウンの旅：ランカスター～湖水地方：1818年 6 月24日～ 6 月29日

　洲の類だ。僕たちはそのあと少し移動し、ほぼ全体がもっと穏やかに
銀色に流れているのを木々の間から見た。とりわけ僕が驚いたのは、
音、色合い、スレートと石、苔、岩に生えた草だ。あるいはあえて言
えば、このような場所の知性というか、表情だ。この空間、山々や、
滝の大きさがそれらを見る人の前でよく想像される。しかしこの表情
つまり知的なトーンはあらゆる想像を凌駕し、いかなる記憶も退ける
ものだ。僕はここで詩を学び、これから先さらに多くを書くだろう、
これらの壮大な材料から収穫できる美の総体にわずかなものを付け加
える抽象的努力のために、最も繊細な霊力により、そして仲間の好み
のために霊的存在に置くだろう。

　銀板写真登場の数十年前の当時、風景描写は絵画か文章によるしかなく、ま
た旅を共にできなかった病床にある弟への手紙で、ロンドンでは見るべくも

ストックギル・フォース（滝), Ambleside.

ない滝の様子を詳細に伝えている。

　キーツの弟ジョージ夫妻宛の6月27日付で「ヘルベリンの麓」という地名を記した手紙はケジック経由で7月1日にリヴァプールに届いたが、ジョージ夫妻は6月25日に乗船、7月5日に出帆しており、彼らには届かず、ロンドンのトムに託されたがアメリカに転送はされなかったようである。(Rollins, 302ff.) この手紙の冒頭では、すでにトム宛手紙に記したランカスターからバートン、エンドムア、さらにケンダルからウィンダミア湖畔のボウネス、そしてアンブルサイドに至った旅程を記した後、ライダル・マウントのワーズワス邸訪問の様子を伝えている。残念ながら詩人ワーズワスもその家族も不在でキーツは落胆するが、ミス・ワーズワスと思われる肖像にメモをはさんで退去する。キーツがメモの置き場所とした「ミス・ワーズワスの肖像」とは妹ドロシーのそれと思われる。キーツはワーズワスの家族の誰とも会わなかったが、ドロシーのスコットランド旅行記があることもおそらく知らなかったものと思われる。もし1803年の旅の様子を知ったならトロサックス地区に行ったことだろうが、その様子はない。いずれにせよ、キーツは残念な気持ちを残してライダルの二つの滝を訪れる。この二つの滝はアデレード王太后（Queen Dowager）が1840年にライダル・マウントを訪問したときに老詩人ワーズワスが恭しく案内することとなる場所でもある。[4]

　6月27日付ジョージ宛手紙では、この後ジョージアナの名を行頭に用いたアクロスティック詩を記載したあと、28日の行程を語っている。ライダルからグラスミア、サールウォーターを経てヘルベリンの麓に至ったが、悪天候に登攀は諦め、次にスキドウに期待を向けた。その途上でケジックに至り、ダーウェント湖畔を散歩し、ロードアの滝（Lodore Falls）の訪問を示唆している。更に3日後にスコットランドに入る予定と、間に合うならポートパ

272

トリック宛てに手紙を書くよう指示している。この港からフェリーでアイルランドにも渡ることはすでに決めていたと思われる。

　6月29日付トム宛手紙では、ダーウェント湖畔からロードアの滝、湖の最南端から見たボロウデイルの山々の景観のすばらしさを伝えている。「ペンリス・ロードを1マイル半進み、ドゥルイドの寺院を見た」というのはだいぶ東寄りだがカースルリッグ・ストーン・サークル（Castlerigg stone circle）のことかと思われる。この新石器時代の遺跡は現代でも湖水地方北部の見逃せない名所である。キーツは夕刻時に「山々の中腹のなだらかな坂の老いたる岩々を見て」祝福を感じ、疲れと空腹を忘れる思いであった。

　なお、ケジックにはコールリッジの家族とサウジー一家の住むグリータ・ホールがあるが、キーツの書簡には一切言及がない。彼がコールリッジと出会うのは1819年4月11日にハムステッド・ヒースを散歩中のことのようで、この旅のころにはまだ面識がなく、彼の家族のことやサウジーのことも知らなかったとみられる。

　翌6月29日の朝、キーツとブラウンは4時に起きてスキドウ登攀に向かう。これについては、キーツのトム宛書簡の他にブラウンも「北方の旅」（"Walks in the North"）の中で登下山の詳細を記録している。（Rollins, 421ff.）好天に彼らは早朝から勇んで登って行ったが、6時半になると彼らの上に霧がかかり、

カースルリッグ・ストーン・サークル：Attribution: Rob Bendall ©

視界が閉ざされた。これにめげずもう少し上ると霧が晴れ、スコットランドの岸辺、アイリッシュ海、ランカスターの向こうの丘まで見えた。またカンバーランドとウェストモーランドの大きな山ほとんどすべて、特にヘルベリンとスコーフェルが見えた。気温が下がり彼らはガイドが持参のラム酒を飲む。キーツは頂上まで約6マイルの所でこの時の手紙を書いた。旅行中一切ノートを取らなかった1803年のドロシーとは好対照である。彼らは朝食を摂

らないまますでに10マイル歩いたとしているがブラウンは町から頂上まで6マイルと少しと記している。(Rollins, 432) キーツはこれ以降頂上までの様子を書いていない。ブラウンによると気温が下がっていく中なおも澄んだ空気を楽しみ陽気に登攀を続けたが、頂上に着く前に雲が厚くなり登頂の時は20ヤード先も見えなかった。しかし彼は途中の曲がりくねった道からすべてを見渡せたのが幸運だったと述べている。ブラウンは頂上から鳥瞰的な眺望が得られなかったことを残念としているが、途中で遠くの山々や湾に至るまで展望できたものの、昨日まで畏敬の念を持って眺めた山々が比較的無意味に感じられたとも述べている。冷たい雨がブラウンの批評的瞑想を冷まし、冷静な気分になるとスキドウの低い方からのケジック谷一帯の眺めの方を好ましいと感じたとしている。ブラウンは山ではなく人為の感じられる耕された丘や谷を好んだようである。これはワーズワスの『序曲』のモンブランとシャモニーを描いた部分に見られる気持ちとも通じるところがある。

　この後キーツは徒歩でアイアビー (Ireby)、ウィグトン経由でカーライルに至ったと述べている。アイアビーはスキドウの麓から北に約8マイル、徒歩では3時間近くかかる。キーツは「カンバーランドで最古の市場町」とするこの地の宿で催された田舎のダンススクールの踊りを大いに楽しんだとしている。すでにスコットランド風のダンスのようである。アイアビーは現代では人口180人ほどの村で最近でもポピュラー音楽のフェスティヴァルが催されるようだが、[5] 当時はもう少し住民が多かったかと思われる。ここでキーツは景色を見るより地区の人々の楽しそうな様子を見る方が好ましいと述べている。(Rollins, 307)

　6月30日、こうしてキーツらはカーライルに至った。現代ではカンブリアの州都で、古城と大聖堂があるが、当時もあまり魅力的な町ではなかったとみられる。彼らはここまで114マイル歩いたが、この先ダンフリーズへの38マイルは馬車で行きたいと述べている。

II　ダンフリーズ・アンド・ギャロウェイ

　月の改まった翌7月1日、彼らは定期便の馬車でスコットランドに入りグ

レトナを経由し、午後ダンフリーズに至った。キーツはソネット、「バーンズの墓を訪問し」（"On visiting the Tomb of Burns"）を書きトム宛手紙の中に記した。

The Town, the churchyard, and the setting sun,

The Clouds, the trees, the rounded hills all seem

Though beautiful, Cold- strange- as in a dream,

I dreamed long ago, now new begun

The shortlived,[sic] paly summer is but won

From winter's ague for one hour's gleam;

Through sapphire warm, their stars do never beam,

All is cold Beauty; pain is never done.

For who has mind to relish Minos-wise,

The real of Beauty, free from that dead hue

Fickly[sic] imagination and sick pride

*　wan upon it! Burns! with honor due

I have oft honoured thee. Great shadow; hide

Thy face, I sin against thy native skies. （Rollins 308-9）

この町、教会墓地、そして沈みゆく太陽、

雲、木々、丸い丘、すべてが

美しいけれど、寒く、よそよそしく、夢の中のようだ、

ずっと昔に見て、今新たに始まったばかりの夢の。

短命の蒼ざめた夏は冬の悪寒から

一時間の輝きを勝ち得るだけだ。

その星々は温かいサファイアを通して輝くことは決してない。

全ては冷たい美だ。苦痛は決して止まない。

なぜなら誰が味わう心を持つのか、ミノスのように、

美の実在を、あの死の色を免れ、

病的な想像力と病的な高慢を免れ

その上に鉛色に投げかけられたそれを免れ。バーンズ！当然の栄誉で

私はあなたをしばしば讃えてきた。大いなる陰よ、隠せ、

汝の顔を。私は汝の地元の空への礼に背いてしまう。

セント・マイケルズ教会墓地（カークヤード）にあるバーンズの旧墓地

1803年にダンフリーズを訪問したワーズワスは「バーンズの息子たちへ」（"Address to the Sons of Burns ...."）で遺児たちに呼びかける詩を作ったが、それから15年後のキーツはこの町の雰囲気に浸り、亡きバーンズ自身に呼びかけている。キーツが訪問した前年、1817年に現存のモーソリアムが完成され9月18日に移葬されていた。[6]「バーンズの墓は教会墓地の角にあり、僕の趣味にはあまり合わないが、大きさからは埋葬した人々が彼を讃えていたということは十分わかる。」という表記からは、彼らが新しいモーソリアムに詣でたと窺われる。ワーズワスらは粗末な旧墓地に暗い気分を抱いたが、キーツは新しいモーソリアムが彼にそぐわないと感じ、ソネットを「私は汝の地元の空への礼に背いてしまう。」（"I sin against thy native skies."）という言葉で締めくくったと思われる。[7] あるいは彼はこの地に「外国」を感じたのかもしれない。

　ダンフリーズは現代では人口3万人を超え、ローランド地方で大きな町の一つだが、当時既に市街化していたようでキーツが到着した日は馬の市で賑わっていた。彼は路上で多くのスコットランド人に会うが、そのスコットランド方言のことや素足の女性、戸口から煙がもれる惨めなコテージのこと、またスマートなウィスキーとカクテルの一種、「トディ」のことを記している。6月29日付で7月1、2日のことを伝えるトム宛手紙は、残念ながらこれ以降のスコットランドについての言及を初期の編者が削除したようである。

　キーツとブラウンは7月2日にダンフリーズを発ち、先ずリンクルーデ

ン・アビ遺跡に立ち寄り、南西のカークブリ（Kirkcudbright）の町に向かった。ニュートン・スチュアート７月８日消印の妹ファニー宛 No.94の手紙（Rollins, 310ff.）はカークブリ到着前に書き始められ、７月２、３、５日のことを伝えている。キーツは妹にこれまでの旅程を伝えた後、トムに伝えたことと同じようなスコットランドの様子を伝えている。彼らは眼鏡などの行商人と間違えられることもあるが、徴税吏にだけは思われたくないとしている。ウィスキーの消費税収税吏が警戒されていたということのようである。

　７月２日、彼らはまずダンフ
リーズの北西２キロ余りの郊外
にあるニス川沿いのリンクルー
デン・コリージェト・チャーチ
（Lincluden Collegiate Church）
に行った。ここは元来リンクル
ーデン修道院（Lincluden Priory
or Lincluden Abbey）で12世紀
の創立だが1700年前後までに廃
墟と化していた。現代も歴史的

1817年完成、移葬されたバーンズのモーソリアム

建造物の廃墟として保存されている。15年前に同じルートをたどったワーズワス一行は廃墟好きなのにこの地のことに言及しておらず、ドロシーの旅行記にも記述はない。キーツがどの情報からこの地を知ったか不明だが、彼らはワーズワスらに劣らず廃墟が好きであったようである。

　ブラウンの記録によると、７月２日はこの後ダンフリーズの西側のギャロウェイを経て西に進み、この夜彼らはダルビーティー（Dalbeattie）のパブリック・ハウスに泊まり、７月３日にカークブリに向かった。妹ファニー宛手紙（Rollins 310ff.）では、キーツはブラウンからメグ・メリリーズの逸話を聞き、彼女のために作ったバラッド「ジプシーの老メグ」（"Old Meg she was a Gipsy"）と、旅の軽快な気分を伝える「腕白少年がいた」（"There was a naughty boy"）を記載しているが、この間の行程は記していない。ブラウンによると彼らはカークブリに着く前にもう一つの修道院廃墟、ダンドレナン・アビ（Dundrennan Abbey）を訪問したようである。あるいは廃墟趣味

は年長のブラウンのものであったかもしれない。なお、ブラウンは「ジプシーの老メグ」を写し取ったが、「腕白少年がいた」は記載していない。(Rollins 439.) 後者に関してキーツは、若い妹のためにわかりやすい軽快な詩を書いたのだろうが、旅の疲れの中で書いたとして恥じ入っている。そしてユーモラスにも疲れの様子を表現し、また空腹になると食べる食事のことを語っている。彼らが食べたのは、ハムやチキン、窯焼きのパン、ポークソーセージだったが、それらを「鶏肉はヒバリのように」とか「パーラメント」(ジンジャー・ブレッド・ケーキ) とか「貴婦人の指」(ペパーミント・リング) という当時の菓子と見られるものになぞらえて食べられるとし、食欲旺盛なことを滑稽に大法螺の比喩で「僕はハイランダーの中では、間もなく1エーカーか2エーカーのオート麦ケーキに満足し、大樽の牛乳、布のバスケットに一杯の卵で朝、昼、夜と満足するようになるだろう。(Rollins 316)」とまで述べている。この頃は激しい疲労はあるが、後の死に至る宿痾の兆候はまだ出ていないと言ってよかろう。

　キーツのトム宛7月3日付 No.95の手紙はまず直前にファニーに送った手紙の内容を伝え、メグ・メリリーズの詩を再度掲載している。メグ・メリリーズとはウォルター・スコットが1815年に匿名で出版した小説『ガイ・マネリング』(*Guy Mannering*) に出てくる人物で、18世紀半ばのチェヴィオット・ヒルズ (Cheviot Hills)、カーク・イェソルム (Kirk Yetholm) の村の住民、ジーン・ゴードン (Jean Gordon) に基づいているという。彼女は半ば狂人の巫女 (sibyl) ないしはジプシーで、その生涯は『ブラックウッズ・マガジン』(*Blackwoods Magazine,* vol. i.) 54ページに現れるだろうとの記録がある。[8]

　彼らは7月3日にカークブリに到着、4日はこの周辺で過ごしたが、キーツは「この地方は非常に豊かで、とても美しく、少しデヴォンに似ている。」と述べている。4日の夜はクリータウン、翌日はウィグトンからニュートン・スチュアートへと進んだ。クリータウンの宿では女主人から、近頃では南の人 (イングランド人) は殆ど通りかからないと聞いた。子供たちは彼らの解さない言葉、つまりスコッテッシュ・ゲーリックを話し、素足の少女たちが小奇麗なコテージと調和しているとキーツは述べている。外見が清潔で

慰安を感じるのはブラウンも同感だったようだが、その実コテージの居心地はデヴォンシャーの谷のコテージに比べるものではなかった。彼らは色々もてなされたが、その実食べ物は「ひどいベーコン、よりひどい卵、そして最もひどいポテトとサーモンのスライス」だったとしている。

　7月6日の朝、キーツとブラウンはグレンルースを出発しルース川河畔にあるグレンルース・アビ遺跡（Glenluce Abbey）はじめ複数の廃墟を見に行ったが、彼はあまり見に行く価値はなかったと述べている。これらの遺跡は現代でもスコットランドの歴史環境のサイトで取り上げられている。[9]

　この後彼らは、熱い太陽の下、湾をなす海湖ロッホ・ライアン（Loch Ryan）の南端に位置する港の小村ストランラー（Stranraer）に向かう途中、郵便馬車を拾い一瞬でポートパトリック（Portpatrick）に到着した。

Ⅲ　アイルランド、ベルファスト〜アロウェイ

　今日では北アイルランド、ベルファストへのフェリーはスコットランドの西岸のストランラーの北、ケアンライアン（Cairnryan）から1日6往復ほど出ているが、キーツの当時はポートパトリックから郵便船（1849年廃止）が出ていたようである。(Rollins, 319n.) 現代はケアンライアンから直接ベルファストの港に2時間15分ほどで行けるようだが、当時の郵便船はアイルランドの東岸の海に面した小さい町、ドナディー（Donaghadee）に到着した。キーツはこの町の宿でトム宛手紙（No.95）を書いているのだが、ここアイルランドの「麗しく、親切で、よく笑う」客室係のメイドの様子からスコットランドの社会の問題点を指摘し始めている。現代では大きく変化したことだろうが、当時の両国の雰囲気の違いを伝える記述といえる。「スコットランドの少女は年長者に対する恐ろしい畏敬の中に立っている。」キーツは旧約外典ダニエル書からと思われるスザンナの名を出し、プロテスタント長老派のスコットランドの社会批判を行う。スザンナの逸話はダニエル書補遺の一つで、イギリス国教会は正式な経典としてないがカトリックと正教会では補遺に入れている。[10] キーツはカトリックではなかったと思われるが、外典を含む聖書をよく読んでいたことと、スコットランド社会に長老派の影響が

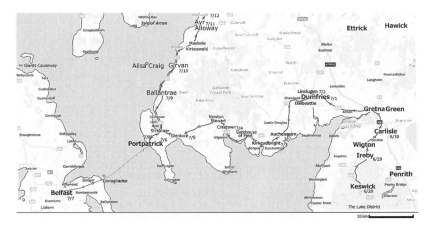

ジョン・キーツとブラウンの旅：ケジック～ダンフリーズ～ベルファスト～エア
6/28～7/12

強いことを見ていたとわかる。「スコットランドの教会人は……男も女も老
人、若者、老女若い娘、少年、少女たち、そして嬰児たちまですべてを用心
深くした。そのためにスコットランド人は一様に節約家と利得者の組織的集
団へと形成されていった。……あの教会人たちはスコットランドに危害を加
えている。(Rollins 319)」バーンズの命運もこのような社会が成せる結果で、
キーツは「南方的な気質だった」彼を「哀れで不幸なやつだ」と同情してい
る。3年後のキーツの運命を知る我々は皮肉を感ずるが、ここで彼が述べて
いることは弟トムへのスコットランドの社会に関する率直な自由人的感想と
見ていいだろう。「僕たちは野蛮な時代に住んでいるのだ。僕は教会の支配
下にある少女でいるより、野生のシカになりたい。そしてまた、僕はあのよ
うな呪うべき長老たちの前で罪の償いをする哀れな人々の状況よりも野ブタ
でありたい。(Rollins 320)」

　この後キーツはトムにベルファストに至る行程を語っている。ジャイアン
ツ・コーズウェイに言及した後、彼はアイルランドから一週間でスコットラ
ンドの海岸に戻りエア・カウンティに進む目論見を伝えている。彼らはフェ
リーの中で二人の老人がバラッドをいくつか朗詠するのを聞いた。その内容
は、哀れなロマンス、ボイン（Boyne）の戦い、ロビン・フッドのスコット
ランド版等と見られる。

　当時アイルランドの宿泊料はスコットランドの3倍かかり、ロンドン中心部のホテルくらい高価だったと伝えている。こうして一週間の予定を縮めて一日でベルファストに行き、翌日つまり7月7日か8日にはドナディーに戻ることとした。アイルランドの状況はスコットランドよりひどかった。「アイルランドを歩き回って、裸より悪い襤褸（ぼろ）や汚れ、貧しい普通のアイルランド人の悲惨さを見る機会があまりに多かった。スコットランドのコテージは時々煙の出口が戸口しかないが、アイルランドに比べたら宮殿のようだ。」キーツはベルファストに至る途中の泥炭地帯で働く人々やその家族たちの惨めな状態を伝えている。当時チフスの蔓延していたこの地は一層悲惨な状態であった。

　彼らがアイルランドに渡った目的の一つは、ジャイアンツ・コーズウェイを見ることであったが、その地はベルファストからさらに55マイル余り、歩けば18時間、馬車などでも6〜7時間はかかると思われる遠隔地であった。彼らはこの距離に気付いた上にベルファストに至る途上に見たアイルランド庶民の悲惨さが衝撃的で、さらにベルファストで目にした、湖水地方でラウザー兄弟が選挙戦に勝利したことを知らせる新聞記事に、この状況の改善は当面ないと思った。さらに宿泊代の途方もない高額さも加わり、目的地まで行く気力をなくしたのであろう。こうして彼らは早々にスコットランドに戻ることにした。

　7月8日の夜にポートパトリックに戻った二人は9日から再びスコットランド、ローランド地方西海岸を北に、バーンズ生誕の地、エアシア（Ayrshire）のアロウェイ（Alloway）方面に向かう。この旅程をキーツはレノルズ[11] 宛7月11日付の、アロウェイの南5マイルのメイボールで書いたと見られる手紙（Rollins 322ff）に記している。キーツがレノルズ宛てに手紙をこのとき書いたのは、バーンズ生誕の地に近付き、あえて彼の思いを親しい詩の愛好家に伝えようとしたものであろう。しかしキーツのバーンズに対する思いの表明は短く、かつてストラットフォード・アポン・エイヴォンで友人とともに混じりけのない喜びを感じた時と同じように、間もなく見るバーンズの生誕のコテージも見たいとしている。

　この後彼らは10日にガーヴァン（Girvan）に至る。彼らは西の沖にエル

サ・ロックという島を眺め、キーツはその晩に"Ah! ken ye what I met the day"と"To Ailsa Rock"の二つの詩を書き、トム宛手紙にしたためた。エルサ・ロックとは、現代ではアルサクレイグ島（またはエイルサ・クレイグ島：Ailsa Craig、ゲーリックでは Creag Ealasaid）というクライド湾沖にある島だが、カーリングで使用されるストーンの原材料・ブルーホーン花崗岩の産地として知られる。[12] キーツはこの島を見ての印象を次のようにトムに伝えている。

In a little time I descried in the Sea Ailsa Rock 940 feet hight[sic] --- it was 15 Miles distant and seemed close upon us --- The effect of ailsa with the peculiar perspective of the Sea in connection with the ground we stood on, and the misty rain then falling gave me a complete Idea of a deluge --- Ailsa struck me very suddenly --- really I was a little alarmed . . . . (Rollins 329)

　間もなく海の中に高さ940フィートのエルサ・ロックを認めた。それは15マイル離れていたが、すぐ近くのように見えた。エルサの効果は僕たちが立っていた地面とのつながりで海の一種独特の見通しを成し、降ってきた霧雨とともに僕には全くの洪水の印象が感じられた。エルサは僕に強い印象を与え、実際少し驚くほどだった。

キーツはこの７月10日の夜ガーヴァン（Girvan）のキングズ・アーム（King's Arm）に泊り、ここでソネット"Alisa Rock"を書き、トム宛手紙に記載した。

Hearken, thou craggy ocean pyramid!

Give answer from thy voice – the sea-fowl's screams!

When were thy shoulders mantled in huge streams?

When from the sun was thy broad forehead hid?

How long is't since the mighty Power bid

Thee heave to airy sleep from fathom dreams –

Sleep in the lap of thunder or sunbeams –

Or when gray clouds are thy cold coverlid?

Thou answerest not, for thou art dead asleep.

Thy life is but two dead eternities –

The last in air, the former in the deep!

First with the whales, last with the eagle skies!

Drown'd wast thou till an earthquake made thee steep,

Another cannot wake thy giant size!（Rollins 329-30）

聴け、汝岩がちな大洋のピラミッドよ、

海鳥の叫びに、汝の声で答えを与えよ。

いつお前の肩は巨大な流れに覆われたか。

いつ太陽からお前の広い額は隠されたのか。

どのくらいの時間がたつのか、力強い力が

汝に洞察の夢から空中の眠りへと高揚すべく命じてから。

雷や太陽光のひざ元で眠るべく命じてから。

あるいは灰色の雲が汝の寒い覆いとなって。

汝は答えない、なぜなら汝はすっかり寝入っているから。

汝の生命は二つの死んだ永遠にすぎない。

最後は空中、前者は深淵。

最初は鯨とともに。最後は空の鷲とともに。

地震で切り立つまでは汝は水没していた。

再度の地震も汝の巨大なサイズを目覚めさせることはかなわぬ。

　次いで彼らは11日にカークオズワルド、廃墟のクロスラグエル・アビ、[13]
メイボールを経てエアに至る。現代では A77、カークオズワルド・ロード
（Kirkoswald Road）、カシリス・ロード（Cassillis Road）と呼ばれるルートで
ある。

　この後彼らは7月13日にエア（Ayre）とグラスゴウの中間にあたるキング
ズウェル（Kingswell, East Ayrshire, 首都キルマノックの北東約8マイル）に至
り、ここでキーツはレノルズ宛（Rollins, 323）とトム宛手紙（Rollins 331）で

2日前の7月11日にバーンズの故郷を訪れたことを書いている。アロウェイとエアのバーンズ・カントリーはキーツにとって思いのほか美しく、デヴォンと同じくらい豊かだと感じたとしている。「僕は景色を満喫する努力をした。蚕が桑の葉からシルクを作る様に、景色から何かを紡ぎだせるように。しかし思い出すことができない。あらゆる美しさの他に、アナン島の山々が海の上黒く巨大に聳えていた。(レノルズ宛、Rollins 323)」「そこからバーンズの町エアに赴いた。そこへ至る道は非常に美しかった。僕の期待を遥かに凌ぐもので、豊かな野原、森があり、ヒースの灌木があり、小川があり、壮大な海の眺めはアナン(Annan)島の黒い山並みで終わっていた。これらをすぐ近くに見るとすぐに、僕は独り言を言った、『なんということだろう、これらがバーンズをして何か壮大なエピックに招くことがなかったのは。』(トム宛、Rollins 331)」ここでキーツがアナン島としているのは、エアの海岸からクライド湾をはさんで見えるアラン(Arran)島のことだが、このほか彼はバーンズの有名な作品「タモシャンター」に纏わる、ボニー・ドゥーンとタモシャンターが渡ったドゥーン橋、廃墟の教会カーク・アロウェイ、バーンズ・コテージに言及し、「木々の、野原の、そして丘の緑の幻想に取り囲まれ、ドゥーンの小川は一人の農夫が語ったように頭から足まで木々で覆われ、夏の夕方の気候の中で美しいヒースが……木々の後ろに一筋の連なりがあった。(レノルズ宛、Rollins 323-4)」と記している。

　キーツの友人あて手紙にはいつもユーモアや駄洒落が満ちているが、ここでもバーンズ・カントリーでの体験を面白おかしく語っている。まだ観光が十分整備されていなかった当時、今で言う各施設のガイドの中にはごろつきまがいもいて、生前のバーンズを知っていると言いながら、酒を飲みつつ案内する老人もいたようである。こういった人々のことをキーツはバーンズの詩へのアルージョンとともに記している。無粋な案内人の無駄口のために、彼は崇高な気分を害され、つまらないソネットを書いてしまったと語る。この詩はブラウンによって保存され後に公になる[14] "This mortal body of a thousand days" である。

　この後キーツはレノルズに、旅行の回想についての見解を述べている。キーツは旅の経験ということに必ずしも重きを置いてはいないが、これは旅が

彼の詩の霊感になることがあまりなかったからかとも思われる。「空想は現実よりも小さなものだが、それは回想より偉大だ。」（"Fancy is less than reality, but it is greater than remembrance". Rollins 324）ワーズワスが『リリカル・バラッズ』1800年版序文で述べた、詩作時の「静寂における回想」の重要性についてはキーツも読んでいたことと思われるが、文脈は異なるもののキーツがイマジネーションとファンシーに関してコールリッジやワーズワスとは異なる見解を持っていたことが垣間見える。

　バーンズ・カントリーを訪問したキーツは、ここで文学作品のファンシーと作家文人自体のリアリティーの考察から、詩人バーンズについての見解を述べている。

　One song of Burns's is of more worth to you than all I could think for a whole year in his native country—His Misery is a dead weight upon the nimbleness of one's quill—I tried to forget it—to drink Toddy without any Care—to write a merry Sonnet—it wont do—he talked with Bitches—he drank with Blackguards, he was miserable—We can see horribly clear in the works of such man his whole life, as if we were God's spies. (Rollins 325)

　バーンズの一つの歌の方が、君にとっては、彼の生まれ故郷で丸一年の間僕が考えられる以上の価値がある—彼の悲惨さは人の羽ペンの敏捷さへの負荷だ—僕はそれを忘れようとした—何の気兼ねもなくトディを飲むために—楽しいソネットを書くために—うまくいかない—彼はあばずれ女と話した—彼はごろつきと話した—我々はそのような男の作品の中に彼の全人生を恐ろしいほど明瞭に見ることができる、われわれが神の密使でもあるかのように。

（最後の部分は『リア王』5幕3場17行から）

ワーズワスは『リリカル・バラッズ』で農夫や羊飼いの言葉で彼らの主題の詩を作ったと宣言したが、キーツは自らに近い庶民階級のバーンズがスコットランドのあばずれ女やごろつき男と交わり、彼らの言葉で彼らを描いたと

いう点を認めたのであろう。

　7月11日付レノルズ宛手紙のこの後、キーツは結婚観を述べている。彼より一歳半下のジョージがこの年5月下旬に結婚しているが、その年齢は21歳、当時としても若かったと思われる。キーツは22歳の終わりだが、一方手紙の受け取り手のレノルズはキーツより一つ年上に過ぎなかった。キーツはすでにイザベラ・ジョーンズを始め数人の女性と関係があったようだが、若い最晩年の有名な恋人、ファニー・ブローンと出会うのはこの1818年の終わりである。キーツとレノルズがこの手紙の前に結婚の話題を話し合ったことがあるようで、キーツは彼に一般論として結婚に否定的な意見を述べたとみられる。この頃レノルズはすでに結婚を考える女性がいたようで、ここでキーツは彼が結婚することに反対はしておらず、非婚主義というわけではなかったといえよう。レノルズはキーツの死後、1822年の8月に結婚する。

　キーツとブラウンは雨でキングズウェルに足止めされていたが、7月13日にグラスゴウに入った。キーツはこの2日後にロッホ・ローモンドを見る見込みと、スキドウ登攀の体験を語り、更にベン・ローモンドやベン・ネヴィスに登る意図もほのめかしている。結局この内実現するのは後者、ベン・ネヴィス登攀だけだが、廃墟は自分よりレノルズの方が好みだろうとしている。また、アイルランドに渡ったことで収穫は少なかったが、犬小屋のようなセダンの馬車に乗り、口にパイプをくわえたダンギル公爵夫人という、駄洒落か実名かよくわからない老女のことをほのめかし、その着想を伝えられたらと述べている。これには「メグ・メリリーズ」のような詩を書く見込みがあったのかもしれない。同じような奇怪な老女のスケッチはベン・ネヴィス登攀時にも出てくる。

　彼らはおそらく7月12日にキルマノック（Kilmarnock）に宿泊し、偶々同宿した旅人の一人が食事をともにしてキーンの話をした。この旅人は3年前のエドマンド・キーンのグラスゴウでの上演を見たようであった。[15] しかし彼のその話は混乱しておりキーツは皮肉を込めて彼が『オセロ』のユダヤ人とシャイロックを混同していたと書いている。

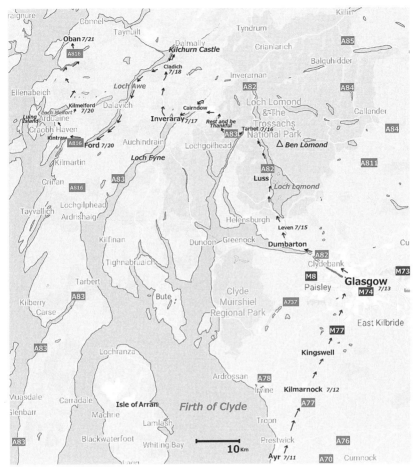

ジョン・キーツとブラウンの旅：
エア～グラスゴウ、ロッホ・ローモンド、インヴェラリー、オー湖を経てフォードからオーバンへ
1818年7月11日～21日

Ⅳ　グラスゴウからロッホ・ローモンド、インヴェラレイ、ロッホ・オーへ

　7月13日、キーツとブラウンはキングズウェルを経てグラスゴウに入った。キーツがトム宛に出したグラスゴウ7月14日消印の手紙では、先ず「ギャロウェイ・ソング」を掲載している。これはバーンズ風のスコットランド方言による民謡だが、キーツの創作を隠そうとしたようである。ブラウンがこの詩をディルクに送りつけることを望んだから掲載したようで、キーツ自身はこの詩が民謡ではなくキーツの創作とすぐに見抜くと予測している。(Rollins 326) キーツとブラウンは衆人注目の中グラスゴウに入り、酔っ払いに絡まれる。当時グラスゴウではイングランド人も外国人で珍しがられたのだが、二人が警察に訴えると示唆すると、ようやく酔っ払いは引き下がった。

　キーツはグラスゴウの町を大層美しいと感じ、またエディンバラの町の2倍の規模があると聞いて驚いている。現代でもグラスゴウは人口63万以上、スコットランド随一の大きさを誇る街だが、首都機能はエディンバラに譲っている。産業革命時代にはクライド川を利用した造船業でも栄えたが、現代では文化的中心都市の一つと言える。当時も町は整備されていたようで、キーツは「町は石造りで、ロンドンよりもずっと堅固な外観を呈している。」と述べている。彼らが先ず訪れたのは当時ハイ・カーク、またはセント・マンゴー大聖堂と呼ばれていた場所だが、現代のグラスゴウ・カセドラルである。一方パーソン・ストリート52番地にあるセント・マンゴー教会 (St Mungo's Church, Glasgow) はカトリックの聖堂で1841年創建の、キーツのころにはなかった新しい方の施設である。しかしキーツがこのような宗教施設にあまり見るべきものがないと語っている理由は、彼のゴシック・中世趣味のためであろう。スコットランドは宗教改革で長老派が他宗他派を圧倒しカトリックの伝統の多くが廃墟になっていた。

　この日のトム宛手紙の最後に、キーツはアメリカに渡った弟ジョージへの気遣いを示している。彼は間もなくテレグラフ号という船でフィラデルフィアに到着、後にケンタッキー州ルイスヴィルに住んだ。この弟の存在により

キーツの手紙の多くがアメリカで蒐集されることとなるのだが、手紙からはキーツがジョージの乗った船の名も、アメリカのどこに上陸するのかも知らなかったと分かる。秋になれば弟トムの元に帰る予定であったジョン・キーツは間もなく亡くなる弟の病の重篤さも、この旅で自ら病に陥ることも、その先の運命も知る由はなかった。

キーツが訪れたグラスゴウ・カセドラル
Castle St, Glasgow G4 0QZ UK

　キーツはトム宛に7月の17日～21日にかけて書いたとみられる手紙（Rollins No. 98: 333ff.）で、先ずブラウンが語ったという、これまでの行程の地名を使った低俗な性的スラングを含んだ駄洒落を述べている。低俗といっても、冒頭はアーサー王伝説に則り、以下湖水地方の地名ダーウェントやホワイトヘイヴン、アイアビー、さらに北ウェールズのアングルシーにも言及したものである。この手紙によるとキーツとブラウンは7月14日にグラスゴウ大聖堂の教会を見た後、美しいクライド川河畔を14マイル下って進み、ダンバートンに至り、7月15日にはリーヴェン（Leven）、そしてロッホ・ローモンドに至った。キーツは記していないが、このあたりからハイランド地方に入る。

　彼らはロッホ・ローモンド湖沿いに21マイル歩きターベット（Tarbet）に至り、7月16日にはこの近辺を散歩・休息し、7月17日早朝にケアンドウとインヴェラレイに向かって出発したとみられる。グラスゴウからロッホ・ローモンドに至る行程は、ワーズワス兄妹が1803年に

オー湖の湖頭からオーキー（Orchy）川への川口、背後は Ben Cruachan からの山並み。

旅した道のりと同じようである。ただしキーツらはロッホ・ローモンドを横断してトゥロサックスに入ることはなかった。ワーズワス兄妹とコールリッジの旅から15年経た当時、スコットランドの観光事情もだいぶ進んだようだが、トゥロサックスはなおも行き難い秘境だったようである。ロッホ・ローモンドの「湖水は麗しい銀色かかった青で、山々は暗い紫、太陽がその後ろに斜めに沈んでいく。その一方ベン・ローモンドの頭は豊かなピンク色の雲に覆われている。(Rollins 334)」1803年のワーズワス一行はボートで湖上を渡り、インチ・タバナッハ等のロッホ・ローモンド南部湖島を味わい楽しんだが、キーツが「ロッホ・ローモンドの蒸気船とその湖岸のバルーシュ型馬車はブラウンと僕のようなロマンティックな輩には少なからぬ楽しみだった。」としている所からは、彼らも湖上遊覧をして、また湖岸からの景色を馬車から楽しんだものと思われる。なおワーズワスらの1803年の旅では示唆もなかった湖上遊覧の蒸気船がこの1818年には運航されていたということであろう。

　キーツらはベン・ローモンドには登らなかったが、その理由はコストであった。彼らはその代わりに半日休んで、翌17日の朝4時に起きて朝食前に出発、西に向かいターベット、アロチャーから「レスト・アンド・ビー・サンクフル」の峠を通過、12マイルを踏破してケアンドウのインで朝食を摂った。キーツは海湖ロッホ・フィン（Loch Fyne：実は外海からの深い入江の奥になる）で塩水の水浴をし、すっきりした気分となるが、宿を出てからアブに悩まされていた。この際作ったのが戯れ歌 "All gentle folk who owe a grudge" である。こうして彼らはロッホ・フィンの湖岸を迂回して7月17日の夕刻にはインヴェラレイ（Inveraray）のアーガイル公の城にやって来た。

　インヴェラレイにはワーズワス兄妹も1803年の旅で訪れて宿

"Rest and be Thankful" は宿の名ではなくて峠の名であった。ベン・ルイ山の峰を望む。

泊もしているが、（拙著100-103頁参照）その壮麗な公爵城にはあまり共感せ
ず、当時すでに有料で公開されていた城内も観覧しなかったようである。英
国のテレビドラマの舞台にも用いられたインヴェラレイ城が現代の姿になっ
たのは19世紀末であり、キーツが見たのはワーズワス兄妹とほぼ同じ状況と
思われる。彼はこの城を現代的で壮大であり、あたりの立地ゆえになおさら
素晴らしいとしている。周囲を取り巻く古色蒼然とした森、城が面する湖の
佇まいにもキーツは感銘を受けたようだが、トム宛手紙ではこれらを簡潔に
述べた後、城の脇に楽団がいてバグパイプの演奏をしていたことを伝えてい
る。18世紀以来湖水地方でも大砲や楽器による観光地の音の演出も行われる
ことがあったようだが、バグパイプはまだしも、北イングランドもハイラン
ドも、現代に至りその静謐が魅力の一つと言えよう。キーツもバグパイプの
音をあまり好まなかったようである。当時すでに観光化していたインヴェラ
レイの町では劇の上演もあり、キーツは靴擦れのブラウンを宿に残し一人観
劇したようである。彼が観た劇はドイツ、ワイマール生まれの劇作家でロシ
アの領事なども務めたアウグスト・フォン・コッツェビュ（August von Kot-
zebue. 1761-1819）の英訳だったとみられる。なおコッツェビュは保守派で、
当時のドイツの青年達の自由主義的風潮を嘲笑したため、この翌年、1819年
3月にイエーナ大学の学生カール・ルートヴィッヒ・ザントによりマンハイ
ムで暗殺される。キーツが観たこの劇もバグパイプの付随音楽があり、こと
にこの楽器に関する戯れ歌的なソネット "Of late two dainties were before
me plac'd" をこの時に造っている。

　7月20日、彼らはフォード（Ford）という小村の宿に雨のため足止めされ
ていた。キーツはここでトム宛の手紙を書いている。彼らは18日にインヴェ
ラリを出た後オー湖（Loch Awe）の南にあるクラディッヒ（Cladich）に至
り19日にポート・イン・シェリッヒ（Port-in-Sherrich）経由でこの宿に至っ
た。彼らはオー湖に南からアクセスし迂回して北岸に至りさらに湖の南西端
フォードまで行ったものと思われる。オー湖周辺はハイランド地方西部でも
最も美しく、キーツもその様子を次のように描写している。

　　　The approach to Loch Awe was very solemn towards nightfall—

the first glance was a streak of water deep in the Bases of large black Mountains—We had come along a complete mountain road, where if one listened there was not a sound but that of Mountain Streams[.] We walked 20 Miles by the side of Loch Awe—every ten steps creating a new and beautiful picture—sometimes through little wood—there are two islands on the Lake each with a beautiful ruin—one of them rich in ivy (Rollins 338)

オー湖への道は夕暮が近づき、たいそう崇高だった。最初に垣間見えたのは大きな黒い山の麓の、筋状に見えた深い湖水であった。僕たちは完ぺきな山道を辿ってきたのだが、そこでは耳を澄ませば山の渓流の音以外には何も聞こえなかった。僕たちはオー湖の脇を20マイル歩いた。10歩歩くごとに新しく美しい絵が現われた。時々小さい木を通して。湖には二つの湖島があり、それぞれに美しい廃墟がある。その一つは豊かな蔦に覆われている。

穏やかで美しいオー湖の北東端の湖頭にはキルハーン城の廃墟があるが、キーツはこのワーズワス兄妹が愛でた城の名を知らなかったようである。19世紀前半のガイドブック[16]によると当時は完全な湖島だったようで「イニス・ヘイル島…には修道院の廃墟があり、イニス・コネル島には城の廃墟があり、これはアーガイル家のものである。」と記されている。現代ではキルハーン城は湖の東側から陸続きで、雨の後は湿地になるが歩いて廃墟まで行くことができる。静謐の中にある城の佇まいは古色蒼然としてスコットランドらしい雰囲気にあふれているが、城の階上から見たオー湖の景色もすばらしい。イニス・ヘイル島にはかつて修道院の廃墟（Chapel of St Fyndoca）があったようだが、現代では壁の一部や周りの墓が残っているだけのようである。湖の北岸、特に現在のロッホ・オー駅を上ったあたりから見たオー湖の静謐感にあふれた佇まいも素晴らしいものがある。

トム宛手紙には、オー湖畔をめぐる20マイルを歩いてブラウンは足にひどい靴擦れを作り歩けない状況になったことや、この二日ほど宿泊施設がひどい所で、食べ物も卵とオーツケーキだけだったが、今朝の食事はチキンとポ

ートワインもありだいぶ良かったが、全体的に食事は粗末だと書かれている。現代では鉄道も通ったが便数は少なく、架線もないので景色の邪魔にはなっていない。また良質のレストランを備えたホテルも多く、景色も旅の環境も最高といえよう。

V　島嶼部訪問；オーバンからマル島、アイオナ島、スタッファ島

　7月21日の朝にキーツがキルメルフォード（Kilmelford[17]）で書いたとみられるトム宛の手紙の部分では、彼らは「ロッホ・クレイグニッシュ（Loch Craignish）と、ロング・アイランド（Long Island）のちょうど反対側の海との間にいる。」と述べているが、ロング・アイランドとはルイング・アイランド（Luing Island）の間違いである。ロッホ・クレイグニッシュとはキルメルフォードよりずっと南のキントロウ（Kintraw）から開けた海湖（sea loch：湾）、ルイング・アイランドはキルメルフォードの西に開けたロッホ・メルフォート海湖のさらに西にある島で、これらの間というのはやや地理的

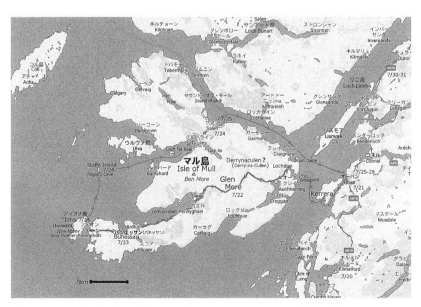

ジョン・キーツとブラウンの旅：オーバン・マル・スタッファ　7/20〜7/31

に的外れと感じられる。このルートだと、インナー・ヘブリディーズ諸島の壮大な山々が遠くに見え、満潮でほとんど波もない海湖が岩場と島々の間に見え、空には鷲が悠然と飛んでいたとしている。

　キーツは外国に出たことがないので、この地で初めて外国語を聞いたと述べている。当時この地区の人々は英語も喋るが、主に早口のゲーリック語を話していた。ここからキーツはハイランドの生活・風俗を語っている。当時アーガイルシャではキルトをあまり見かけなかったが、フォート・ウィリアムでは社交界に入るのに必須だったとしている。この地方では宿やパブの建物が最もきちんとしており、マホガニーのテーブル等、立派な家具も入っている。便所に類したところがあまりなく、人々もあまり清潔ではなく、嗅ぎたばこはなかなか手に入らない。群がる数十軒のコテージは惨めにも黒っぽく、ピートの燃える煙を戸口や屋根の穴から流れ出している。少女は大抵素足で家畜の世話をして踝（くるぶし）まで泥だらけになっている。このようなキーツの記述から、当時のスコットランドが明らかにイングランドよりも生活水準の低かったことがわかる。

　この後キーツはベンジャミン・ベイリー宛手紙（Rollins No, 99: 340ff.）で、オーバンから、マル島・スタッファ島に渡る見込みを書いている。しかしその費用が7ギニーもかかると知り、彼らはいったん島へ渡るのをあきらめ、翌日はフォート・ウィリアムに向かおうと決心した。しかし実際は7月21日にオーバンへ、7月22日にはフェリーでケラーラ島（Kerrara[18]）へ、そしてマル島に渡り、その夜をグレン・モア（Glen More）のどこかのコテージに泊る。そしてアイオナ・スタッファの島々にわたることとなる。

　一旦は島嶼部に渡るのを諦めた彼らは、翌日天候が回復、手ごろな費用を提示するガイドに出会い、マル島からスタッファ島に渡る決心をしたのである。この詳細はトム宛7月23日、26日付の手紙に書かれている。（Rollins No. 100, 346ff.）二人はオーバンから先ずケラーラへ行き、そこからもう一艘のフェリーでマル島まで9マイルを順風の40分で渡った。上陸したのはロッホ・ドンヘッド（Loch Donhead：現代の地名はLochdon）と推定される。[19] 現代ではオーバンからマル島へは数か所へのフェリーがあり、車ごと渡るか、あるいは島内観光のバスを用いる。当時島内は獣道のような悪路を歩くしかな

く、しかも道なき道をガイドに案内してもらわないとアイオナ島に渡るための船着き場まで辿りつくのは困難だった。しかもマル島の中の移動は「考え付く限りの陰鬱な道で、陰気な山の間を通り、沼地や岩場、さらにはズボンをたくし上げ、靴下は手にし、川を越えていくもの」で時間がかかり、夜の八時になり途中グレン・モア（Glen More）の羊飼いの小屋に泊まることとなった。彼らは粗末な小屋の中で携えてきた白パンの夕食を摂り、狭苦しい中で雑魚寝するだけであった。

　翌7月23日の朝、彼らは6マイルほど歩いて朝食を摂った。当時はこのように、宿であってもなくとも出発後に朝食を摂ることが多かったようである。キーツと同行のチャールズ・ブラウンは祖父がロング（ルイング）島の出身らしく、このマル島でもブラウン姓の女性を含む多くの人と会って話を交わしていた。キーツらはこの後37マイルに及びマル島を横断しデリーナクラン（Derry-na-Cullen、現代綴り Derrynaculen）からバネッサン（Bunessan）に至り、翌7月24日に船でフィオンフォート（Fionphort）からアイオナ（Iona；Icolmkill）島のベイル・モー（Baile Mor）に上陸した。彼らはアイオナ島からまた別のボートを雇ってさらにフィンガルの洞窟のあるスタッファ（Staffa）島に行き、マル島のロッホ・ナクガル（Loch Nakgal湾）からサレン（Salen）までを歩き、翌25日に再度船でオーバンに戻った。

　キーツは弟トムに宛てた手紙の中で、まずアイオナ島のことを詳しく伝えている。（Rollins 347-8）アイオナ島はアイコルムキル（Icolmkill）ともいい、僻地の島だが大聖堂の教会、回廊、コレッジ、修道院、修道尼院など興味深い古い遺跡がたくさんある。廃墟の起源は6世紀、当時森で覆われていて大層美しかったこの地をアイルランドから来た聖人志願の司祭候補、後の聖コロンバが選んだことに始まる。"Columba" はゲーリック語で "Colm"、つまり "Dove" 鳩を意味する。"Kills" は教会を意味し "I" は "Island" と同様の意味で、"I-colm-kill" は聖コロンバの教会の島という意味である。[20] 聖コロンバは北方のキリスト教徒にとって、聖ドミニクに相当し、遥か南まで名声があるが、とりわけスコット人、ピクト人、ノールウェイ人やアイルランド人に崇敬されている。時代とともにこの島は北方で最も神聖な場所と考えられるようになり、上記の国々の古（いにしえ）の王たちはここを自分たちの埋葬場所

に選んだ。キーツが挙げている国別の埋葬国王数は一部正確ではなさそうだが、総計61人の国王のコンパクトな列をなす墓があるという。さらにはその後の時代のハイランドの首領たちの多くの墓があり、彼らの彫像は完全に武装していて顔を上方に向けている。また主要なクランに属するこの島の修道院長や司祭の墓もある。マクリーン（Maclean）とかマクドネル（Macdonnels）という名が多く見られ、有名な島々の王マクドネル（Macdonel Lord of the Isles）も含まれている。嘗てこの島には300の十字架があったが、宗教改革後に長老派が二つだけ残してすべて破壊した。残った二つの十字架の一つは非常に立派なもので、繁茂した荒い苔に完全に覆われている。キーツらはこのような説明をマクリーン（Macklean）の一族という案内人から聞いたとしている。

ターナーが1832年に描いた『フィンガルの洞窟』では背後の霧の中

アイオナ島に関してはジョンソン博士以来の英国旅行文化を示唆せねばならない。キーツ自身この島はアイルランドからスコットランド、北欧からイングランドに至り有名な場所と述べているが、1773年、英国の旅行文化が新しい局面を迎えていたころサミュエル・ジョンソンがボズウェルとともに訪問した。

そして２年後の1775年に『スコットランド西方諸島への旅』（A Journey to the Western Islands of Scotland）を出版、特にヘブリディーズ諸島のことを詳しく記録した。[21] それ以前からすでにスコットランドのハイランズやアイランズは人気の観光地化していた。

次にキーツはスタッファ島の様子を伝え方に戸惑いつつも次のように伝えている。

One may compare the surface of the Island to a roof—this roof is
supported by grand pillars of basalt standing together as thick as

honey combs[.] The finest thing is Fingal's Cave—it is entirely a hollowing out of Basalt Pillars. Suppose now the Giants who rebelled against Jove had taken a whole Mass of black Columns and bound them together like bunches of matches—and then

William Wordsworth, *Yarrow Revisited and Other Poems*, タイトルページ

with immense Axes had made a cavern on the body of these column—of course the roof and the floor must be composed of the broken ends of the Column—such is fingal's Cave (except that) the Sea has done the work of excavations and is continually dashing there —so that we walk along the sides of the cave on the pillars which are left as if for convenient Stairs—the roof is arched somewhat gothic wise and the length of some of the entire side pillars is (80) 50 feet—about the island you might seat an army of Men each on a pillar—The length of the Cave is 120 feet and from its extremity the view into the sea through the large Arch at the entrance—the colour of the column is a sort of black with a lurking gloom of purple therein—for solemnity and grandeur it far surpasses the finest Cathedrall—At the extremity of the Cave there is a small perforation into another cave, at which the waters meeting and buffeting each other there is something produced a report as of a canon heard as far as Iona which must be 12 Miles—As we approached in the boat there was such a fine swell of the sea that the pillars appeared rising immediately out of the crystal . . . . (Rollins 348-9)

　島の表面を屋根に例えることもできる。この屋根は蜂の巣のように稠密に立っている玄武岩の壮大な柱により支えられている。最も素晴

らしいのがフィンガルの洞窟で、これは完全な玄武岩の柱のえぐられた空洞だ。想像もしたまえ、ジョウヴに反乱を起こした巨人たちが黒い円柱の総体を捉え、マッチの束のようにそれらを縛り合わせた。それから巨大な斧でこれらの円柱の本体部分に洞窟をくりぬいた。もちろん天井と床はこの円柱の壊れた端でできている。フィンガルの洞窟はそのようなもので、ただ海が掘削の仕事をしでかし今も引き続き波が打ち寄せている。だから僕たちは洞窟の端の柱の上の上を歩くが、柱は便利な階段のように残っている。天井はアーチ状で、どこなくゴシック風、そしていくつかの脇の柱の高さは（80）50フィート〈（24）15m〉だ。この島の周りには軍隊の兵士を一人ずつ柱の上に座らせることもできそうだ。洞窟の長さは120フィート（366m）で、その先端部から入り口の大きなアーチを通した海の眺めは、―円柱の色は黒の類で、そこに紫の潜んだ陰影がある―崇高で壮大なことでは、最高の大聖堂も凌駕している。洞窟の最奥部にはほかの洞窟への小さな穿孔があり、そしてそこで海水が出会い、互いにぶつかり合い、12マイルあるアイオナ島まで聞こえる大砲の砲声のような音が生み出されている。僕たちがボートで近づくと海水のみごとなふくらみが見え、柱は水晶から直接聳えているように見えた。

このようなフィンガルの洞窟の描写に続き、キーツは空想の詩（"Not Aladin magian"）を付与する。彼はこの島にパトモス島の聖ヨハネを連想し、洞窟の中に立つと眠る人を見る。彼がその手に口づけするとその聖霊はリシダスだと名乗り、この洞窟がオケアヌスにより建築されたとし、その由来を語る。キーツらしい詩だが空想が勝っている。空想から我に帰ったかのようなキーツは

William Wordsworth, *Yarrow Revisited and Other Poems*, (London: Edward Moxon, 1835) 初版本現物（論者蔵）

「スコットランドの西海岸は全く奇怪な場所だ。それは岩山、山々、そして岩がちな島々に海湖が交差している。ハイランドでは塩水の海からほんの短い距離でどこにでも行ける。」（Rollins 351）と述べて、フィンガルの洞窟の話題を終えている。この島は現代でも海が荒れるのでなかなか上陸できない。ワーズワスは1833年にアイオナ島とスタッファ島を訪問し、２年後に出版した詩集 *Yarrow Revisited and Other Poems* に関連の詩を収めている。[22]なお、キーツはヤロウ川に縁はない。キーツより十年ほど後にドイツからここを訪れ、序曲『フィンガルの洞窟』（原題は『ヘブリディーズ諸島』*Die Heb-riden*）を作曲した20歳そこそこのメンデルスゾーンも船から上陸は出来なかったという。メンデルスゾーンの名曲もまだない当時、彼がここに関心を持っていた理由には、少なからずマクファースン（James Macpherson, 1736-96）のオシアン詩の存在もあった。

　この後トム宛の手紙では弟たちへの気遣いが感じられるが、注目すべきは「僕は軽い喉の炎症に罹ったので、オーバンに一、二日留まるのが一番いいと思う。」と書いている点である。彼はマル島を進む中でこの不調に陥ったとみられ、おそらくその理由で25日にオーバンに戻った後、この町に29日までの４日間滞在し、医師の診察も受ける。彼の不調は無理を押したベン・ネヴィス登攀を始めこの後の旅程の中でさらに悪化する。結局彼はインヴァネスからケアンゴームズに周る旅程を諦め、一人クロマティ（Cromarty）から船便でロンドンへ戻ることとなる。手紙の受取人の弟トムは三か月後に亡くなるが、兄のこの喉の炎症も結核性のものではないかと思われる。[23]

Ⅵ　フォート・ウィリアム、ベン・ネヴィス登攀からインヴァネスへ

　キーツとブラウンは７月29日にオーバンを発ち、30、31日はポートナクロイッシュ（Portnacroish）とバラチューリッシュ（Ballachulish）を経て、８月１日にフォート・ウィリアムに到着したとみられる。オーバンからフォート・ウィリアムまで海路であった可能性もないわけではないが証拠はない。キーツのこの後の手紙はトム宛８月３日レター・フィンレイ付のそれである。（Rollins No. 101; 352ff.）

この手紙は8月3日付、レター・フィンレイで書き始められ、インヴァネス8月12日の消印だが、ベン・ネヴィス登攀の様子を伝えるものである。キーツは弟に、先ず喉の調子はだいぶ良くなったと伝えたあと、この前日、8月2日に行った登山の話に移っている。ベン・ネヴィスは現代でもよく知られたブリテン島の最高峰、キーツは4300フィート（1310m）と書いているが、現代の事典類によれば4406フィート（1343m）で、彼らがすでに登攀した湖水地方のスキドウが3054フィート（931m）であり、彼自身今後ベン・ネヴィスほどの山に登ることはないだろうと述べている。この手紙は登攀翌日に書いているので、いまだ登頂の喜びと興奮を伝えている。ざっと言えばこの登山は「蠅が羽目板を登るようなもの……セント・ポール寺院の十倍を階段なしに登る」ようなものと彼は表現している。

　彼らは地元のガイドを雇い、早朝5時に出発した。最初の上り坂を苦労して登った後一休み、彼らは休みの度にウィスキーを一杯飲んだ。最初の上り坂の頂上から上を見ると膨大な裂け目が見え、頂上は程遠かった。この後ヒースの谷に湖も見て、1マイルほど進むと前より遥かに険しい坂となり、休みつつ進むと植生のない岩場となり、緩い石の中を3マイルほど進んで行くとこの上り坂の頂上に来た。谷間から頂上と見えたところの更に上に巨大な岩があり、そこもまだ頂上ではなかった。この後彼らはかなりの疲労困憊の中、また霧に覆われた中登っていくと、ようやく頂上に着いた。彼らはより険しい北斜面を登ったようだが、頂上の様子を彼は以下のように伝えている：

　　The whole immense head of the Mountain is composed of large loose stones—thousands of acres—Before we had got half way up we passed large patches of snow and near the top there is a chasm some hundred feet deep completely glutted with it—Talking of chasms they are the finest wonder of the whole—they appear great rents in the very heart of the mountain though they are not, being at the side of it, but other huge crags arising round it give the appearance to Nevis of a shattered heart or Core in itself—These

Chasms are 1500 feet in depth and are the most tremendous places I have ever seen—they turn one giddy if you choose to give way to it—We tumbled in large stones and set the echoes at work in fine style. Sometimes these chasms are tolerably clear, sometimes there is a misty cloud which seems to steam up and sometimes they are entirely smothered with clouds—After a little time the Mist cleared away but still there were large Clouds about attracted by old Ben to a certain distance so as to form as it appeared large dome curtain which kept sailing about, opening and shutting at intervals here and there and everywhere; so that although we did not see one vast wide extent of prospect all round we saw something perhaps finer —these cloud-veils opening with a dissolving motion and showing us the mountainous region beneath as through a loop hole—these Mouldy^{sic} loop holes ever varrying^{sic} and discovering fresh prospect east, west north and South—Then it was misty again and again it was fair—then puff came a cold breeze of wind and bared a craggy chap we had not yet seen though in close neighbourhood—Every now and then we had over head blue Sky clear and the sun pretty warm.（Rollins 353）

　山の巨大な頂上部分全体は大きな緩い石でできていて、何千エーカーもあり、半分ほど行く前に大きな雪の区画を通り過ぎ、頂上近くには数百フィートの深さの割れ目があり、雪を十分飲み込んでいた。割れ目といえば、それらは全体でも最高の驚きだった。それらはこの山のまさに心臓部の巨大な裂け目のように見えるが、そうではなく、山の際に過ぎなくて、他の巨大な岩がその周りに持ち上がっていてネヴィスの外観は粉砕された心臓あるいはそれ自体核のように見える。これらの割れ目は1500フィートの深さがあり、僕が見た中で最も途方もない場所だ。それに身を任せるとめまいがするほどだ。僕たちが大きな石を放り投げるとこだまが繊細な様式で作動した。時々これらの割れ目は許容できる程度晴れ渡り、時々は霧の雲がかかり、それが蒸発

して昇るようで、時に割れ目は完全に雲に厚く覆われる。暫くすると霧は晴れたが、このオールド・ベンの周りにはある程度の距離まで大きな雲が纏わって広がり、大きなドームのカーテンのように見え、それは漂い続け、あちこちと、あらゆるところで途中で開いたり閉じたりしていた。そのため僕たちは辺り一面の眺望の膨大に広い広がりを見えなかったが、おそらくもっと素晴らしいものを見た。この雲のヴェールは溶け行く動きで開け、ループの穴のように眼下の山の地域を示した。これらの雲の中の穴はずっと変形し、東、西、北、南に新鮮な眺めが見られた。そのあと再び霧がかかってきて、また晴れてきた。それからプッと、冷たい風が吹いてきて、すぐ傍だがまだ見ていなかった岩の裂け目をむき出しにした。そして僕たちは時々頭上に青い空が晴れ渡り、太陽が非常に暖かいのを感じた。

ベン・ネヴィスの頂上は石の高原で海抜1300mの頂上から見渡す周りは地平線の次に山々の峰、直下の地方の様子は隠れている。しかし比較的広い頂

コーパック（Corpach）からベン・ネヴィスを眺望。

上を歩き回ると、崖状の部分からは近隣が見えるところもある。頂上の一角
には、どこかの兵士が作ったきちんとした石積みがあり、キーツはその上に
登って山自体より少し高い所も経験した。天候が目まぐるしく変わる山頂は
彼が予想したほど寒くはなかったが、彼らは時々ウィスキーを飲んで暖をと
った。ベン・ネヴィスに非常に多くいると言われるアカジカ（red deer）は
一頭も見なかったとしている。一方連れて行った精悍そうな犬も大層疲れた
様子でやや心配された。こうしてキーツは若者らしくおどけて岩場の間をス
コットランド風のステップで踊るように歩き回った様子を述べている。

　この後キーツは「キャメロン夫人という五十がらみのインヴァネス州で最
も太った女性」がこの山に登った逸話を語り、翌日に書いたとみられる戯れ
歌を披露している。アイルランドで見かけた老貴婦人（the Duchess of Dung-
hill, Rollins 321）の奇怪な姿を述べた戯れ歌とか、有名な詩になったメグ・
メリリーズ（Rollins 311）など、イメージに関連があるように感じられる。
キャメロン夫人を想像しつつ彼は下山が大変だったことを述べた後、彼はベ
ン・ネヴィスの頂上で書いたソネットを示唆している。ここには彼にとって
のこの登山の意味が述べられていると言っていいだろう。

Read me a Lesson, muse, and speak it loud

Upon the top of Nevis, blind in Mist!

I look into the chasms, and a shroud

Vaporous doth hide them; just so much I wist

Mankind do know of Hell: I look o'erhead

　And there is sullen Mist; even so much

Mankind can tell of Heaven; Mist is spread

　Before the Earth, beneath me ― even such,

Even so vague is Man's sight of himself.

　Here are the craggy Stones beneath my feet;

Thus much I know that, a poor witless elf

　I tread on them; that all my eye doth meet

　　Is mist and Crag—not only on this height,

But in the World of thought and mental might—
(Rollins 357-8)

私のために教訓を読み声に出して語れ、ミューズよ、
ネヴィスの頂上にて、霧の中視界が効かないまま。
私は岩の深い間隙に見入る。だが帳となった
煙霧がそれらを隠している。まさにそれほどまで私は知った、
人類が地獄を知っていることを。私は頭上を見上げるが、
　そこにも陰鬱な靄がかかっている。その程度まで
人類は天国のことを語りうる。霞が広がる、
　私の眼下の、大地の前に、そのようなものだ
人間の自らの視界はそれほどにも曖昧だ。
　ここ、私の足下にはごつごつした石がある。
これだけは私は知っている、哀れな知恵もない小人の私は、
　その上を歩いていることだけは。私の目に触れる全ては
　　霧と岩だけだということを。この高みにおいてだけではなく、
　　　思想や精神の力の世界においても。

彼らは山頂では好天に恵まれなかった。キーツがこのベン・ネヴィス登攀で
得た教訓は、自らの矮小さを認識したこと、また自らの思想や精神の力が霧
に包まれ足元の岩くらいしか見えないものに過ぎないと認識したことだろ
う。[24]

　こうして彼らは下山し、この夜はフォート・ウィリアムにもう一泊し、翌
日レター・フィンレイ（Letter Finlay）に至り、ここでキーツはトム宛手紙
を書いた。レター・フィンレイはコールリッジも1803年の旅で泊った場所
で、大地溝帯のフォート・ウィリアムとネス湖の南端にあるフォート・オー
ガスタスとの中間点、ロッホ・ローキー（Loch Lochy）の南東側湖岸にある
集落である。当時は宿泊に便利な地点だったようだが、現代では湖の眺めの
よい駐車場付き眺望点はあるが、宿も2、3軒存在するだけでほとんど何も
ない場所である。

　フォート・ウィリアムからインヴァネスに至る旅程をキーツの手紙から探

ることは難しいが、このキーツの旅を20世紀前半に忠実に辿り、旅程を推定し、自らの旅を綴ったのがネルソン・S・ブッシュネル（Nelson S. Bushnell）[25]で、彼によると８月３日にレター・フィンレイに泊まった後、４日にフォート・オーガスタス、５日にフォイヤーズ（Foyers）、そして８月６日にはインヴァネスに至り、２日後の８月８日にブラウンと別れ、インヴァネスの先のクロマティの港から乗船、ロンドンに帰ることとなる。インヴァネスまでの旅程は1803年のコールリッジと同じのようであるが、この頃キーツの喉の状態はかなり悪化したようで記録はあまり残っていない。コールリッジの場合はフォート・オーガスタスでスパイの嫌疑を受けて一晩収監されたり、ロバート・バーンズの所縁（ゆかり）があるフォイヤーの滝を訪れたりした記録が残っているが、キーツのトム宛手紙は上記インヴァネスで投函した主にベン・ネヴィス登攀を伝えているものだけで、登山以降のことはほとんど記録がない。これと同じインヴァネス８月６日付、投函も同日のジェームズ・ワイリー夫人（弟ジョージの妻ジョージアナの母親）宛の手紙も旅のあらましを述べているだけで、インヴァネスに至る旅程のことは書かれていない。しかしインヴァネスでもブラウンと詩を共作し、「インヴァネス近郊のビューリー・アビの髑髏（どくろ）について」（"On Some Skulls in Beauley Abbey, near Inverness"）が残されている。

　ロリンズのキーツ書簡集にはこの後キーツの手紙ではなくチャールズ・ブラウンのC. W. ディルク宛手紙が掲載されている。（Rollins 361-3, No. 103)。チャールズ・ウェントワース・ディルク（Charles Wentworth Dilke, 1789-1864)はブラウンの友人で現在キーツハウスとなっているハムステッドのウェントワ

ロッホ・ローキー：レター・フィンレイの近くのヴュー・ポイント。

ース・プレイスをブラウンとともに建てて1816年から住んでいた。ディルクは後に批評家、ジャーナリストとなり『アシニーアム』（*Athenaeum*）の編

集長（1830～46）および『デイリー・ニューズ』（*Daily News*）の主幹（1846 ～49）を務める。その息子のチャールズは初代准男爵（Baronet）となり、1851年の博覧会開催に寄与し、さらにその息子のチャールズは世界一周の旅行記（*Greater Britain*, 1868）を書き、政治家としても活躍した。

　ブラウンのディルク宛手紙では、先ず食べ物などでスコットランドの旅は大変だが、景色に祝福を得ることができると述べている。次いで話題はすぐにキーツのことに移り、二人が彼のことを案じている様子がわかる。ブラウンは「キーツ氏は疲労と不如意でひどく具合が悪い。彼がスマック船（小型湾岸貿易・漁業用帆船）でロンドンへ帰るのを見送るため待っている。（Rollins 362, 8-10)」と述べているが、実際この翌日キーツはクロマティ港を出港する。ブラウンによると、キーツはマル島でひどい風邪に罹り、どんどん悪くなり熱も出たと述べている。キーツはかなり痩せていたようで、まだ喀血はしていないようだが、おそらく慢性的な結核が悪化したものと思われる。ブラウンはこの先キーツと別れて残りのスコットランドの旅を一人で続けることを伝えている。同時に自らの落胆以上に旅を中断しなければならないキーツに同情もしている。

　この後ブラウンはディルクに旅の概要をカンバーランドとウェストモーランド、つまり湖水地方から述べようとしているが、断片的でしかも手紙自体「レスト・アンド・ビー・サンクフル」の指摘の所までしか残存していないようである。

Ⅶ　ロンドンへ帰還

　こうしてキーツは9日間の航行で8月17日にロンドン・ブリッジ桟橋に到着した。インヴァネスの「医師は彼がもしこの旅を様々な気候の下不自由な中徒歩で続けると回復ができなくなるという意見」[26] だった。病身の彼は陸路馬車に揺られたり歩いたりするよりは、時間がかかっても船便で休みつつ帰還する方を選んだと思われる。[27]

　キーツはロンドンのハムステッド、ウェル・ウォークのトムの元に戻った翌日に妹のファニーに宛てた手紙を書いている。（Rollins No. 104: 364-5) ス

コットランドから送った一通に続く手紙だが、この冒頭マル島で罹った風邪でのどの炎症がひどく、できるだけ早く帰ることとしてインヴァネス付近のクロマティ港から船で9日間の航行で昨日（8月17日）にロンドン・ブリッジに到着したとしている。この時キーツは歯痛を訴えて、スコットランドのことを多く語りたいがその余裕がないことや、トムは自分が旅をしていた間、病気が悪くなっていたが、この数日は少しいいようだと伝えている。そしてまた、妹の土産にはアイコムキルつまりアイオナ島で拾った小石があるが、ケアンゴームの山には行かなかったとしている。当初インヴァネスから南に迂回しケアンゴームズ（Cairngorms）を経てパースからエディンバラ方面に向かう予定であったのだろう。これ以上のことは述べていない。

　次にアメリカへ渡った弟ジョージのことを簡単に伝えている。リヴァプールから新大陸に出港する予定の弟が起床する前の早朝に北方に旅立ったキーツは、彼らがアメリカのどこに上陸してどこを目指したか知らなかったが、ロンドンに戻って消息を知ったようである。ジョージはフィラデルフィアで上陸し、国を横切って入植地に入ったようだと伝えている。[28]

　妹ファニーは後見人のアビーの下にいたが、決して待遇がよくはなく、間もなく通っていた学校から退学させられるが、フラジョレットはおそらく音楽の教材として使う楽器のことであろう。これを後見人が買ってくれないので、自分が買ってやるという約束かと思われる。妹への気遣いが窺われるが、歯痛と喉の不調がひどかったようでこの手紙は短い。しかしこの僅か一週間後、8月25日にトムの容体が悪化、自分自身もあまり良くない状態なので、こちらへ来るようにと伝える手紙を再度出している。

　トムは結局この年の12月1日に亡くなる。その直前の11月末にファニー・ブローンと出会い、トム亡き後一人きりになったキーツはスコットランドから戻ったブラウンにウェントワース・プレイスで同居するよう誘われ転居する。このセミ・デタッチト・ハウスの半分に住み始めたブローン家と彼は親しくなり、特にその長女のファニーとの愛を深めていくのである。

　1818年夏の旅で湖水地方からスコットランド西部を巡り、ハイランド地方の大地溝帯へと旅した彼は、この間二つの山に登り、北アイルランドも垣間

ハムステッド、キーツハウス：詩人が住んだ頃は Hampstead の Wentworth Place と呼ばれていたが、現在は、Keats House Museum として詩人の所縁の品物を展示しており、人気の観光地でもある。最近の整備では日本からも寄付した。

見、インナー・ヘブリディーズの島々にも渡った。彼はこの後さらに傑作詩を書き続けるが、それらには湖水地方やスコットランドで得たイメージがここかしこに見える。しかしジョン・キーツにはこの先2年余りの余命しかなかった。

註

1 　以下キーツの書簡は Hyder Edward Rollins (ed.), *The Letters of John Keats, 1814-1821*, (Cambridge, Mass.: Harvard U. P., 1958/1976) により、引証は第一巻からの場合は（Rollins ページ）と付加するが、必要に応じて宛先、日付、Rollins の分類番号などを付す。

2 　"Walks in the North", *Plymouth and Devonport Weekly Journal*, October, 1840; reprinted Rollins, I, 421ff. なお、チャールズ・ブラウンがロシアでの毛皮取引の経験をも

とに創作したコミック・オペラ *Narensky, or, The Road to Yaroslaf* は1814年にドルリー・レーンで上演され成功している。

3　Ambleside Salutation Hotel：https://www.hotelslakedistrict.com/

4　ワーズワスの Lady Frederick Bentinck 宛1840年7月付け書簡参照。*Letters of the Wordsworth Family*, 204-5.

5　アイアビーのフェスティヴァルについては https://en.wikipedia.org/wiki/Ireby,_Cumbria

6　Motion 1997, 273 には "in 1815 his remains had been moved from a simple grave to their new site . . . ." とあるが、移葬は正確には1817年に行われた。1815年は Mausoleum 建築開始の年。

7　ワーズワス兄妹とコールリッジの1803年のスコットランド旅行については拙著：安藤潔『スコットランド、一八〇三年：ワーズワス兄妹とコールリッジの旅』（横浜：春風社、2017）。

8　Meg についての出所 E. Cobham Brewer, *Dictionary of Phrase and Fable*, 1894. Cited by https://www.bartleby.com/81/11246.html なお、キーツはスコットの『ガイ・マネリング』未読だった。

9　グレンルース・アビ遺跡については：https://www.historicenvironment.scot/visit-a-place/places/glenluce-abbey/

10　スザンナの逸話については https://en.wikipedia.org/wiki/Susanna_(Book_of_Daniel)。

11　John Hamilton Reynolds (1794–1852)：レノルズはキーツの親友の一人。彼への書簡にはキーツの詩の思いがよく現れているという。 https://en.wikipedia.org/wiki/John_Hamilton_Reynolds

12　Ailsa Craig については https://en.wikipedia.org/wiki/Ailsa_Craig

13　Crossraguel Abbey については https://en.wikipedia.org/wiki/Crossraguel_Abbey

14　ソネット、"This mortal body of a thousand days" は Richard Monkton Milnes, *Life, Letters, and Literary Remains, of John Keats*, 2 vols., 1848. に初出。キーツの書簡には書かれていない。

15　キーン（Edmund Kean, 1787-1833）は英国の有名なシェイクスピア俳優でロンドンやグラスゴウの他ベルファストやニュー・ヨーク、ケベック、パリなどでも演じた。Cf. Coleridge *Table Talk*, 27 April 1823.

16　*Anderson's Tourist's Guide through Scotland* (Edinburgh, 1837), p. 118, cited by Rollins 338n8.

17　Rollins 338n8には Kilmelfort とあるが、現代の地図では Kilmelford とある。PA34 4XH Oban.

18　ケラーラ島：現代綴り Kerrera：オーバン近くのインナー・ヘブリディーズの島。

19　マル島への上陸地は昔埠頭があったとみられる Grasspoint との説もある。Walker 192n.

20　Rollins 347n9：F. N. Robinson によれば Colum(b)kill(e) は St. Columba の俗称で

Icolmkill は "The Island of the Dove of the Church" を意味する。以下論者私見：シェ
イクスピアの『マクベス』2幕4場、「ダンカンの遺体はどこにある」に答えるマクダ
フの台詞に Colmekill とあるが、これは Icolmkill のことと見られる。何れにせよ、アイ
オナ（Iona）が最も親しい呼称であろう。

21　出口保夫『キーツとその時代』（上）353ページで「ジョンソン博士……がこの島を訪
れたのは、1775年のことであり」は正しくは1773年のことである。1775年は『スコット
ランド西方諸島への旅』の出版年である。

22　William Wordsworth, *Yarrow Revisited and Other Poems*, (London: Edward Moxon,
1835). アイオナ関係の詩としては pp. 216-7 "On to Iona!", "With earnest look, to every
voyager" などのソネットがある。出口上掲書353：4行目「1835年にはワーズワスが訪
れている」は1833年の誤りと見られる。1835年は上記書の出版年。

23　Andrew Motion 299によると、ロンドンに戻った後の診察では、梅毒性の潰瘍ともさ
れている。

24　Andrew Motion 294は肯定的な解釈をしているが、疑問である。

25　Nelson S. Bushnell、*A Walk after John Keats* (New York: 1936), 296ff. Cited by Rol-
lins Passim.

26　チャールズ・ブラウンの8月7日付ヘンリー・スヌーク（Henry Snook）宛手紙の末
尾：Carol Keyros Walker, *Walking North with Keats* (Yale U. P., 1992), p. 214: Letter
14。Henry Snook は Charles Wentworth Dilke の甥でイートンの生徒、1805年生まれ、
この頃13歳くらい。

27　ハムステッドに戻ったのは8月17日か18日か正確にはわからない。

28　正確にはイリノイのコロニー、バークベックズ・アルビオン（Birkbeck's Albion, Illi-
nois）。現在は単にアルビオンといい、セントルイス東約70マイル、ルイビルとの中間
にある町。

参考文献

Keats's Letters.
Rollins, Hyder Edward (ed.). *The Letters of John Keats, 1814-1821*. Cambridge, Mass.:
Harvard U. P., 1958/ 1976/ 2012.

Bate, Walter Jackson. *John Keats*. Cambridge, Mass: Harvard U. P., 1963.
Brewer, E. Cobham. *Dictionary of Phrase and Fable*, 1894.
Bushnell, Nelson S. *A Walk after John Keats*. New York: Farrar & Rinehart, 1936.
Gittings, Robert. *John Keats*. London: Heinemann, 1968.
Knight, William (ed.), *Letters of the Wordsworth Family from 1787 to 1855*. First pub-
lished 1907, rpt. NewYork: Haskell House 1969.
Milnes, Richard Monkton. *Life, Letters, and Literary Remains, of John Keats*, 2 vols.,

1848.

Motion, Andrew. *Keats*. London: Faber, 1997.

Roe, Nicholas. *John Keats: A New Life*. New Haven and London: Yale U. P., 2012.

Walker, Carol Keyros. *Walking North with Keats*. New Haven and London: Yale U. P., 1992.

Wordsworth, William. *Yarrow Revisited and Other Poems*. London: Edward Moxon, 1835.

ジョンソン、サミュエル．中央大学人文科学研究所（編集）、諏訪部 仁、江藤 秀一、市川 泰男、芝垣 茂（翻訳）『スコットランド西方諸島の旅』（中央大学人文科学研究所翻訳叢書）中央大学出版部 2006.

安藤潔『スコットランド、一八〇三年：ワーズワス兄妹とコールリッジの旅』（横浜：春風社、2017）．

出口保夫『キーツとその時代』（上）中央公論社、1997.

インヴァネス城からネス川の川下を望む

あとがき

　私は1970年に大学に入学し、大学院を含み1977年まで学生として英文学を専攻した。その後短大や大学で英語を教えるようになっても、今日に至るまで主にブレイクやワーズワスなどのイギリス・ロマン派年長世代の詩人たちを継続して研究してきた。論文博士取得までは「イギリス・ロマン派とフランス革命」というテーマで英国の1790年代の革命論争にブレイク、ワーズワス、コールリッジを位置づける試みをした。その後赴任先の関東学院大学では、同僚諸氏が研究に関わる現地調査を熱心に行うのに刺激され、私もイギリス・ロマン派に関連して英国現地調査をするようになった。海外渡航が容易になったゆえの研究活動であった。

　私が二十歳代の当時は1978年まで海外に出る時は外貨持ち出し制限があり、またそれ以前1973年までは固定相場制で、１ドルが360円というレートは小学生でも知っていた。欧米からの輸入品は洋書を始め何でも高価で、海外旅行も1960年代ならハワイ一週間でも旅行費は当時の大卒新入社員の一年半分の給料額に相当したという。1970年代に入り私が学んだ大学でも毎年一週間ほどの英国研修旅行を企画していたが、当時の価格で70〜80万円かかると聞いていた。若者の給料の半年分前後に当たる。それでも参加する同級生がいたが、私はそのような経済的余裕のある連中には当時羨望と軽蔑の混じった意識さえ感じていた。

　私が大学院生のころは、当時の教授の多くも博士の学位取得は未達成で、大学院生にとって課程博士取得はほとんど夢のまた夢だった。経済的に恵まれているなら米国の無名大学でもいいから数年留学して Ph. D を取るのが手っ取り早く有効とも聞いていた。しかし1970年代は変動相場制が始まっても１ドル300円代、一年間の留学費用には1000万はかかると言われていた。また後期課程の修了が、学位を取得しない限りは（満期）退学とする制度に替わった。私はせっかく自分より年長の志願者たちの不合格をわき目に入った後期課程も一年で中退し、地方の短期大学に就職する道を選んだ。退学の手続きをする中、指導教授からは「君の年で留学すると大変有益なのだが」と

も言われたが、大金の必要なことで、そんな気はさらさらなかった。

　当時大学院の先輩の中には一年間の米国留学を果たした女性もいたが、家族にかなりの経済的余裕があったと聞いていた。確かにそのかたは満期退学後にすぐ四年制女子大学の英語専門学科に就職された。後には私より十歳ほど下の同僚から、院生のころにロータリー・クラブの奨学金などで一年間留学したという話も聞いたが、これは1980年以降のことだったかと思う。

　このようなわけで1970年代に私が海外に出たのは、戦没者慰霊を兼ねた学部時代の部活でのグアム島訪問と、最初に就職した九州の短大の研修で韓国南部の慶州、釜山周辺の歴史観光の引率をしただけであった。特に1970年代の韓国は印象が悪く、海外、特にアジア各国に出ることに抵抗を感じるようになった。

　私は当時留学などとは無縁で、逆に英米圏で学ぶことが一切ないまま英語を実用程度にまでマスターし、また英米人でもなかなか読めないブレイクやワーズワスを読み続けることに一種の虚栄を感じさえした。こうして英語の教師を続け、増え始めた英米人の同僚教師と自由に英語でコミュニケーションをとっていた。英会話には自信があったが、長期留学経験のある同僚には発音が悪いと陰口をたたかれ、その後英語圏の現地に行くとやはり英米圏で研鑽した経歴に信頼があるようで、ホームメイド英語教員の限界を感じていた。

　1980年代も後半になるとバブル景気に欧米への海外旅行も増え、大学でも英語専門学科の需要が増えてきた。私が勤めていた短大でも理事会主導で英語専門学科を新設し、目玉をカナダでの英語研修とすることになった。当時短大には英語のコミュニケーションが苦手な英語教員も紛れこんでおり、新設の英語学科への移動を断る英語教員さえいた。三十歳代終わりの私は多くの学生をカナダの語学研修に引率することには抵抗があったが、大学幹部の指示に従った。こうして学生引率の仕事で四度ほどヴァンクーヴァ等カナダ西部にそれぞれ四週程度滞在することとなった。これが私の北米本土の土を踏む最初の体験であった。

　このころ学生の語学研修と並列して、教員の長期在外研究の制度が始まり、私は1990年〜1991年の学期にこれを利用する決心をした。最初の語学研

修の引率を成功させた直後で許可は比較的容易に下りた。こうして90年の3月末から7月末まで単身ロンドンに滞在したが、これが私の初めての渡英経験であった。研究活動が一段落した初夏に至り各地を旅したが、湖水地方から帰った後狭い一部屋のフラットで39歳の誕生日を迎えた。8月から翌年3月まではカリフォルニアのサン・フランシスコ近郊バークリの北、エル・セリート市に家族とともに滞在し、UCバークリで客員研究員として研究活動を行った。これが私にとって海外の最長滞在経験で、現地の小学校に入った娘と、同じくプレ・スクールに入れた息子を含めて、家族を通じての米国社会の経験もできた。アメリカの教育委員会にも接し、PTAも経験し、英語教師としては得難い経験だったと思う。

しかし生来の貧乏性、海外に出ること自体に抵抗感のあった私は滞米以降1990年代が進んでも仕事で学生をカナダの語学研修に引率する以外は英米圏に行く決心はなかなかつかなかった。カナダでの語学研修を引率した最後は2001年のことだった。日本に帰国した晩に同時多発テロが起き、ワールドトレードセンターのビルが倒壊するのをテレビ中継で見た。帰国がもう一日遅かったら、北米に足止めになるところだった。

1980年代末の最初の研修では募集上限の60名の参加で、引率教員も3名、バスでの移動も2台使う大掛かりなものであった。しかしバブルのはじけた1990年代に徐々に参加者は減り、とうとう10名そこそこになっていた。2001年の時はスウェーデン国籍の同僚と二人で引率したのだが、その後は一人で引率することになり、五回目も依頼されたがお断りした。さらにその後は短大の定員割れが始まり、海外研修どころではなくなった。その後改組が二度ほど続いたが、新入学生の募集停止などの事態が発生する前に、私は大学教員の公募を探し、応募すると選抜され転任することになったのである。赴任後に聞いたところでは、この間に取得しておいた学位と単著が評価されたという。前任の短大の学科は、その後10年ほどは持ちこたえたが、最後は募集停止になった。30年前の英語専門学科発足当時、私が個人的に予測した通りの経緯だった。

新たに就いた関東学院大学では、学部生の短期の語学研修と並び、半年から一年ほどの長期にわたる交換・派遣の留学制度も充実しているが、国際交

流センターが取り仕切っているので教員が引率する必要はない。しかし学部の行事としては、他学科がアジアや欧米の短期研修旅行を実施しており、当初からいずれ自分も協力しなければならないだろうと予測していた。その後一度だけ2017年に10名の学生を英国に引率して案内する機会があり、責任は一応果たせたかと思う。二度目も計画まではしたが、コロナ禍で流れた。一方所属学部では教員に関してもサバティカル長期から中期・短期の在外研究制度があり、毎年海外に現地研究に行く教員が多く、また一方学位取得者も増えてきた。私はサバティカル年申請の機会は逸したが、16年間の在職期間に三度自分の研究旅行を敢行し、英国の現地では自らレンタカーを運転してめぼしい場所を巡って廻った。本書で掲載した写真のほとんどはこの成果の一端である。また自分なりにパソコン上で地図を作ることも考案した。

　このような中で英国旅行文化ということを考えるようになったのだが、私の本質はイギリス・ロマン派研究である。その中でブレイクは三年ほどのフェルパム滞在を除けばロンドンを出たことのない、むしろ精神の旅行者（メンタル・トラヴェラー）で、想像の中で時空を駆け巡る詩人だから旅行文化で取り上げることはできない。しかしワーズワス以降の旧五大詩人はすべて頻繁に国内外の旅をした。こうして英国ロマン派と旅行文化にまつわる論文をここで取りまとめることにしたのが本書である。海外旅行はおろか、国内の移動もためらわれるコロナ禍の中でこのテーマをまとめることは皮肉でもあった。本書を英国旅行文化論というにはあまりに雑多な内容だが、イギリス・ロマン派を「旅」のテーマで論じたつもりで、数年前に出版した『スコットランド、一八〇三年』とともに、私の横浜在職中の研究の全てではないが、かなりの部分を取りまとめたつもりである。

　前著や本書で取り上げなかった題材として、ワーズワスやドロシーが後半生にどのような旅をしたか、大詩人となったワーズワスが旅でどのような出会いをしたか興味深いが、八十年という当時としては長い人生を送った彼が生涯に経験した旅はあまりに多い。キーツのスコットランド以外の頻繁な旅と、出来上がった詩との関係を吟味するのも面白いかもしれない。バイロンとシェリーは後半生ヨーロッパ大陸の各地を巡り、それぞれ異国で壮絶な客死を遂げたといえよう。彼らの旅を様々な形で辿るのも興味深いが、これら

は何れも引退後の楽しみに取っておきたい。

　次にそれぞれの章のもととなった論文の初出データを示しておく。

序章………「英国旅行文化論の試み」『英語英米文化の展望』関東学院大
　　学文学部英語英米文学科編（文学部四十五周年記念出版）関東学院大学
　　出版会、2014年。
第1章………「英国湖水地方の18〜19世紀旅行記・ガイドブックと英国ロ
　　マン派詩人ワーズワス・コールリッジとの関係の研究」関東学院大学
　　『人文科学研究所所報』第33号、2009年。
第2章………「ワーズワスの「湖水地方案内」」関東学院大学『人文科学
　　研究所所報』第34号、2011年。
第3章………「エコロジストとしてのワーズワス：湖水地方案内研究」関
　　東学院大学［文学部］人文学会『関東学院大学文学部紀要』第122号、
　　2011年。
第4章………「ウィリアム・ギルピン著『ワイ川、及び南ウェールズ観察
　　紀行』研究」『関東学院大学文学部紀要』第129号、2014年。
第5章………「ワーズワスとコールリッジの邂逅：1795—97」年、『関東
　　学院大学文学部紀要』第120号・121号合併号　上巻、2010年。
第6章………「『リリカル・バラッズ』への道：ワーズワスとコールリッ
　　ジ1797〜1798年。」『関東学院大学文学部紀要』第123号、2011年。
第7章………「ワーズワス兄妹とコールリッジのドイツ滞在：1798〜99
　　年：ワーズワス＝スパイ説の構築と崩壊」『関東学院大学文学部紀要』
　　第125号、2012年。
第8章………「スコットランド、1818年：ジョン・キーツの英国北部の
　　旅」『関東学院大学人文学会紀要』第143号、2020年。

　本書を取りまとめるにあたり、註及び参考文献を巻末にまとめることも検
討したが、章ごとの特徴、個性が強く、それぞれ章末に添付したほうが何か
と好都合と判断した。したがって各章の当初の紀要論文の体裁を維持して、

それぞれの章頭には概要を付し、章末に註と特徴ある参考文献目録とを添付する形式をそのまま残すこととした。

　最後になったが、本書を出版する機会を与えていただいた関東学院大学人文学会にお礼を申し上げる。

　また、関東学院大学出版会事務室の皆様、田中様・畑岡様、編集担当の明誠書林代表、細田哲史様には一方ならぬお世話になり、ここで改めてお礼申し上げる。

　本書の出版に当たっては、関東学院大学人文科学研究所の出版助成を受けた。

2021年11月28日

横浜市金沢区釜利谷にて

安藤　潔

著 者 略 歴

安藤　潔　1951年岐阜県大垣市生まれ

　南山大学文学部、同大学院文学研究科英文学専攻修了

純心女子短期大学講師、市邨学園短期大学教授を経て1990〜91年ロンドン大学クイーン・メアリ・アンド・ウェストフィールド・コレッジ（ハムステッド）、およびカリフォルニア大学バークリ校客員研究員、2002年博士（文学、乙種）取得、2006年より関東学院大学文学部（現国際文化学部）、同大学院文学研究科教授、2022年退職。

主著

『イギリス・ロマン派とフランス革命——ブレイク、ワーズワス、コールリッジと一七九〇年代の革命論争』（桐原書店、2003年）

『スコットランド、一八〇三年——ワーズワス兄妹とコールリッジの旅』（春風社、2017年）

カバー表：南ウェールズ、ワイ川、Bigsweir Bridge より
カバー裏：スコットランド、Loch Awe, Dalmally
表紙表：湖水地方、ウィンダミア湖東岸より
表紙裏：スコットランド、Castle Stalker, Appin

イギリス・ロマン派と英国旅行文化

2022年2月15日　第1刷発行

著　　者　　安藤　潔

発 行 者　　関東学院大学出版会

　　　　　　代表者　小　山　巌　也

　　　　　　236-8501　横浜市金沢区六浦東一丁目50番1号
　　　　　　電話・(045)786-5906／FAX・(045)786-7840

発 売 所　　丸善出版株式会社

　　　　　　101-0051　東京都千代田区神田神保町二丁目17番
　　　　　　電話・(03)3512-3256／FAX・(03)3512-3270

編集校正協力・細田哲史（明誠書林合同会社）
印刷／製本・藤原印刷株式会社

©2022 Kiyoshi Ando
ISBN 978-4-901734-81-3　C3098　　　　　　　　　Printed in Japan